timeCRIME

JOHN CONNOLLY

The Nameless Ones

I senza nome

romanzo

Traduzione dall'inglese
di Stefano Bortolussi

FANUCCI EDITORE

La serie *Charlie 'Bird' Parker* nel nostro catalogo:

Tutto ciò che muore (Every Dead Thing)
Il ciclo delle stagioni (Dark Hollow)
Gente che uccide (The Killing Kind)
Palude (The White Road)
L'angelo delle ossa (The Black Angel)
Anime morte (The Unquiet) di prossima pubblicazione
The Reapers di prossima pubblicazione
Gli amanti (The Lovers) di prossima pubblicazione
I tre demoni (The Whisperers)
Un'anima che brucia (The Burning Soul)
La rabbia degli angeli (The Wrath of Angels)
Il lupo in inverno (The Wolf in Winter)
La canzone delle ombre (A Song of Shadows)
Un tempo per soffrire (A Time of Torment)
Un gioco di fantasmi (A Game of Ghosts)
La donna nel bosco (The Woman in the Woods)
Il libro di ossa (A Book of Bones)
Sporco Sud (The Dirty South)
I senza nome (The Nameless Ones)

Dello stesso autore abbiamo pubblicato anche:

La Biblioteca privata e Fondo Caxton

Prima edizione: gennaio 2024
Titolo originale: *The Nameless Ones*

Sede secondaria: via Giovanni Antonelli, 44 – 00197 Roma
tel. 06.39366384 – email: info@gruppoeditorialefanucci.it
Indirizzo internet: www.timecrime.it

Stampato in Italia – Printed in Italy

Progetto grafico: Franca Vitali

JOHN CONNOLLY

The Nameless Ones

I senza nome

Per Jack Dennison.

Nota dell'autore

Per quelli che potrebbero essere troppo giovani per ricordare, o che hanno scelto di dimenticare, tra il 1991 e il 1999, in seguito alla disintegrazione dell'ex Jugoslavia, nei Balcani si verificarono una serie di conflitti. Lo Stato comunista era una precaria federazione di sei repubbliche, che comprendeva serbi, croati, musulmani bosniaci (noti anche come bosgnacchi), sloveni, albanesi e altri gruppi etnici minori sotto l'autorità assoluta di Josip Broz Tito.

Successivamente alla morte di Tito nel 1980, le vecchie tensioni (alcune delle quali risalenti alla Seconda guerra mondiale, quando gli ustascia cattolici croati si erano alleati con i nazisti) cominciarono a riemergere, esacerbate dal crollo del muro di Berlino e dal collasso del comunismo. Croazia e Slovenia dichiararono l'indipendenza nel 1991, e subirono immediatamente l'attacco dell'Armata Popolare Jugoslava (JNA) controllata dai serbi e dai loro gruppi paramilitari, aggressione che causò migliaia di morti e profughi prima che nel 1992 venisse dichiarato il cessate il fuoco grazie all'intermediazione delle Nazioni Unite.

Nel frattempo anche la Bosnia puntava all'indipendenza, ma era frenata dalla resistenza della minoranza serba al proprio interno. Di nuovo vi fu l'intervento di elementi dell'esercito jugoslavo, sotto la denominazione di Esercito della Repubblica Serba di Bosnia ed Erzegovina, o VRS, comunemente noto come esercito serbobosniaco, che implementò un programma di pulizia etnica contro musulmani e croati nel tentativo di creare una roccaforte serba. L'intervento dell'ONU fallì e il numero delle vittime aumentò, con il famigerato picco della strage di Srebrenica, dove più di ottomila tra uomini e ragazzi musulmani vennero torturati e giustiziati dopo che la città si era arresa alle forze serbe agli ordini del generale Ratko Mladić. A quel punto la NATO decise di bombardare i serbobosniaci, permettendo così alle forze musulmane e croate di sferrare una controffensiva. Gli accordi di pace portarono al referendum per l'indipendenza del 1992 e al susseguente riconoscimento internazionale della Bosnia-Erzegovina come Stato sovrano. (Nel frattempo, anche i serbobosniaci dichiararono una loro versione d'indipendenza, denominando la loro regione Repubblica Serba di Bosnia ed Erzegovina.)

Ma i conflitti nell'ex Jugoslavia non si arrestarono. Nel 1995 le forze croate conquistarono alcune aree della Croazia precedentemente controllate dai serbi, e nel 1999 l'etnia albanese nel Kosovo vinse un sanguinoso conflitto contro le armate serbe per ottenere l'indipendenza. A quel punto anche Slovenia, Macedonia e Montenegro avevano tagliato i ponti con Belgrado o dichiarato la propria sovranità, e le ambizioni serbe di creare un nuovo impero balcanico dalle rovine dell'ex Jugoslavia erano ormai andate in fumo.

Le guerre avevano fatto almeno centotrentamila vittime, le operazioni di pulizia etnica avevano creato più di un milione di profughi e quasi cinquantamila tra donne e bambine, in prevalenza bosgnacche, erano state stuprate, atrocità delle quali le forze armate e le milizie serbe erano le principali responsabili. Come si è espresso un serbo nel corso della mia ricerca: «Sono successe molte cose orribili, quasi tutte per colpa nostra. Quasi tutte» ha ripetuto «ma non tutte.»

Parte prima

Casa è il marinaio tornato dal mare,
e il cacciatore rientrato dalla collina.

ROBERT LOUIS STEVENSON, *Requiem*

1

Le due figure erano ormai una vista familiare, anche se riservata a pochi intimi, poiché perfino persone come loro, che proteggevano con tanta cura la propria riservatezza, finivano inevitabilmente per fare la conoscenza dei vicini di casa. Agli inizi non li si vedeva mai fuori insieme, e solo l'uomo di colore, generalmente considerato il più giovane dei due, si faceva notare in strada e nel circondario. Si diceva che l'altro, quello poco più anziano e molto meno elegante, fosse malato o forse convalescente, anche se perfino le più discrete domande rivolte a Mrs Evelyn Bondarchuk, la donna che occupava l'appartamento al pianterreno dello stabile, venivano accolte dal suo silenzio tombale e dagli uggiolii di disapprovazione dei suoi volpini di Pomerania.

Secondo le voci di zona, la titolare della proprietà era la stessa Mrs Bondarchuk, malgrado nascondesse con cura i suoi interessi attraverso l'uso di compagnie di facciata, di una batteria di avvocati riservati quanto lei e di una quantità dickensiana di scartoffie legali. Di fatto nessuno era particolarmente scandalizzato da un inganno di così lieve entità, peraltro trasformatosi da tempo da supposizione a fatto comprovato. Dopotutto questa era New York City, e in particolare Manhattan, dove diversi livelli di eccentricità, reinvenzione e perfino vera e propria criminalità erano, se non una garanzia, quantomeno una possibilità quotidiana.

La verità era che Mrs Bondarchuk era una semplice locataria, anche se faceva le veci di cane da guardia, visto che la sua poltrona davanti al bovindo dell'appartamento in cui risiedeva offriva un'ottima visuale sulla strada in entrambe le direzioni. Can che abbaia non morde, si sarebbe forse potuto dire di lei, anche se nessuno aveva una fretta particolare di mettere alla prova i suoi volpini, che quando volevano sapevano usare le loro aguzze dentature, e malgrado lei stessa possedesse un'innegabile solidità e tutti i denti al loro posto.

Pochi anni prima nella palazzina era avvenuto uno spiacevole episodio con un uomo armato di pistola, ma era stato risolto. Da allora, Mrs Bondarchuk si era dedicata con attenzione ancora maggiore al suo ruolo di prima linea di difesa. Ora capiva che era più di un contentino concessole dai padroni di casa, più di un inutile compito affidato a un'anziana signora per compassione o per dare uno scopo ai suoi anni del tramonto. No, Mrs Bondarchuk era fondamentale per loro, e voleva loro un gran bene per averla resa tale. Aveva addirittura ventilato la possibilità di dotarsi di una pistola, anche se la sua richiesta era stata gentilmente declinata. Ma lei non se l'era presa. La verità era che lo aveva chiesto più per curiosità che per il desiderio di avere un'arma da fuoco. In realtà non la voleva. Quando era piccola, suo padre aveva conservato una sette colpi Nagant M1895 dopo i suoi anni di servizio nell'esercito sovietico. La puliva e lubrificava regolarmente, e la teneva nascosta sotto una tavola del pavimento in camera da letto. Mrs Bondarchuk l'aveva usata una sola volta, quando un vagabondo era penetrato in casa loro e aveva cercato di violentare sua madre. Mrs Bondarchuk (o Elena Tikhonov, come si chiamava allora, prima che il suo nome venisse cambiato dall'emigrazione, dall'anglicizzazione e dal matrimonio) gli aveva sparato al petto, e poi aveva aiutato suo padre e sua madre a seppellirne i resti nella foresta. Aveva dodici anni.

Allora, come adesso, non aveva sofferto per ciò che aveva fatto. Quel vagabondo era un cattivo soggetto, e se lei non avesse agito probabilmente avrebbe fatto del male a sua madre o l'avrebbe addirittura uccisa, e magari anche lei, per poi proseguire a commettere altri atti degeneri. Era vero che il sesto comandamento intimava di non uccidere, ma Mrs Bondarchuk aveva sempre pensato che scendendo dal monte Sinai Mosè si fosse lasciato dietro un'ultima tavola, quella con tutte le clausole minori, probabilmente perché era già fin troppo carico.

Mrs Bondarchuk non aveva mai condiviso i dettagli di quell'uccisione con nessuno al di fuori dei genitori: non ne aveva parlato con il suo compianto marito, malgrado gli avesse voluto molto bene, né con i due uomini che possedevano la palazzina in cui abitava, anche se era certa che loro, se non altro, avrebbero capito. Non c'era, pensava, alcun vantaggio nel tirare in ballo l'argomento. Il vagabondo, dopotutto, era morto, e una confessione non avrebbe modificato quel dato di fatto. Per di più, Mrs Bondarchuk aveva la coscienza pulita, e se negli anni successivi all'episodio le era venuto in mente di sparare a qualcun altro (per esempio a certi politici o a certe maleducate commesse), aveva sempre resistito alla tentazione, aiutata in larga parte dal fatto di non possedere un'arma adeguata. Tutto considerato, probabilmente era meglio che i suoi padroni di casa non avessero voluto procurarle una pistola. Sparare a qualcuno in circostanze estreme poteva essere perdonabile, ma una persona non doveva farci l'abitudine, per quanto provocata.

Eccoli, Mr Louis e Mr Angel, questi due uomini che lei adorava come figli che avevano perduto la retta via, il primo alto e nero, il secondo basso e... be', più o meno bianco. Di recente era stato malato, Mr Angel, e aveva sofferto molto; Mrs Bondarchuk lo aveva intuito dal suo volto e dai suoi occhi. Ma si stava riprendendo, anche se i suoi movimenti erano un po' più lenti che in passato. Era cambiato anche il modo in cui il suo compagno lo guardava, come se la malattia gli avesse rammentato che in un istante uno dei due avrebbe potuto essere strappato all'altro, e che avrebbero fatto meglio a trascorrere il tempo che restava in armonia.

Ma almeno non erano soli. Almeno avevano amici. C'era il detective privato, Mr Parker, che le portava sempre cioccolatini dal Maine; e c'erano i due fratelli Fulci, Tony e Paulie, così gentili per essere gli energumeni che erano, e che non avrebbero fatto male a una mosca. Ad altri esseri umani forse sì, anzi probabilmente, ma a una mosca mai.

E poi c'era lei, Mrs Bondarchuk, che pregava per loro ogni sera. Pregava che potessero avere una buona morte, accompagnata da un rituale e da un'inumazione e di conseguenza dalla salvezza dell'anima, e non una brutta morte, finendo sepolti in una fossa senza una benedizione o una croce come un vagabondo stupratore. La morte era un tragitto ineluttabile. I tuoi pensieri ti proiettavano oltre le montagne, ma la morte era sempre alle tue spalle. La morte era una vecchia che dormiva all'inferno e riceveva istruzioni da Dio. Era inevitabile, ma non implacabile. Ci si poteva parlare, si poteva negoziare con lei. La si poteva divertire, intrattenere, convincendola a passare oltre.

E Mr Louis e Mr Angel, pensava Mrs Bondarchuk, la divertivano molto.

Avvicinandosi ai gradini che conducevano all'ingresso del palazzo, Angel rivolse un cenno di saluto a Mrs Bondarchuk.

«Pensi che abbia mai ucciso qualcuno?» chiese.

«Ne sono sicuro» rispose Louis.

«Non ne hai il minimo dubbio?»

«No.»

«Pensavo di essere solo io.»

«No, ha ucciso qualcuno di sicuro. Gli ha sparato, direi. Ricordi quando ha suggerito di procurarle una pistola?»

«Sì» disse Angel. «Era una richiesta molto pragmatica.»

«Forse dovremmo concedergliela.»

«Potremmo sempre regalargliela a Natale, se la desidera ancora.»

«È ortodossa. Dovremmo aspettare fino a gennaio.»

«Magari è meglio proseguire con i cioccolatini e le carte regalo di Macy's.»

Si fermò a guardare una cornacchia posarsi su un albero vicino.

«Significa dolore, giusto?» chiese. «Una per il dolore, come nella filastrocca.»

«Non credo che si applichi a noi» rispose Louis.

«No» disse Angel. «Immagino di no.»

Anche Mrs Bondarchuk aveva notato la cornacchia. Si fece il segno della croce, poi chiese protezione con una breve preghiera. Era sempre molto attenta ai presagi come le apparizioni di gufi, corvi e cornacchie o ai parti gemellari e trigemini, prendeva nota dei propri sogni, svegliandosi in piena notte per trascriverne i dettagli sul piccolo taccuino che teneva sul comodino, e reagiva sempre con apprensione alle visioni di pane e api, di denti che cadevano, di processioni religiose. Nella sua vita non aveva mai regalato un orologio, mangiato direttamente da un coltello o segnato un quarantesimo anniversario. Si sedeva sempre prima di uscire, anche solo per andare al supermercato, per confondere gli spiriti maligni in agguato, e non portava mai fuori la spazzatura dopo il tramonto. Appesa al muro accanto alla sua porta d'ingresso c'era una croce di pioppo tremulo, il legno maledetto che possedeva un potere talismanico contro il male allo stesso modo in cui il potere di un vaccino si basa sull'elemento della malattia che contiene in sé.

Ma forse ancora più che in tutto ciò Mrs Bondarchuk credeva che la morte non segnasse una fine, bensì una semplice per quanto fondamentale alterazione della natura dell'esistenza. I morti e i vivi coesistevano, i loro mondi comunicavano, e il regno a venire era uno specchio di questo. I defunti restavano in contatto con i vivi, e parlavano con loro attraverso sogni e presagi.

Bisognava solo imparare ad ascoltare.

Ed essere preparati.

Angel si frugò in tasca in cerca delle chiavi. Louis sembrava distratto, addirittura esausto.

«Hai l'aria stanca» disse Angel.

«Senti chi parla.»

«Io ho una scusa. Il cancro batte tutto.»

«La notte scorsa ho dormito male» disse Louis. «Sarà la vecchiaia.»

«Sicuro che non ci sia altro?»

«Sì» mentì.

Aveva sognato di nuovo, sempre lo stesso sogno. Negli ultimi mesi si era fatto più frequente. Nel sogno si trovava in piedi in riva a un lago e osservava i morti che si immergevano nelle sue acque, andando sempre più a fondo, sempre più al largo, fino a perdersi nel grande mare. Accanto a lui c'era una bambina: Jennifer, la figlia defunta del detective Charlie Parker, alla cui sepoltura Louis stesso aveva assistito. Lo teneva per mano. Il tocco della bambina era caldo a contatto con il freddo della sua pelle. In vita l'aveva vista solo a distanza. Ma ora la morte li aveva resi intimi.

perché siamo qui?

La sua voce non sembrava più appartenere a lui. Louis la sentiva come un fioco sussurro. Solo la bambina parlava con chiarezza, poiché quello era il suo dominio.

«Stiamo aspettando» rispondeva.

che cosa?

«Che gli altri ci raggiungano.»

e poi?

Lei rideva.

«Metteremo bandiere nere nel firmamento.»

E a quel punto Louis si svegliava, avvertendo il ricordo del suo tocco.

Aveva deciso di non condividere niente di tutto questo con Angel. Avevano pochi segreti reciproci, ma quelli che avevano se li tenevano stretti. Se ne avesse parlato con Mrs Bondarchuk, forse lei gli avrebbe consigliato di fare molta attenzione e gli avrebbe regalato una croce di pioppo tremulo. Ma Louis non aveva alcuna intenzione di raccontarle il suo sogno ricorrente, allo stesso modo in cui aveva scelto di non condividerlo con Angel.

Il che era un peccato, poiché Angel stava facendo sogni molto simili.

2

Il vecchio che in quel momento percorreva il tratto buio e silenzioso dell'Herengracht di Amsterdam aveva smesso di sognare; o forse, considerata la sua conoscenza delle peculiarità dell'umana coscienza, sia in sonno che in stato di veglia, sarebbe stato più esatto dire che non ricordava i propri sogni. Forse, rifletté, preferiva semplicemente non farlo, ed era riuscito a comunicarlo alla propria psiche nel corso dei decenni che aveva accumulato a questo mondo. Giunto allo stadio della vita in cui si trovava, era già felice se riusciva a godere di una sembianza di sonno notturno, per quanto destinato a essere turbato dagli appelli della sua povera, difettosa vescica.

Si chiamava De Jaager. Aveva anche un nome di battesimo, ma veniva usato di rado anche dai pochi amici intimi che possedeva. De Jaager era il suo vero patronimico, e la sua traduzione era: 'Il Cacciatore.' Una descrizione solo parzialmente accurata. De Jaager era principalmente un *regelaar*, un faccendiere, ma quella denominazione difettava di una certa dignità e autorevolezza; e quando era stato necessario aveva assunto il ruolo di cacciatore, anche se di solito lasciava ad altri lo spargimento di sangue finale e ricorreva a simili, estreme soluzioni solo come ultima risorsa. Era anche, bisognava ammetterlo, un criminale, per comportamento, per natura, per inclinazione e per associazione; ma aveva sempre agito in modo onorevole verso i suoi simili, poiché non c'era niente di peggio di un malvivente inaffidabile, e poiché perfino i malfattori dovevano seguire un codice di condotta.

Ma tutto questo apparteneva ormai al passato. De Jaager era giunto alle ultime fasi del processo di abbandono delle sue attività illegali, così come presto avrebbe abbandonato la vita stessa. Si era disfatto dei suoi interessi commerciali, sia legittimi che non. Aveva venduto magazzini e fabbriche e liquidato coloro che negli anni gli erano rimasti fedeli in modo tale che nella maggioranza dei casi non avrebbero più dovuto lavorare in vita loro. Era un uomo che si stava preparando alla fine, eliminando la materia base del suo mondo finché non gli fossero rimasti che il proprio corpo e i propri ricordi, e alla fine la morte si sarebbe sbarazzata anche di quelli. E una volta eliminato tutto si sarebbe ritirato nel suo piccolo cottage di Amersfoort e vi avrebbe vissuto nella solitudine e nell'anonimato, circondato dai libri e dai ricordi di coloro che aveva perso.

Gli restava da vendere solo un'ultima proprietà: la casa sicura sull'Herengracht, il più segreto e protetto dei suoi avamposti, usato negli anni soltanto da una manciata di persone. L'ultima volta era stato occupato da tre uomini giunti ad Amsterdam alla ricerca di un libro. Si erano lasciati dietro una scia di morti, insieme a un ginepraio legale per risolvere il quale De Jaager aveva dovuto spendere considerevoli fondi ed energie. Vi aveva perduto anche qualcuno, una giovane donna di nome Eva Meertens, a cui voleva molto bene. La morte di Eva aveva reso a sua volta necessaria l'eliminazione della sua assassina, una funzionaria del governo americano di nome Armitage. Era stato molto complicato e insoddisfacente, oltre che rischioso, e non aveva fatto che confermare l'opinione di De Jaager che il ritiro dagli affari fosse l'unica opzione ragionevole per un uomo della sua età.

La casa sicura era stata svuotata di tutto tranne che della mobilia meno costosa, e il legale di De Jaager era stato informato che il suo cliente desiderava vendere al più presto. Aveva già potenziali acquirenti interessati a visitare la proprietà, anche se il suo indirizzo preciso non era stato comunicato a nessuno. Il prezzo di partenza era cinque milioni di euro, ma De Jaager prevedeva che l'offerta finale lo avrebbe superato del dieci o venti percento. Il ricavo gli avrebbe garantito l'agiatezza nell'inverno dei suoi anni. Magari avrebbe fatto qualche viaggio, se gliene fosse venuta voglia, anche se trovava gli aeroporti esasperanti e le persone che li popolavano ancora peggio. Gli restavano ancora molti Paesi da visitare, ma la fatica di raggiungerli sarebbe stata quasi certamente superiore ai piaceri che offrivano. Forse alla resa dei conti sarebbe rimasto ad Amersfoort, passeggiando ogni giorno fino al Café Onder de Linde per una minestra e un caffè, e magari un bicchierino di jenever con cui combattere il freddo. Eva soleva dire che senza di lei non avrebbe saputo cavarsela, e che alla fine l'avrebbe costretta a raggiungerlo ad Amersfoort per occuparsi di lui. Scherzava, ma De Jaager sapeva che c'era sotto dell'altro. In seguito alla morte dei suoi genitori era diventato come un padre per lei, facendole da guida nel dolore e attraverso la fase di ribellione della tarda adolescenza. Semplicemente, Eva non voleva fare a meno di lui, né lui di lei. Tuttavia non era riuscito a proteggerla, e lei era morta nelle acque di un canale di Amsterdam. Ora, nel tempo che gli sarebbe stato concesso ad Amersfoort, lui avrebbe pianto la sua scomparsa e avrebbe conversato con il suo fantasma.

Era arrivato alla casa sicura. Dietro le imposte della cucina si intravedeva una luce accesa. Dovevano essere Anouk e suo figlio Paulus; e Liesl, che era sopravvissuta all'amica Eva e se ne sarebbe sempre fatta una colpa. Nella mano destra De Jaager reggeva una bottiglia di champagne: un Dom Pérignon del 1959, uno dei trecentosei esemplari prodotti quell'anno, nessuno dei quali era stato mai messo ufficialmente in vendita. Doveva probabilmente valere quattordici, quindicimila euro, e De Jaager non poteva pensare a una compagnia migliore con cui condividerla.

Per l'ultima volta infilò la chiave nella serratura, entrò nell'androne dell'appartamento tardosecentesco e attese che i vivi e i morti lo accogliessero, ciascuno a suo modo.

«*Ik ben hier, Ik ben hier*» annunciò, notando come suonava diversa la sua voce ora che l'ambiente era stato quasi del tutto svuotato. «*Et Ik bring rijkdom!*»

Raggiunse la soglia della cucina e guardò dentro. Un uomo sedeva con la schiena addossata alla parete accanto al caminetto, le braccia abbandonate lungo i fianchi, i palmi rivolti all'insù. Fissava dritto davanti a sé, ma non vedeva nulla. Sul muro appena dietro di lui si stagliava una chiazza di sangue, ossa e materia cerebrale.

«Paulus» disse piano De Jaager, come se potesse richiamarlo dal luogo in cui era volata la sua anima, ma la voce che rispose non era quella del suo autista, aiutante e nipote. Era una voce con un pronunciato accento dell'Europa dell'Est, anche dopo tutti quegli anni di assenza dalla Serbia.

«Presto potrà di nuovo parlare con lui» disse. «Nel frattempo, può star certo che la sentirà gridare.»

3

A New York, l'agente speciale del Federal Bureau of Investigation Edgar Ross e il suo diretto superiore, Conrad Holt, sedevano al bar della White Horse Tavern di Bridge Street. Occupavano un tavolo isolato e non un séparé, perché solo così potevano essere certi che nessuno li avrebbe sentiti. Holt beveva una birra, Ross un caffè. Si incontravano spesso in privato alla White Horse Tavern, essendo sconsigliabile affrontare problemi importanti e delicati in un palazzo pieno di spie. Al 26 di Federal Plaza, Ross non leggeva nemmeno il giornale, nel timore che qualcuno potesse notare questo o quel titolo e giudicarlo di conseguenza.

Ross e Holt stavano parlando della recente scomparsa dell'attaché legale Armitage, avvenuta nei Paesi Bassi. Ufficialmente il decesso era stato archiviato come suicidio. Nei giorni precedenti la scoperta del suo corpo, la Armitage non si era presentata al lavoro all'ambasciata statunitense dell'Aia a causa di un non meglio specificato malessere, e i colleghi avevano cominciato a preoccuparsi per le sue condizioni, sia psicologiche che fisiche. Il suo corpo era stato trovato nella doccia dell'appartamento in cui abitava, le vene delle braccia squarciate dai polsi ai gomiti. Questi erano i fatti incontestabili.

Più problematiche, nel contesto di quella versione, erano l'assenza di qualunque lama da taglio e la presenza sulle piastrelle della doccia di una parola araba scritta in rosso, o più precisamente *incisa* nella ceramica dopo aver immerso la punta dello strumento nel sangue della Armitage come un pennino in un calamaio. Era pertanto chiaro che la morte della Armitage non era stata causata da lei stessa bensì da qualcun altro: probabilmente un terrorista islamico, vista la provenienza della parola tracciata sulle piastrelle: لجن, o *djinni.*

Eppure nessun gruppo aveva rivendicato l'assassinio, il che era insolito. In più, la CIA non era riuscita a trovare un terrorista che usasse il nome di battaglia Djinni o Genie, o qualunque motivo, al di là della sua nazionalità, per cui gli islamisti avrebbero dovuto prendere di mira proprio la Armitage. Un'ulteriore complicazione era data dalla convinzione di Ross che la vittima fosse parte di un complotto criminale, conclusione a cui era giunto grazie alle prove fornite da un cellulare usa e getta trovato nel suo appartamento. A quanto pareva, l'attaché legale era coinvolta in qualcosa che i suoi superiori ancora non capivano, il che era la forma peggiore di corruzione perché molto difficile da estirpare.

E così era stato deciso che sarebbe stato meglio per tutti se la morte della Armitage fosse stata archiviata come suicidio, eliminando così in partenza la necessità di un'indagine ufficiale. Due dei numeri sul cellulare usa e getta si erano rivelati irrintracciabili, ma altri erano stati identificati, uno di essi addirittura il giorno prima, quando era stato usato per inviare e ricevere messaggi nei Paesi Bassi. Ed era proprio questo il motivo per cui Holt e Ross si erano dati appuntamento alla White Horse Tavern, lontano dai curiosi di Federal Plaza, poiché il caso Armitage era quanto di più tossico si potesse immaginare senza dover chiamare la Protezione Civile.

«Un serbo?» ripeté Holt. «Perché cazzo era in contatto con un criminale serbo?»

«Non lo so» disse Ross.

«C'è qualche possibilità che fosse parte di un'operazione segreta?»

«Nemmeno una.»

«Cosa sappiamo di questo Zippo, Zeppo o Vattelappesca?»

«Zivco Ilić» precisò Ross.

«Sì, lui.»

«Lavora per l'impero criminale dei Vuksan.»

«E i Vuksan chi sono?»

«Bruttissima gente.»

«Quanto brutta?»
«Da uno a dieci,» rispose Ross «direi dodici.»

De Jaager era in piedi nella cucina della casa sul canale. Davanti a lui, Zivco Ilić aveva stappato la bottiglia di Dom Pérignon e lo stava bevendo a canna. Ilić era un uomo di altezza e corporatura media, nonché di media attrattiva. Gli unici suoi aspetti fuori dalla norma erano l'innata intelligenza e l'attitudine alla violenza. I Vuksan non assoldavano gli stupidi, e mostravano una marcata predilezione per i sadici.

«Questa roba fa schifo» disse Ilić scuotendo la bottiglia.

«Perché lei è un uomo privo di classe» obiettò De Jaager.

Ilić gli spruzzò un fiotto di champagne in pieno volto.

«Posso prendere il fazzoletto?» chiese De Jaager, rivolgendosi non a Ilić ma a un secondo uomo più maturo appoggiato al montante della porta.

«Ma certo» fu la risposta di questi. «Non siamo animali, o non lo siamo tutti.»

Era Radovan Vuksan, fratello di Spiridon, il capo del clan. Radovan aveva superato la sessantina, ed era calvo come un monaco tonsurato. Pesava sessantaquattro chili bagnato fradicio, chili quasi tutti concentrati in una pancia gonfia come un grosso tumore. Aveva occhi brillanti ma privi di vita, come se fossero fatti di vetro fallato, e se aveva mai sorriso lo aveva fatto esclusivamente a proprio uso e consumo. Lui era il ghiaccio e suo fratello il fuoco, ma entrambi bruciavano con uguale ferocia.

De Jaager si sfilò il fazzoletto dal taschino della giacca e se lo passò sul viso. Non appena ebbe finito, Ilić gli sputò addosso un altro fiotto di champagne, questo ancora più carico di saliva.

«Zivco» lo ammonì Radovan Vuksan. «Adesso basta.»

Ilić gli porse la bottiglia, ma lui declinò l'offerta.

«Che spreco» disse De Jaager fissando Ilić.

«Di champagne?» chiese Radovan.

«Di ossigeno. Dovreste rivedere i vostri criteri di arruolamento. Mi sembrano fallaci.»

Radovan non si affrettò a correggerlo, cosa che Ilić non poté fare a meno di notare. Dal punto di vista di Radovan, Ilić era stato un acquisto del fratello, e pertanto difenderlo sarebbe spettato a Spiridon, sempre che avesse deciso di farlo. Se non altro, rifletté Radovan, De Jaager sapeva giudicare le persone.

«È in pensiero per le sue donne?» gli domandò.

De Jaager non aveva chiesto di loro, nella vaga eventualità che Anouk e Liesl non fossero state presenti quando i Vuksan erano arrivati alla casa sicura. Ora che i suoi peggiori timori avevano trovato conferma, chiuse gli occhi per un breve istante. «Sì» ammise.

«Qualcuno si sta occupando di loro.»

«Non fatele soffrire.»

Radovan Vuksan si strinse nelle spalle. «Non sta a me deciderlo. Lo farà Spiridon non appena ci raggiungerà.»

«Posso pagarvi. I soldi ce li ho.»

«Lo so. Li abbiamo anche noi. E non siamo i soli.»

«Si può sempre averne di più» osservò De Jaager.

«Non è una questione di soldi. È una questione di sangue.»

«Davvero? Credevo che a questo punto ne aveste versato abbastanza.»

«Io sì. Altri meno.»

Intorno al corpo di Paulus ronzavano le mosche. Ilić gli versò sulla testa il resto dello champagne, disperdendo alcuni insetti e affogandone altri prima che quelli rimasti tornassero alla carica. Dalla strada giunse la risata di una donna. Poi un furgone si fermò davanti alla casa, una porta si aprì e si richiuse, De Jaager udì dei passi sulle scale e una figura alle spalle di Radovan si spostò per far passare il nuovo arrivato.

«Ora possiamo cominciare» disse Radovan.

4

Angel si stava ancora sfilando il giubbotto quando Mrs Bondarchuk fece capolino dalla porta del suo appartamento. Nel braccio sinistro reggeva uno dei volpini (Angel non aveva idea di quale fosse, poiché gli sembravano tutti uguali), mentre il muso di un altro apparve più o meno all'altezza delle sue caviglie.

«Oggi fin dove è arrivato?» domandò.

«Fino alla Cinquantaseiesima e ritorno» rispose Angel.

«Troppo.»

«Ieri sono arrivato alla Sessantesima e ha detto che era troppo poco.»

«Lo era, ma per oggi la Cinquantaseiesima era troppo lontana. Avrebbe dovuto fermarsi alla Cinquantottesima.»

Il volpino che Mrs Bondarchuk teneva in braccio guaì il suo consenso. Erano tutti esperti della sua salute, si disse Angel; tutti tranne lui. L'unica consolazione era che la chemio era finita. Aveva dovuto farne cinque cicli, e adesso doveva abituarsi ai controlli periodici per il resto dei suoi giorni, un infinito ripetersi di preoccupazioni, esami e sollievo (se i risultati erano positivi) fino al risorgere delle apprensioni.

Se, o quando, gli avessero detto che il cancro era riapparso, Angel pensava che forse si sarebbe ucciso. Ne aveva parlato con Jennifer Parker in uno dei suoi sogni. Dopotutto aveva avuto una formazione cattolica, e il timore della dannazione eterna era sempre presente. I suicidi, ricordava, ricevevano scarsa misericordia all'altro mondo. Ma nel suo sogno Jennifer lo aveva tranquillizzato.

«In qualunque modo ci arriverai» gli aveva detto «io sarò lì ad aspettarti. E non permetterò che ti accada niente di male.»

Angel avrebbe voluto osservare che, essendo morto, qualcosa di male a quel punto doveva già essergli accaduto; ma aveva resistito all'impulso, poiché una brutta situazione poteva essere sempre peggiorata. In più gli era parso imprudente fare lo spiritoso con un fantasma, anche solo in sogno.

Louis, che aveva già raggiunto il primo piano, lo chiamò e gli disse di lasciare in pace Mrs Bondarchuk.

«Vada a riposarsi» disse lei.

Angel obbedì. Non lo avrebbe mai ammesso esplicitamente, ma forse Mrs Bondarchuk non aveva tutti i torti riguardo a quei due isolati in più all'andata e al ritorno. Sentiva un dolore al ventre, e non vedeva l'ora di coricarsi e chiudere gli occhi. Era già arrivato al quarto gradino quando Mrs Bondarchuk domandò: «I fratelli Fulci torneranno presto a trovarci?»

Angel sospirò. Sì, una brutta situazione poteva essere sempre peggiorata. Se i Fulci fossero stati più giovani, e se non avessero già avuto una madre, Mrs Bondarchuk avrebbe potuto adottarli, nel qual caso perfino i ratti avrebbero abbandonato la palazzina.

«Dio, spero di no» disse sottovoce, ma Mrs Bondarchuk udì male, o forse finse di farlo.

«Lo spero anch'io» replicò.

Poi, sorridendo, richiuse la porta.

Più a sud in città, Conrad Holt ordinò un'altra birra e l'agente speciale Ross si fece rabboccare il caffè. Dovevano agire con prudenza nella loro esplorazione delle attività della Armitage nei Paesi Bassi. Gli attaché legali dipendevano dalla divisione Operazioni Internazionali al quartier generale di Washington dell'FBI, e soltanto le significative pressioni esercitate dal dipartimento di Stato, da quello di Giustizia e all'interno dello stesso Bureau erano riuscite a convincere la divisione ad archiviare le indagini ufficiali sulla morte della sua esponente. Ross era rimasto coinvolto poiché dietro sue precise istruzioni la Armitage si era messa in contatto con quell'insolito investigatore privato che rispondeva al nome di Charlie Parker durante il periodo che questi aveva trascorso nei Paesi Bassi. Nulla faceva pensare che Parker fosse coinvolto nella scomparsa della Armitage, visto che a quel punto aveva già lasciato il Paese. Per di più, Parker non aveva l'abitudine di intagliare caratteri arabi sulle piastrelle, né di uccidere donne squarciandone i polsi. Ma, mentre si trovavano in Europa, Parker e i suoi compari, i criminali di lunga data Angel e Louis, avevano ricevuto aiuti economici, informazioni e assistenza legale da parte di Ross. Comprensibilmente il vicedirettore responsabile della divisione Operazioni Internazionali era curioso di conoscerne i motivi, nell'eventualità che la presenza di Parker nei Paesi Bassi potesse essere connessa, direttamente o indirettamente, alla morte della Armitage. Le risposte di Ross non erano state soddisfacenti, ma l'intervento di Holt aveva impedito che l'agente speciale diventasse vittima del genere di conflitto interno che avrebbe potuto rovinarne la carriera, assicurandosi al tempo stesso che Ross continuasse a essere informato sui contenuti del cellulare usa e getta della Armitage.

Come se la situazione non fosse già abbastanza complessa e rischiosa, sia Holt che Ross erano agenti federali di lungo corso. Ross era leggermente più anziano, con più anni di servizio alle spalle, ma Holt aveva fatto carriera in modo più rapido ed era arrivato più in alto. Finora aveva evitato scandali, infamie e preoccupazioni più gravi delle tipiche inchieste di routine. Parlava la lingua delle commissioni congressuali ed era dotato di una memoria tanto esauriente quanto selettiva. Sapeva come sopravvivere nella vasca dei pesci grossi, e come tutti coloro che sapevano sopravvivere aveva denti aguzzi.

Ross, dal canto suo, sarebbe sempre stato marchiato dall'associazione con le indagini sul Viaggiatore, e specificamente con le ripetute, dolorose rivelazioni delle responsabilità del Bureau. Poiché il Viaggiatore aveva causato anche le morti di Susan e Jennifer Parker, la moglie e la figlia di Charlie Parker, Ross aveva intrecciato un rapporto con l'investigatore privato che Holt considerava potenzialmente compromettente. Tale rapporto, a sua volta, si era esteso ad Angel e Louis. Finora i vantaggi erano stati superiori ai danni, ragione per cui Holt era stato sempre disposto a proteggere Ross dai nemici, interni o esterni che fossero. Ma negli ultimi tempi aveva cominciato a ripensarci.

«Non mi hai ancora detto come mai la Armitage era in contatto con i Vuksan» disse.

«Presupponi che lo sappia,» rispose Ross «il che è un complimento alla mia intelligenza.»

«Era del tutto involontario. Allora, non hai una risposta?»

«No, ma ho una teoria. E non ti renderà felice.»

«È dalla presidenza Reagan che non sono più felice,» ribatté Holt «e anche allora non lo ero poi così tanto.»

Ross scostò la tazza del suo caffè e posò le mani sul tavolo come se si stesse preparando a parlare, o magari ad alzarsi, uscire di lì e non farsi più vedere.

«A preoccuparmi è il momento del contatto» disse. «Forse la Armitage comunicava regolarmente con i Vuksan, ma l'istinto mi dice di no. Sarebbe stato troppo pericoloso, e non riesco a vedere che vantaggio avrebbe potuto ricavarne. Ma il suo crollo progressivo, l'assenteismo dal lavoro e il malessere che l'aveva colpita, psicosomatico o di qualunque altro tipo, sono apparentemente cominciati con l'arrivo nei Paesi Bassi di Parker e dei suoi compari.»

«E allora?»

«E allora,» proseguì «qualche anno fa ad Amsterdam venne assassinato un serbo di nome Andrej Buha. Buha era altrimenti noto come Timmerman, che in olandese significa 'Carpentiere' o 'Falegname', a causa del suo debole per la crocifissione di musulmani e croati durante i conflitti nei Balcani. Dopo la guerra Buha era stato assoldato come gorilla da certi elementi del clan criminale di Zemun, che aveva stabilito una base operativa nei Paesi Bassi. Gli Zemun reagirono molto male all'eliminazione di Buha, non tanto perché gli fossero particolarmente affezionati, quanto perché li faceva sembrare vulnerabili, e in effetti segnò l'inizio del loro declino in quella zona d'Europa, un declino che fino ad allora non era stato del tutto arrestato nemmeno dal bagno di sangue del conflitto.

«A emergere dallo sfacelo furono i Vuksan: due fratelli, Spiridon e Radovan, con il sostegno di un gruppo di fedeli discepoli. Il clan Zemun è pericoloso, ma i Vuksan sono molto peggio. Gira voce che avessero tramato per anni dall'interno per ottenere il controllo del ramo olandese dell'organizzazione, e che la dissoluzione di quest'ultima non fosse tanto dovuta a un collasso spontaneo quanto a una detonazione controllata dai Vuksan e dai loro alleati.

«Da allora, i tre principali esponenti degli Zemun nei Paesi Bassi sono stati neutralizzati in un modo o nell'altro. Uno è morto di infarto nel 2010 mentre era in attesa di un processo per riciclaggio di denaro sporco, a un secondo hanno sparato a Rotterdam nel 2013, e il terzo è scomparso in Serbia poco dopo l'ascesa dei Vuksan, e gira voce che abbia riscoperto il contatto con Madre Natura da due metri sottoterra. Qualunque sia stato il ruolo giocato dai Vuksan nelle loro sventure, ha dato via libera al consolidamento della loro base operativa nei Paesi Bassi.

«Nel frattempo il clan di Zemun, che è il nome di un quartiere di Belgrado e non di una famiglia, continua a operare, ma il ramo olandese e l'intero territorio europeo a ovest dei Paesi Bassi è passato a tutti gli effetti ai Vuksan, probabilmente su ordine dei politici di Belgrado, sulla base del fatto che lo spargimento di sangue faceva fare brutta figura al governo di fronte ai suoi nuovi, sciccosi amici europei. Ma la nomea degli Zemun è rimasta, perché puoi anche decidere di chiamare il lupo in un altro modo, ma sempre lupo rimane. Si può perfino sostenere che il marchio Zemun possedesse un certo valore di mercato, addirittura un suo prestigio.»

In realtà, l'interesse che Holt nutriva per il crimine organizzato serbo era minimo, e non andava molto oltre Glendale, Ridgewood e Astoria, le enclavi serbe nel Queens a New York. Tra la fine degli anni Ottanta e i primi anni Novanta il Bureau aveva brevemente dovuto fare i conti con Boško Radonjić, detto 'Lo Jugo', che grazie ai suoi collegamenti con il boss mafioso Jimmy Coonan era riuscito ad assumere il controllo dei Westies, l'organizzazione criminale irlandeseamericana, dopo l'incarcerazione di gran parte dei suoi caporioni. Ma ormai Radonjić era morto, e Jimmy Coonan stava scontando settantacinque anni di detenzione per associazione a delinquere senza possibilità di condizionale. Per come la vedeva Holt, i serbi erano un problema altrui, e potevano fare quello che volevano a patto che lo facessero fuori dagli Stati Uniti. Il coinvolgimento della Armitage nei loro affari era una sgradita complicazione.

«Da quando hanno preso il controllo delle operazioni olandesi» riprese Ross «i Vuksan si sono rimessi a indagare sull'omicidio di Andrej Buha. Buha era un loro cugino, un loro fedele seguace nell'organizzazione, e aveva servito nell'esercito al comando di Spiridon, ragione per cui il suo assassinio non è mai stato digerito. Un gruppo musulmano lo aveva rivendicato come rappresaglia per le azioni di Timmerman durante la guerra, ma i Vuksan non ci avevano mai creduto del tutto. Un omicidio pulito, due colpi al petto e due alla testa per finirlo, non apparteneva al loro stile, e le indagini dei Vuksan, che per la maggior parte si basavano sulla tortura dei musulmani catturati, sembravano confermare i loro sospetti.»

«Ma allora Buha chi lo aveva ucciso?» chiese Holt.

«Penso fosse stato Louis,» rispose Ross «come favore reso a un vecchio amico di nome De Jaager. Buha aveva assassinato un certo Jos, il marito della cognata di De Jaager, Anouk. De Jaager trovava, e non gli si può dare torto, che una vendetta fosse giustificata, e ne aveva incaricato Louis. Da quanto ho capito, Louis l'ha eseguita a titolo gratuito.»

«E pensi che la Armitage l'avesse scoperto?»

«Da tempo girava voce che a eliminare Buha fosse stato un sicario, e la Armitage aveva buoni contatti all'IPOL, il servizio informazioni della polizia olandese. Quando Louis è rientrato nei Paesi Bassi insieme a Parker e si è rimesso in contatto con le persone vicine a De Jaager, forse la Armitage si è messa a scavare più a fondo e ha trovato l'oro.»

«Ma perché passare l'informazione ai Vuksan?» disse Holt.

«Per denaro. O forse perché le era stato detto di farlo.»

«Da chi?»

«Non lo so, ma prima di morire la Armitage ha ucciso due persone, entrambe collegate alle indagini di Parker, ma anche in parte ai nostri stessi interessi. Non le ha uccise per capriccio.»

Holt provò la tentazione di finire la sua birra e ordinarne un'altra, ma si trattenne. Se avesse continuato a bere, avrebbe potuto andare avanti fino a perdere i sensi. Ogni volta che sentiva nominare Parker e i suoi amici gli sembrava che l'ulcera tornasse alla carica.

«O magari» disse «la telefonata della Armitage a Zivco Ilić non aveva niente a che vedere con la morte di Buha.»

«È possibile,» concesse Ross «ma sarebbe comunque il caso di avvertire Louis.»

«Siamo l'FBI» ribatté Holt. «Non mettiamo in guardia gli assassini quando i loro vecchi peccati tornano a galla. Quello che dovremmo fare è metterli al fresco.»

«Anche quelli che abbiamo usato ai nostri scopi?»

Le ultime tracce di benevolenza scomparvero dall'occhiata che

Holt rivolse al suo collega. Si chiese quando sarebbe stato costretto a gettarlo fuori bordo, e come avrebbe fatto ad assicurarsi che annegasse al più presto.

«Non è la prima volta» disse «che ho l'impressione che tu ti stia affezionando a individui che non lo meritano.»

«Il mio è rispetto, non affetto.»

«È un distinguo che in un'aula di tribunale potrebbe non essere apprezzato.»

«Speriamo di non arrivarci, allora.»

«Che Dio ti ascolti, anche se forse sarebbe meglio che Dio non sentisse niente di tutto questo.»

«Mi stai ordinando di non mettere al corrente Louis?» domandò Ross.

«Non ti sto ordinando niente, perché questa conversazione non è mai avvenuta.» Holt gettò qualche banconota sul tavolo per pagare. Non aveva intenzione di lasciarne traccia sui suoi estratti conto. «Per ora,» riprese «i Vuksan non ci riguardano, e sarebbe meglio per entrambi se i motivi della Armitage per mettersi in contatto con loro restassero un mistero.»

«Ho letto una segnalazione dei servizi segreti in cui si sostiene il contrario» obiettò Ross.

Holt tolse un paio di dollari dalla mancia. Era un dipendente pubblico, e la sua pensione sarebbe arrivata solo fino a un certo punto.

«Prosegui» disse.

«I Vuksan sono trafficanti di uomini, sia di alto che di basso profilo, e non controllano i precedenti dei loro carichi.»

«Terroristi?»

«È quello che si presume.»

«A meno che non lo facciano sul suolo statunitense o rappresentino una minaccia per la nostra cittadinanza, non sono un problema del Bureau.»

«Non ancora.»

«Continua a non essere una ragione per stabilire contatti superflui e imprudenti con un noto assassino.»

«Sospetto assassino» precisò Ross. «E potrebbe essere un po' tardi per cominciare a dissociarci.»

Per te, forse, pensò Holt, ma io posso ancora negare qualsiasi legame.

Ciò malgrado, la notizia della segnalazione lo inquietava. In seguito all'11 settembre, intere promettenti carriere erano state troncate quando era emersa una certa riluttanza ad agire sulla base di informazioni segrete. E la sua testa sarebbe rotolata con la stessa facilità di tutte le altre.

«Non voglio saperne nulla» disse alla fine. «Ufficialmente ti ho ammonito di non far circolare l'informazione né all'interno né all'esterno del Bureau. Siamo intesi?»

«Alla perfezione» rispose Ross senza traccia di risentimento. Conosceva le regole del gioco, e si era ormai da tempo rassegnato al fatto che le sue carte sarebbero sempre state perdenti. In simili circostanze, un uomo aveva tre scelte. Poteva passare la mano, poteva cercare di giocarsela bluffando e sperando in un improbabile ribaltamento della sorte, oppure poteva barare, e nel dizionario di Ross barare era semplicemente sinonimo di pragmatismo. E questo lo sapeva anche Holt, visto che aveva usato la premessa 'ufficialmente', a indicare che in via non ufficiale Ross aveva una certa libertà di azione.

«Ma se quello che pensi fosse vero,» proseguì Holt «e la Armitage avesse davvero venduto Louis ai Vuksan, non credi che a questo punto si sarebbero già mossi?»

«Immagino di sì,» rispose Ross «ma alcuni preferiscono aspettare.»

«Aspettare cosa?»

«Il momento giusto.»

5

Si diceva che Spiridon Vuksan non versasse in buone condizioni di salute, ma ciò non traspariva minimamente dal modo in cui fece ingresso nella cucina della casa sicura, tanto che la voce poteva essere più correttamente ascritta alla categoria dei pii desideri. Spiridon era più basso del fratello, corpulento e muscoloso laddove Radovan era gracile come un uccellino, pancia esclusa. Spiridon aveva anche conservato tutti i capelli sulla testa; erano corti e prevalentemente grigi, seppure screziati qua e là di scuro come un guscio d'uovo. Allo stesso modo in cui Radovan non era mai stato visto sorridere, Spiridon non era mai stato udito alzare la voce per la collera: più che parlare mormorava, come se stesse umilmente pregando il suo dio. Il suo aspetto esteriore era del tutto benevolo, e qualunque violenza commettesse, qualunque stupro, mutilazione e uccisione, era sempre accompagnato da un'espressione di rammarico, come se fosse stata una forza al di fuori e al di sopra di lui, che apparteneva a quella sconosciuta divinità, a un superiore senza nome o addirittura alle sue stesse vittime, a costringerlo ad andare contro i suoi impulsi migliori.

I suoi occhi mostravano gentilezza, ma come nel caso del fratello sembrava dipinta su vetro, e la realtà che si celava dietro di quello veniva rivelata dall'operato delle sue mani. Se fosse stato possibile estrargli i bulbi oculari e lasciare soltanto le orbite, si sarebbe forse potuto distinguervi una chiazza nera e torbida simile a inchiostro nell'acqua, una massa che occasionalmente assumeva la forma di qualcosa di antico e predatorio, un'entità che si nutriva anche quando non era affamata, per il puro piacere di fare a brandelli un altro essere vivente. Spiridon Vuksan operava in un regno al di là della ragione, e la follia che lo guidava era resa ancora più terrificante dalla sua equanimità.

Spiridon si tolse la giacca e la consegnò al fratello. Prese una sedia e si sistemò davanti a De Jaager, così vicino che le loro ginocchia si sfioravano. Intrecciò le dita e fissò l'uomo di fronte a sé, posando il suo sguardo clemente su ciascuno dei tratti distintivi di De Jaager come un esperto in fisiognomica incaricato di determinare le prove visive della profonda depravazione morale di un individuo. Poi finalmente parlò.

«Mi dispiace che si sia giunti a questo» disse.

De Jaager non rispose. Quell'uomo non lo meritava, e non c'erano parole che potessero cambiare ciò che stava per succedere.

«Capisce perché lei e io siamo qui, vero?» riprese Spiridon. «La prego, non mi dica che sta per morire nell'ignoranza.»

«Timmerman» disse De Jaager.

«Bravo» ribatté Spiridon battendo le mani in un lento, triste applauso. «Anche se ad Andrej quel soprannome non era mai piaciuto, e nemmeno a me. Me l'ero sempre chiesto, se dietro la sua morte non ci fosse stato lei, ma erano in molti ad avere motivo di odiarlo. Ero sorpreso che non si fosse formata una fila di gente pronta a rivendicarne l'eliminazione, ma poi ho pensato che forse fosse stata la prudenza a farli tacere. Scelta saggia, visto quello che sta per succederle.»

Abbassò gli occhi sulle proprie mani e De Jaager si irrigidì al pensiero che quello potesse essere il momento della sua morte, che Spiridon stesse per affondare in lui le sue unghie come artigli e ridurlo a brandelli. Ma il serbo, dopo aver atteso tanto a lungo, non sembrava avere fretta.

«Sa,» riprese «un giorno chiesi ad Andrej se avesse tenuto conto di quanti uomini aveva ucciso. Ero sinceramente curioso, e lui prese a cuore la domanda. Tornò da me qualche giorno dopo e mi disse che gli sembrava di aver fatto tra le duecentocinquanta e le trecento vittime. Gli dispiaceva non poter essere più preciso, ma la memoria è sempre traditrice. Peraltro era notevole il fatto che ne rammentasse così tante, anche se mi era stato detto che per anni, prima che diventasse troppo pericoloso conservarlo, aveva tenuto un taccuino su cui aveva segnato ogni nome. Diceva che le guerre contro i turchi e i croati erano state il coronamento della sua esistenza, e che il suo unico rimpianto era che si fossero concluse. Un giorno era arrivato a fare trenta vittime, quasi tutti uomini. Erano stati condotti a lui dal campo di Omarska e costretti a inginocchiarsi davanti al ceppo di un albero, e Andrej aveva sfondato loro il cranio con un maglio di lignum vitae. Aveva smesso solo quando gli si erano stancate le braccia, impedendogli di ammazzare le sue vittime al primo colpo. Le donne, invece, prima le aveva stuprate. Spoglie di guerra.»

Alle spalle del fratello, Radovan Vuksan espirò un sonoro fiotto d'aria dalle narici. Non aveva gradito, per una questione di principio, il modo in cui Andrej Buha era stato ucciso e il lungo periodo in cui i responsabili l'avevano fatta franca, ma non trovava che il mondo avesse perso molto con la scomparsa del cugino. La ferocia di Buha era cresciuta con il passare degli anni, e il genere umano poteva permettersi di perdere un sadico o due senza correre il rischio di restarne senza. D'altra parte Radovan non era il tipo dell'assassino, anche se aveva approfittato delle morti altrui. Spiridon amava provocarlo sull'argomento ogni volta che lui consigliava di ricorrere alla violenza solo quando diventava assolutamente necessario. Radovan, a sua volta, ribatteva che se le azioni di Spiridon potevano contribuire al terrore suscitato dai Vuksan, era lui, Radovan, a essere il fautore della loro ricchezza. Il terrore dava il potere, ma il denaro lo metteva al sicuro.

Spiridon si voltò e rivolse un'occhiata torva al fratello.

«È troppo per il tuo stomaco?» domandò.

«Neanche per sogno» rispose Radovan. «Fa' pure.»

Spiridon riportò la sua attenzione su De Jaager.

«In seguito, dopo la presa di Srebrenica» proseguì «Andrej cominciò a interessarsi alla pratica della crocifissione e alla sua efficacia come strumento di terrore. Scoprì che un uomo crocifisso con le braccia sopra la testa può sopravvivere al massimo un'ora, ma spesso non più di dieci minuti. Penso che un tale interesse per la crocifissione fosse in parte causato dalle sue convinzioni spirituali. Andrej era profondamente religioso, e in particolare era devoto a san Joanikije di Dević. Immagino che questo non lo sapesse. Probabilmente ci considera tutti delle bestie.»

«Ho provato» ribatté De Jaager «a non considerarvi mai. Ma non sapevo che esistesse un santo patrono degli stupratori. Posso solo supporre che la mia spiritualità sia di stampo diverso dalla vostra.»

Spiridon gli diede un colpetto sul ginocchio.

«Molto arguto» disse. «Certo, tutti quelli che la conoscono la definiscono una persona arguta. Sono anni che lo sento ripetere. Ma se la vedessero adesso che cosa direbbero?»

«Non lo sapremo mai.»

«Lei no, ma io aguzzerò le orecchie in sua assenza.»

Si udì un ticchettio sommesso. Radovan stava picchiettando un'unghia sul suo orologio.

«Ho quasi finito» disse Spiridon. «La lezione di Storia sta per concludersi. Nel 2004, quando gli shiptar attaccarono il monastero ortodosso serbo di Dević,» riprese usando, come molti altri della sua generazione, il termine serbo spregiativo per indicare gli albanesi «Andrej chiese il permesso di tornare nella regione per punire i colpevoli. Ma io non glielo concessi. Se fosse andato, dubito che lo avremmo più rivisto. Si sarebbe arruolato per dare la caccia ai guerriglieri dell'Esercito di Liberazione del Kosovo, ma io avevo bisogno di lui. Andrej era il guanto della mia armatura, la mia mazza ferrata, e così in cambio gli concessi di fare incetta degli albanesi che si erano trasferiti qui nei Paesi Bassi. Visto con il senno di poi, fu un errore. Temo che alla fine fosse sprofondato nella follia, ed era sempre più difficile da controllare. L'uccisione di suo cognato Jos ne fu una sventurata conseguenza, e a sua volta portò all'eliminazione di Andrej su suo diretto ordine, il che è il motivo per cui ora ci troviamo in questa situazione. Da un certo punto di vista sono anch'io responsabile di ciò che è avvenuto. Credevo di poter domare Andrej, ma mi sbagliavo.»

Spiridon si sporse in avanti.

«Quello che sinceramente non capisco è perché si sia fermato ad Andrej» riprese. «È stato sciocco da parte sua. Andrej non era che lo strumento di una volontà altrui. Era come prendersela con il martello usato per inchiodare i polsi e le caviglie di Jos, o con i chiodi stessi. Se le nostre posizioni fossero state invertite, io mi sarei vendicato su di lei.»

«Ma noi non siamo uguali» disse De Jaager.

«E magari non voleva una guerra che non avrebbe mai potuto vincere?»

«Forse.»

«Ma il risultato finale è lo stesso» osservò Spiridon. «La sua eliminazione e quella di tutto ciò che le è caro.»

Sfilò una pistola da sotto la cintura. Ne fece scattare la sicura, premette la canna sotto il mento di De Jaager e lo costrinse a posare il dito sul grilletto.

«Non tutto quello che dicono di me è vero» soggiunse. «Sono capace di misericordia, e ho sempre provato rispetto per lei. Non voglio farla soffrire, e così mi accontenterò della sua vita, a patto che sia lei stesso a togliersela. Nella camera di scoppio di questa pistola c'è già un proiettile. Basta fare pressione sul grilletto e sarà tutto finito. Se non lo farà, le garantisco che la sua dipartita da questo mondo sarà più dolorosa di quanto abbia mai immaginato.»

De Jaager udì un suono dal piano di sopra. Sembrava il gemito di una donna. Ora sapeva dove tenevano almeno una di loro.

«Chi c'è al primo piano?» domandò.

Fu Radovan a rispondere.

«La vecchia, Anouk, e la ragazza, Liesl.»

«Che cosa ne farete?»

«Prema il grilletto» disse Spiridon.

De Jaager fece guizzare freneticamente gli occhi tra i due fratelli.

«Vi prego,» disse «lasciatele andare. Loro non c'entrano.»

«Le do la mia parola» rispose Spiridon. «Glielo giuro su questa reliquia.» Sfilò una vecchissima croce ortodossa da sotto la camicia, le maglie della catenella a cui era appesa bagnate di sudore. «Se lei si ucciderà, le lascerò andare. Voglio vederla mentre si toglie la vita. Voglio assistere mentre si disonora in questo mondo e si danna in quello a venire.»

De Jaager deglutì, chiuse gli occhi e premette il grilletto.

Il cane si abbassò, ma l'arma produsse solo uno scatto metallico.

Vi fu un istante di silenzio, poi Spiridon Vuksan cominciò a ridere. A lui si unì il solo Zivco Ilić, poiché Radovan si era già allontanato. Gli unici a non ridere erano Paulus, che era morto, e De Jaager, che lo sarebbe stato di lì a poco.

«Bello scherzo, eh?» disse Spiridon.

Diede una pacca sulla spalla a De Jaager e gli tolse di mano la pistola. De Jaager non oppose resistenza. Non alzò nemmeno gli occhi. Il suo sguardo era già fisso sulla vita ultraterrena. Ci sarebbe stato da soffrire, ma era un uomo anziano, e le sofferenze non gli erano ignote. Rimpiangeva solo di non averle potute risparmiare ad altri, assumendosele come Cristo.

«Sono un uomo di parola» soggiunse Spiridon. «Lei non si è ucciso, e di conseguenza non sono costretto a lasciar andare le sue donne. Venga, venga.» Lo prese per un braccio, e Ilić afferrò l'altro. Insieme lo fecero alzare. «Andiamo di sopra. C'è qualcosa che le voglio mostrare...»

6

Angel e Louis ordinarono la cena da Saiguette su Columbus Avenue. La offrirono anche a Mrs Bondarchuk, anche se non la invitarono a condividerla con loro, né lei chiese di farlo. Scelsero un banh mi di spalla di maiale al limone e gamberi impanati fritti, il tutto accompagnato da una mezza bottiglia di Riesling tedesco. Quando ebbero finito Louis lavò i piatti mentre Angel, seduto sulla sua poltrona preferita, leggeva un libro intitolato *I Await the Devil's Coming*, 'Attendo la venuta del demonio'. Parker lo aveva originariamente consigliato a Louis, il quale però lo aveva accantonato dopo due pagine dicendo di non nutrire alcun interesse per la vita di una diciannovenne: non l'aveva mai avuto e non l'avrebbe mai sviluppato. Il libro era datato 1902 ed era stato scritto da Mary MacLane, la diciannovenne in questione, originaria di Butte nel Montana. Angel non aveva ancora fatto molta strada insieme a lei, ma gli era già simpatica. Era una ladra, ma aveva una coerente filosofia criminale.

'Mi è stato suggerito che sarei una cleptomane,' scriveva 'ma sono certa di essere perfettamente sana di mente. Non ho una simile giustificazione. Sono semplicemente una ladra, e questo è solo uno dei miei numerosi illeciti. Rubo denaro o qualunque altra cosa desideri ogni volta che posso, quasi sempre. Mi diverte, e nella vita bisogna divertirsi. Ho soltanto due regole: che la persona a cui rubo non sia davvero bisognosa, e che non esista la benché minima possibilità di essere scoperta (e naturalmente non potrei mai pensare di rubare alla mia unica amica). Sarebbe estremamente seccante essere nota come semplice ladruncola.'

Se avessi avuto la fortuna di avere una figlia, si disse Angel, mi sarebbe piaciuto che somigliasse a Mary MacLane.

Louis ricomparve dalla cucina.

«Stai ancora leggendo quel libro?»

«Dovresti riprovarci» disse Angel. «Era una ragazza singolare. Senti: 'Non sto cercando di giustificarmi perché rubo. Non la considero una cosa che abbia bisogno di essere giustificata, non più del semplice camminare, o mangiare, o andare a letto.'»

«Hai mai pensato di dire una cosa simile a un giudice?» chiese Louis.

«Non mi è mai venuto in mente di farlo.»

«Se capitasse, ti consiglio di morderti la lingua.»

Angel lo guardò da sopra il bordo degli occhiali.

«Sembri preoccupato» disse.

«Ho una brutta sensazione, come di qualcosa che mi gratta il cervello.»

Angel lasciò che il libro si richiudesse da solo, ma tenne il segno con un dito. Sapeva che non era il caso di ribattere con una banalità qualunque. Quando Louis era preda di simili inquietudini, e succedeva di rado, significava che le nubi si stavano addensando all'orizzonte. Non era un potere medianico, né una forma di sesto senso. Era semplicemente una manifestazione del suo istinto di conservazione, e come tale era collegato alle sue doti predatorie. Era una reazione atavica che negli ultimi anni si era estesa a comprendere tutti coloro che si trovavano sotto la sua protezione.

«Siamo nei guai?» domandò.

«No» rispose Louis. Poi rifletté un istante. «Ma qualcuno lo è.»

7

De Jaager era seduto su un'altra sedia dallo schienale rigido, questa volta nella più grande delle due camere da letto. Aveva le braccia immobilizzate dietro la schiena. Nella stanza c'erano due letti dai telai di ferro. Su uno era legata Anouk, sull'altro Liesl. Erano entrambe imbavagliate, ed erano completamente nude. Accanto ai letti c'erano due uomini che De Jaager non aveva mai visto e che non riconosceva. Ciascuno reggeva in mano un coltello. Sulle gole delle due donne si vedevano dei segni, probabilmente laddove le lame erano state premute per costringerle al silenzio.

Radovan Vuksan aveva preferito non trattenersi ed era ridisceso in cucina, da dove proveniva della musica trasmessa dalla radio di cui lui stesso aveva alzato il volume. De Jaager riconobbe un brano di Schumann, uno dei suoi *lieder* per bambini. Forse Radovan lo aveva scelto appositamente, riproducendolo tramite il sistema Bluetooth del suo telefono, come se un idillio infantile potesse permettergli di evadere dalla realtà di ciò che stava accadendo sopra la sua testa.

Spiridon disse qualcosa in serbo, e uno degli uomini accanto ai letti cominciò a spogliarsi, poiché la cute è più facile da lavare di qualsiasi tessuto. L'altro, il più giovane dei due, esitò e poi disse qualcosa a Spiridon, il quale si accigliò ma poi parve assentire, per quanto malvolentieri. L'uomo più giovane restò vestito e fece un passo indietro, ma Ilić non parve mostrare la stessa riluttanza e cominciò subito a denudarsi.

Spiridon si fermò davanti a De Jaager, sovrastandolo. Nella mano destra reggeva un paio di affilate forbici da carne.

«Lei guarderà tutto» gli disse. «Ne osserverà ogni istante, perché ne è stato la causa. Se distoglierà o chiuderà gli occhi, le trancerò le palpebre.»

De Jaager guardò in faccia entrambe le donne, cercando di comunicare sentimenti che se anche avesse cercato di parlare sarebbero andati oltre il potere del linguaggio. Erano entrambe terrorizzate, ma insieme alla paura Anouk mostrava disprezzo. Non era stata lei a chiedere a De Jaager di vendicare la morte del marito per mano di Andrej Buha, ma quando lui l'aveva messa al corrente delle proprie intenzioni lo aveva abbracciato forte e aveva benedetto il suo nome.

«Potrebbero esserci ripercussioni» le aveva detto De Jaager. «Per noi tutti.»

«Lo capisco» aveva ribattuto Anouk. «Ma, se fosse in mio potere, per sicurezza li ucciderei tutti.»

Avrei dovuto ascoltarla, pensò ora De Jaager. Non avremmo dovuto fermarci a Buha.

I due uomini salirono sui letti. Da dietro i loro bavagli, le due donne cominciarono a gridare.

8

Angel si destò in piena notte e vide che Louis era seduto alla finestra. Nella mano destra reggeva un antiquato cellulare a conchiglia, aprendolo e richiudendolo ritmicamente. Era stato proprio quel suono a svegliare Angel.

«Che ore sono?» chiese.

«Mezzanotte passata.»

«Chi stavi per chiamare?»

«Non lo so» rispose Louis. «Tutti?»

Angel scese dal letto e gli si affiancò. Gli passò una mano nei capelli ingrigiti.

«Qualunque sia il problema, lo scopriremo presto.»

«Immagino di sì.»

Era strano, rifletté Angel, a quante persone fossero ormai legati. Non era sempre stato così, e la colpa era di Charlie Parker. Chi lo sapeva che la coscienza poteva essere contagiosa?

«Magari dovremmo sentire Parker» propose. Dopotutto, si disse, se c'era qualcuno incline ad avere problemi era il detective privato. Sarebbe stato in grado di calamitare guai anche nel vuoto pneumatico.

«Già fatto» disse Louis. «Mentre dormivi. Stanno bene, sia lui che sua figlia.»

Angel guardò passare un'auto della polizia. Nel momento del bisogno, la gente normale poteva rivolgersi alle autorità... be', a meno che non appartenesse a una minoranza e non vivesse nel quartiere sbagliato, ma nessuno diceva che la legge era perfetta, o che la giustizia non facesse discriminazioni razziali. Ma uomini come Angel e Louis la giustizia dovevano farsela da soli, forgiandola a propria immagine e somiglianza.

«Non c'è la possibilità che ti stia sbagliando?» domandò.

«No.»

Si strofinò gli occhi. Provava una stanchezza che il sonno non riusciva a lenire. Alla lunga, la sofferenza fisica poteva diventare snervante. Il fatto che non sembrasse avere fine.

«Hai bisogno di riposo» disse. «Dovrai avere energie fresche, quando accadrà.»

«Ti raggiungo tra poco» rispose Louis.

Angel tornò a letto. Quando si svegliò di nuovo, più tardi nella notte, era ancora solo. Udì della musica a basso volume dal piano di sotto, ma non si alzò. Richiuse gli occhi, attendendo l'inevitabile avvicinarsi della morte.

9

Si diceva che la Gestapo a Lione, al comando del suo ripugnante capo Klaus Barbie, avesse raggiunto un tale livello di dissennatezza nelle sue attività di tortura ed esecuzione dei prigionieri che a un certo punto i pavimenti del suo quartier generale presso l'École de Sante Militaire non erano più stati in grado di reggere gli effetti collaterali della carneficina e i soffitti avevano cominciato a colare sangue. Radovan Vuksan l'aveva sempre considerata un'esagerazione fino a quel giorno, quando, dopo essersi ritirato nella cucina della casa sicura di De Jaager nella speranza di risparmiarsi ciò che stava accadendo al piano superiore, sentì esplodere alcune gocce sul cranio e vide una chiazza rossa formarsi sul tavolo. Alzò gli occhi e si rese conto che il sangue stava sgocciolando dalle fessure tra le tavole del soffitto, e fece appena in tempo a scostarsi per evitare conseguenze peggiori. Si accese una sigaretta e vide che gli tremavano le mani.

A differenza di suo fratello e del resto del clan, Radovan non aveva combattuto in prima linea nei conflitti balcanici, o principalmente nella 'Guerra in Croazia', come veniva chiamata dai serbi, anche se forse aveva svolto un ruolo più importante e più letale di chi tra i suoi compagni aveva mietuto vittime sul campo. Radovan aveva lavorato come 'consulente capo' al MUP, il ministero dell'Interno serbo, un ruolo e un titolo deliberatamente vaghi e perfino innocui. Il MUP era uno dei ministeri più influenti della regione, e dirigeva sia le forze dell'ordine locali che quelle nazionali. Con l'apporto di Radovan era diventato ancora più potente, contribuendo ad armare civili e milizie locali dell'autoproclamata Repubblica Serba di Krajina in Croazia e finanziandone segretamente il presidente, Milan Martić.

Era stato Radovan a organizzare le strutture di sostegno delle forze serbobosniache e serbocroate durante la guerra; a trovare fondi per i 'volontari' arruolati per combattere nei territori della Croazia in mano ai serbi; a occuparsi personalmente del trasferimento di centinaia di migliaia di dollari al criminale di guerra serbo Arkan, una sua vecchia conoscenza; e per finire a organizzarne l'assassinio nella lobby dell'InterContinental Hotel di Belgrado nel gennaio del Duemila, quando era diventato chiaro che sarebbe stato meglio per tutti, con l'ovvia eccezione del diretto interessato, se Arkan non fosse sopravvissuto abbastanza a lungo da essere interrogato dagli inquirenti del Tribunale Penale Internazionale per l'ex Jugoslavia. Senza l'apporto di Radovan Vuksan, la Guerra in Croazia sarebbe stata significativamente più breve e meno genocida di quanto era stata. Ciò malgrado, le sue mani erano macchiate di sangue solo a livello puramente metaforico. Radovan era un brillante organizzatore, ma non aveva la propensione per l'omicidio di massa, né a livello di esecutore né di spettatore. Alcuni avrebbero potuto definirlo un codardo, ma si sarebbero sbagliati, poiché le manchevolezze morali di Radovan andavano ben più a fondo di quanto quel termine potesse significare.

Il sangue continuava a stillare dal soffitto, e il suono che faceva nel colpire il tavolo era inquietante. A giudicare dalla posizione della macchia, la fonte doveva essere la donna più anziana, Anouk. Aveva un bel po' di sangue nelle vene, e il materasso su cui l'avevano fatta distendere era sottile. Non c'era da sorprendersi che si fosse inzuppato così rapidamente.

Radovan si sfilò di tasca un fazzoletto, lo inumidì nel lavello e se lo passò sul cranio pelato. La sigaretta lo stava leggermente calmando, ma a un tratto la ragazza, Liesl, emise un acuto miagolio che sovrastò la musica. Radovan non aveva mai sentito un verso simile fuoriuscire da un essere umano. Sembrava andare oltre qualunque normale concezione del dolore, e immaginò che la ragazza non sarebbe durata a lungo. Aumentò il volume della musica, rendendosi conto che non sarebbe stato più in grado di ascoltare Schumann con lo stesso piacere di un tempo.

Aveva cercato di convincere suo fratello a non vendicarsi su De Jaager. Andrej Buha era morto ormai da tempo, e a ricordarlo, peraltro con scarso affetto, non restava che una manciata di suoi contemporanei. Se non fosse stato De Jaager a farlo assassinare, alla fine sarebbero stati costretti a intervenire gli stessi Zemun. E magari avrebbero addirittura incaricato proprio i Vuksan, per evitare una faida interna. Buha era diventato incontrollabile, il che metteva a repentaglio l'intera organizzazione. Per come la vedeva Radovan, De Jaager aveva quasi fatto loro un favore, e i Vuksan erano riusciti a sopportare le tempeste successive arricchendosi fin quasi al punto da potersi ritirare anche loro a vita privata. Avevano vissuto in esilio volontario abbastanza a lungo, e ora sentivano il richiamo della terra natia. I motivi di preoccupazione erano stati placati, le mazzette erano state versate e un posto era pronto per loro nella nuova Serbia. E più in là negli anni avrebbero ottenuto il riposo eterno nel suo suolo. Quell'atto finale di vendetta per un uomo non amato era per Radovan un rischio inutile in un momento già delicato.

Radovan nutriva anche qualche dubbio riguardo all'assassino che De Jaager aveva assoldato per eliminare Buha. Era un americano, e grazie alla Armitage ora sapevano che si chiamava Louis. A sentire Spiridon non c'era motivo per preoccuparsene. Era un professionista pagato per svolgere un lavoro, e qualunque cosa fosse accaduta in seguito non lo avrebbe riguardato. Magari, se gliene fosse preso il ghiribizzo, Spiridon avrebbe addirittura potuto chiedere di occuparsene a qualcuno dei loro amici negli Stati Uniti, ma in realtà non ne vedeva il divertimento. Louis era indubbiamente letale, e perciò avrebbe dovuto essere eliminato rapidamente. Sarebbe morto quasi senza soffrire, forse addirittura senza saperne il motivo, e a quale scopo? Come Spiridon aveva detto a De Jaager, solo uno stolto incolpava l'arma per le proprie sofferenze, maledicendo la lama che lo aveva tagliato o la pistola che lo aveva ferito in luogo di colui che impugnava il coltello o che aveva premuto il grilletto. Se avessero lasciato in pace l'assassino, diceva Spiridon, lui avrebbe lasciato in pace loro. Era così che operavano quelli come lui.

Ma Radovan non ne era altrettanto certo. La Armitage aveva informato Zivco Ilić, che aveva contattato per motivi ancora oscuri ai

Vuksan, che Louis era brevemente riapparso nei Paesi Bassi, e che a incontrarlo all'aeroporto era stato proprio Paulus, il factotum di De Jaager, il cadavere del quale giaceva accasciato nella cucina della casa sicura. Per di più, a sentire l'informatore dei Vuksan all'AIVD, i servizi segreti olandesi, Louis e De Jaager avevano visitato insieme il Rijksmuseum, ed era possibile che Louis avesse alloggiato qualche giorno proprio nella casa sicura. La Armitage pensava che i due si stessero occupando di una faccenda che coinvolgeva un investigatore privato americano di nome Charlie Parker, il che a Radovan non sembrava indicare il tipico rapporto di lavoro tra un sicario e chi lo pagava, ma suggeriva un collegamento più profondo. Forse addirittura un'amicizia.

Radovan aumentò ancora il volume della musica e si accese un'altra sigaretta.

10

L'agente speciale Edgar Ross non fumava, beveva di rado e conduceva il tipo di vita sociale che in genere veniva associato solo ai morti. La sua esistenza, o la parte più produttiva di essa, ruotava in modo preoccupante intorno al detective Charlie Parker, e in misura leggermente minore a Angel e Louis. L'affetto che Ross provava per quei tre era infinitesimale, anche se nel contesto di una vita quasi del tutto solitaria come la sua ciò li elevava praticamente alla condizione di compagnoni. Ma tale affetto era considerevolmente superato dal rispetto, e fu in parte questo, o almeno così Ross si diceva, a portarlo a telefonare a Louis.

D'altro canto, oltre a parlare con Conrad Holt, Ross aveva sondato con discrezione il terreno al di là di Federal Plaza. In ogni situazione, per quanto grave, la domanda da farsi era solo una: come posso sfruttarla a mio vantaggio? Coloro che si guadagnavano da vivere indagando sul prossimo portavano radicata in sé una distinta nota di doppiezza, e Ross ne era tutt'altro che immune. Si rendeva conto che prima o poi Conrad Holt l'avrebbe dato in pasto ai lupi. Ma, quando fosse accaduto, Ross li avrebbe costretti a combattere per mettere i denti sulla loro preda.

Nel frattempo avrebbe proseguito a proteggere la propria posizione senza abbandonare la sua missione principale, quella di identificare e sgominare un gruppo di uomini e donne noti come i Finanziatori. Era una conventicola potente, corrotta e con radici nell'occulto, il cui scopo principale era la ricerca di un'entità chiamata il Dio Sepolto, in cui avevano identificato uno degli angeli caduti imprigionato nelle profondità della terra. Da parte sua, Ross non era particolarmente interessato alle loro credenze: sapeva soltanto che esercitavano un'influenza malevola sulle cose umane, che erano un agente contaminante da estirpare. Per ottenere quello scopo Ross era pronto a usare qualunque mezzo, tra cui Charlie Parker e per estensione Angel e Louis. E, se ciò voleva dire proteggerli quando diventava necessario, era quello che avrebbe fatto.

Ross non rimase del tutto sorpreso quando sentì rispondere al primo squillo. Quel numero era noto solo a pochi individui scelti, e veniva periodicamente cambiato e comunicato alla cerchia ristretta dei prescelti. Fino a quel momento, Louis ignorava addirittura che l'agente speciale Edgar Ross del Federal Bureau of Investigation fosse tra coloro che ne conoscevano la versione più recente.

«Cosa cazzo vuole» disse dopo che Ross si fu identificato «e come ha avuto questo numero?»

«Risponderò prima alla seconda domanda» replicò Ross. «Lavoro all'FBI. Sapere queste cose è il mio mestiere.»

«In tal caso, dovrò sbarazzarmi o di lei o del numero. Con il numero sarebbe più facile, ma meno soddisfacente.»

«Si rende conto che minacciare un esponente del governo degli Stati Uniti è un reato punibile per legge?»

«Vorrà dire che andrò in galera ridendo. Non mi ha ancora detto cosa vuole.»

«Volevo avvertirvi.»

11

I Vuksan e i loro scagnozzi conclusero la loro opera poco prima delle sei del mattino successivo. Radovan si era addormentato su una sedia in cucina, e venne svegliato dal fratello che lo chiamava. Vide uno sbaffo scarlatto sul collo di Spiridon, e immaginò che a un certo punto si fosse unito alle torture. Dietro di lui, Zivco Ilić reggeva due grossi sacchi della spazzatura con gli asciugamani e le spugne che avevano portato per ripulirsi. Radovan sentiva anche odore di ammoniaca, ma appena sotto c'era quello del sangue.

«Ne è valsa la pena?» domandò.

«Penso di sì» rispose Spiridon. «De Jaager ha resistito a lungo, e anche la ragazza. Immagino che la donna più anziana avesse qualche problema di cuore.»

Radovan ripensò alla pioggia rossa dal soffitto. Alla fine aveva dovuto spostare il tavolo della cucina, e la pozzanghera di sangue che si era formata sul pavimento era sorprendentemente ampia. Era un miracolo che le vittime al piano superiore fossero sopravvissute così a lungo, ma era anche vero che gli aguzzini dei Vuksan conoscevano bene il loro mestiere.

Radovan si alzò. Doveva orinare, ma non l'avrebbe fatto lì. Sperava che anche Spiridon e gli altri avessero resistito, poiché la scientifica avrebbe esaminato i gabinetti in cerca di dna. D'altra parte, anche se avessero trovato qualcosa e fossero riusciti a identificare i responsabili, il governo olandese avrebbe dovuto richiedere l'estradizione a quello serbo. E, visto che la Serbia non faceva parte dell'Unione Europea, la questione sarebbe diventata tanto politica quanto legale, e avrebbe potuto essere rinviata all'infinito grazie alle alleanze dei Vuksan all'interno del ministero della Giustizia serbo e alla posizione che ricoprivano nella gerarchia del crimine organizzato del Paese. Ciò malgrado, Radovan avrebbe preferito che non si arrivasse a parlare di estradizione, poiché chi poteva sapere come la situazione avrebbe potuto evolversi in futuro? I soldi non potevano comprare la lealtà in eterno, e le parole dei politici erano tracciate con il fumo.

Radovan guardò fuori dalla finestra della cucina. Un furgone privo di contrassegni si stava fermando davanti alla casa sicura... e come suonava ironica tale denominazione a quel punto. Al volante c'era Luca Bilbija, che aveva lasciato agli altri le torture e aveva preferito assentarsi. Nemmeno lui, come Radovan, sopportava di veder uccidere le donne.

«Hai del sangue sulla testa» disse Spiridon. «Ti sei ferito?»

«Sgocciolava dal soffitto. Credevo di essermi pulito.»

«Evidentemente è l'unico modo in cui potresti sporcarti di sangue.»

Il vecchio argomento di discussione, perfino in quel momento.

«Ho svolto la mia parte per farci diventare ricchi.»

«E io la mia. Tu potrai anche pensare, ma io agisco.»

«A volte in modo avventato. E anche tu sei sporco di sangue.»

Radovan indicò lo sbaffo. Spiridon si sputò sulle dita e ve le passò sopra.

«E tu sei sempre troppo cauto» disse.

Per un attimo i due fratelli si fronteggiarono, ma poi Spiridon sorrise e baciò Radovan.

«Ma non litighiamo. Ormai è fatta. Niente più questioni in sospeso, niente più uccisioni. Lasceremo questa terra e torneremo alla nostra. Passeremo i nostri ultimi giorni sulle rive del lago di Zaovine, a bere rakija e parlare dei vecchi tempi.»

E lo faremo da soli, pensò Radovan. Non abbiamo mogli o figli; io per scelta (in un'altra vita sarei forse stato un monaco, poiché quel genere di appetito carnale mi è sempre stato estraneo), ma tu, Spiridon, perché hai ucciso tua moglie Andjela per averti tradito con Andrej Buha. Pur essendo un mostro, il suo tocco era comunque preferibile al tuo, o forse l'odio che Andjela provava per te era diventato una sola cosa con quello che nutriva per sé stessa.

Forse è per questo che hai voluto a tutti i costi uccidere De Jaager: perché ti aveva privato della possibilità di vendicarti, lasciandoti solo una vittima, Andjela. E con lei ti sei preso il tuo tempo. Ma in seguito alla sua morte hai perso qualunque desiderio sessuale, e sei diventato come me. Certo, finiremo i nostri giorni come due uomini soli, che è quello che siamo, parlando dei vecchi tempi e del sangue versato, poiché per noi sono la stessa identica cosa.

«Ho bisogno di riposo» disse Radovan.

«È perché ti preoccupi troppo.»

«Sì, di sicuro è così.»

Alle spalle di suo fratello, Luca Bilbija e l'ultimo membro del gruppo, Aleksej Marković, salirono le scale, e pochi istanti dopo si udirono dei movimenti al piano superiore.

«Credevo che stessimo andando via» disse Radovan.

Zivco Ilić fece ritorno in cucina. In mano reggeva una pistola sparachiodi.

«Sì,» rispose Spiridon «ma prima c'è un'ultima cosa da fare.»

12

La zona di Skadarlija di Belgrado era un tempo nota come Šićan Mala, il quartiere degli zingari. Fondata a metà del XIX secolo, si è gradualmente popolata di scrittori e artisti, assumendo un carattere bohémien che mantiene ancora oggi. Come molte aree simili di altre grandi città europee, è diventata una destinazione turistica grazie all'attrattiva delle sue strade acciottolate e delle sue locande e ristoranti tradizionali.

Uno dei meno noti tra questi è il Tri Lovca, i Tre Cacciatori, situato all'ingresso di Skadarlija. È più costoso dei locali limitrofi, ma meno vistoso dall'esterno. La sua porta è sempre chiusa a chiave, e per accedervi la clientela deve suonare il campanello. La prenotazione è necessaria, e può essere effettuata solo chiamando un numero riservato. I turisti che provano a suonare il campanello nella speranza di trovare un tavolo vengono informati che purtroppo non ce ne sono; sempre che parlino il serbo, cosa che essendo turisti probabilmente non fanno. Le parole che vengono loro rivolte vanno al di là del loro comprendonio, ma non la loro sostanza. In realtà, com'è ovvio, i camerieri del locale parlano anche l'inglese. Preso nel suo complesso, il personale del Tri Lovca conosce bene dieci lingue, anche se questo è noto solo a pochi clienti. I camerieri, il maître di sala e i cuochi possono comunicare tra loro solo in serbo, ma sanno ascoltare una varietà di linguaggi.

Il proprietario di facciata del Tri Lovca è un minuto vecchietto di nome Ivan Jelić, il quale accoglie personalmente la clientela e a fine serata, su richiesta, la intrattiene con una selezione di canzoni popolari. I frequentatori del locale sono da anni complici di questa finzione, poiché Ivan è una persona amabile. Ma in realtà il Tri Lovca appartiene a Nikola Musulin, boss del clan criminale che condivide il suo nome nonché nipote di Spiridon e Radovan Vuksan tramite la loro defunta sorella Jana. Nikola Musulin consuma di frequente i propri pasti nel suo ristorante, dove si mangia in modo eccellente, da solo o in compagnia, per intrattenere e fare buona impressione sui visitatori importanti. L'esclusività del locale lo rende anche una calamita per un certo genere di clientela (abbiente, ben connessa e occasionalmente criminale) che potrebbe essere all'oscuro della natura del suo titolare o che sceglie di ignorarla. Rimpinzati di alcol e leccornie, a volte tali clienti cessano di fare attenzione a ciò che dicono, e il personale del locale è sempre nei paraggi. Ma, se anche una conversazione più discreta dovesse sfuggire alle loro orecchie, non eluderebbe i microfoni posizionati sotto e intorno a ciascun tavolo a eccezione di un singolo, riparato séparé sul retro riservato esclusivamente al vero proprietario. In questo modo, l'investimento iniziale di Nikola Musulin è stato abbondantemente ripagato sotto forma di informazioni raccolte, carte di credito clonate e conti bancari ripuliti. Musulin non è schizzinoso riguardo a come far soldi, e uomini della sua risma non sono mai più lontani di un singolo passo dalla strada.

Poiché al Tri Lovca si mangia davvero in modo eccezionale, le preparazioni devono avere inizio molto presto. A metà mattinata, l'intero personale della cucina è già al lavoro. Ogni tanto Nikola Musulin si unisce a loro, arrotolandosi le maniche per tagliuzzare le verdure o pulire il pesce. Musulin ha un palato fine, ma vuole anche assicurarsi che gli standard di eccellenza del suo ristorante vengano mantenuti. Sarebbe fin troppo facile lasciarli decadere, e la sua presenza serve a rammentare agli interessati che un simile lassismo sarebbe non solo sgradito, ma anche sconsigliabile. Dopotutto, si sa, gli incidenti possono sempre succedere, specialmente quando la mano di qualcuno viene immobilizzata su un tagliere mentre un coltello gli viene premuto sulle falangi.

Ma molte mattine Nikola Musulin si fa accompagnare in auto al ristorante solo per leggere una scelta dei quotidiani del giorno, dallo scandalistico *Informer* al sinistrorso *Blic*, dal destrorso *Politika* allo *Sportski Žurnal* per le notizie calcistiche, facendo colazione con burek e caffè. In sottofondo si sentono le note diffuse da Radio Nostalgija, e i cuochi fanno attenzione a come parlano poiché Musulin è un devoto fedele della Chiesa ortodossa serba e non approva il linguaggio scurrile. È anche, salvo in rare circostanze, restio a uccidere per risolvere i problemi: la violenza è ammessa, e perfino la mutilazione, ma di norma l'omicidio viene evitato. Causa complicazioni, attira sgradite attenzioni ed è spesso controproducente. Come dice il proverbio serbo, 'un morto non ripaga i propri debiti'.

Nikola Musulin è alto e attraente, ma la sua camminata è rallentata da una forma grave e degenerativa di artrite reumatoide. La malattia gli causa dolori quasi costanti e lo fa soffrire di costipazione. Negli ultimi tempi ha anche notato un declino delle proprie capacità respiratorie, e ormai evita il più possibile le scale. I suoi appetiti sessuali sono calati, cosa che ha suscitato i commenti sia di sua moglie che della sua amante. La conseguenza è che ha cominciato a fare affidamento sul Cialis per curare l'impotenza.

Nikola Musulin ha soltanto quarantaquattro anni, e vede i suoi malanni di salute come qualcosa di profondamente iniquo ma anche, forse, come una punizione divina per la sua attività criminale. Come si può, si domanda, trafficare in narcotici, prostituzione, contrabbando di esseri umani, commettere furti e occasionali omicidi senza poi aspettarsi una qualche forma di castigo divino?

Nikola Musulin, quarantaquattro anni, non arriverà ai quarantacinque.

Il presente sta per diventare passato.

La porta del Tri Lovca si apre prima ancora che Musulin suoni il campanello, poiché il vecchio Ivan Jelić lo stava aspettando. A volte Musulin arriva senza preavviso, ma di solito il ristorante riceve una telefonata di avvertimento in modo da fargli trovare burek e caffè freschi sul tavolo del suo séparé. I giornali li porta lui, visto che vengono recapitati ogni mattina al cancello della sua residenza. Una guardia riceve il pacco, lo controlla poiché la cautela non è mai troppa e gli consegna i giornali a casa oppure, nelle occasioni in cui Musulin è diretto al Tri Lovca, li sistema sul sedile posteriore della jeep, una Mercedes-AMG G63 color argento. Originariamente progettata per uso militare, la G63 di Musulin è sotto ogni punto di vista un veicolo orrendo, ma è in grado di passare dai zero ai cento all'ora in meno di sette secondi. Il modello standard ci arriva in meno di cinque secondi, ma quello di Musulin è blindato e quindi più pesante.

Nikola Musulin è un uomo prudente (il potere suscita invidia e attira i pretendenti al trono), e ha inculcato una simile cautela in sua moglie, nei suoi due figli e nella sua amante, ma anche il più circospetto degli individui prima o poi cade vittima dell'abitudinarietà. Musulin varia di continuo i giorni e gli orari delle sue visite al Tri Lovca, ma ciò malgrado la sua predilezione per il ristorante non è passata inosservata.

C'è inoltre il problema dell'imminente ritorno in patria dei suoi zii. Musulin ha riferito il desiderio dei Vuksan di andare a vivere nelle loro baite sul lago e trascorrervi in pace il resto dei loro giorni. Qualunque cosa si possa dire di Radovan, sono in pochi, nelle cerchie più alte delle comunità politiche, legali e criminali di Belgrado, a credere che Spiridon Vuksan sia tagliato per un'esistenza pacifica. Quello che più probabilmente accadrà, pensano, sarà che lo zio comincerà a bisbigliare all'orecchio di Nikola. Che gli parlerà di ricchezza e ambizione. Che lo metterà in guardia contro i nemici, reali e potenziali.

Che gli farà discorsi di guerra.

Se Nikola Musulin è al corrente di queste preoccupazioni, non ne ha dato alcun segno. Sa dell'esistenza di pretendenti e della forza dei suoi nemici, ma non vede quegli uomini (poiché sono tutti uomini) come una significativa minaccia. Musulin ha amici nella polizia, nelle forze militari e nel governo. Alcuni di questi alleati gli sono fedeli a causa dei suoi zii e delle esperienze vissute con loro nelle guerre degli anni Novanta, anche se Musulin si sincera sempre che i loro portafogli siano ben imbottiti. Altri gli sono grati per i loro successi, poiché Nikola ha provveduto a farli promuovere o trasferire e ha finanziato campagne elettorali. Il resto collabora mosso dalla paura o dall'avidità. In altre parole, Nikola Musulin ha comprato tutte le proprie amicizie, e di conseguenza non ha un solo amico.

Questa mattina in particolare, Ivan Jelić lo accompagna al suo tavolo e scherza sul Partizan, la squadra del cuore di Nikola, da buon tifoso degli acerrimi rivali della Stella Rossa qual è. Il segno distintivo degli uomini civilizzati è il fatto di poter dissentire senza per questo diventare sgradevoli, ma l'affetto che Musulin prova per Jelić è profondo, e lo porta a tollerare e addirittura incoraggiare opinioni che altri non oserebbero esprimere. Potrebbe essere una conseguenza dell'assenza di una figura paterna nella sua vita quotidiana, essendo suo padre morto da tempo e i suoi zii lontani (anche se questo, come abbiamo visto, sta per cambiare). Ivan Jelić, uomo longevo e con un duraturo matrimonio dalla sua, gli ha sempre dato buoni consigli sulla famiglia e sulle altre relazioni. Nel corso degli anni è sempre stato disposto ad ascoltarlo, non chiedendo niente in cambio a parte le motivazioni e i guadagni garantiti dal Tri Lovca; ma il solo fatto che un uomo non chieda non esclude in partenza che non voglia.

Musulin osserva che Jelić sembra affaticato, e questi ammette che negli ultimi tempi non dorme bene. Sua moglie è malata, anche se i medici non sanno cos'abbia di preciso. È dimagrita, e fatica a trattenere i cibi solidi. Di notte si lamenta, e il suo odore corporeo è cambiato. Jelić ha paura che stia morendo, e a quanto pare i dottori non possono fare altro che stare a guardare. Forse avrebbe bisogno di medici migliori, ma gli specialisti sono costosi.

Musulin avverte nell'aria un forte aroma di rakija. Jelić confessa di averne scolata una bottiglia la notte prima, e che qualche goccia potrebbe essere finita su uno dei tappeti. Nikola gli dice di non preoccuparsi: con il trascorrere delle ore e il costante passaggio dei piatti cucinati, l'odore svanirà. E poi, aggiunge, non c'è niente di male in un ristorante che odora di buona rakija.

Jelić ha calcolato alla perfezione l'arrivo al tavolo di burek e caffè, che avviene proprio mentre Nikola Musulin prende posto nel séparé. Poi il vecchio lascia il giovane alla sua colazione e indossa il soprabito per uscire a fumare una sigaretta: al Tri Lovca è vietato fumare, un'altra peculiarità del suo proprietario in una città che vive praticamente di nicotina. Mentre Jelić toglie il disturbo, Musulin alza a malapena lo sguardo dai giornali.

Ivan Jelić si chiude dietro la porta del ristorante e si allaccia il soprabito. Invece di accendersi una sigaretta si allontana a passo spedito tra i pedoni mattinieri di Skadarlija. Un conoscente lo saluta, ma lui non lo sente o non vi bada. È tormentato dalla propria coscienza. Vuole bene agli uomini e alle donne con cui lavora. Sono persone gentili e industriose. In quel momento al Tri Lovca ci sono sei membri del personale, insieme a due guardie del corpo di Nikola Musulin. Un terzo gorilla è seduto a bordo della Mercedes, intento a fissare lo schermo del suo telefono.

La sera prima, Ivan Jelić si era trattenuto oltre l'ora di chiusura del locale, ufficialmente per controllare i conti sorseggiando un bicchierino di rakija di mele cotogne. Poco prima dell'una di notte aveva sentito bussare alla porta e aveva fatto entrare cinque uomini, due dei quali erano esperti falegnami. Nel corso delle quattro ore successive, i carpentieri avevano delicatamente rimosso la parte superiore del tavolo riservato a Nikola Musulin, ne avevano svuotato l'interno e lo avevano imbottito di esplosivo C4. Poi avevano rimontato il piano, raccolto trucioli e segatura dal pavimento e versato la rakija per nascondere gli odori residui di legno e colla.

Ivan Jelić è già arrivato a una certa distanza dal Tri Lovca quando la carica esplode, ma l'onda d'urto lo fa ugualmente barcollare, costringendolo ad appoggiarsi a un muro. Si volta, vede una nuvola di polvere e fumo sorgere dalla direzione del ristorante e sente urla e grida. Con ogni probabilità, nessuna di esse proviene direttamente dal Tri Lovca. L'esplosione non ha soltanto fatto a brandelli Nikola Musulin e ucciso tutti al pianterreno del locale, ma ha anche fatto crollare l'intera palazzina, un imprevisto che contribuisce a fare qualche lieve ferito tra i passanti, anche se miracolosamente non ci sono vittime all'esterno del ristorante. E questa è una buona notizia. Skadarlija è una zona turistica, ed è stato messo in chiaro fin da subito che i danni collaterali sarebbero dovuti essere ridotti al minimo.

E così, niente più Tri Lovca. Niente più Nikola Musulin. Appartengono entrambi al passato.

Tutto era, tutto è stato.

13

In seguito alla telefonata di avvertimento di Ross sui rapporti tra la Armitage e i Vuksan e a una lunga riflessione notturna, Louis decise di provare a chiamare i Paesi Bassi. Il problema era che De Jaager, colui che al momento gli causava più apprensione, era anche il suo principale contatto nel Paese. La chiamata fece scattare direttamente la segreteria telefonica, ma questo non era insolito; anche De Jaager, come lui, preferiva usare il cellulare come un dispositivo mobile di segreteria, considerandolo uno strumento al proprio servizio e non al servizio degli altri. Il secondo tentativo fu Paulus, nipote, autista e uomo d'armi di De Jaager, e solo quando non rispose nessuno Louis decise di provare anche con Anouk, madre di Paulus e cognata di De Jaager. Anche nel suo caso scattò la segreteria. Anouk aveva più di settant'anni, e non era sorprendente che avesse deciso di spegnere il cellulare per la notte. Ma Paulus non abbandonava quasi mai il suo telefono, e lo teneva sempre acceso. Era il braccio destro di suo zio, e lo seguiva quasi sempre da vicino. Nell'ora successiva Louis provò a chiamarlo altre tre volte, finché non udì più alcun segnale, a indicare che l'apparecchio era stato spento o si era scaricato.

A rigor di logica, rifletté Louis, non c'era alcun motivo di preoccuparsi. A differenza di Charlie Parker, non era il tipo che dava la caccia ai fantasmi. Ma aveva imparato a fidarsi del proprio istinto, e l'istinto gli diceva che qualcosa non andava.

C'era un'ultima persona a cui poteva rivolgersi: Hendricksen, il marcantonio olandese che lavorava come investigatore nei Paesi

Bassi, anche se negli ultimi tempi stava dedicando gran parte del suo tempo e delle sue energie alla ricerca di opere d'arte scomparse. Hendricksen non provava particolare simpatia per De Jaager, considerandolo un criminale anche solo sulla base delle compagnie che frequentava. Ma era un uomo di saldi princìpi e doveva un favore a Louis, che lo aveva aiutato a dare la caccia all'assassino di una collega.

Grazie al cielo Hendricksen rispose, anche se non sembrava particolarmente felice di essere stato svegliato presto di domenica mattina.

«*Ja, wat is het verdomme?*» furono le sue prime parole.

«Sono imprecazioni?» chiese Louis. «Perché l'impressione è quella.»

«Chi parla?»

«Ci siamo conosciuti in una stazione di servizio in Belgio.»

«Lei.»

«Sì, io.»

«La domanda resta, magari senza l'imprecazione: cosa vuole?»

«Temo che De Jaager sia in pericolo, e non riesco a parlare con nessuno dei suoi.»

«Che tipo di pericolo?» Hendricksen sembrava già più sveglio.

«Il tipo serbo.»

Respirò nel microfono, cercando di mettere ordine ai propri pensieri. «Il suo telefono è sicuro?» domandò.

«Esiste, un telefono sicuro?» ribatté Louis. «Ma dovremo accontentarci.»

«Nel corso degli anni potrei aver sentito girare certe voci» riprese Hendricksen «sulla morte di un serbo soprannominato Timmerman, un assassino del clan Zemun.»

«Qualunque cosa abbia sentito dire, probabilmente è vera.»

«Si diceva che fosse stato ucciso da un musulmano di colore.»

«Vero solo al cinquanta percento.»

«Ma su richiesta di qualcuno nei Paesi Bassi.»

«Vero al cento percento.»

«Un conoscente comune?»

«Vero anche questo.»

«Gesù.»

«È stato lei a chiederlo.»

«Giusto» ammise Hendricksen. «Cosa sa della situazione attuale dalle nostre parti?»

«Non abbastanza.»

«I Paesi Bassi sono entrati nel giro del narcotraffico, e sono ormai il centro logistico del commercio mondiale di cocaina. Ci sono in ballo enormi quantità di denaro, ma la vecchia guardia non ha la determinazione o il coraggio di combattere per ottenere la sua fetta. I veterani sono più che lieti di lasciare le sparatorie e le aggressioni ai giovani, poiché altrimenti non vivrebbero abbastanza a lungo da potersi godere il gruzzolo che hanno accumulato per gli anni del tramonto. Qualunque fossero le regole di un tempo, ormai non valgono più. Abbiamo adolescenti armati incaricati di uccidere da committenti non molto più vecchi di loro. Chiunque è diventato un bersaglio.»

«Con questo che intende dire?»

«Che forse si sta preoccupando per niente. I fratelli Vuksan, Spiridon e Radovan, che negli ultimi quattro o cinque anni sono stati la forza dominante serba nei Paesi Bassi, stanno passando il testimone. Di sicuro non vorranno complicazioni. Ho sentito dire che sono stufi e vogliono tornare a casa. Hanno fatto sapere alla polizia olandese che in futuro non intendono creare problemi. Potrebbero addirittura averle dato in pasto un paio di pesci piccoli come dimostrazione di buona volontà, un dono di addio con un bel fiocco. Non avrebbe senso, da parte loro, cercare di regolare i conti proprio adesso.»

«Dipende dai punti di vista» obiettò Louis. «Per un certo tipo di individuo, questo sarebbe proprio il momento giusto per farlo.»

Hendricksen sbadigliò.

«Al momento non sono ad Amsterdam» disse. «Mi trovo a Parigi, e non farò ritorno nei Paesi Bassi prima di domani mattina, ma posso fare un paio di telefonate. La richiamo non appena avrò qualche notizia.»

«Lo stesso vale per me.»

Louis chiuse la comunicazione. Riprovò a chiamare i tre numeri collegati a De Jaager, ma non ottenne alcun risultato. A quel punto il suo stesso cellulare era probabilmente compromesso, ma lo avrebbe conservato fino alla telefonata di Hendricksen.

Aveva ragione Angel: aveva bisogno di riposo. Cercò di isolare le preoccupazioni in scompartimenti stagni in modo che non gli turbassero il sonno. Poi, prima di chiudere gli occhi, chiese alla bambina nei suoi sogni di lasciarlo in pace.

E lei lo fece.

14

Erano le otto appena passate quando Hendricksen lo richiamò.

«Non c'è traccia di De Jaager, né a casa sua né nei luoghi che frequenta abitualmente» disse. «E da ieri nessuno ha più visto Anouk o Paulus. I miei contatti nella polizia sono ovviamente restii a fare irruzione nell'abitazione di un privato cittadino senza un valido motivo, specialmente di uno come De Jaager. A volte preferiscono non sapere di preciso cosa stia combinando, poiché se lo sapessero dovrebbero fare qualcosa. In più, De Jaager è un uomo che conduce quella che potrebbe essere generosamente definita un'esistenza clandestina, nella quale c'è da aspettarsi qualche occasionale, misteriosa assenza. E, a quanto pare, questo vale anche per Paulus. Anouk non la conosco a sufficienza da potermi esprimere.»

Era tutto perfettamente sensato, pensò Louis. De Jaager era un individuo reticente, e il suo desiderio, o addirittura il suo bisogno, di riservatezza toccava tutti coloro che lo circondavano, ma specialmente Paulus e Anouk. De Jaager si spostava di rado senza il primo, e Anouk si occupava di tutti i dettagli secondari, come ad esempio rifocillare gli ospiti più esigenti della casa sicura, tra i quali di recente c'era stato lo stesso Louis. Ma non c'era alcun motivo per cui dovesse essersi assentata anche lei, a meno che tutt'e tre non si fossero nascosti a scopo di sicurezza, il che era pur sempre una possibilità. Nessuno sarebbe riuscito a vivere a lungo quanto De Jaager, né a frequentare gli ambiti in cui lui si muoveva, senza accumulare nemici, serbi o di qualunque altro genere.

«E i Vuksan?» chiese Louis.

Hendricksen non rispose subito.

«Le ho fatto una domanda.»

«Scomparsi» rispose alla fine. «La polizia non li teneva sotto costante sorveglianza, non ne aveva le risorse, ma ne controllava periodicamente i movimenti. Al momento non c'è traccia né di loro né dei loro uomini.»

«Mi sembra di avvertire la presenza di un 'ma'» disse Louis.

«Tuttavia,» riprese Hendricksen «sembra che qualche ora fa ci sia stato un improvviso soprassalto di attività da parte di un certo Zivco Ilić, che è per Spiridon quello che Paulus è per De Jaager. Ilić ha effettuato una serie di ritiri, probabilmente contanti e merci facilmente trasportabili, da un certo numero di negozi e appartamenti collegati al clan. Il Criminal Intelligence Team ha ricevuto una soffiata, ma è arrivato troppo tardi per coglierlo sul fatto e scoprire cosa stesse combinando. D'altra parte, come le dicevo prima, i Vuksan stanno chiudendo baracca, ragione per cui ci si può aspettare un certo livello di consolidamento. La polizia è solo lieta di vederli scomparire.»

«Ilić l'ho già sentito nominare» disse Louis. Poi condivise con Hendricksen le informazioni ricevute da Ross, compresa la possibilità che la Armitage si fosse messa in contatto con i Vuksan proprio tramite Ilić.

«È possibile che Ilić fosse un informatore» disse Hendricksen. «E che la Armitage lo utilizzasse a quello scopo.»

«Se lo faceva, non l'aveva confidato a nessuno. Quando farà ritorno ad Amsterdam?»

«Lo sa benissimo, gliel'ho detto prima: domani mattina.»

«Può rientrare prima?»

«Potrei. C'è un volo della KLM in partenza alle quattro e tre quarti di oggi pomeriggio, che mi porterebbe ad Amsterdam appena prima delle sei. Ma ho già un altro impegno, del genere che coinvolge una signora.»

«La signora capirà.»

«È politicamente scorretto suggerire che solo un gay sarebbe in grado di dire una simile scemenza?»

«Probabilmente sì, ma lascerò correre.»

«Se verrà fuori che mi ha fatto rinunciare a una notte di piacere per niente,» disse Hendricksen «lei e De Jaager dovrete ricompensare sia me che la signora in questione.»

«Non ho la tendenza a preoccuparmi senza motivo.»

«Lo immaginavo. Anche se non so cosa potrò fare di più ad Amsterdam. De Jaager ha amici nella polizia, e sono meglio informati di me.»

«Non è del tutto vero» obiettò Louis. «Loro non hanno me, e nemmeno l'indirizzo della casa sicura di De Jaager.»

15

Non esiste peggior stolto, rifletté Radovan Vuksan, di colui che pensa che il destino faccia favoritismi. Suo fratello non era uno stupido, ma era arrogante, e la sua arroganza (un prodotto, sospettava Radovan, del suo retroterra militare), combinata con una certa innegabile fortuna, aveva convinto Spiridon che avrebbe sempre avuto carte favorevoli. Era stato questo, insieme alla sua sete di sangue, a fargli decidere di colpire De Jaager e i suoi come gesto d'addio ai Paesi Bassi; ma aveva rischiato troppo, e ora eventi al di fuori del suo controllo li avevano messi in pericolo.

L'immolazione di Nikola Musulin a Belgrado era un grave rovescio per i Vuksan. Le loro intenzioni originarie erano di tornare in Serbia senza dare nell'occhio passando per Budapest, dove gli uomini di Musulin li avrebbero caricati all'aeroporto Ferenc Liszt per poi varcare il confine nei pressi di Kelebija. Radovan, prudente come sempre, aveva giudicato incauta l'idea di un volo diretto per Belgrado, dove sarebbero stati sorvegliati speciali fin dall'arrivo. Pur non essendo privi di alleati nelle forze dell'ordine, i Vuksan avevano anche nemici, e Radovan pensava fosse più consigliabile rientrare in patria con discrezione. Musulin aveva garantito che avrebbe organizzato tutto, ma nell'esperienza di Radovan Nikola era il genere di uomo che a volte parlava aspettandosi che ciò che diceva diventasse realtà per il solo fatto che era uscito dalle sue labbra. E adesso era morto, e i suoi uomini stavano tergiversando nell'attesa che emergesse un nuovo ordine con cui scendere a patti per sopravvivere.

Il clan dei Vuksan era insolito, poiché operava in modo diverso dal tradizionale sistema orizzontale della mafia serba. L'organizzazione era controllata dall'alto, il che significava che erano Radovan e Spiridon a dare gli ordini, ordini che venivano eseguiti senza discussioni. La loro alleanza con Nikola Musulin era fondata sui legami di sangue, e oltre al denaro gli forniva, grazie alla reputazione dei due fratelli, una certa forza e legittimità di comando. Per questo, un attacco contro Musulin era anche un attacco contro i Vuksan.

Radovan si era già messo in contatto con certi vecchi colleghi al ministero della Difesa, e questi gli avevano detto senza mezzi termini che la Serbia era ormai un territorio ostile. Con ogni probabilità, un tentato rientro in patria avrebbe provocato un'azione preventiva contro i Vuksan, sulla base della considerazione che Spiridon avrebbe potuto farsi venire in mente di vendicare la morte di Musulin.

Ma girava anche voce che fossero stati loro stessi a organizzare l'attentato, visto che erano in pochi a credere che Spiridon intendesse davvero ritirarsi dagli affari. Forse gli zii avevano avvertito segni di debolezza nel nipote, o qualche titubanza nell'appoggiare il loro rientro in patria, e avevano organizzato un'azione perentoria come preludio all'assunzione del completo controllo delle operazioni.

Radovan non si era preso il disturbo di mettere a tacere le voci. Sapeva cosa stava succedendo. Qualcuno stava spargendo sale sulla terra per impedire che loro vi mettessero radici, e le voci di corridoio avrebbero moltiplicato i loro nemici. D'altra parte non potevano restare nei Paesi Bassi, poiché sarebbe stata solo questione di tempo prima che qualcuno stabilisse un collegamento tra loro e gli omicidi nella casa sicura di De Jaager. Né avrebbero potuto trattenersi a lungo in qualunque altro Paese dell'Europa Occidentale, vista la facilità con cui venivano spiccati i mandati internazionali d'arresto e concesse le estradizioni. Se ne dovevano andare.

No, dovevano fuggire.

16

Hendricksen arrivò all'aeroporto con mezz'ora di anticipo sul volo per Amsterdam, ma con ancora nelle orecchie le imprecazioni di colei che aveva piantato in asso per la cena. Come previsto, la signora in questione non aveva mostrato alcuna comprensione per i motivi della sua partenza imprevista. D'altra parte, non li capiva del tutto neanche lui. Non si sentiva particolarmente in debito verso l'americano chiamato Louis, se non per il fatto che lui lo aveva aiutato a eliminare il probabile responsabile della morte della sua collega Yvette Visser in Inghilterra. Il corpo della Visser non era ancora stato ritrovato, e ora che il suo assassino non era più in vita era improbabile che sarebbe più riemerso. Per di più, Louis non si era specificamente dedicato a scoprire la verità sulla sua scomparsa o a ottenere una qualche forma di giustizia a suo nome. La morte del colpevole era stata un semplice effetto secondario di un'indagine più ampia.

Ma a volte, rifletté Hendricksen, incontriamo individui fuori dalla norma, persone che ispirano una lealtà e un rispetto che sfuggono ad analisi o quantificazioni. Se simili persone chiedono un favore, lo fanno nella consapevolezza che una contropartita possa e debba essere pretesa, e che non possa essere rifiutata. Hendricksen non era certo che avrebbe mai avuto bisogno del genere di favore che Louis sarebbe stato in grado di ricambiare. Sperava di no, poiché sospettava che avrebbe comportato la morte violenta di qualcuno, e in generale era restio a farsi coinvolgere in problemi di simile entità.

Ritirò la sua auto al parcheggio esterno dell'Hyatt Hotel all'aeroporto, lasciò a casa i bagagli e prese la Glock 17 dalla cassaforte nell'armadio a muro. Nei Paesi Bassi vigevano leggi sulle armi da fuoco tra le più severe al mondo: il loro possesso tra i cittadini era ristretto ai cacciatori, ai custodi della legge o a coloro che, come Hendricksen, appartenevano a un club di tiro. Ma, anche in quel caso, il trasporto di una pistola fino al poligono doveva avvenire con l'arma smontata e chiusa in una valigetta. Portare armi sulla propria persona, che fossero nascoste o in vista, era proibito. Hendricksen faceva parte di un club di Floradorp, ma si recava di rado al poligono. Le armi da fuoco non gli piacevano. Erano legate a brutti ricordi. Sfortunatamente, con il lavoro che faceva incappava spesso in uomini e donne, ma soprattutto uomini, che mostravano scarsissimo rispetto per le leggi sulle armi del suo Paese, e in verità per qualunque legge. I Vuksan appartenevano senza dubbio a quella categoria, e pertanto era consigliabile armarsi. Prima di uscire di casa, Hendricksen raccolse anche una piccola borsa dal pavimento dell'armadio a muro e la mise nello zaino.

Riprese l'auto e raggiunse l'Herengracht, parcheggiò a due isolati dalla casa sicura e proseguì a piedi, infilandosi i guanti durante il cammino. Passò due volte davanti alla casa, prima lungo la riva opposta del canale per controllare che nessuno la stesse tenendo d'occhio o si aggirasse nei paraggi, poi da vicino per poter scorgere qualche luce accesa all'interno o altri segni di occupazione. Nessuno sembrava sorvegliarla, gli interni erano bui e le imposte delle finestre a entrambi i piani erano chiuse.

Hendricksen si fermò davanti alla porta d'ingresso. Non c'era alcun campanello. Bussare sembrava un po' sciocco, ma sempre meno che scassinare la serratura, cosa che sperava di evitare. Diede due colpi con le nocche, ma non ottenne risposta. Soluzione numero due, dunque.

Quel tratto dell'Herengracht era tranquillo, anche per una domenica sera di primo inverno. La soluzione più sensata sarebbe stata informare gli amici in comune nei corpi di polizia che era sorta qualche preoccupazione riguardo a Mijnheer De Jaager e ai suoi familiari, ma ciò avrebbe significato rivelare l'indirizzo della casa sicura. Se De Jaager aveva semplicemente deciso di concedersi una scampagnata o un fine settimana in un'altra città europea, magari in compagnia di Paulus e Anouk, sarebbe stato molto contrariato scoprendo che la posizione e la natura del suo rifugio erano state rivelate alle autorità. Se così fosse andata, i rapporti già tesi tra Hendricksen e il vecchio faccendiere sarebbero precipitati in modo irrimediabile.

L'attenzione di Hendricksen venne catturata da un segno sulla vernice altrimenti perfetta del montante. Vi puntò sopra il raggio della sua minitorcia Maglite: era un ovale scuro che si intravedeva sullo sfondo color crema e subito si stemperava nel nulla, come un bagliore rosso sulla neve. E somigliava molto a uno sbaffo di sangue. A quanto pareva, qualcuno era stato un po' sbadato.

Hendricksen si guardò intorno un'ultima volta, ma non vide alcun segno di presenza poliziesca. Sull'altra riva del canale un uomo e una donna stavano passeggiando a braccetto. Un gruppo di giovani emerse da un bar in un seminterrato e avanzò nella direzione opposta. Hendricksen attese nella penombra che tutti si fossero allontanati, quindi infilò la mano nello zaino e ne estrasse un grimaldello a pistola e una chiave a torsione. Scassinare serrature era un'arte che lui non aveva mai avuto il desiderio o la pazienza di imparare. Un grimaldello a pistola svolgeva la stessa funzione in modo più rapido, anche se era molto più rumoroso di un attrezzo da scasso e tendeva a danneggiare per sempre il meccanismo, il che significava che non potevi usarlo se volevi penetrare in una proprietà privata senza lasciare traccia del tuo passaggio. D'altra parte, Hendricksen aveva con sé anche una Glock: se fosse incappato in qualche agente di pattuglia avrebbe avuto problemi ben più gravi.

Diede un'ultima occhiata lì intorno, infilò la punta di acciaio della pistola nella serratura, mise in posizione la chiave a torsione e premette il grilletto. La pistola si armò, e un'ulteriore pressione del dito la fece sparare. Produsse un suono come di chiodi e cemento in un frullatore, ma non aprì la serratura. Hendricksen girò la rotella di regolazione, aumentando l'impatto della punta, e premette di nuovo il grilletto. Una luce si accese a una delle finestre al primo piano di una casa alla sua destra, proiettando un rombo luminoso sull'acciottolato della strada, ma a quel punto la punta di acciaio della pistola aveva ricacciato i perni della serratura nel cilindro. Hendricksen fece leva con la chiave a torsione e lo sentì ruotare.

La porta d'ingresso si aprì su un vestibolo buio e disadorno. La porta sulla sua destra era chiusa, così come quella di fronte, su un lato delle scale. Hendricksen gettò a terra chiave e grimaldello ed estrasse la Glock, richiudendo delicatamente la porta alle sue spalle per non stagliarsi sulla soglia e offrire un bersaglio facile. Se in casa ci fosse stato qualcuno, il fracasso della serratura sfondata lo avrebbe fatto già accorrere; ma non apparve nessuno. Hendricksen sentì odore di sangue, e appena sotto un tanfo ancora più sgradevole e disperato, quello dell'evacuazione involontaria di una creatura giunta al termine delle proprie sofferenze.

La casa sembrava deserta, ma per sicurezza Hendricksen si acquattò e prima di risollevarsi rimase in ascolto per cinque, dieci, venti secondi. Riaccese la torcia elettrica. Una densa scia di sangue percorreva le scale e si spargeva sul pavimento del vestibolo, dove uno o più corpi erano stati trascinati attraverso le tavole del pavimento. Esaminandone il tracciato, Hendricksen immaginò che i resti fossero stati trasportati dal piano superiore e depositati dietro la porta chiusa alla sua destra.

Aggirò il sangue, facendo attenzione a non calpestarlo, e si addossò con la schiena al muro. Allungò il braccio sinistro attraverso la porta, trovò la maniglia di ottone e l'aprì con un solo, rapido movimento, poi ritrasse la mano di scatto e contrasse i muscoli nell'attesa degli spari. Ma a colpirlo fu soltanto un tanfo ancora più forte. Serrò la presa sulla Glock, rivolse una breve preghiera al cielo ed entrò tenendosi basso, reggendo la pistola nella mano destra tesa e la torcia elettrica appena sotto con la sinistra. Pistola e luce percorsero insieme la stanza, ma non trovarono alcun segno di vita.

Solo di morte.

17

L'avvocato si chiamava Anton Frend, e il suo studio occupava due piani di un magnifico palazzo fin de siècle nel quartiere viennese di Neubau. Era una sistemazione invidiabile, perfino per gli standard remunerativi a cui erano abituati i legali più esperti, mendaci o corrotti, e i locali protetti dai suoi muri erano degni della facciata. Il palazzo apparteneva da più di un secolo alla famiglia Frend, la quale fin dall'inizio dell'Ottocento forniva assistenza legale ai viennesi importanti, tanto ai più ineccepibili quanto, inevitabilmente, ai meno virtuosi.

Il fattore che accomunava la sua clientela era il denaro, poiché il Frend Rechtsanwälte era refrattario a occuparsi di coloro le cui tribolazioni si estendevano ai problemi di liquidità. Lo studio si era specializzato nella protezione dei ricchi, e così facendo si era arricchito a sua volta. I Frend si erano anche dimostrati bravi ad anticipare le direzioni in cui soffiavano i venti politici e sociali, riuscendo a sopravvivere non solo al crollo dell'Impero Austroungarico e alle devastazioni della Seconda guerra mondiale, ma anche ai vari alti e bassi che erano seguiti nei successivi tre quarti di secolo, passando sempre relativamente inosservati tranne a coloro che si avvalevano dei loro costosi servizi. Questo era un elemento che i Frend condividevano con l'Austria stessa, un Paese che in qualche modo riusciva a far parte della comunità europea e al tempo stesso a tenersene fuori, e che alla maggior parte degli europei avrebbe fatto venire in mente ben poco oltre ai cavalli bianchi, ai valzer danubiani e a una sventurata connessione con il progenitore del nazismo.

Anton Frend avrebbe potuto vendere il palazzo, investire gran parte del ricavato e usare il resto per acquistare un immobile più modesto, e avrebbe comunque esercitato il suo mestiere nelle circostanze più rispettabili. In alternativa, avrebbe potuto tranquillamente ritirarsi dagli affari senza debiti e particolari complicazioni familiari. Era figlio unico, e per di più era orfano. Superata la sessantina in condizioni invidiabili, aveva una moglie, una figlia, tre proprietà immobiliari (oltre all'ufficio, la residenza cittadina di famiglia e un ritiro estivo e invernale nel Tirolo) e un'amante di lunga data, che riceveva occasionalmente nell'appartamento sopra i suoi uffici.

Ma la pensione lo avrebbe annoiato. Frend si divertiva a esercitare la professione legale, o meglio a trovare modi sempre nuovi di aggirare le leggi per conto dei suoi clienti, e il denaro che guadagnava di conseguenza era un premio in più. In ciò somigliava a un certo tipo di giocatore d'azzardo, quello che prova piacere negli istanti in cui la pallina sta ancora saltellando sulla roulette o in cui la carta finale sta per essere scoperta, quello per cui la pregustazione è più gradevole dell'esito finale, e che per questo può vincere o perdere con relativa serenità. Certo, a contribuire a tale equilibrio c'era il fatto che Frend non mettesse in gioco il proprio denaro e il proprio futuro bensì quello dei suoi clienti. Se tradiva le loro aspettative, come dettava la natura stessa dell'esistenza umana, non poteva fare altro che stringersi nelle spalle, chiedere scusa e nello stesso tempo cercare di limitare i danni per tutti, poiché nella vita le perdite possiedono sfumature diverse.

Ma la reputazione di Frend, come quella di qualunque bravo avvocato, era fondata sul fatto che non perdeva quasi mai, e per questo i suoi servizi erano molto richiesti. Frend era nell'invidiabile posizione di poter scegliere i propri clienti tanto quanto loro potevano scegliere lui, se non ancora di più. Certo, alcuni di quei clienti reagivano meglio di altri agli occasionali rovesci; e in certi, limitatissimi, casi era meglio per tutti, Frend compreso, che non perdessero proprio mai.

Come tutti i giocatori d'azzardo, Anton Frend amava il rischio, e coloro che si infatuano del pericolo alla lunga vi si abituano. In questo è un vizio simile a molti altri: l'esercizio insistito si trasforma in abitudine, e ciò che è abituale diventa inevitabilmente noioso, richiedendo comportamenti sempre più estremi per ottenere soddisfazioni che potranno al massimo raggiungere livelli già noti. Nel caso di Frend, ciò si manifestava con una progressiva immersione nel mondo criminale, come se avanzasse in acque sempre più profonde e sempre più gelide, perdendo via via sensibilità agli arti e intorpidendo i propri sensi fino all'inevitabile annegamento.

Tra i più durevoli clienti di questo tipo c'erano Radovan e Spiridon Vuksan. Frend li conosceva dalla metà degli anni Novanta, quando Radovan aveva cominciato a dirottare fondi da conti bancari clandestini creati per finanziare le milizie serbe in Croazia e in Bosnia a paradisi finanziari dove il denaro avrebbe potuto riposare al sicuro. Tali fondi giungevano di tanto in tanto negli uffici di Frend sotto forma di contanti in semplici borse da ginnastica consegnate dagli uomini dei Vuksan, individui dai volti torvi e dagli occhi neri come quelli di corvi, o, quando se ne presentava l'occasione, dallo stesso Radovan, dopodiché lui e Frend si recavano a cena al Griechenbeisl oppure, dopo una passeggiata in collina, al Der Pfarrwirt, a parlare di musica e libri.

Dopo la fine dei conflitti nei Balcani, Radovan e il fratello si erano associati agli Zemun, i quali si erano accorti di alcune, anche se non tutte, delle loro attività finanziarie. Ai tempi gli Zemun avevano già messo piede ad Amsterdam e Parigi, e avevano proposto ai Vuksan una posizione nell'organizzazione come soci di minoranza, a fronte di un considerevole investimento in segno di buona fede.

I Vuksan avevano accettato, poiché l'alternativa sarebbe stata una guerra che avrebbe portato senza ombra di dubbio alla morte di Spiridon, di Radovan, delle loro famiglie, dei loro amici e di chiunque avesse dato loro retta o gli avesse anche solo venduto un tozzo di pane, alla riesumazione dei resti dei loro antenati, allo spargimento delle loro ossa in mari lontani e ostili e alla distruzione delle loro lapidi per cancellare in eterno il ricordo stesso dei loro nomi in questo mondo. Ma i Vuksan erano abili e ambiziosi, e con il passare del tempo avevano esautorato i rappresentanti degli Zemun nei Paesi Bassi, assumendo il controllo delle operazioni, assistiti dalla migliore assistenza legale e finanziaria sulla piazza, quella di Anton Frend.

Agli inizi, quando le guerre nei Balcani erano ancora in pieno svolgimento, Frend si occupava solo delle pratiche burocratiche, gestendo le questioni legali e i potenziali illeciti legati al trasferimento dei fondi. Trovava contabili acquiescenti e banchieri che avevano imparato a non fare troppe domande sui depositi. Non aveva la minima difficoltà a separare Radovan Vuksan dalle notizie sugli stupri, gli omicidi e i tentativi di genocidio trasmesse ogni sera dalle stazioni televisive. Non era una versione aggiornata delle atrocità naziste, checché ne dicessero i progressisti. Radovan non stava facendo altro che impossessarsi di una piccola percentuale del capitale bellico come ricompensa per il proprio lavoro, come avrebbe fatto qualsivoglia uomo d'affari. Si sarebbe potuto perfino obiettare che, reindirizzando fondi provenienti dal governo serbo, soldi che altrimenti sarebbero stati usati per comprare armi e assoldare milizie, Radovan stesse addirittura *salvando* vite altrui. Simili razionalizzazioni erano endemiche alla professione di Frend, e facevano capire perché tra i candidati alle fiamme dell'inferno ci fossero così tanti avvocati.

Per di più, Radovan era un amante dell'Austria, un appassionato delle opere di Stefan Zweig e dei mottetti di Anton Bruckner. Non aveva mai ucciso né violentato nessuno, e sembrava trovare estremamente sgradevole la ferocia che stava inghiottendo l'ex Jugoslavia. E Frend era sufficientemente versato nella Storia europea del XX secolo da accettare l'idea che tutta quella violenza fosse una conseguenza di vecchie animosità tenute a bada dalla forza di volontà del dittatore Josip Broz Tito e riemerse in seguito alla sua scomparsa nel 1980. Frend annuiva solidale quando Radovan diceva che sarebbe stato meglio per tutti se lo scontro si fosse risolto al più presto con la ridefinizione di nuovi confini con nazioni separate da frontiere chiare e internazionalmente riconosciute. Il modo migliore di raggiungere quel risultato, aggiungeva Radovan, era una schiacciante vittoria serba, e Frend non vedeva motivo di obiettare.

Ma, quando i Vuksan si erano uniti agli Zemun, Frend si era trovato di fronte a un dilemma morale più chiaro. Fino a quel momento si era reso complice della distribuzione e del reinvestimento di denaro ottenuto illegalmente da un regime disprezzato dal mondo intero, anche se tecnicamente i fondi erano puliti. Ma ora avrebbe dovuto gestire denaro proveniente dal contrabbando, dalla prostituzione, dalla tratta di esseri umani, da rapimenti e omicidi su commissione. Forse avrebbe dovuto fare un esame di coscienza più approfondito.

Eccetto che Frend non aveva una coscienza, il che semplificava significativamente l'intero processo. A suo modo di vedere, una coscienza era una scomoda compagna per un avvocato, una compagna che pretendeva di continuo ma non concedeva mai nulla. Tuttavia, nell'improbabile eventualità che una coscienza si fosse miracolosamente fatta viva, Frend aveva detto con chiarezza ai Vuksan, o più precisamente a Radovan, che avrebbe preferito restare nella beata ignoranza degli aspetti più 'esuberanti' delle attività dell'organizzazione, tranne nelle rare occasioni in cui Spiridon usciva a cena insieme a loro e Frend si concedeva il piacere di un po' di sadismo vicario ascoltandone i racconti.

Una simile presa di distanza aveva anche uno scopo pratico: meno Frend sapeva, meno avrebbe avuto da nascondere alle autorità nella sventurata possibilità che cominciassero a indagare sui suoi rapporti con i Vuksan; e, meno avrebbe avuto da nascondere, meno motivi questi ultimi avrebbero avuto per eliminarlo e assicurarsi il suo silenzio. Con la sua conoscenza del diritto e la sua competenza li aveva resi tutti più ricchi di quanto sarebbero stati altrimenti, ma nessuno era indispensabile, e la prospettiva di finire i propri giorni dietro le sbarre trasformava in pragmatisti anche i più raffinati tra gli uomini.

Ciò malgrado, Anton Frend era diventato così importante per l'organizzazione dei Vuksan, e loro per la sua prosperità, che le attività del Frend Rechtsanwälte ruotavano quasi esclusivamente attorno ai bisogni di Radovan e Spiridon, con l'eccezione di una manciata di clienti, alcuni onesti e altri meno, conservati per mantenere le apparenze o perché avrebbero reagito male se fossero stati abbandonati. La conseguenza era che gli uffici dello studio legale, in cui un tempo echeggiavano numerose voci, ora ne ospitavano soltanto due: quella di Frend e quella della sua fedele segretaria, Fräulein Pichler, la cui sensibilità morale era come minimo altrettanto nebulosa di quella del suo datore di lavoro.

Anton Frend e Fräulein Pichler esistevano in uno stato di mutua dipendenza, il che significava che quando uno dei due avesse scelto o fosse stato costretto a ritirarsi dagli affari l'altro avrebbe dovuto seguirne l'esempio. Frend non avrebbe mai potuto trovare o fidarsi di un'altra segretaria come Fräulein Pichler, né lei sarebbe mai riuscita a plasmare un principale com'era riuscita a fare con Anton. A circondarli, come pianeti in orbita intorno a un sole maggiore e uno minore, c'era una congerie di banchieri e contabili legati a loro da rapporti altrettanto durevoli. Era un costrutto delicato, basato sull'inganno e sul compromesso morale. Se la luce dell'onestà avesse colpito i suoi meccanismi interni, si sarebbe ridotto in polvere.

Ma ora, purtroppo, le azioni dei Vuksan ad Amsterdam e la morte di Nikola Musulin a Belgrado rischiavano di rovinare decenni di ottimo lavoro. Nelle ultime ore Frend aveva dovuto rispondere a diverse telefonate effettuate in preda al panico. Era stato costretto a svegliare finanzieri nel mezzo della notte, contribuendo al genere di rapido trasferimento di fondi che rischiava di attirare l'attenzione delle autorità internazionali. Aveva riscosso favori, promettendone di ancora più grandi. Si era esposto, e i suoi clienti erano in pericolo, e tutto per la sconsiderata sete di vendetta di Spiridon Vuksan.

Seduto nella penombra del suo ufficio, Frend lavorava alla sola luce della lampada da banchiere che si rifletteva sul suo antico fermacravatte d'oro. L'accessorio faceva parte di una collezione in continua crescita, e di cui ciascun pezzo sembrava più ornato del precedente. Erano quanto di più prossimo all'eccentricità si sarebbe probabilmente mai concesso, e Frend aveva spesso pensato di utilizzare uno dei disegni come filigrana sulla carta intestata dello studio. Si era tolto la giacca ma non aveva allentato il nodo della cravatta, poiché certi standard dovevano essere mantenuti sia in pubblico che in privato. Si era versato un bicchiere di schnapps Rochelt, ma finora non lo aveva toccato. In quel momento sarebbe stato controproducente. Doveva restare lucido, poiché qualcuno sarebbe venuto.

Qualcuno sarebbe venuto, e forse sarebbe stata la fine di tutti loro.

18

Hendricksen riaccostò dietro di sé la porta della casa sicura, raggiunse la sua auto e nascose la chiave a torsione e il grimaldello a pistola nel vano sotto la ruota di scorta. Poi chiamò Bram De Jong, il suo contatto più fidato nei Korps. Lo informò di ciò che aveva scoperto nella casa sicura, nascondendo solo di aver dovuto sfondare la serratura per entrarvi. Ammettere il reato non sarebbe servito a nulla. La polizia avrebbe avuto i suoi sospetti, ma provarli sarebbe stato difficile anche se avesse voluto approfondire l'argomento, cosa che appariva improbabile.

Hendricksen fece ritorno alla casa sicura e si fermò fuori ad attendere l'arrivo della polizia. Fu tentato di chiamare Louis, ma poi decise di rimandare. Era meglio non farsi sorprendere al cellulare all'arrivo degli investigatori, e a questo scopo nell'udire le prime sirene in lontananza cancellò dalla memoria le chiamate da e per New York.

Aveva un cattivo sapore in bocca, e gli tremavano le mani.

Chiuse gli occhi e vide sangue.

Più tardi, dopo aver fornito una versione epurata degli eventi (la telefonata preoccupata di un conoscente comune, che preferiva non identificare, riguardo a De Jaager; i suoi infruttuosi tentativi di mettersi in contatto con lo stesso De Jaager e con i componenti della sua cerchia; e per finire la visita alla casa sicura, di cui conosceva l'indirizzo per sentito dire, e la scoperta della porta aperta e di ciò che c'era all'interno), Hendricksen chiamò Louis a New York.

«Sono morti» disse. «Tutti morti.»

19

Questo era ciò che Hendricksen aveva visto quando aveva aperto la porta della cucina della casa sicura.

Il pavimento era un tappeto di sangue, e una chiazza rossa si era formata sul soffitto intonacato di bianco. In un primo momento Hendricksen aveva pensato a fiotti di sangue arterioso, ma poi si era reso conto che la chiazza non poteva essere stata causata da un'arteria squarciata, e che il sangue si era infiltrato nel soffitto dall'alto. Due donne giacevano accasciate contro la parete più lontana, le loro nudità celate a malapena dai lenzuoli che aderivano ai corpi, ormai più rossi di sangue che bianchi. Le donne, un'anziana e una ragazza, erano state sistemate in modo che la più giovane reggesse l'altra tra le braccia, mantenute in posizione verticale dai loro stessi corpi sistemati a pinnacolo. Il volto della giovane era visibile, ma Hendricksen non la conosceva. Malgrado la morte ne avesse rilassato i muscoli facciali, l'espressione che mostrava era ancora quella delle sofferenze finali, la bocca aperta in un silenzioso urlo di agonia.

La donna sulla destra aveva lunghi capelli grigi ed era rivolta verso il muro, ma Hendricksen non aveva dovuto controllare per sapere che si trattava di Anouk. Se avesse avuto bisogno di un'ulteriore conferma, l'avrebbe trovata nelle due fedi matrimoniali appese a una catenella che portava al collo e che era rimasta incastrata tra i suoi resti e quelli dell'altra donna.

Al fianco di Anouk c'era suo figlio Paulus. Qualcuno lo aveva coperto con una tovaglia a fantasia a mo' di lenzuolo funebre. Il suo corpo era meno insanguinato, e la ferita da arma da fuoco alla testa suggeriva che le sue sofferenze fossero state inferiori a quelle delle due donne. La sua guancia destra giaceva sulla schiena nuda della madre, la mano sinistra poggiava sulla sua spalla.

La parete appena dietro di loro era formata quasi totalmente da antichi mattoni, spezzati da una serie di colonne di legno il cui scopo era più decorativo che pratico. Il corpo di De Jaager era stato inchiodato a due di esse, con le braccia spalancate e i piedi su uno sgabello a reggerne il peso. I chiodi erano stati sparati attraverso i polsi, i palmi delle mani, i gomiti e le spalle, e affondavano nelle sue carni. In più gli era stata legata una corda al collo fissata a una delle travi del soffitto, a ulteriore garanzia che il *tableau* non venisse guastato dal cedimento dei suoi vecchi tessuti attorno ai chiodi.

Hendricksen aveva tenuto il raggio della torcia elettrica sulla crocifissione come per fissarsela nella mente, pur sapendo che non avrebbe mai dimenticato ciò che stava vedendo. Il ricordo sarebbe rimasto con lui fino alla morte, accompagnando la sua dipartita da questo all'altro mondo. Gli occhi di De Jaager erano semiaperti, e per il più breve degli istanti Hendricksen aveva pensato che potesse chissà come essere ancora vivo. Aveva fatto un solo passo avanti prima di arrestarsi a pochi centimetri dal sangue, rendendosi conto dell'assurdità di quell'idea.

Il volto di De Jaager non era stato toccato, e le sue palpebre erano ancora intatte. Non aveva distolto gli occhi.

E morendo aveva pregato che non li distogliessero neanche gli altri.

20

Louis stava preparando i bagagli per i Paesi Bassi quando il suo cellulare squillò. Fu Angel a rispondere, e quando gli mostrò il telefono la sua espressione era gelida.

«Devi cambiare il numero,» disse «a meno che non pensi di portartelo dietro quando ti metteranno al fresco...»

Louis provò a scoccargli un'occhiataccia, ma dopo decenni di esposizione Angel era ormai immune.

«Chi sei, mia madre?» gli chiese.

«Se fossi tua madre, non lo ammetterei mai.»

«Dammi quel cazzo di telefono.»

Angel gli diede quel cazzo di telefono.

«Ho saputo di De Jaager e degli altri» disse Ross. «Mi dispiace.»

«Ci ha provato,» rispose Louis «e di questo le sono grato.»

«Avrei potuto avvertire prima.»

«Non credo che il risultato finale sarebbe cambiato. Erano segnati da tempo.»

«Che cosa farete?»

«Me lo sta chiedendo in via ufficiale?»

«Lei cosa pensa?»

«In tal caso lo sa benissimo.»

«Partenza?»

«Domani.»

«Sarò al bar del Saint Regis tra un'ora. Vediamoci lì.»

«Per quale motivo?»

«Non faccia il finto tonto. Non l'aiuterà.»

Ross chiuse la comunicazione.

«Che cosa voleva?» domandò Angel, che aveva ripreso a preparare il proprio bagaglio.

«Parlare. A quattr'occhi.»

«Ti dirà di stare alla larga?»

Louis piegò con cura un'altra camicia bianca.

«No,» disse «credo che voglia aiutare.»

Prima di recarsi al Saint Regis Louis chiamò Charlie Parker, che qualche mese prima aveva conosciuto De Jaager, Paulus e Anouk ad Amsterdam.

«Vuoi che venga anch'io?» chiese Parker. «Se me lo chiedi lo faccio.»

«No, o meglio non ancora. Ma apprezzo l'offerta. Volevo solo informarti.»

«Te ne sono grato, e mi dispiace molto.»

«Lo so, ma stavolta non ha a che fare con noi.»

«Gli Zemun?»

«Qualcuno che aveva rapporti con loro nel lontano passato. A quanto pare, gli Zemun sono storia vecchia.»

Louis informò Parker dell'imminente incontro con Ross.

«Sentire cos'ha da dire non fa male a nessuno» osservò il detective.

«Pensi che il suo sia un gesto dettato dal buon cuore?»

«Non esattamente, a meno che non gli abbiano fatto un trapianto cardiaco. È anche vero che aveva cercato di avvertirti.»

«Sì.»

Parker udì il dubbio nel tono di Louis, e sentì di non poterlo biasimare. Aveva ragione a non fidarsi di Ross, anche solo a causa del proprio stesso passato. Non era chiaro quanto Ross ne sapesse, ma di sicuro lo conosceva a sufficienza. Le alleanze tra sicari e agenti federali erano questioni delicate, e Ross aveva probabilmente la parola 'opportunismo' ricamata e incorniciata sopra il letto.

«D'altra parte,» riprese «con Ross è sempre un baratto. Se offre aiuto, è perché vede un possibile vantaggio. E non parlo di un favore da riscuotere più avanti, ma di un beneficio diretto.»

«Vale a dire?»

«Vale a dire che il fatto che tu dia la caccia ai responsabili potrebbe andargli bene.»

«Be', in tal caso non c'è problema» disse Louis. «Perché va bene anche a me.»

Il King Cole Bar del Saint Regis era tranquillo, con solo una manciata di avventori sparsi tra i suoi legni e i suoi ottoni. Ross sedeva in fondo, sorseggiando un Dirty martini. Louis gli si sedette accanto e ordinò lo stesso per sé. Non si scambiarono convenevoli, ma Ross levò il bicchiere e disse: «A De Jaager.» Brindarono.

«Lo avevo conosciuto» disse Ross.

«Non lo sapevo.»

«È successo molto tempo fa a Berlino, durante la fase finale della Guerra fredda... o della prima Guerra fredda, come temo siamo ormai costretti a chiamarla.»

Louis non aveva idea di quanti anni avesse Ross, né si era mai preso il disturbo di scoprirlo. Aveva sempre dato per scontato che il federale avesse avuto l'aspetto dell'uomo di mezz'età affetto da emorroidi fin da quando era uscito dal ventre di sua madre, e che per questo i suoi genitori lo avessero ripudiato. Ma se Ross stava intristendo l'Europa con la sua presenza già nei primi anni Novanta, significava che ora doveva essere alle soglie della sessantina.

«De Jaager ci aveva fornito certe informazioni su un gruppo di irriducibili della Stasi a cui non piaceva la direzione in cui spirava il vento» proseguì. «Non che fossero gli unici, ma loro in particolare intendevano creare problemi. Normalmente ci saremmo limitati a tenerli d'occhio o avremmo lasciato che se ne occupassero altri: magari i loro stessi compatrioti, visto che il Muro era caduto da poco e non eravamo nella posizione di seguire ogni singola pista in quel caos. E alcuni di noi erano ottimisti. Pensavamo che la fine del comunismo avrebbe significato un nuovo inizio.»

«Lei è un ottimista?» chiese Louis. «Devo ammettere che ne sarei sorpreso.»

«Potrei esserne stato temporaneamente contagiato, in passato» ammise Ross. «Ma ormai sono guarito.»

«Lo immaginavo.»

«Allora ero ancora un novellino, assegnato come attaché legale all'ambasciata di Berlino. Non sono a conoscenza di tutto quello che accadde, perché era un'operazione della CIA e molti dei dettagli li venni a sapere solo in seguito. Ero coinvolto perché noi stessi stavamo indagando su una giovane turista americana di nome Annie Houseman che era stata uccisa a Bautzen, e la Stasi ne sapeva più di quanto fosse disposta ad ammettere, anche tramite i canali non ufficiali che usavamo per comunicare con loro.

«In ogni caso, la voce che ci era giunta alle orecchie era che a uccidere la Houseman fosse stato uno del gruppo di nostalgici della Stasi. A quanto pareva l'aveva fatta ubriacare in un bar, aveva cercato di stuprarla, lei aveva opposto resistenza e la situazione era precipitata. Alla fine per nascondere le ferite le aveva sfondato il cranio passandoci sopra con l'auto, ma a quel punto la ragazza era già morta. Il fatto era stato archiviato come opera di un pirata della strada, uno sventurato incidente nell'anarchia dei festeggiamenti, ma De Jaager sapeva che non era così. Era stato informato da un maggiore della Stasi che stava cercando di trasferirsi a Stoccolma passando dall'Aia e aveva bisogno di un intermediario onesto per piazzare i documenti di cui era in possesso. I più furbi avevano capito che all'inizio sarebbe stato un mercato al rialzo ma che non lo sarebbe rimasto a lungo, e che conveniva anticipare la concorrenza.

«Non c'era alcuna prova dell'omicidio, ovviamente, ma le informazioni di De Jaager erano molto solide: il colpevole, un certo Buchner, aveva versato un bel po' di sangue nel corso della sua carriera, e così gli altri della sua cerchia. Erano in pista da un bel pezzo, ed erano i punti di riferimento in fatto di torture ed esecuzioni per l'intero blocco sovietico, il che significava che nel corso degli anni avevano sotterrato molti dei nostri uomini. Lasciare che continuassero a operare nell'ombra contro di noi sembrava un'idea sempre più assurda, specialmente quando cominciammo a scoprire altre cose su di loro.»

Il Vecchio Re Cole li osservava dall'alto del murale di Maxfield Parrish sopra il banco. Tutti i membri della sua cerchia, dai cortigiani ai giullari, sembravano spassarsela, ma a Louis il vecchio sovrano non era mai piaciuto. Con il suo mantello nero dal collare bianco sembrava un giudice ammazzasette. Potevi fare il buffone e divertirlo, ma ciò non gli avrebbe impedito di farti fuori non appena avesse smesso di ridere.

«L'operazione venne appaltata» proseguì Ross. «Probabilmente agli israeliani, che avevano i loro motivi per mettere le mani su due di quegli uomini, ma non posso darlo per certo. Risolsero tutto in tre settimane, molto in fretta: quattro morti e nessuna traccia. La settimana dopo l'eliminazione dell'ultimo del gruppo, De Jaager venne a cena con noi. La sua ricompensa furono quattro visti statunitensi rilasciati senza fare domande.

«Suppongo che in quei giorni mi facessi degli scrupoli, quantomeno più di adesso. Il modo in cui era stata risolta la questione mi infastidiva. Avrei voluto vedere Buchner arrestato e processato. Credevo ancora al concetto di chiusura, o a una sua qualche sembianza. De Jaager doveva essersene reso conto, poiché al momento dei saluti mi trasse in disparte. Avrebbe potuto somministrarmi qualche banalità, magari dicendo che era stata fatta giustizia, ma non lo fece. Si limitò a dire: 'A volte bisogna agire in questo modo. È sbagliato, e ti macchia la coscienza, ma è necessario per il semplice fatto che l'alternativa sarebbe molto peggio.'»

«E adesso cosa ne pensa?» domandò Louis.

«Diciamo che con il passare degli anni l'idea mi crea meno disagio.»

«Non posso dire che mi abbia mai turbato.»

«Ci credo. Ho letto il suo dossier.»

«Non deve dare retta a tutto quello che legge.»

«Se è vera anche solo la metà di quello che contiene, si è guadagnato l'epiteto di 'Mietitore'. Ci sono pestilenze che hanno fatto meno vittime.»

«Mi ha fatto venire qui per arrestarmi?»

Ross arrivò addirittura a ridere. Era come veder ballare un morto, si disse Louis.

«Se qualcuno l'arresterà mai, non sarà su mio ordine.»

«Perché potrebbe finire anche lei dietro il banco, e non quello dei testimoni?»

«Ammetto di provare avversione per certe domande scomode su di lei e i suoi amici.»

«Allora perché siamo qui?»

«So perfettamente cosa è stato fatto a De Jaager e ai suoi,» disse Ross «e ne conosco il motivo. In caso contrario, non l'avrei chiamata per metterla in guardia sui contatti tra la Armitage e quello che resta del clan criminale serbo nei Paesi Bassi. De Jaager e i suoi familiari sono morti per aver organizzato, una decina di anni fa, l'assassinio di un gorilla degli Zemun chiamato Andrej Buha, altrimenti noto come Timmerman. A rischio di sembrare fin troppo schietto, penso che a eliminare Buha fosse stato lei, dietro compenso o come favore a De Jaager.»

«Dev'essere ragguardevole, quel suo dossier» disse Louis. «Un giorno o l'altro mi piacerebbe vederlo. Potrei addirittura riconoscere qualcosa in ciò che contiene, anche se è improbabile.»

«Prendo atto della smentita,» ribatté Ross «ma De Jaager e gli altri sono morti per quello che è stato fatto a Buha, e ora sarà lei a trovare ed eliminare i colpevoli. Con ogni probabilità si tratta di Spiridon e Radovan Vuksan, a meno che qualche esponente della vecchia guardia degli Zemun non abbia deciso di tornare ad Amsterdam e saldare vecchi conti. Ma se dovessi scommettere, punterei sui Vuksan.

«Il fatto è questo: ci sono persone nelle forze dell'ordine, qui e altrove, che non spargerebbero eccessive lacrime se una grave sventura dovesse abbattersi sui Vuksan. È dalle guerre nei Balcani che quei due seminano sofferenze, con una particolare predilezione per il commercio di esseri umani. Negli ultimi cinque anni il traffico si è evoluto in contrabbando, che è qualcosa di ancora diverso: camion portacontainer, stive delle navi, barconi sul Mediterraneo provenienti dal Nordafrica. C'è da guadagnare bene, poiché è il carico stesso a pagare in anticipo. E se il carico annega, muore soffocato o viene intercettato e rinchiuso in un campo in Italia, in Grecia o a Cipro, sono fatti suoi. È un giro d'affari basato su grandi volumi e alti rendimenti, e le perdite di vite umane non incidono sui profitti.

«All'estremo opposto, i Vuksan muovono quantitativi ridotti con profitti decisamente più alti, e non si prendono troppo la briga di controllare i precedenti. Questi carichi viaggiano in modo più confortevole e devono arrivare sani e salvi, senza neanche un livido. Ai curdi iraniani i Vuksan fanno pagare cinquantamila dollari a testa per il trasporto nel Regno Unito passando dalla Serbia e dalla Francia, e dio benedica quelli che ce la fanno. I curdi sono stati fregati un po' da tutti, sicché si meritano un nuovo inizio.

«Ma i Vuksan prendono soldi anche da coloro che rappresentano un problema per tutti, a eccezione di chi vorrebbe scatenare una guerra santa. Una volta che questi individui arrivano in Europa, alcuni di loro dopo periodi trascorsi in Iraq, in Siria o in Afghanistan, fanno perdere le loro tracce, e se ne risente parlare solo quando si fanno esplodere su un autobus o su un treno, travolgono un mercato affollato al volante di un camion o trasformano un centro commerciale in un poligono di tiro.

«E questi non sono neanche i peggiori. Quelli che ci fanno più paura sono coloro che non si avvicinerebbero mai a un fucile o a una bomba. Gli organizzatori, i reclutatori, i finanziatori. Originariamente facevano parte di Al-Qaida, poi sono passati all'ISIS e presto muteranno e riappariranno con un nuovo nome ma con la stessa ideologia. E nel frattempo i Vuksan e quelli come loro intascano centomila dollari per ogni delicato carico di terroristi che arriva integro a destinazione, e stiamo parlando solo della cifra di partenza. Per un carico di grande valore, e di conseguenza altrettanto rischioso, i Vuksan possono arrivare a chiedere e ottenere un quarto di milione di dollari, a volte anche di più.»

«Ma allora perché nessuno interviene?» chiese Louis.

«Esiste lo stato di diritto, anche per la feccia.»

«Certi ex agenti della Stasi potrebbero esprimere un'opinione diversa, se le ossa potessero parlare.»

«I sospetti non bastano per poter applicare un'etichetta nera a una cartella, e l'ultima volta che ho controllato i nostri alleati europei erano contrari all'uso dei droni su Parigi e Londra.»

«Sarà, ma anche facendo fuori i Vuksan ci sarà qualcun altro che prenderà il loro posto.»

«È possibile, e in effetti gira voce che i Vuksan si stiano ritirando dagli affari, anche se non sono certo che il pensionamento sia nella natura di Spiridon.»

«In tal caso, che senso ha perdere tempo con loro?»

«Ha senso in quanto punizione per i crimini passati e come avvertimento per chi potrebbe farsi venire in mente di seguire le loro orme: se lo farete, vi troveremo e ve la faremo pagare.»

Louis finì il suo Martini e ne ordinò un altro con un cenno al barista.

«Mi sta chiedendo di sbrigare le faccende sporche del governo?» domandò.

«Non le sto chiedendo di fare niente. A meno che abbia sbagliato a leggere le rune, so che in un modo o nell'altro darà la caccia ai Vuksan. Sto solo dicendo che da parte nostra potremmo facilitarle il compito.»

«E con 'nostra' intende...?»

«Certi cittadini interessati» disse Ross.

«Il genere peggiore. E in che modo mi faciliterebbero il compito, questi cittadini interessati?»

«Be', la prima cosa che ho pensato di offrirle è stato un telefono pulito, ma poi mi sono reso conto che probabilmente non avrebbe gradito un cellulare di provenienza governativa.»

«In effetti,» ammise Louis «non lo gradirei proprio per niente.»

«Le grandi menti la pensano allo stesso modo. E così ho preso una strada diversa.»

«Un altro attaché legale corrotto?»

Vide con piacere che la frecciata aveva colpito nel segno. Il tradimento della Armitage era stato disastroso, danneggiando chiunque si fosse trovato nel suo raggio d'azione. Nemmeno Ross doveva essere rimasto illeso. Fece un sorriso tirato.

«Mi piace pensare che si impari dai propri errori» rispose.

«Piacerebbe anche a me» disse Louis. «Non ci credo, ma sarebbe bello.»

«La giurisdizione del Bureau oltreoceano è limitata» proseguì Ross. «Considerata la delicatezza di quanto viene proposto, le ho procurato del materiale di lettura e ho messo al corrente una parte interessata dei suoi programmi di viaggio.»

Si alzò dallo sgabello. Sul banco tra loro aveva posato una copia ripiegata del *New York Times*. Vi picchiettò un dito e lasciò i contanti per pagare il conto.

«Farebbe meglio a dare un'occhiata al giornale di oggi» soggiunse. «Potrebbe trovarlo interessante. Buon viaggio.»

Louis lo seguì con lo sguardo mentre si allontanava, ma non prese subito il giornale. Rimase seduto a riflettere. Da quando, anni prima, aveva conosciuto Parker, la sua vita era cambiata in modi che non avrebbe mai immaginato. Molti di questi cambiamenti erano positivi, o almeno non del tutto negativi, ma avere a che fare con l'agente speciale Edgar Ross dell'FBI non era tra questi. Louis non dubitava dell'esistenza, in qualche anfratto di Federal Plaza, di un dossier completo sulle sue attività, ma sospettava che il suo scopo principale fosse il diletto personale dello stesso Ross, o almeno così sperava. In qualunque caso, il fatto che Ross sapesse di lui era una minaccia, sospesa sopra la sua testa come una spada di Damocle. E forse prima o poi ci sarebbe stato bisogno di intervenire.

Dopodiché c'era il problema della Armitage e di ciò che aveva seminato dietro di sé. Se aveva davvero preso contatto con i Vuksan, e se era stata lei a metterli sulle tracce di De Jaager, significava che aveva lasciato delle tracce che il Bureau avrebbe preferito cancellare. E Ross non aveva appena fatto altro che dare a Louis una scopa e dirgli di mettersi all'opera.

Ma, se la Armitage era davvero la fonte delle informazioni trasmesse ai Vuksan, cos'altro aveva rivelato? Ross immaginava che nello svolgimento dei suoi compiti l'attaché legale fosse incappata nelle prove che De Jaager era stato il mandante dell'assassinio di Andrej Buha, ma se avesse scoperto anche altro? A sentire Ross, la Armitage si era messa in contatto con i Vuksan poco dopo che Louis e Angel erano ripartiti da Amsterdam. Era possibile che avesse fatto non solo il nome di De Jaager, ma anche quello del suo sicario.

E così Louis proseguì a bere e riflettere. E, quando finalmente uscì dal Saint Regis, lo fece con la copia del *New York Times* sottobraccio.

21

Quando arrivò a casa, Angel aveva finito di preparare la sua borsa. Avevano preso in considerazione la possibilità che Angel restasse a New York, ma quella conversazione si era conclusa quasi subito. Angel aveva finito la chemioterapia, e gli ultimi esami non avevano rilevato traccia del tumore. Non aveva più la forza fisica di un tempo, questo era vero; ma qualunque diminuzione in tal senso era bilanciata da un cambiamento a livello psicologico. Aveva ripetutamente affrontato la sofferenza fisica, e ogni volta ne era uscito indenne. Non si considerava né immortale né fortunato: semplicemente, gli erano rimaste ben poche paure.

«Cosa voleva Ross?» domandò.

«Incaricarci di risolvere i disastri provocati dalla Armitage. E darmi la sua copia del *New York Times*.»

«Gli hai detto che siamo abbonati?»

Louis spiegò il giornale. Infilata nella sezione Arti e Intrattenimento c'era una busta marroncina contenente un dossier su un avvocato austriaco di nome Anton Frend, completo di fotografie di Frend con parenti e colleghi e in un caso seduto a un ristorante in compagnia di due uomini: un tipo magro, calvo e dall'aria vagamente patrizia e un energumeno. Sul retro era stata applicata un'etichetta con una data, 9 aprile 2016, e tre nomi: Radovan Vuksan, Anton Frend e Spiridon Vuksan. Louis lesse a voce alta le parti salienti del dossier, poi allungò la foto a Angel.

«Sono già morti» disse.

«Anche l'avvocato?»

«Vedremo. Ma se frequenta quel genere di compagnia, la sua coscienza riposa già in pace. Potrebbe essere ora che venga seguita dal resto.»

Oltre alle informazioni su Frend, la busta conteneva singole pagine dedicate a cinque individui: Spiridon e Radovan Vuksan, il contatto della Armitage, Zivco Ilić, Aleksej Marković e Luca Bilbija. I dati comprendevano nomi dei parenti, identità alternative, indirizzi recenti, numeri di passaporto, precedenti incarcerazioni, preferenze sessuali e, in tutti i casi eccetto che per Radovan Vuksan, carriere militari. A quell'ultima voce erano legate accuse, nei casi di Spiridon Vuksan, Zivco Ilić e Aleksej Marković, di aver preso parte a eccidi durante i conflitti balcanici. Luca Bilbija, da parte sua, ai tempi era troppo giovane per combattere, ma aveva comunque svolto sei mesi di leva obbligatoria nel 2006. A ogni pagina era allegata una fotografia del soggetto in questione. A mano a mano che Louis leggeva i documenti, li passava a Angel.

«Non sono solo individui pericolosi» disse questi alla fine. «Sono animali.»

«Intelligenti, però. Ilić e Marković sono stati al fresco, ma non per molto, e in entrambi i casi per reati minori. Bilbija sembra pulito, e i Vuksan non hanno mai visto l'interno di una prigione, a meno che non stessero visitando qualcuno.»

«O ammazzandolo.» Angel stava leggendo di Ovčara e del carcere di Sremska Mitrovica, dove i prigionieri croati erano stati torturati, violentati e uccisi dai riservisti serbi. Sia Spiridon Vuksan che Zivco Ilić erano stati presenti in certe date, e secondo i testimoni avevano partecipato di buon grado alla carneficina.

«Sembra che Radovan si occupasse soltanto del lavoro di ufficio» disse Louis «e di far trovare pronte le vittime predestinate al fratello quando lui e i suoi uomini si presentavano a massacrarle.»

I numeri avevano quasi dell'incredibile: cento uomini qui, duecento lì, che diventavano migliaia coinvolgendo donne e bambini. Louis aveva un vago ricordo di quelle guerre, dei telegiornali e delle foto sui quotidiani più seri, ma a quei tempi era una persona diversa. Ora faceva fatica a credere che il mondo civilizzato fosse rimasto a guardare e avesse permesso che quei massacri continuassero così a lungo prima di essere spinto a intervenire. A quel punto era trascorso meno di mezzo secolo dal crollo della Germania nazista, eppure nessuno sembrava averne imparato la lezione.

Ma che diritto aveva lui di puntare il dito e accusare? Anche le sue mani erano insanguinate.

E presto lo sarebbero state ancora di più.

Più tardi quella stessa sera Angel spiegò a Mrs Bondarchuk che si sarebbero recati all'estero per un periodo indeterminato e che sarebbero valse le solite regole, che per Mrs Bondarchuk significavano continuare a tenere d'occhio la strada dalla finestra di casa e apporre la propria firma a eventuali consegne. In caso di problemi, o anche solo del minimo fastidio, aveva una lista di numeri da chiamare, tra cui quelli di Charlie Parker, del suo avvocato Moxie Castin, a cui Angel e Louis avevano cominciato ad affidare alcune pratiche, e, nell'eventualità che tutti gli abitanti del pianeta Terra avessero smesso di rispondere al telefono o fossero stati inghiottiti in un'altra dimensione, dei fratelli Fulci.

Ma il numero che Angel e Louis le raccomandavano sempre di chiamare per primo in caso di pericolo apparteneva a una donna di nome Amy, che Mrs Bondarchuk non aveva mai conosciuto. Amy lavorava per la Leroy Frank Properties, Inc., una società che, se qualcuno si fosse preso la briga di indagare sufficientemente a fondo, avrebbe potuto rivelarsi come l'effettiva proprietaria dello stabile in cui Mrs Bondarchuk risiedeva. Quando Angel e Louis erano fuori città era Amy a prendersi cura di qualunque eventuale problema: dall'impianto idraulico al riscaldamento, dalla falegnameria a questioni di natura più specialistica.

Pochi mesi prima, per esempio, mentre Angel e Louis si trovavano in Europa, Mrs Bondarchuk aveva notato con una certa ansia che tre uomini dall'aria poco raccomandabile, due giovani e uno più anziano, l'avevano pedinata mentre tornava da Zabar's, e si era convinta, non senza motivo, che avessero intenzione di penetrare nella palazzina, visto che nelle due ore successive, mentre il buio calava gradualmente intorno a loro, ci erano passati davanti quattro volte, da soli o in coppia.

In circostanze simili, le Mrs Bondarchuk di questo mondo tendevano a rivolgersi alla polizia, ma questa particolare Mrs Bondarchuk era consapevole dei sentimenti ambivalenti che i gentiluomini al piano di sopra nutrivano nei riguardi delle autorità. E così, non senza il timore di essere giudicata troppo apprensiva, aveva chiamato la misteriosa Amy, la quale, in quelli che potevano solo essere definiti toni melliflui, l'aveva ringraziata per la sua vigilanza e le aveva assicurato che il problema sarebbe stato affrontato. L'ultima volta che Mrs Bondarchuk aveva visto i tre malintenzionati tutti insieme era stata mentre venivano fatti salire sul retro di un furgone da altri quattro uomini, che li avevano stretti in quelli che un osservatore di passaggio avrebbe potuto scambiare per calorosi abbracci, sempre che gli abbracci coinvolgessero l'uso di pistole. Due settimane dopo era incappata in uno dei tre a Central Park, mentre dava da mangiare alle anatre. Lui aveva incrociato il suo sguardo, aveva impiegato un istante a riconoscerla e se l'era data a gambe, la rapidità del suo passo ostacolata soltanto dal gesso che portava sulla gamba destra e dalla scarsa familiarità con le stampelle.

«Baderò io a tutto» disse Mrs Bondarchuk mentre dava da mangiare bocconcini di salsiccia al suoi volpini.

«Lo so» rispose Angel. «Sapere che lei è qui è un gran sollievo.»

Era sincero, e lei lo sapeva. Le carezzò la mano, e lei si aprì in un gran sorriso.

E, mentre Angel parlava con Mrs Bondarchuk, Louis rilesse di nuovo le carte che gli aveva fatto avere Ross, pur sapendo che le informazioni che contenevano non sarebbero bastate ai suoi scopi.

Cinque nomi.

Non aveva idea di dove fossero quegli uomini. Per quanto ne sapeva, potevano già essere rientrati in patria, e quel poco che Louis conosceva della cultura serba gli suggeriva che un uomo di colore avrebbe fatto fatica a operare entro i confini del Paese senza dare nell'occhio. Come minimo avrebbe destato curiosità, e questo ancor prima di cominciare a fare domande sulla criminalità serba. Ma un *americano* di colore avrebbe potuto scatenare ostilità, considerato che nel 1999 i jet statunitensi avevano contribuito ai bombardamenti con cui la NATO aveva riportato i serbi alla ragione, facendo più di mille vittime tra i militari e le forze di polizia e la metà tra i civili. Se i Vuksan erano già in Serbia, le possibilità di colpirli erano infinitesimali.

Soltanto il loro avvocato, Frend, era immediatamente rintracciabile; ma Louis non poteva certo presentarsi alla porta del suo ufficio di Vienna con una torta Sacher in mano, bussare e chiedere notizie di un gruppo di serbi. Per la prima volta cominciò ad avvertire la futilità di ciò che stava cercando di fare. Era già in alto mare prima ancora di cominciare. A eccezione di un investigatore privato olandese, tutti coloro che conosceva nei Paesi Bassi erano morti. Aveva avuto una vaga promessa di aiuto da parte di Ross, un agente federale di cui non si fidava, e l'offerta di un misterioso intermediario in Olanda procurato dallo stesso Ross. Da quello che questi gli aveva detto al Saint Regis, l'intermediario doveva essere una spia ancora in servizio o in pensione, e di una spia non ci si poteva mai fidare.

Louis portò i documenti e le fotografie nel suo studio, ne fece una scansione e inviò il file a una casella sicura. Poi mise tutto nel caminetto e accese il fuoco. Seduto in poltrona, osservò i volti dei cinque serbi accartocciarsi e bruciare.

Ci avrebbe provato, per De Jaager e per gli altri. Era tutto ciò che poteva fare.

Cinque criminali. Cinque assassini serbi.

Sfortunatamente, le agenzie governative sono sistematicamente inaffidabili.

Perché a loro insaputa ce n'era un sesto.

22

La prima tappa dei Vuksan e dei loro luogotenenti fu la Germania, dove evitarono i maggiori centri urbani e mantennero le comunicazioni elettroniche al minimo. I serbi erano profondamente radicati nel mondo criminale tedesco, soprattutto nei giri della prostituzione e della droga, e molti di loro erano ex militari. Alcuni avrebbero potuto simpatizzare con i Vuksan, ma non sarebbero stati disposti a rischiare la vita per aiutarli anche se, com'era probabile, Belgrado non li avesse ammoniti di non farlo. Se i Vuksan si fossero rivolti a loro, avrebbero corso il rischio di essere traditi.

Ma c'erano ancora individui su cui potevano fare affidamento, uomini la cui fedeltà risaliva ai tempi di Tito, e fu per questo che i Vuksan raggiunsero la fattoria di Gavrilo Dražeta nei paraggi di Kassel, nella Germania centrale.

Nessuno dei vicini di Dražeta conosceva il suo vero nome. Da quelle parti si faceva chiamare István Adami, un ungherese con antenati tedeschi, anche se a sentir lui i pochi di essi che erano rimasti erano parenti lontani e abitavano nel remoto est del Paese. Grazie alla defunta madre, Dražeta parlava bene l'ungherese, e questo lo aiutava a mantenere la copertura e nascondersi dai suoi nemici.

Dražeta era un ex ufficiale dei servizi di sicurezza dell'JNA, l'Armata Popolare Jugoslava, e nel 1991 aveva partecipato all'assedio di Vukovar, dove un po' meno di duemila soldati della guardia nazionale croata, con il sostegno della popolazione civile, avevano subìto l'attacco di più di trentacinquemila paramilitari serbi e soldati dell'JNA. I croati avevano resistito per quasi tre mesi prima di cedere. Dražeta era tra coloro che avevano supervisionato le esecuzioni e la pulizia etnica che erano seguite, tra cui il massacro di duecento prigionieri alla fattoria di Ovčara. Si diceva fosse stato lui ad avere l'idea delle 'forche caudine', in cui i prigionieri, tra cui civili e feriti, venivano costretti a superare due schiere di serbi armati di catene, mazze e coltelli prima di ricevere il colpo di grazia. Tra coloro che gli avevano dato una mano nell'impresa c'era il defunto e molto poco compianto Andrej Buha, altrimenti noto come Timmerman.

Dražeta era tecnicamente ancora una 'persona di interesse' per gli investigatori sui crimini di guerra, ed era rimasto a lungo sotto accusa da parte dell'ICTY, il Tribunale Penale Internazionale per l'ex Jugoslavia, prima che questo chiudesse i battenti nel 2017. Aveva evitato l'arresto solo perché, grazie a Radovan Vuksan, i suoi documenti tedeschi erano impeccabili. Era il minimo che Radovan potesse fare per il suo ex socio, poiché era stato proprio Dražeta a organizzare il trasporto delle opere d'arte trafugate a Vukovar che poi Radovan aveva messo in vendita. E adesso Dražeta conduceva una noiosa ma tranquilla esistenza sotto falso nome in mezzo a noiosi ma tranquilli tedeschi, in una noiosa ma tranquilla fattoria con una noiosa ma tranquilla consorte.

«Sicuro che possiamo fidarci?» chiese Spiridon a suo fratello mentre il convoglio faceva il suo arrivo nel cortile di Dražeta.

Spiridon non era mai stato convinto che aiutare Dražeta a rifugiarsi in Germania fosse stata una buona idea, considerati i capi di accusa che pendevano su di lui. Sarebbe stato meglio se fosse rimasto in Serbia, dove correva meno pericoli di estradizione. In Germania, per di più, Dražeta si era chiaramente impigrito e rammollito, e quando le autorità venivano a bussare i pigri e gli imbelli erano più vulnerabili alle loro pressioni.

«Se avesse avuto intenzione di tradirci,» rispose Radovan «l'avrebbe già fatto da un pezzo.»

«I precetti morali di un uomo possono cambiare» obiettò Spiridon.

«Non quelli di uno come lui.»

Dražeta sembrava lieto di rivedere i vecchi compagni. Vi furono baci e abbracci, e un accenno di lacrime virili. A tavola venne servita carne di cervo innaffiata da un Samtrot, mentre un vecchio grammofono suonava le canzoni di Lepi Mića. La conversazione si mantenne neutrale, evitando qualunque riferimento ai problemi correnti dei Vuksan, e da parte loro Aleksej Marković e Luca Bilbija non aprirono mai bocca. Non erano persone socievoli, quantomeno non al di fuori dei fuochi di bivacco, dei bar e delle sale da gioco.

Mentre gli ospiti si rilassavano e aspettavano che lo strudel si raffreddasse, la moglie di Dražeta prese il marito in disparte. Il suo nome era Wilella, ma non le era mai piaciuto. Lui la chiamava Willa, come la scrittrice americana Willa Cather. Lei aveva alcuni dei suoi romanzi tradotti, vecchie copie di *Frau im Zwielicht* e *Meine Antonia,* ma in realtà non erano il suo genere. Si accontentava di possedere le opere di una sua celebre omonima.

«E l'altra?» domandò al marito.

«Quale altra?» chiese Dražeta.

«Ho visto un'altra persona a bordo della prima auto. Sembrava una bambina. Non dovremmo portare qualcosa da mangiare anche a lei?»

«Ti sbagli» disse Dražeta.

«Niente affatto» ribatté Willa alzando la voce. «C'è una bambina insieme a loro.»

Gavrilo Dražeta, stupratore e assassino, non aveva mai alzato le mani sulla moglie in quindici anni di matrimonio, e di rado tra loro volavano parole grosse. Neppure le delusioni, prima tra tutte l'assenza di figli, avevano guastato in modo particolare il loro rapporto. Ma ora, nella loro cucina (nella *sua* cucina, si disse Willa), Dražeta piantò una mano sulla bocca di sua moglie e la spinse con violenza contro il muro.

«Stammi bene a sentire» le disse. «Tu non hai visto niente. Là fuori non c'è nessuno, capito?»

Willa annuì, pensando che suo marito non sembrava soltanto furioso, ma anche spaventato. Non era al corrente di tutti i dettagli del suo passato, ma sapeva che aveva combattuto nei Balcani, e che tutte le guerre erano sporche. Quegli sconosciuti appartenevano al suo passato, e di conseguenza erano altrettanto sporchi. Qualunque problema si fossero portati appresso sarebbe potuto restare anche dopo la loro partenza, e forse era questo il motivo per cui suo marito era così spaventato. Ma in realtà era stata la menzione della bambina a scatenare la sua reazione.

Dražeta le staccò la mano dalla bocca e la baciò.

«Perdonami» disse.

«Non è niente» mentì lei. In realtà era delusa, non tanto dalla paura mostrata da suo marito, ma dal modo in cui aveva reagito, prendendosela con lei. Quando gli uomini forti mostravano qualche crepa, erano sempre incrinature profonde.

Lo strudel venne servito. Quando tutti ebbero finito di cenare, Willa sparecchiò la tavola e andò a letto, lasciando il marito e i suoi amici ai loro discorsi.

Gli uomini dei Vuksan si erano spostati in salotto a fumare e guardare la televisione, lasciando i fratelli soli con il padrone di casa e una bottiglia di brandy. I tre cominciarono a parlare degli ultimi eventi ad Amsterdam e Belgrado, tra i quali la morte di Nikola Musulin.

«Se posso parlare francamente,» disse Dražeta «Nikola si era rivelato meno deciso del necessario. La gente rideva alle sue spalle.»

I fratelli lo avevano già sentito dire, e avevano consigliato al nipote di reagire. L'indecisione di Musulin poteva aver contribuito alla sua morte, anche se era improbabile che una qualunque reazione avrebbe potuto impedirla. A condannarlo era stato l'imminente ritorno di Spiridon.

«Era una figura puramente rappresentativa,» disse questi «un fantoccio. Ma era il nostro fantoccio.»

«Un assassinio così pubblico dev'essere stato approvato ai piani alti» osservò Dražeta.

«Dubito però che intendessero fargli crollare addosso l'intero ristorante» disse Radovan. «Qualcuno avrà ricevuto una bacchettata sulle mani.»

«O una coltellata» lo corresse Dražeta, e tutti e tre sorrisero.

«Da Belgrado si sono mai fatti vivi?» chiese Spiridon, il suo tono così pacato che sarebbe stato impossibile fraintenderne il significato.

«Non di recente» rispose Dražeta.

«Ma in passato?»

«Sì. Ma non mi sono mai lasciato coinvolgere.»

«Adesso lo sei» osservò Radovan.

«Non potrei mai negarti il mio aiuto» disse Dražeta. «E nemmeno a tuo fratello» aggiunse per riguardo a Spiridon.

«Te ne siamo grati» disse Radovan, e fecero un altro brindisi.

«E ora dove andrete?» chiese Dražeta.

«Non lo so» rispose Radovan. «Dobbiamo aprire un dialogo, ma senza esporci. Vogliamo essere vicini a casa, ma non al punto che ci possano colpire. Non è facile.»

«Vi cercheranno ovunque,» osservò Dražeta «ma la Romania potrebbe essere una possibilità.»

In certi punti tra la Romania e la Serbia il Danubio si restringeva fino a centocinquanta metri di larghezza. Passare da un Paese all'altro non era difficile.

«No» disse Radovan. «Al momento le relazioni tra Bucarest e Belgrado sono troppo buone. Se ci scoprissero su suolo romeno, ci consegnerebbero senza battere ciglio.»

«E l'Ungheria?»

«Quello stronzo di Orbán ha Belgrado in tasca.»

Dražeta non si prese neanche la briga di suggerire la Bulgaria. I serbi utilizzavano da tempo Sofia per il traffico di narcotici, ma ciò era sfociato in una lotta per il controllo della redditizia rotta balcanica che era ancora in pieno svolgimento. Se i Vuksan non fossero stati presi immediatamente di mira dai loro connazionali, i bulgari sarebbero stati più che lieti di farlo per loro.

Dražeta si accorse che Spiridon non stava dicendo la sua.

«Sei silenzioso, *ćale*» disse usando il vezzeggiativo serbo per 'papà'. Durante il suo servizio in uniforme, a Spiridon piaceva pensare che i suoi uomini lo vedessero come una figura paterna, e nessuno aveva mai avuto il coraggio di disilluderlo.

Fu Radovan a rispondere per lui.

«A mio fratello non piace nascondersi» disse. «Non è nella sua natura. Pensa che dovremmo tornare in patria sventolando la bandiera come Pietro il Liberatore.»

«Più ci nascondiamo,» pronunciò Spiridon «più sembriamo deboli.»

«Più ci nascondiamo,» ribatté Radovan «più a lungo viviamo.»

Spiridon scolò il suo brandy.

«Mio fratello è come una vecchietta» disse a Dražeta «che combatte solo a borsettate. Vado a letto.»

Radovan e Dražeta attesero che si fosse allontanato prima di riprendere il discorso. Per Radovan, le parole di Spiridon erano meno offensive in quella compagnia di quanto avrebbero potuto esserlo in altre. Dražeta aveva sempre e solo fatto vittime inermi, e il suo più grande sforzo fisico era stato consegnarne i corpi al Danubio.

«Potrebbero venire a chiedere di voi» disse. «Sarebbe meglio se potessi dare una risposta qualsiasi.»

«Di' che stavamo pensando alla Romania, ma che non siamo scesi nei dettagli. Farò qualche telefonata per vedere se si può seminare qualche falsa pista da quelle parti.»

Dražeta sollevò la bottiglia, ma Radovan scosse la testa.

«Può essere recuperata, la situazione?» chiese Dražeta.

«Non lo so. Spiridon è un uomo ostinato.»

«E tu sei un uomo brillante. Troverai una soluzione.»

«Sì» rispose Radovan, il suo sguardo rivolto altrove. «Immagino che la troverò.»

Quando suo marito la raggiunse a letto, Willa finse di dormire. I Vuksan pernottavano nella camera degli ospiti, mentre i loro uomini occupavano i divani e le poltrone in salotto. Willa attese che suo marito cominciasse a russare, poi si alzò e prese il recipiente Tupperware da sotto il letto. Conteneva qualche fetta di carne di cervo fredda, della marmellata di cipolla rossa, un pezzo di pane e, in una sezione separata, una fetta di strudel. Willa indossò la vestaglia e scese al pianterreno. Evitando il salotto, uscì dalla porta laterale e raggiunse le auto su cui erano arrivati i visitatori. Erano tutte vuote.

Esitò. Forse si era sbagliata, si disse; ma poi avvertì un movimento e intravide una piccola figura che sbirciava da dietro una siepe. E, senza sapere bene il perché, si fece il segno della croce e rimpianse di non essere al sicuro dentro casa.

«Tieni,» disse «ti ho portato qualcosa da mangiare.»

Posò il contenitore sul cofano dell'auto più vicina e rientrò in casa. Chiuse a chiave la porta, poi controllò le altre. Era ancora in cucina quando uno degli uomini, quello chiamato Marković, comparve dal salotto con una pistola in mano.

«Cosa sta facendo?» le chiese.

«Ho pensato fosse meglio chiudere a chiave le porte» rispose lei. «Per ogni evenienza.»

«Sono le tre di notte.»

«A maggior ragione.»

Marković le rivolse una strana occhiata, ma poi fece ritorno in salotto. Willa tornò a letto e alla fine si addormentò. Venne destata dai suoni dei visitatori in partenza. Era ancora buio. Suo marito non era più a letto, ma lei non lo aveva sentito alzarsi.

Andò alla finestra, scostò la tenda e guardò le tre auto che si allontanavano. Contò sei sagome a bordo: i cinque uomini che avevano dormito a casa sua e quella in più.

Più tardi trovò il recipiente fuori dalla porta della cucina. Il cibo all'interno era sparito, e il contenitore era stato lavato, ma non era vuoto. All'interno c'era una piccola moneta forata lungo il bordo, come se provenisse da un orecchino o da una catenella. Era così vecchia da essere diventata quasi liscia, ma vi si potevano ancora distinguere i contorni di un volto. Willa la mise in un barattolo accanto alla porta nella speranza che fosse un portafortuna. Ma dopo averla toccata si lavò le mani, poi posò le dita sulla croce appesa al muro e pregò che nessuno dei sei visitatori facesse più ritorno a Kassel.

23

Il giorno dopo, mentre Angel e Louis aspettavano l'arrivo di Alex, il loro autista abituale, per recarsi in aeroporto, Louis ricevette la chiamata del suo contabile. Si chiamava appropriatamente Golden, e aveva il compito di assicurarsi che i conti in banca di Louis, nazionali o esteri che fossero, attirassero il meno possibile l'attenzione delle autorità federali. A volte era sufficiente trarre un respiro per attivare la sua propensione alle chiacchiere, ma era molto bravo nel suo lavoro.

«Ha un momento?» domandò.

«Per lei sempre» rispose Louis. «E stavo giusto per chiamarla per un trasferimento di fondi. Sono in partenza.»

«Buon per lei, ma abbiamo ricevuto una serie di bonifici imprevisti. C'è forse qualcosa che ha scordato di dirmi?»

Il modo migliore per non attirare l'attenzione delle autorità sui movimenti di denaro era evitarli del tutto, o se non altro a livello elettronico, cosa che le esigenze della finanza moderna rendevano difficile. La seconda soluzione era spostare somme sempre inferiori ai diecimila dollari, ma non così spesso da indicare una regolarità. A livello internazionale, qualunque trasferimento superiore ai centomila dollari avrebbe di sicuro destato attenzione. Le banche americane in particolare erano tenute a inoltrare SAR (Suspicious Activity Reports, 'rapporti di attività sospette') su ogni movimento di denaro superiore ai diecimila dollari, anche se il numero enorme di operazioni, unito alla naturale avidità e perfidia del settore bancario, riduceva la percentuale di ottemperanza. I clienti di Golden passavano inosservati tenendolo sempre al corrente delle loro imminenti transazioni e ricevendo consigli sui modi migliori per disperderle, consulenze per le quali Golden richiedeva commissioni non eccessive ma comunque generose.

«Quanto?» chiese Louis.

«Un milione di euro versato su sette conti diversi in transazioni dai cinque ai novemila euro cadauna, ma non provenienti dalla stessa fonte... o meglio, *apparentemente* non provenienti dalla stessa fonte, ma in realtà quasi sicuramente sì.»

«Impossibile.»

«Col denaro tutto è possibile.»

«Ed è riuscito a determinarne l'origine?»

«No, non ci ho ancora provato. Ho pensato che prima avrei fatto meglio a chiamarla, nel caso il milione di euro le fosse per qualche motivo sfuggito di mente. Ma uno dei bonifici è arrivato con un messaggio: 'Da un Cacciatore a un altro, con gratitudine', Cacciatore con la C maiuscola. Le dice qualcosa?»

Louis sapeva che De Jaager aveva in programma di liquidare gran parte dei suoi beni tangibili. Aveva intenzione di tenere solo il necessario e distribuire il resto. Louis non avrebbe mai immaginato di essere il destinatario di una parte del patrimonio, ma ora che era successo gli sembrava appropriato. Era come se De Jaager avesse in qualche modo previsto quello che sarebbe accaduto e preparato il terreno per la rappresaglia.

«Sì, mi dice qualcosa» rispose.

«Devo preoccuparmi della fonte?»

«La fonte è deceduta.»

«Non era quello che intendevo.»

«No, di sicuro è stata cauta. È denaro pulito.»

«Lieto di saperlo. L'imprudenza costa cara. Bene, che cifra voleva trasferire, e dove?»

Louis snocciolò a memoria cifre e numeri di conto, richiedendo il versamento dell'equivalente in euro di cinquecentomila dollari su una serie di carte di credito prepagate che gli sarebbero state recapitate per corriere ad Amsterdam. Golden disse che se ne sarebbe occupato subito e chiuse la comunicazione.

«Problemi?» chiese Angel.

«Prima di morire, De Jaager mi ha lasciato un milione di euro.»

«Mi è sempre piaciuto, quell'uomo. Quant'è un milione di euro in soldi veri?»

«Un milione e dieci, un milione e quindici.»

«Avessi saputo che era così ricco, sarei stato più carino con lui.»

«Non penso che abbia mai dato molta importanza ai soldi» disse Louis. «Ma anche quello è un lusso da ricchi, suppongo.»

La limousine di Alex si fermò davanti alla palazzina. Angel posò dolcemente una mano sul braccio di Louis.

«Se non altro ne faremo buon uso» disse.

Louis pensò a De Jaager. Pensò a Paulus, e ad Anouk, e alla ragazza di nome Liesl, che aveva visto al Rijksmuseum il giorno del suo incontro con De Jaager. Insieme alla sua collega Eva, Liesl stava pedinando un vecchio commerciante di libri di nome Cornelie Gruner nella sala di lettura del museo, e per un attimo aveva alzato gli occhi sulla balconata dove si trovavano loro. Erano morti, tutti morti. Per un fuggevole istante, Louis si guardò mentalmente indietro e vide che il suo percorso di vita era disseminato di cadaveri.

«Fanculo,» disse «andiamo.»

24

Non presero il volo per Amsterdam, bensì quello per Bruxelles. Nella loro visita precedente insieme a Parker erano atterrati a Schiphol, dove la Armitage si era presentata ad accoglierli. Ciò significava che le telecamere li avevano inquadrati, e che le loro immagini potevano essere ancora parte delle indagini sulla morte dell'attaché legale. Louis non sapeva fino a che punto l'FBI e i suoi alleati fossero riusciti a insabbiare il caso nei Paesi Bassi, ma non aveva intenzione di rischiare il carcere basandosi solo sull'ipotesi che avessero cancellato le immagini dal circuito di sicurezza dell'aeroporto o che avessero avvertito le autorità olandesi che gli uomini ripresi insieme alla Armitage non dovevano più essere considerati persone di interesse.

Superarono senza problemi i controlli in Belgio, anche perché stavano usando due passaporti statunitensi puliti con nomi solo leggermente diversi dai loro. I documenti erano costati molto cari, ed erano stati conservati nell'eventualità che potessero servire in caso di fuga precipitosa. Ora li stavano 'bruciando' non per sé stessi, ma per i loro amici; e lo facevano senza alcun rimpianto.

Ritirarono i bagagli e uscirono sul marciapiede davanti al terminal. Una lieve pioggerella cadeva su un mondo che somigliava solo superficialmente al loro, poiché perfino l'aria aveva un odore diverso. Presero l'autobus navetta fino al Van Der Valk Hotel su Culliganlaan, ma non si registrarono. Proseguirono fino al parcheggio esterno, dove li attendeva una BMW blu scura vecchia di otto anni. Mentre si avvicinavano all'auto, il baule si aprì. Vi caricarono i bagagli, lo richiusero e salirono a bordo, Louis sul sedile anteriore, Angel su quello posteriore. L'uomo al volante li salutò.

«Vi darei il bentornato,» disse Hendricksen «ma date le circostanze non mi sembra appropriato.»

Proseguirono per Amsterdam senza fare tappe intermedie. Sul sedile posteriore, Angel si appisolava a intermittenza. Il suo recente brutto incontro con il cancro, o forse sarebbe stato meglio definirlo uno scontro frontale, lo aveva lasciato con meno intestino, più capelli bianchi e rughe di sofferenza sulla fronte e agli angoli degli occhi. Louis lo guardò sonnecchiare nello specchietto retrovisore e gli parve che continuasse a soffrire, anche quando riposava.

Quanto amava quell'uomo, e quanto lo faceva infuriare.

Su sua insistenza, Hendricksen ripeté il racconto dettagliato della scoperta dei corpi. Aveva avuto la lungimiranza di fotografare la scena con il suo cellulare prima dell'arrivo della polizia, e ora porse a Louis una cartella di plastica con le immagini stampate.

«Immagino sia inutile metterla in guardia sul contenuto» disse.

«Esatto» rispose Louis, ma quando vide le immagini ne rimase ugualmente scioccato. Il flash del telefono di Hendricksen aveva creato un effetto di chiaroscuro, accentuando il pallore delle carni e scurendo le ombre circostanti. Il risultato era di una brutalità che ricordava le visioni più angosciose dell'arte medievale e rinascimentale. Louis percepì le agonie finali di quelle quattro persone, e lasciò montare la rabbia nel profondo di sé. Ma, quando l'onda si infranse e la marea si ritrasse, eresse barriere che non avrebbe più lasciato cedere. Le emozioni non avrebbero fatto che ostacolarlo, e aveva imparato da molto tempo a chiudere i suoi odi in compartimenti stagni.

Ma il suo volto non rivelò nulla di tutto questo, restando sempre impassibile.

«Hanno costretto De Jaager ad assistere alla tortura delle donne» disse. Era passato alle foto scattate nella camera al primo piano, con i due letti insanguinati, la macchia sulle tavole del pavimento e una sedia che giaceva su un lato, accanto a una coppia di fascette fermacavi. «Che infami.»

«Vada alle ultime foto» disse Hendricksen.

Louis lo fece, scoprendo una serie di immagini di un furgone ottenute da quella che doveva essere una telecamera esterna di sicurezza. La data e l'ora sui fotogrammi indicavano che risalivano al mattino successivo all'ultima, lunga notte di De Jaager. Nella terza immagine il volto dell'uomo al volante era quasi riconoscibile. Le successive erano ingrandimenti ritoccati dello stesso fotogramma. Louis non sarebbe stato in grado di giurarlo sotto processo, ma era ragionevolmente certo che si trattasse di Luca Bilbija. Accanto a lui sedeva un altro uomo, ma il suo viso era rivolto verso destra e non era visibile.

«Dov'è stato registrato il video?» chiese Louis.

«A circa mezzo chilometro di distanza dalla casa sicura» rispose Hendricksen.

«L'ha ottenuto dalla polizia?»

«No, è emerso dalle mie indagini private.»

Louis ne rimase colpito. Poteva solo immaginare il livello di impegno che una cosa simile doveva aver richiesto.

«Ho buoni contatti nella polizia,» proseguì Hendricksen «ma ho deciso che sarebbe stato meglio non usarli se non in caso di assoluto bisogno.»

«Per quale motivo?» chiese Louis, pur immaginando già la risposta.

«Perché dubito che sia venuto ad arrestare quegli uomini.»

«No, sono venuto a ucciderli.»

Era meglio dirlo a chiare lettere per evitare a Hendricksen di dover mentire a sé stesso.

«Lo immaginavo.»

«E cosa ne pensa?»

«Avrei preferito un'altra soluzione. E forse nutro ancora qualche speranza in questo senso. A proposito, ha notato dove siamo?»

Stavano superando il cartello del posto di ristoro di Meer, nei paraggi del confine tra Belgio e Olanda. Era stato lì che Louis e Angel avevano conosciuto Hendricksen, in compagnia di De Jaager e di suo nipote Paulus.

«Sì, ricordo questo posto.»

«È come se il vecchio avesse deciso di farci parlare di lui proprio qui. Era bravo a manipolare la direzione delle umane faccende.»

Era un modo peculiare di descriverlo, pensò Louis, anche se non si poteva del tutto dissentire. Pochi minuti dopo varcarono il confine invisibile con i Paesi Bassi.

«Per tornare alla sua domanda,» disse Hendricksen «se ci fosse un modo di catturarli vivi e consegnarli alla giustizia, lo farebbe?»

«Ci rifletterò» rispose Louis, considerandola un'affermazione sufficientemente ambigua. «Ma non se l'unica prova della loro colpevolezza è questa» soggiunse sollevando l'immagine di Bilbija al volante del furgone.

«Le donne sono state stuprate e sulla scena c'erano tracce di sperma, il che significa che gli uomini non hanno usato protezioni» spiegò Hendricksen. «E se sono stati negligenti in quel caso, potrebbero esserlo stati anche in altri. Ci saranno campioni di dna. Abbastanza da poterli usare come leva.»

Louis non ne era così sicuro. Quegli uomini erano dei duri, con un retroterra militare oltre che criminale. Non sarebbe stato facile spingerli a tradirsi a vicenda.

«Sembra che stia già cercando di dissuadermi dal fare quello che sono venuto a fare» disse.

«Non credo di esserne in grado. Sto solo suggerendo che potrebbero esserci delle alternative.»

«Non se tornano in Serbia.»

Hendricksen concesse il punto con una scrollata di spalle. Il ministero della Giustizia serbo esaminava le richieste di estradizione caso per caso, generalmente a seconda delle relazioni politiche tra la Serbia e il Paese in questione. Quelle con i Paesi Bassi erano buone, poiché gli olandesi appoggiavano gli sforzi serbi di unirsi all'Unione Europea. Ma le pratiche di estradizione potevano dilungarsi per anni, anche quando c'era l'intento politico di facilitarle, e questo senza tener conto delle possibilità di corruzione. I Vuksan avevano soldi e una certa influenza. Se fossero riusciti a sistemarsi in Serbia, sarebbero morti molto prima che chiunque riuscisse a firmare i loro documenti di estradizione. Processare i morti serviva a ben poco, e i sinodi cadaverici valevano soltanto per i papi.

«In ogni caso,» disse Louis «il primo passo è trovarli.»

«Sarà dispendioso in termini di tempo e denaro» osservò Hendricksen.

«I soldi li abbiamo.»

«Molto dispendioso.»

«Molti soldi.»

«In tal caso, forse il processo sarà più rapido» concluse. «Il denaro, a quanto pare, abbrevia i tempi.»

Dietro di loro, Angel si svegliò, si stiracchiò e guardò il panorama piatto fuori dal finestrino.

«Se fossi ricco e vivessi qui,» disse «costruirei una montagna e mi dichiarerei re.»

«Se tu vivessi qui, chiunque altro se ne andrebbe» ribatté Louis. «E pensi davvero che sia così che funzionino le monarchie?»

«Più o meno» disse Angel. «Ne ho letti, di libri in materia.»

«In effetti,» intervenne Hendricksen «non ha tutti i torti.»

«Non glielo dica» fece Louis. «Comincerebbe a pensare di non averne neanche uno.»

«E quando sarò re» proseguì Angel «bandirò il golf.»

«Nient'altro?» chiese Louis.

«Il golf, le conversazioni al cellulare mentre cerco di leggere e il verbo 'scannerizzare'.»

«Gesù Cristo» imprecò Louis.

«No, lui va bene.»

«Non ti sentirai solo, in questo tuo regno? Perché non credo che sarai sommerso dai sudditi.»

«No» rispose Angel. «Ci sarai tu.»

«Tu credi?»

«Lo so» disse, e subito dopo si riaddormentò.

25

Il convoglio dei Vuksan, ora ridotto a due vetture, aveva fatto sosta al Raststätte Donautal a Passau, leggermente a nordest del confine austriaco. Gli uomini si erano seduti all'aperto, ordinando würstel, patate fritte e birra Pilsner, a eccezione di Radovan che si era tenuto in disparte per chiamare l'avvocato Anton Frend. I due parlarono per una quindicina di minuti, ma pur scambiandosi una quantità di informazioni né uno né l'altro ne prese nota. Alla fine Radovan fece un'altra telefonata, e questa volta si segnò un indirizzo. Poi estrasse la tessera sim dal telefono, la distrusse e la sostituì.

Pulendosi le dita con il tovagliolo, Spiridon lo osservò tornare al tavolo.

«Cosa dice l'avvocato?» chiese.

«Tramite un intermediario ci ha trovato una sistemazione» rispose Radovan. «Ma ho pensato fosse meglio che non fosse al corrente dell'indirizzo.»

«Ha protestato?»

«Ha suggerito che gli mandassi una dichiarazione firmata in quel senso, nel caso qualcuno facesse domande. Ma penso che scherzasse.»

Radovan non credeva sul serio che Frend avrebbe fatto finta di niente riguardo alla loro destinazione, poiché rinunciare a un'informazione non era nella sua natura. Ciò malgrado, la finzione avrebbe ottenuto il suo scopo.

«Siete troppo amici, voi due» disse Spiridon.

«Come non ti stanchi mai di ripetermi. Se avessi dato retta a te avremmo avuto un avvocato serbo, e a questo punto sarebbe stato morto e sepolto.»

Zivco Ilić e Luca Bilbija si voltarono dall'altra parte, scoprendo nuovi elementi di interesse nel traffico di passaggio e nelle monotone costruzioni intorno a loro. Erano ormai così abituati alle discussioni dei due fratelli che riuscivano a cancellarle o ridurle a una sorta di rumore bianco, ma era sempre preferibile rendere esplicito il loro disinteresse.

«Frend è il tuo avvocato, non il nostro» disse Spiridon.

«Non mi ero accorto che ci fosse una differenza.»

«Io sì, e da un pezzo.»

Radovan lasciò correre. Quando suo fratello era di quell'umore, insistere non faceva altro che incoraggiarlo. Guardò l'auto più vicina, dove una piccola figura sedeva immobile sul retro.

«Ha mangiato?» domandò.

«Ha detto che non aveva fame. Forse si è procurata del cibo nella cucina di Dražeta mentre noi dormivamo. Ha i suoi metodi.»

«Aleksej mi ha detto che la moglie di Dražeta si è alzata durante la notte» disse Radovan. «Forse è stata lei a rifocillarla.»

«E allora?»

Il tono di Spiridon era brusco, perfino più del solito. Era sempre sulla difensiva, quando si trattava di lei. Era esasperante. Nessuno aveva mai suggerito che ci fosse qualcosa di improprio nel loro rapporto, almeno a portata d'orecchio di Spiridon. Contro natura, sì, ma quella era un'altra storia.

«E allora niente» disse Radovan. «Era una semplice osservazione. Ci conviene muoverci. Mancano ancora tre ore per raggiungere Vienna, e mi sentirò più al sicuro solo quando saremo arrivati.»

Non avrebbe voluto fermarsi, ma gli uomini dovevano andare in bagno, e a quel punto avevano ceduto all'appetito. C'era troppa gente in quell'area di ristoro, troppi sconosciuti, e Belgrado li stava cercando. Erano stati ridotti alla condizione di prede costrette a restare nell'ombra.

A un cenno di Spiridon, gli altri cominciarono a dirigersi verso le auto, lasciando a Radovan il compito di sgombrare il tavolo dai rifiuti.

Spiridon lo guardò. «Cosa stai facendo?» chiese.

«Guardati intorno» rispose Radovan. «Li vedi, tutti questi bravi tedeschi e austriaci che gettano via i loro avanzi? Se vogliamo passare inosservati, dobbiamo comportarci come loro.»

Divise i rifiuti organici dagli altri e impilò bicchieri di plastica e vassoietti.

«Noi non siamo come loro,» disse Spiridon quando suo fratello lo affiancò «e non lo saremo mai.»

«Saranno i dettagli più infimi a tradirci» osservò Radovan.

«No,» ribatté Spiridon «solo gli uomini più infimi.»

26

Durante la loro precedente visita ad Amsterdam insieme a Parker, Angel e Louis avevano fatto il possibile per tenere Ross all'oscuro del loro indirizzo e dei loro movimenti. Avevano alloggiato nella casa sicura di De Jaager, opzione che ora ovviamente non era più praticabile. Ma in questo caso rendersi irreperibili sembrava controproducente, ragione per cui Louis aveva prenotato una camera al Conservatorium nel quartiere di Oud-Zuid, avvertendo l'agente federale tramite un'email protetta. Quando si furono rinfrescati e cambiati raggiunsero Hendricksen nel bar dell'albergo, dove ordinarono da mangiare.

«Dovete averne davvero tanti, di soldi, per stare in questo posto» osservò Hendricksen. «Ho come l'impressione di rovinare l'ambiente con la mia sola presenza.»

«Idem» replicò Angel.

«Tu rovineresti l'ambiente di un motel» disse Louis. «E in ogni caso non sono soldi nostri, ma di De Jaager.»

«Non capisco» disse Hendricksen.

«Prima di morire, mi aveva trasferito un milione di euro.»

«A che scopo?»

«Probabilmente perché l'idea lo divertiva.»

«E ora userete quei soldi per vendicarlo.»

«Precisamente.»

Un cameriere servì caffè, tè e i panini più ordinati che Louis avesse mai visto. Il caffè aveva un profumo intenso e amaro, e il pane sembrava appena sfornato.

«E lei?» domandò Louis. «Qual è la sua posizione? L'ho coinvolta in questa faccenda, ma non ha alcun obbligo verso di me o De Jaager, a meno che non ci abbia nascosto qualcosa.»

Hendricksen finì di masticare un boccone prima di rispondere.

«Conosce il mio retroterra?»

«Militare.»

«Esatto. Gliel'ha detto De Jaager?»

«No, perché non gliel'ho mai chiesto. Me ne sono reso conto al nostro primo incontro.»

«Ho servito otto anni nell'esercito olandese» disse. «Mi ero arruolato a diciott'anni: Brigata Aeromobile. Ne avevo ventidue quando ci dissero che avremmo fatto parte di un *infanteriebataljon*, nel nostro caso il Terzo, e che saremmo stati inviati nei Balcani come parte della missione di pace dell'ONU. Solo che nessuno aveva la minima idea di come mantenere la pace in un posto in cui tutti erano impegnati a combattere tra loro.

«La nostra missione era far rispettare la Risoluzione 819 del Consiglio di Sicurezza delle Nazioni Unite, che in teoria avrebbe dovuto rendere la città di Srebrenica e il suo circondario un rifugio sicuro per i civili sotto l'attacco delle unità paramilitari serbobosniache. Ma la missione aveva un vizio di fondo: avremmo dovuto mantenere la pace senza sparare a nessuno, proteggere la popolazione civile senza lasciarci coinvolgere, nell'eventualità che qualcuno si offendesse. L'ONU non voleva essere trascinata in un'altra sanguinosa guerra europea, ma noi eravamo sul campo. Eravamo *coinvolti*, era l'ONU a non essere preparata a riconoscerne le conseguenze. Prima o poi avremmo dovuto scegliere con chi schierarci, e non ci saremmo mai messi con i serbi, ma nessuno voleva ancora ammetterlo.

«Nel luglio 1995 eravamo isolati all'interno della città, circondati da Ratko Mladić e dai suoi tagliagole. C'era un afflusso costante di rifugiati, uomini, donne e bambini quasi tutti musulmani, che si affidavano alla nostra protezione, anche se in realtà non eravamo neanche in grado di proteggere noi stessi. A ogni rotazione i nostri numeri erano sempre inferiori ai cinquecento uomini, armati con qualche mitragliatrice e un paio di lanciarazzi. Loro avevano carri armati e artiglieria pesante, noi mezzi corazzati per il trasporto truppe. Ci tagliarono le linee di approvvigionamento, e quando facemmo incursione nei loro territori ci spararono. Chiedemmo supporto aereo, ma i serbi avevano preso in ostaggio cinquanta dei nostri e minacciarono di ucciderli se i jet avessero attaccato, e così il bombardamento fu revocato. E nel frattempo il numero dei civili in città continuava a crescere: quindicimila, ventimila, venticinquemila. Erano terrorizzati, e lo eravamo anche noi.»

Hendricksen non stava più guardando Angel o Louis. Fissava il pavimento, come se vi potesse distinguere una qualche versione del proprio percorso di vita, quel tracciato che alla fine lo aveva condotto lì, a quell'ammissione di colpa.

«I serbi invasero Srebrenica l'11 luglio 1995, e noi consegnammo praticamente la città a Mladić. Restammo a guardare mentre donne e bambini musulmani venivano caricati sui pullman e portati via. Non so cosa accadde ai bambini, ma gran parte delle donne vennero probabilmente stuprate di lì a poche ore. Gli uomini e i ragazzi restarono. Mladić ci aveva detto che in seguito sarebbero stati trasferiti ai campi di prigionia, ma sapevamo che non era vero anche prima che le esecuzioni di massa avessero inizio. A Srebrenica i serbi fecero ottomila vittime: vecchi, giovani, adolescenti. E noi li lasciammo fare, e quando divenne troppo ce ne andammo. Ho sentito dire che non avevamo altra scelta, ma non è vero: c'è sempre un'altra scelta.»

«E cosa avreste dovuto fare?» domandò Louis.

«Avremmo dovuto resistere» rispose Hendricksen. «Eravamo soldati. Avremmo dovuto combattere.»

«Sareste morti tutti.»

«Forse sì, ma a volte morire non è solo il dovere di un soldato, è anche il suo destino. Se avessimo combattuto per quella gente, forse l'ONU, e gli americani in particolare, si sarebbero sentiti costretti a intervenire prima. E, anche se fossimo rimasti uccisi, saremmo morti da eroi. Invece venimmo accusati dell'accaduto. Tornammo a casa in disgrazia. È una macchia indelebile sul nostro onore e su quello del nostro Paese, a meno che non si presenti l'occasione di riparare.»

«Sicché vede i Vuksan come una possibilità di fare ammenda?» intervenne Angel. «Mi perdoni se glielo dico, ma non sono sicuro che le due cose siano equiparabili.»

Hendricksen rialzò lo sguardo da terra.

«Spiridon Vuksan era lì, era a Srebrenica» disse. «Era uno dei consiglieri militari di Mladić, inviato da Belgrado per valutare la lunghezza del guinzaglio da usare con lui. Lo vidi con i miei occhi. Sentii un tenente chiedergli se fosse il caso di separare i prigionieri maschi in base all'età per facilitare le operazioni, e Spiridon gli rispose che i turchi (era così che chiamava i musulmani, 'i turchi') non sarebbero stati un problema a lungo.

«Poi si accorse che stavo ascoltando, mi guardò e mi sorrise. Avrei voluto spararagli a bruciapelo. Avrei voluto sparare a tutti loro, e lui me lo lesse negli occhi. Allargò le braccia e mi si rivolse in inglese. 'Fallo' disse. 'Sii uomo.' Ma io non feci nulla.»

Reggeva ancora in mano la metà di un panino, ma non sentiva più appetito. La posò su un piatto e si strofinò via le briciole dalle dita.

«La nostra non è una crociata» disse Louis.

«Davvero?» ribatté Hendricksen. «Le circostanze della vostra visita precedente in questo Paese sembrerebbero indicare diversamente. Sia come sia, avete bisogno del mio aiuto. Non avete amici nei Paesi Bassi, esclusi i presenti, e non avete contatti. Io possiedo entrambi, e ciò si estende a quasi tutti gli altri Paesi europei. È da un pezzo che svolgo questo mestiere. Mi sono guadagnato una certa benevolenza.»

«Perfino in Serbia?» chiese Angel.

«Perfino in Serbia.»

«Ha già un lavoro» obiettò Louis. «Il suo incarico di investigatore per gli studi legali. Non può mollare tutto per aiutare noi.»

«Lavoro a contratto, sicché posso decidere io. A momento non ho impegni così urgenti da non poterli accantonare.»

«Potremmo impiegarci del tempo.»

«Ripeto, non ho impegni.»

Louis rabboccò il suo tè. Negli Stati Uniti beveva solo caffè, e non riusciva a capire perché certa gente ordinasse il tè, anche negli eleganti saloni newyorkesi. Ma in Inghilterra aveva imparato ad apprezzarlo, e trovava che gli europei fossero bravi a prepararlo.

«Se lavorerà con noi, la pagheremo» disse.

«Non voglio essere pagato.»

«Non mi interessa cosa vuole. Qui non si tratta di fare buone azioni, né di riparare a vecchie colpe. Non ci conosciamo abbastanza bene per operare solo sulla fiducia, e quel genere di aiuto è troppo soggetto a ripensamenti. Non sono soldi nostri, sono quelli di De Jaager. O li accetta o non se ne fa niente.»

«In tal caso accetto» disse Hendricksen. «Ma mi pagherete solo a cose fatte. A quel punto potrete decidere quanto è valso il mio aiuto.»

«Va bene.»

«E, ora che ci siamo messi d'accordo, ho buone e cattive notizie.»

«Sono un tipo che preferisce prima le cattive» disse Louis.

«Lo immaginavo. Mentre vi stavate registrando in albergo ho fatto qualche telefonata. I Vuksan sono scomparsi. I resti carbonizzati del furgone sono stati trovati in una discarica più o meno un'ora dopo la registrazione di quelle immagini. Sto cercando testimoni, ma per ora nessuno ha visto nulla.»

«E lei ci crede?»

«Non è gente che ha motivo di mentire. Non hanno visto altro che un furgone in fiamme.»

«E i suoi altri contatti, quelli che potrebbero avere motivo di mentire?» chiese Angel.

«Me li sto lavorando, ma finora non ho ottenuto niente. Posso tornare alla carica offrendo soldi, ma sospetto che in molti casi la risposta non cambierà. De Jaager era stimato, e anche coloro che avevano motivo di non approvare le sue attività dimostravano comunque un certo livello di tolleranza. Se avessero saputo qualcosa me l'avrebbero detto, in onore delle due donne quanto di De Jaager. Ma non ho ancora esaurito tutte le possibilità, sicché potrebbe emergere qualcosa.»

«E le buone notizie?» chiese Angel, che da parte sua le preferiva di gran lunga alle cattive, avendone avute, di queste ultime, a sufficienza per una vita intera.

Hendricksen sorrise.

«I Vuksan non possono tornare in Serbia» rispose. «Non ancora.»

«Come mai?» chiese Louis.

«Perché qualcuno ha cominciato a far saltare in aria i loro parenti.»

27

Il pensiero comune intorno al quartiere della stazione Stalingrad della metropolitana parigina, al confine tra il Decimo e il Diciannovesimo arrondissement nel nordest della città, era che fosse una delle zone in cui era meno consigliato trattenersi, anche prima della nascita di un campo profughi nei paraggi dell'avenue de Flandre. Il campo era stato smantellato a forza dalla polizia francese, causando protratti scontri con i suoi residenti, ma la rimozione non aveva fatto molto per migliorare l'ambiente. Durante il giorno era abbastanza sotto controllo, ma di sera sbucavano fuori i predatori.

Aleksej Marković non ne era molto preoccupato, principalmente perché lui stesso era più pericoloso di qualunque altro predatore che battesse quelle strade. Durante le guerre nell'ex Jugoslavia aveva falcidiato intere aree della Bosnia in compagnia di Ratko Mladić, di Spiridon Vuksan e del VRS, l'esercito serbobosniaco. Se nelle vicinanze della stazione di Stalingrad ci fosse stato qualcuno che aveva ucciso più uomini e violentato più donne di lui, gli avrebbe stretto volentieri la mano, ma solo dopo essersi assicurato che era morto, poiché con il sopraggiungere della mezz'età Aleksej Marković era diventato un uomo cauto.

Non si era mai aspettato di arrivare ai trent'anni, ma con il passare del tempo, e vedendo che la sua collezione di cicatrici cresceva senza conseguenze irrimediabili, era giunto alla conclusione che l'idea di arrivare alla vecchiaia aveva una sua attrattiva. Mentre lui prosperava altri avevano ceduto, sconfitti dai proiettili, dalle malattie, dal carcere, dalla povertà e perfino dalla vita domestica.

Per Marković, gran parte di questo stato di grazia era da ascriversi alla prossimità dei Vuksan. Se mai avesse voluto la conferma che Dio era dalla loro parte nella guerra contro i turchi, gli ustascia e i loro alleati occidentali, gli sarebbe bastato considerare il potere di Spiridon e Radovan Vuksan. Se Dio non fosse stato con loro, non li avrebbe premiati con la ricchezza e una lunga vita. I loro successi erano una testimonianza della santità della causa serba, e avendone beneficiato anche lui Aleksej Marković non discuteva mai i loro ordini né dubitava della saggezza delle loro decisioni. Ciò comprendeva anche la recente azione contro De Jaager e i suoi, che si erano fatti trovare nella casa sicura di Amsterdam (o forse sarebbe stato meglio dire casa insicura) al momento sbagliato.

Marković sapeva che tra i due fratelli era sorto qualche contrasto sull'argomento, e che Radovan aveva suggerito cautela o almeno una vendetta meno pubblica: il discreto rapimento di De Jaager seguito dalla sepoltura dei suoi resti in una fossa isolata. Ma Spiridon aveva voluto compiere un gesto dimostrativo, dare un addio finale agli olandesi. Inoltre voleva che De Jaager capisse che la sua stessa, semplice esistenza aveva rovinato quelle di coloro che lo circondavano, e che le loro sofferenze erano causa sua. Malgrado nessuno gli avesse chiesto il suo parere, Marković si era schierato con Spiridon, perché lo faceva sempre.

In più, a essere sinceri, gli piaceva uccidere, né aveva perso la passione per lo stupro.

Non tutto era andato secondo i piani, ma Marković non aveva rimpianti. Spiridon non avrebbe mai potuto prevedere una mossa contro Nikola Musulin, un'usurpazione violenta dell'ordine stabilito. Ma forse era meglio che Musulin fosse stato ucciso adesso, quando loro erano ancora lontani dall'onda d'urto, piuttosto che più avanti, quando fossero stati di nuovo in Serbia. I nemici dei Vuksan avevano commesso un errore. Se avessero aspettato, forse sarebbero riusciti a far fuori anche loro. A quel punto invece erano costretti ad affrontarli direttamente, cosa difficile e pericolosa, oppure a trattare le condizioni di un loro ritorno. Questo, almeno, era ciò che Spiridon aveva detto a Marković e agli altri quando era arrivata la notizia della morte di Musulin; ma Radovan era rimasto zitto, senza esprimere il suo appoggio alla valutazione del fratello.

D'altra parte, per Marković non aveva importanza. Non era sicuro di voler tornare in Serbia. Se anche fosse rientrato insieme ai Vuksan, dubitava che ci sarebbe rimasto. L'Europa Occidentale offriva più possibilità, più canali per possibili guadagni a un uomo senza scrupoli. Marković era più il tipo del seguace che del capo, e probabilmente era stata proprio quella consapevolezza a contribuire più di quanto immaginasse alla sua sopravvivenza. In patria sarebbe stato costretto ad allearsi con una delle organizzazioni locali, giurando fedeltà a un omuncolo piuttosto che a un altro. E alla fine sarebbe rimasto imbrigliato nel genere di faide interne che erano costate la vita a Nikola Musulin, con il risultato di dover giurare fedeltà a un altro omuncolo sotto minaccia di violenza o morte. Il problema era che ciascuno di quei passaggi faceva diminuire il valore di un individuo e al contempo aumentare il sospetto con cui veniva guardato, fino al punto in cui la soluzione più sicura era di spararagli piuttosto che lasciarlo libero di causare guai. No, qualunque accordo i Vuksan fossero riusciti a stringere (sempre che ce la facessero, poiché l'espressione di dubbio e preoccupazione sul volto di Radovan non era passata inosservata), Marković avrebbe trovato lavoro in Europa, in Asia o addirittura in America del Nord. Un uomo con le sue capacità non avrebbe fatto fatica a trovare un impiego.

Per ora, tuttavia, Marković si trovava a Parigi, e alloggiava in un albergo che puzzava di acqua stagnante e pessima cucina. Aveva preso un treno quel mattino presto a Colonia, lasciando l'auto al Tiefgarage Hauptbahnhof con la chiave nel blocco dell'accensione e cinquecento euro nel cassettino del cruscotto. E mentre proseguiva a piedi per la stazione aveva fatto una telefonata per assicurarsi che ci si sbarazzasse della vettura nel giro di un'ora.

Malgrado la precarietà della loro situazione, i Vuksan continuavano ad avere certi obblighi da assolvere, ed era stato a Marković che avevano affidato quel compito. Il carico in arrivo alla Gare de Lyon era approdato già da qualche giorno a Port-Vendres al termine di un tortuoso percorso dalla Siria attraverso l'Egitto e l'Algeria. Sarebbe stato più semplice farlo passare per la Serbia utilizzando i soliti canali, ma gli uomini che lo formavano avevano faccende da sbrigare al Cairo e ad Algeri prima di poter proseguire per l'Europa, e avevano indicato di preferire la 'porta di servizio' di Port-Vendres. Visti i recenti eventi di Belgrado, era stata una fortuna che avessero preferito non passare dalla Serbia. I Vuksan non avrebbero potuto garantire un passaggio sicuro, e sarebbero stati addirittura costretti a restituire la parte del compenso che avevano già ricevuto. Port-Vendres, per quanto più rischiosa, si era dimostrata un dono del cielo.

Ai tempi gloriosi dell'odissea imperiale della Francia, Port-Vendres aveva beneficiato della sua posizione di porto francese più a sud sulla rotta per le colonie africane. Pur essendo troppo distante dalle città industriali per diventare un centro per il trasporto delle merci, si era stabilita come stazione marittima per il traffico di passeggeri dall'Algeria, poiché da quel punto la navigazione era più tranquilla che attraverso il golfo del Leone. Ora il piccolo comune era una meta turistica principalmente nota per i suoi ristoranti di pesce, che veniva scaricato direttamente dai pescherecci al quai du Fanal. Qualche controllo sulle imbarcazioni in arrivo era inevitabile, ma molto più rado di quelli che ci si poteva aspettare a Tolone o Marsiglia. Per questo motivo, e per salvaguardare l'integrità della rotta, i Vuksan usavano i loro contatti a Port-Vendres soltanto per i carichi più preziosi.

Marković si sedette a un tavolino di un caffè turco e si accese una sigaretta. Anche se odiava i musulmani, non poteva non amare il loro caffè. In più, non sapevi mai cosa avresti potuto scoprire sedendoti tra loro e fingendo di non parlare francese. In realtà, oltre a conoscere il francese Marković aveva un'infarinatura di turco e di arabo, un discreto spagnolo e un buon inglese. Coltivava l'aspetto dell'ignorante, e parlava un inglese volutamente accentato, ma non era uno stupido. I Vuksan non assoldavano imbecilli, o almeno non a lungo.

E, mentre Marković fumava la sua sigaretta e guardava distrattamente il cellulare, la sua immagine venne catturata e inviata ad Amsterdam, quasi cinquecento chilometri più a nord, dove un telefono emise un segnale acustico nella sala bar del Conservatorium, notificando l'arrivo di un messaggio.

28

Al Conservatorium, Louis stava riferendo a Hendricksen le informazioni contenute nel dossier di Ross sui Vuksan, con particolare riferimento all'avvocato viennese, Anton Frend.

«Il nome mi è nuovo» disse Hendricksen. «Ma posso chiedere in giro. Ho avuto a che fare con avvocati austriaci.»

«E com'erano?» chiese Angel.

«Erano avvocati.»

«Nessuna alleviante, eh?»

Hendricksen scosse tristemente il capo. «Le informazioni sono affidabili?»

«Delle informazioni mi fido,» rispose Louis «della fonte no.» Riferì per sommi capi la sua conversazione con Ross, tralasciando i dubbi più profondi riguardo agli scopi del federale.

«E Ross vi metterà in contatto con qualcuno qui ad Amsterdam?»

«Così ha detto. Se quello che lei ci ha riferito sulle ripercussioni dell'omicidio di Musulin è vero, abbiamo un'opportunità, ma potrebbe non durare a lungo. Se ne renderanno conto anche gli amici spioni di Ross.»

Ma, nel momento stesso in cui pronunciava quelle parole, Louis dovette reprimere una sensazione di disagio. Nella sua vita precedente si era sempre gloriato della cura che riservava alla preparazione, tra cui lo studio approfondito del bersaglio attraverso varie forme di sorveglianza, a volte impiegando settimane o perfino mesi. Se ne assumeva il più possibile la responsabilità, poiché dava il giusto valore alla sua pellaccia. Solo in rare occasioni aveva ucciso senza prendere precauzioni, e il supplemento di tariffa non era valso la pena: in due occasioni aveva rischiato la cattura, e una volta aveva sfiorato la morte. Ora stava operando in un territorio a lui ignoto, e dipendeva dalla benevolenza di sconosciuti.

Fu allora che un cameriere si avvicinò con un biglietto per lui e disse: «Il suo ospite l'attende al banco.»

29

Nel corso degli ultimi vent'anni, Radovan e Spiridon Vuksan si erano separati di rado. A loro modo erano creature simbiotiche, o due componenti di uno stesso cervello. Radovan era il telencefalo (responsabile delle attività di pensiero, apprendimento e pianificazione), laddove Spiridon era il cervelletto, che governava i muscoli. Radovan giudicava, Spiridon agiva di conseguenza. Separati, a livello individuale erano più deboli. Insieme, erano più grandi della somma delle loro parti.

Ma affinché un simile rapporto funzionasse i due aspetti del cervello dovevano essere in perfetto accordo, e negli ultimi anni la cautela di Radovan sembrava essere cresciuta in modo direttamente proporzionale all'imprudenza di Spiridon. Questi non teneva più in considerazione i consigli del fratello, e quando lo faceva era più che altro per accantonarli. Se non lo avesse conosciuto come lo conosceva, Radovan avrebbe potuto pensare che Spiridon volesse la loro rovina.

E così, per la prima volta in vita sua Radovan Vuksan stava prendendo in considerazione di eliminare il fratello dalla propria esistenza.

Per il momento, tuttavia, restavano uniti, poiché Spiridon dava l'impressione di soppesare, se non esattamente di seguire, i consigli di Radovan. In un primo momento, dopo la morte di Nikola Musulin, non aveva fatto altro che parlare di vendetta, di tornare in Serbia, raccogliere le forze e punire i responsabili. Ma la notte di riposo alla fattoria di Gavrilo Dražeta sembrava averlo acquietato, anche se solo per il momento, tanto che nel lungo viaggio verso sudest più che parlare aveva ascoltato.

Se fossero tornati in Serbia, aveva spiegato Radovan, sarebbero morti. Nessuno a Belgrado, nel governo come nella polizia e perfino nel crimine organizzato, voleva che la situazione degenerasse in una guerra aperta. Avrebbe nuociuto all'immagine del Paese, proprio ora che stava cercando di mostrare il suo volto migliore all'Unione Europea. Poco dopo il loro rientro in patria, i Vuksan e i loro alleati sarebbero stati fatti sparire con discrezione, e nessuno li avrebbe più sentiti nominare.

C'erano anche incontrovertibili ragioni culturali per mantenere lo status quo. Ai bei tempi della Repubblica Socialista Federale di Jugoslavia, sotto la severa guida del maresciallo Josip Broz Tito, ai criminali era generalmente consentito badare ai propri affari a patto che lo facessero oltreconfine e che riportassero parte dei profitti nel Paese a beneficio della società jugoslava. In seguito alla morte di Tito nel 1980 il Paese era diventato economicamente e politicamente instabile, e ciò aveva causato fratture a livello etnico e nazionalistico che alla fine erano sfociate nella guerra.

Ma ora, più di due decenni dopo la prima eruzione del conflitto, regnava qualcosa di simile alla stabilità, seppure con certe riserve. I cinesi stavano investendo grosse cifre in Serbia in previsione della sua futura ammissione nell'Unione Europea, mentre i russi, come al solito, facevano del loro meglio per seminare lo scontento nella regione, cercando ad esempio di impedire l'ingresso nella NATO dell'ex stato federale jugoslavo della Macedonia, o Macedonia del Nord, come si faceva chiamare adesso. Nel frattempo, una versione delle leggi di Tito si applicava alle forme più ambiziose assunte dalla criminalità serba: era strettamente limitata all'esportazione. In Serbia, come in Russia, i veri criminali vestivano in giacca e cravatta e si aggiravano indisturbati nei corridoi del Parlamento.

Tutto questo significava che l'eliminazione di Nikola Musulin doveva essere stata ordinata dai piani alti, in teoria più che in pratica, visto che anche i politici serbi più pragmatici si sarebbero ritratti all'idea di una bomba nel cuore di uno dei più popolari luoghi turistici del Paese. L'opinione di Radovan era che il motivo principale dell'assassinio di Musulin fosse stato impedire il ritorno in Serbia di Spiridon, che avrebbe rappresentato una presenza potenzialmente destabilizzante; ma, come sempre nel caso di simili manovre, c'erano senza dubbio all'opera altre forze, poiché la morte di Musulin apriva la strada a una ridistribuzione di ricchezza e influenza. E, se questi nemici erano stati pronti a sancire la pubblica immolazione di Musulin, non avrebbero esitato a fare lo stesso con i Vuksan.

Ma i fratelli sarebbero stati vulnerabili anche se fossero rimasti in Europa, poiché la criminalità serba si era ormai infiltrata in tutto il continente. Per questo motivo non sarebbe stato saggio trattenersi laddove qualche nemico avrebbe potuto riconoscerli. Sfortunatamente, finora Spiridon si era mostrato refrattario al trasferimento in un altro continente. Spiridon *voleva* essere visto come una minaccia; più vicino sarebbe stato a Belgrado più i suoi nemici avrebbero avuto motivo di temerlo e più, secondo la sua logica, avrebbero cercato di giungere a un accordo.

La morte di Nikola Musulin non gli aveva causato alcun profondo dispiacere, a parte i fastidi che gli stava recando. Consanguineità a parte, lui e Musulin non erano mai stati particolarmente legati, e anche se Nikola non fosse stato fatto a brandelli dalla bomba alla fine qualcuno avrebbe usurpato il suo ruolo, poiché, come aveva osservato Gavrilo Dražeta, mancava di ambizioni e lungimiranza. Quando, o se, la Serbia fosse stata finalmente accettata nell'Unione Europea, per le organizzazioni criminali e i loro alleati politici si sarebbe aperta la stagione di caccia, e ad arricchirsi sarebbero stati in molti. Era per questo che in superficie il governo faceva mostra di combattere la corruzione e la criminalità economica, pur fermandosi sempre prima di compiere arresti, istituire processi su larga scala o anche solo disporre sequestri di grandi dimensioni.

La Serbia era vittima di una corruzione endemica nota come *state capture*: era corrotta da cima a fondo, e la cattura dei pesci piccoli faceva scarso effetto sui pesci grossi. E i pesci grossi avevano deciso che Musulin era in esubero. Sarebbe stato interessante, rifletté Radovan, vedere chi avrebbe preso il suo posto. Non certo Spiridon, qualunque fossero le sue inespresse speranze: il suo tempo era scaduto. La successione aveva importanza solo per la possibilità di giungere a un accordo con il nuovo occupante del trono di Musulin e per la disponibilità, da parte delle forze politiche che ne avevano agevolato l'eliminazione, ad accettare la sopravvivenza dei Vuksan, e in quale forma.

Era buio quando i Vuksan fecero ingresso a Vienna, una città che Radovan aveva sempre amato. Lì, pensava, per un po' sarebbero stati al sicuro. Si fidava di Anton Frend, anche se non avrebbe potuto vederlo mentre lui e suo fratello attendevano momenti più propizi. Erano in troppi a sapere dei suoi rapporti di lavoro con Frend, anche se erano ignari, o almeno così Radovan sperava, della profondità di ciò che li legava. Sarebbe stato troppo rischioso farsi vedere insieme in pubblico, e per questo motivo il grosso delle loro comunicazioni si sarebbe svolto attraverso Dropbox, indirizzi email temporanei e cellulari usa e getta. Se necessario, Zivco Ilić avrebbe agito da intermediario, poiché era molto bravo a osservare senza farsi vedere. E in questo non sarebbe stato solo, visto che era in rapporti stretti con l'Altra.

E visto che l'Altra era dotata di poteri al di là del comprendonio.

30

L'uomo seduto al bar del Conservatorium stava guardando sul suo iPad un servizio su una conferenza stampa in cui un importante politico statunitense in difficoltà si scagliava contro i suoi nemici, reali e immaginari. L'uomo aveva un auricolare nell'orecchio sinistro e un apparecchio acustico dietro il destro. Sembrava sulla sessantina avanzata e aveva un'aria aristocratica, come di qualcuno a cui i soldi interessano solo se sono di famiglia. Un buon ceppo genetico gli aveva lasciato tutti i capelli in testa, un corpo che rifiutava di arrendersi alla senescenza e (a giudicare dall'occhiata che scoccò a Louis) una mente altrettanto infuriata contro il morire della luce. Indossava un completo grigio, una cravatta nera di maglia di seta e una pochette a pois per dare una punta di leggerezza al tutto.

«Quando arriva la paranoia, tutti i politici cominciano a esprimersi come Nixon nelle ultime registrazioni,» disse indicando lo schermo dell'iPad quando Louis apparve al suo fianco «e l'impressione non è mai buona. Si accomodi. Cosa desidera?»

Louis si sedette. «Lei cosa sta bevendo?» chiese.

«Un Negroni olandese a base di oude genever. Lo conosce, il genever?»

«Sì.»

«Giusto, è già stato da queste parti, e a quanto pare ha lasciato il segno. Un Negroni, allora?»

«Va bene.»

L'uomo alzò un dito, attirando un barista.

«Un Negroni per il mio amico, e un altro per me.»

«Siamo amici?» chiese Louis.

«L'alternativa è meno piacevole da contemplare, e più difficile da spiegare ai baristi.»

«Potrebbe cominciare con il presentarsi.»

«Può chiamarmi Hermes.»

«Col cazzo che la chiamo Hermes.»

«Hermes, protettore dei viaggiatori e dei ladri. Potrebbe andarle peggio.»

«Non di molto.»

«Peccato» si arrese. «I nomi falsi da spie mi ricordano tempi più innocenti. Mi chiami pure Harris.»

Le immagini lungo il bordo inferiore dell'iPad mostravano il politico scagliarsi contro i cospiratori, i traditori e le manovre antidemocratiche dello Stato profondo.

«Guardi,» disse Louis «sta parlando di voi.»

«La gente ama i complotti» ribatté Harris. «Li trova rassicuranti. È una consolazione pensare che qualcuno, da qualche parte, possa avere una qualsiasi mira. Chi ha paura crede alle congiure per lo stesso motivo per cui crede in Dio.»

I Negroni arrivarono, e Harris levò il suo bicchiere.

«Alle grandi mire.»

Louis ricambiò il brindisi con un microscopico cenno e bevette. Il Negroni aveva un sapore più affumicato di quello a cui era abituato, ma immaginava che ci avrebbe fatto l'abitudine.

«Guarda caso,» riprese Harris togliendosi l'auricolare dall'orecchio e mettendo l'iPad in stop «mio padre ha lavorato per Nixon. O meglio, per quelli che lavoravano per Nixon, il che è più o meno la stessa cosa. Diceva di non aver mai conosciuto gente più strana di quella che occupava la Casa Bianca a quei tempi. Una sera Gordon Liddy aveva costretto l'intero personale ad assistere a una proiezione del *Trionfo della volontà* nello scantinato, con popcorn e tutto. Alla fine aveva annunciato che l'unità investigativa speciale, la brigata affari sporchi, avrebbe avuto il nome in codice ODESSA, come l'organizzazione di veterani delle SS, e aveva mostrato a mio padre la 9 millimetri Parabellum che si era fatto procurare dalla CIA nel caso Bud Krogh gli avesse chiesto di assassinare qualcuno.»

Assaggiò il suo secondo Negroni e parve trovarlo soddisfacente quanto il primo. «La Casa Bianca di Nixon aveva la sua quota di fanatici e furfanti,» concluse «ma Gordon Liddy non era né l'una né l'altra cosa. Gordon Liddy era completamente pazzo.»

«C'è una morale, nella storia che mi sta raccontando?» chiese Louis.

«La morale è che siamo sopravvissuti a Nixon e alla sua cricca allo stesso modo in cui siamo sopravvissuti ai loro predecessori e sopravvivremo a chi verrà. I politici sono come le emorroidi: un tormento che dobbiamo sopportare. Nel frattempo, il gioco più grande procede.»

«Non per De Jaager,» ribatté Louis, che si stava stufando di sentir filosofeggiare uno sconosciuto al bar «né per quelli che sono morti insieme a lui.»

«No, non per loro» convenne Harris. «Mi piaceva, De Jaager. Ai tempi, Ross e io ci avevamo avuto a che fare.»

«La faccenda della Stasi?»

«Ross gliene ha parlato?»

«Sì.»

«Alla faccia dei segreti di Stato. Allora appaltammo il lavoro sporco agli israeliani, allo stesso modo in cui adesso stiamo affidando i Vuksan a lei.»

«Così Ross mi ha detto. Ma perché gli israeliani accettarono, se mi permette la domanda? Non mi è del tutto chiaro.»

«Perché hanno la memoria lunga» disse Harris. «La Stasi finanziava i gruppi terroristici nella Germania Occidentale, la Rote Armee Fraktion, la Baader-Meinhof, quando le andava bene di far esplodere una bomba o far rapire un dirigente. La RAF, con i soldi della Stasi, aveva aiutato Settembre Nero a organizzare l'attacco al villaggio olimpico di Monaco nel 1972, dove avevano perso la vita undici israeliani. Buchner, l'assassino di Annie Houseman, era sospettato di essere stato uno dei collegamenti con la RAF. Diciassette anni dopo o giù di lì, quando si presentò l'occasione, gli israeliani la colsero al volo. Se ricordo bene, come ringraziamento ci fecero avere due casse di vino della Giudea. Ma erano tempi più civili.»

«E lei per chi lavora, o è una domanda troppo impertinente?» chiese Louis.

«Ufficialmente sono in pensione.»

«E ufficiosamente?»

«Do una mano di tanto in tanto.»

«Cominci pure, allora.»

Harris sorrise.

«I Vuksan e i loro uomini non hanno usato i passaporti registrati, ne sono sicuro perché sono sotto il nostro controllo, il che significa che o sono ancora in Europa oppure hanno acquisito nuove identità. Se così fosse, di sicuro avranno usato Anton Frend. L'avvocato non è un procacciatore di passaporti, ma è in grado di arrivare agli specialisti del settore. È al corrente di quanto è accaduto a Nikola Musulin?»

«So che è stato fatto a brandelli da un tavolo bomba.»

«A quanto pare stanno ancora cercando la testa. La famiglia è restia a seppellirlo senza.»

«Curioso quanto può essere sentimentale la gente.»

«Vero? A causa dell'eliminazione di Musulin, i Vuksan sono costretti a nascondersi. Ma, se riusciranno a sopravvivere abbastanza a lungo, forse potranno giungere a un accordo e rientrare in Serbia.»

«Accordo con chi, il successore di Musulin?»

«Nominalmente sì, ma in realtà con il ramo del sistema politico e giudiziario serbo che ha ordinato l'eliminazione di Musulin, qualunque esso sia. Nel frattempo, presto i Vuksan cominceranno ad avere grosse perdite economiche, sempre che non stia già succedendo, perché possiamo star certi che qualcuno a Belgrado sta prendendo di mira le loro risorse per metterli sempre più all'angolo. Quasi certamente Frend avrà accesso a un fondo nero, ma è improbabile che ci siano abbastanza soldi da finanziare un esilio a tempo indefinito.»

«Dunque la chiave è Frend» osservò Louis.

«Una chiave molto poco affidabile, e difficile da utilizzare. Se ci proverà con la forza, non farà altro che allertare i Vuksan. Avranno di sicuro organizzato un'intera serie di trappole: telefonate a ore prestabilite, parole d'ordine, segnali d'allarme. L'istante in cui Frend smettesse di seguire il protocollo, saprebbero che è compromesso.»

«Tutto questo non mi aiuta.»

«No, ma forse ho qualche altra informazione che potrebbe farlo» disse Harris. «So che Ross le ha passato un dossier su Frend. Ha notato che ha una figlia?»

«Pia. Vive a Londra, ed è avvocato anche lei. Dev'essere qualche gene difettoso.»

«Pia è in rotta con il padre, al punto da aver ripreso il cognome della madre, Lackner. Da quello che sappiamo odia Anton, mentre lui, come gran parte degli uomini che vengono respinti da una donna, vorrebbe la sua approvazione e continua a sperare in una riconciliazione.»

«Mmm» fece Louis.

«Seconda informazione, e spero che questa le allieti la giornata: Aleksej Marković, uno degli uomini dei Vuksan, è ricomparso in scena. Si trova a Parigi, in un albergo nel Decimo arrondissement. Può accedere alla posta elettronica con il suo cellulare?»

Louis infilò una mano in tasca e ne estrasse un rudimentale Nokia.

«E quello cosa cazzo sarebbe?»

«È un Nokia.»

Louis possedeva anche un iPad mini, ma lo usava con estrema parsimonia.

«Questo lo vedo» disse Harris. «Ha un caricatore a manovella?»

«No, ma ha qualcosa di ancora più utile: è irrintracciabile.»

Harris concesse il punto. Si guardò intorno per sincerarsi che nessuno li stesse osservando, poi risvegliò il suo iPad e con un tocco sullo schermo svelò la foto di un uomo che sorseggiava un caffè seduto al tavolino esterno di un locale. Louis riconobbe Marković dal materiale fornitogli da Ross.

«Quando è stata scattata la foto?» domandò.

«Una ventina di minuti fa.»

«Che velocità.»

«Ha commesso un'imprudenza. Non grave, ma quanto basta.»

«Come mai non si sta nascondendo insieme agli altri?»

«Per necessità» disse Harris. «Di cosa hanno bisogno i Vuksan?»

«Di soldi.»

«Esattamente. Crediamo che Parigi sia la tappa finale di una delle loro rotte per il traffico di esseri umani. Da lì, il carico scompare nelle banlieue oppure, a un costo aggiuntivo, viene trasferito nel Regno Unito o altrove. L'unico motivo per cui Marković può trovarsi a Parigi è assicurarsi che una consegna si concluda senza incidenti.»

«Ross mi ha detto che i Vuksan starebbero facilitando l'ingresso dei terroristi in Europa.»

«È così. I terroristi pagano bene, e i Vuksan non fanno domande.»

«Ma allora perché non prelevate Marković e provate a vedere quanto può trattenere il respiro sott'acqua?»

«Stessa ragione per cui lei non può affrontare Frend di petto. Se pizzicassimo Marković adesso, metteremmo in allarme l'interlocutore con cui attende di mettersi in contatto, e il carico andrebbe perduto. In più, e il fatto che io non sia al corrente di tutti i dettagli significa che dovrà credermi sulla parola, Marković opera tramite terzi. Non ha mai direttamente a che fare con il carico, e si limita a sorvegliare le operazioni a distanza. E per finire, i francesi non apprezzano che le agenzie di altri Paesi operino sul loro territorio senza averne il permesso, ma, se li dovessimo coinvolgere, lei a Marković non arriverebbe mai. Potremmo farlo interrogare da loro e ascoltare come ospiti, tuttavia lui non tradirebbe mai i Vuksan e gli altri, anche se sapesse dove sono... e se dovessi indovinare direi che non lo sa, proprio in previsione di un'eventualità simile.»

Louis non si era lasciato sfuggire il bagliore della lama: Se li dovessimo coinvolgere, lei a Marković non arriverebbe mai.

«Volete che mi occupi di Marković?» chiese.

«Non è qui per questo?»

Harris portava l'apparecchio acustico all'orecchio destro, quello che non era rivolto verso Louis, ma con il sinistro sembrava non avere problemi. Probabilmente ci sentiva benissimo anche con il destro, rifletté Louis: il mondo era pieno di trasmettitori e ricevitori di ogni forma e dimensione.

«Deve avermi scambiato per qualcun altro. Sono solo un turista.»

«Non sto registrando.»

«Lo dice lei.»

«Se lo stessi facendo, mi esprimerei con più cautela. Se la rende più felice, sì, ci piacerebbe che si occupasse di Marković. Vogliamo toglierlo di scena. Lo consideri il prezzo del nostro aiuto.»

Era tutto quello che Louis voleva sentire. Forse Harris non stava registrando la conversazione, ma lui sì.

«E il carico?»

«A quello penseremo noi. E per quanto riguarda i Vuksan, quello su cui far leva è l'avvocato.»

«Il cui punto debole è la figlia.»

«Esatto. Non ha mai preso in considerazione la carriera di rapitore?»

«No,» disse «ma c'è una prima volta per tutto.»

31

Proseguirono a parlare per qualche altro minuto, ma Louis capì presto che Harris doveva aver esaurito la sua scorta di informazioni disponibili, quantomeno per il momento.

«Dovrei chiederle delle armi?» domandò questi raccogliendo soprabito e cappello.

«Fossi in lei non lo farei» rispose Louis.

«Immaginavo che avreste avuto le vostre fonti, ma mi sembrava educato offrire il mio aiuto.»

Dettò un numero di telefono, che Louis mandò a memoria senza bisogno di trascriverlo. Era un numero statunitense, con prefisso 571.

«Potrà solo lasciare messaggi,» spiegò Harris «ma io la richiamerò immediatamente.»

Il 571 sembrava un prefisso della Virginia, nel qual caso Louis avrebbe scommesso un dollaro nuovo di zecca che avrebbe fatto squillare un telefono a Langley, la sede della CIA. Decise che prima di chiamarlo si sarebbe dovuto ritrovare in un vero mare di guai.

Angel li raggiunse per controllare che andasse tutto bene.

«Mi sono perso qualcosa, a parte un giro di cocktail?» chiese.

«Ti presento Harris» disse Louis. «O Hermes, se vuoi proprio vederlo come un articolo di lusso. Personalmente preferisco Harris. Harris, questo è Angel.»

I due si strinsero la mano.

«Ross mi ha messo in guardia su di lei» disse Harris. «È vero che sta tormentando Connie Holt sulle chiavi di certi bagni?»

Il superiore di Ross era oggetto di una serie di esasperanti missive anonime il cui autore sosteneva di essere a conoscenza di una catena segreta di bagni dell'FBI situati in posizioni strategiche sul territorio nazionale. L'ultima comunicazione che aveva ricevuto includeva una confezione singola di Bagni di Senape del Dr. Singha proveniente dal National Mustard Museum di Middleton, Wisconsin, un calendario da tavolo dal Museum of Bad Art di Somerville, Massachusetts, e una ghirlanda incorniciata di capelli umani rubata al Leila's Hair Museum di Independence, Missouri e modificata sostituendo la foto al centro di una defunta dama ottocentesca con un primo piano dello stesso Conrad Holt. Quell'ultimo manufatto aveva mandato in bestia il dirigente federale, che era suscettibile riguardo alla propria capigliatura. Ogni busta in arrivo conteneva una chiave e una lamentela dattiloscritta sul fatto che la chiave in questione non funzionava con la serratura di questo o quel bagno. Come nel caso di molte delle più recenti lettere ricevute da Holt, sulla busta era stampigliata la scritta: 'Saluti dal Great Lost Bear di Portland, Maine. E ricorda: i bravi orsi mangiano il miele!' Holt era dell'opinione che le autorità avrebbero dovuto fare irruzione nel locale e arrestarne i proprietari. Se non erano attivamente coinvolti nella persecuzione, vi contribuivano permettendo l'uso di uno dei loro timbri.

«Holt?» ripeté Angel assumendo un'espressione di innocenza ferita degna dell'arcangelo Gabriele. «Non mi pare di averlo mai sentito nominare.»

«Avete il coraggio di rischiare, questo bisogna concedervelo» disse Harris. «È stato un piacere. Vi auguro ogni fortuna.»

Angel e Louis lo guardarono uscire.

«Un altro attaché?» chiese Angel.

«No, una spia» rispose Louis. «Dice di essersi ritirato dalle attività, ma è come sostenere di essere un ex alcolista.»

«È stato utile?»

«Abbastanza. Ci ha dato una pista e l'ubicazione del nostro primo bersaglio.»

«Qui?»

«Parigi.»

«Quando si parte?»

«*Io* parto per Parigi domattina. Tu no.»

«E io cosa faccio?» domandò Angel.

«Tu vai a Londra» rispose Louis «a organizzare un rapimento.»

Quella sera Hendricksen li portò al Mama Makan, un ristorante indonesiano su Spinozastraat. Dopo cena li accompagnò alla casa sicura in cui erano morti De Jaager e gli altri. Le uniche indicazioni che vi fosse accaduto qualcosa di anormale erano una striscia di nastro adesivo rosso e bianco e una comunicazione della polizia olandese che Louis non ebbe bisogno di farsi tradurre.

«Sicuro di volerlo fare?» chiese Hendricksen. «Non c'è niente da vedere eccetto il sangue.»

«Vorrà dire che guarderò il sangue» rispose Louis. «C'è un allarme?»

«Dopo gli omicidi è stato disattivato.»

Angel scassinò la nuova serratura con i suoi attrezzi. Hendricksen rimase fuori di guardia, anche se il rischio che la polizia o altri tornassero per indagare più a fondo era esiguo. Semplicemente, non aveva il minimo desiderio di tornare in quella casa. Vide entrare Angel e Louis, vide la porta richiudersi delicatamente dietro di loro e avvertì un brivido nelle ossa.

Le imposte alle finestre erano chiuse, ma sia Angel che Louis avevano piccole torce elettriche a cui avevano applicato del nastro isolante intorno alle ghiere per restringere i raggi di luce e ridurre il rischio di attirare l'attenzione. Le chiazze di sangue erano diventate color ocra, ma a Louis parve di sentire un sapore di rame sulla lingua e il tanfo del massacro nell'aria. Perlustrarono la casa di stanza in stanza, cominciando dal pianterreno e terminando nella camera da letto in cui erano morte le due donne. Non si scambiarono una sola parola, rendendo testimonianza in silenzio. Il loro era un atto di empatia, il tentativo di comprendere l'entità delle sofferenze avvenute in quel luogo. Forse a qualcuno le fotografie di Hendricksen sarebbero bastate, ma non a loro. In certe situazioni dovevi calpestare lo stesso terreno. Era quello che avevano imparato dal detective Charlie Parker.

Alla fine tornarono alla porta d'ingresso. Angel la schiuse e attese che Hendricksen gli indicasse via libera. A un suo cenno lo raggiunsero lungo il canale.

«Allora?» chiese questi.

«Come ci aveva anticipato: sangue» disse Louis.

«Vorrei poter dire che non ne avevo mai visto tanto, ma mentirei.»

«Non capisco.»

«C'è qualcosa da capire?»

«Tutto questo dolore solo per vendicare un'esistenza inutile come quella di Timmerman?»

Hendricksen fissò le acque scure del canale. «È possibile che Spiridon Vuksan sia un pazzo. Lo spero. L'alternativa sarebbe molto più spaventosa.»

«E i suoi uomini? Il fratello?»

«I suoi uomini sono stupratori e macellai, e se Radovan ha mai posseduto una coscienza è stata estirpata ormai da un pezzo. Bene, a questo punto come si procede?»

«Io farò qualche telefonata, e lei prenderà un biglietto aereo» disse Louis.

«Destinazione?»

«Vienna.»

«L'avvocato?»

«Sì, l'avvocato.»

32

Ai Vuksan era stato consigliato di non dare nell'occhio e non allontanarsi dal rifugio alla periferia di Vienna procurato dall'avvocato Frend. La cucina era ben rifornita di cibarie e alcolici, e il giardinetto sul retro, per quanto minuscolo, era appartato. C'era una televisione con un abbonamento a Netflix e una selezione di libri di narrativa e saggistica. I libri non erano in serbo, ma probabilmente era meglio così. Se Frend avesse incaricato l'intermediario di trovare qualche titolo nella loro lingua, avrebbe rivelato il suo gioco. In ogni caso, dei tre uomini segregati in quella casa l'unico lettore era Radovan, che conosceva l'inglese e il tedesco a sufficienza da godersi i libri in traduzione. Se fosse stato costretto a nascondersi da solo, quella sistemazione lo avrebbe perfettamente soddisfatto.

Sfortunatamente, Spiridon non aveva la minima pazienza, e non gradiva sentirsi rinchiuso troppo a lungo. I libri non gli piacevano, la televisione riusciva a guardarla solo a tratti e non dormiva più di quattro o cinque ore per notte. Se non avesse avuto il permesso di uscire almeno una volta al giorno avrebbe fatto a pezzi l'appartamento, perdendo sempre più il controllo e facendo ammattire anche suo fratello.

E così, a sole quindici ore dal loro arrivo, Spiridon girava già per le strade della periferia di Vienna, travestito come meglio poteva e scortato da un Zivco Ilić altrettanto camuffato.

E seguito dall'Altra.

Erano più di quindici anni che Nahid Hasanović andava e veniva da Hietzing, nel tredicesimo distretto di Vienna, da quando aveva deciso di non voler più vivere in Bosnia-Erzegovina. Aveva cercato di rifarsi una vita laggiù, ma i ricordi del conflitto erano troppo dolorosi e il prezzo da lui pagato troppo alto: vi aveva perso due fratelli, cinque cugini, tre nipoti maschi e una femmina, uccisi da cecchini, massacrati a randellate e abbandonati nei fossi o, nel caso di sua nipote, lasciati morire dissanguati dopo multiple violenze sessuali. Tutto ciò sarebbe già bastato a spingere chiunque ad abbandonare il proprio Paese, o in alternativa a prendere le armi finché un proiettile non avesse fatto cessare le sue sofferenze; ma Nahid aveva scelto di restare, quantomeno per un certo periodo. Era rimasto, aveva lavorato e aveva pregato, e quando tutti i corpi dei suoi cari erano stati finalmente riesumati e identificati aveva approfittato di certe conoscenze in Austria per trasferirsi a Vienna insieme alla moglie, ai due figli e alla figlia, prima che qualcuno decidesse di sparare, randellare o stuprare a morte anche loro.

E sì, nella capitale erano confluiti anche molti serbi, poiché Vienna era una loro destinazione fin dal XIX secolo, e poiché un tempo sia i bosniaci che i serbi facevano parte dell'Impero Austroungarico. Ma la città aveva anche una nutrita popolazione musulmana, che si trovava lì da ben prima dei serbi, fino dal XV secolo, quando Vienna era divenuta oggetto delle mire imperiali ottomane. L'Impero Ottomano non era riuscito a conquistarla, ma in seguito vi era stato un afflusso più graduale e pacifico, al punto che ora i musulmani erano circa un ottavo della popolazione viennese, malgrado alla memoria dell'aggressione turca non fosse mai stato concesso di scomparire del tutto dalla coscienza collettiva o dai libri di Storia.

A Vienna Nahid aveva preso in affitto un piccolo appartamento nella zona di Rudolfsheim-Fünfhaus, dove più della metà dei residenti aveva origini straniere. Con il denaro ottenuto in prestito e i suoi risparmi aveva aperto una lavanderia e tintoria nel tredicesimo distretto. Il tredicesimo era uno dei quartieri più ambiti in città, anche se meno caro di altri; da lì si accedeva facilmente a parchi e giardini, ma era anche vicino al centro. Gli abitanti delle grandi ville in stile Biedermeier e Jugendstil non morivano dalla voglia di occuparsi della loro biancheria, e il servizio di ritiro a domicilio di Nahid significava che non dovevano neanche fare lo sforzo di portargliela in negozio. Presto Nahid aveva aggiunto servizi di riparazione e sartoria, e ora possedeva tre lavanderie satellite oltre alla principale; ma nei limiti del possibile preferiva ancora operare da Hietzing, dove aveva un ufficio e un divano su cui potersi appisolare. Gli piaceva la bellezza del paesaggio, e l'aria fresca che vi si respirava. Gli piaceva lo zoo nei terreni del palazzo di Schönbrunn, al punto che di anno in anno ne rinnovava la tessera. Amava il profumo delle rose e dell'erba appena tagliata.

In tutto ciò che faceva c'era lo sforzo di dimenticare, ma non ci sarebbe mai riuscito del tutto. Nascosto in una latrina esterna, era rimasto a guardare mentre due dei suoi cugini venivano portati via. Aveva stretto tra le braccia uno dei suoi fratelli, Adin, abbattuto da un cecchino mentre cercavano di fuggire da Bostahovina, il loro villaggio nella municipalità di Srebrenica, e ricordava ancora di aver cercato di rimettere a posto un pezzo del cranio di Adin per impedire alla materia grigia di colare fuori. Aveva assistito insieme a sua moglie mentre una squadra di scavatori delle Nazioni Unite mostrava loro i resti della nipote, i libri di scuola ancora nella cartella rosa che giaceva nella fossa accanto a lei, mostrando chiaramente il suo nome ricamato appena sopra la fibbia.

Nahid non odiava tutti i serbi. Nahid cercava di non odiare nessuno.

Ma a volte era molto difficile.

Lui stesso era sfuggito per un pelo alla cattura e alla morte. Si era recato a Srebrenica insieme a sua moglie e a quella che allora era la loro unica figlia credendo come tutti gli altri musulmani che la città protetta dall'ONU offrisse un rifugio sicuro dai serbi. Ma quando vi erano giunti vicini si erano resi conto che i serbi l'avevano presa d'assedio. I rifugiati potevano ancora accedervi, ma Nahid aveva l'impressione che fosse come entrare in una moschea appena prima che qualcuno bloccasse le porte da fuori e vi appiccasse il fuoco. E così lui, sua moglie e sua figlia avevano fatto dietrofront, allontanandosi dalla città e correndo il rischio di farsi tagliare la gola dai serbi, e avevano trovato rifugio nella cantina della fattoria di una delle poche famiglie quacchere nel Paese. Suo fratello, la famiglia di lui e altri due cugini maschi con i loro cari, invece, avevano proseguito per Srebrenica.

Gli uomini e i loro figli maschi più grandi non erano più stati visti. Solo dopo qualche anno Nahid avrebbe scoperto qualche prova documentale della loro sorte. Un servizio del telegiornale mostrava un gruppo di prigionieri musulmani che veniva fatto scendere da un camion e condotto in un boschetto. Lì, avrebbe scoperto in seguito Nahid, i prigionieri erano stati torturati dai loro carcerieri, membri dell'unità paramilitare serba degli Scorpioni. Infine erano stati trascinati in una fossa comune scavata da una ruspa e abbattuti a fucilate. Nelle immagini Nahid aveva riconosciuto suo fratello, i suoi nipoti e un cugino. In seguito aveva aiutato gli investigatori a individuare la scena del massacro ed esumare i corpi per l'identificazione e la giusta sepoltura, poiché era importante che avessero tutti un nome e un luogo di eterno riposo.

No, Nahid non odiava tutti i serbi.

Ma alcuni di loro li odiava *sul serio*.

Guardò una madre che faceva camminare il suo bimbo sull'erba dello Schönbrunn, chinandosi e reggendo le braccia del piccolo mentre avanzava barcollando sulle gambe grassocce. Quello che si dimenticava spesso riguardo alla morte violenta erano le connessioni, i legami non solo con i vivi ma anche con esistenze e mondi che avrebbero potuto essere e non erano stati. Nahid trovava consolazione nella teoria degli universi multipli, e nell'idea che coloro che aveva perduto continuassero a vivere e respirare in un'esistenza parallela. Che nascessero figli, nipoti e così via, generazione dopo generazione. Esistenze potenziali che non si concludevano nella violenza sessuale, nella tortura e nella morte.

A volte li sentiva, i serbi viennesi, sparlare di musulmani e croati allo stesso modo in cui altri spargevano calunnie sugli ebrei o sui neri, creando una gerarchia di pene e dolori, una lista tacitamente accettata di coloro che erano destinati a soffrire e morire. Quello che gli ignoranti non capivano era che i boia erano sempre gli stessi, e che erano solo le uniformi a cambiare. In quel senso, le identità delle vittime, la loro razza, il loro colore, la loro religione non avevano importanza: ridotti all'osso, siamo tutti identici. Quando si trattava di stragi di massa, una preda valeva l'altra, e chi ne uccideva una era pronto a ucciderle tutte. E coloro che ricordavano, coloro che aiutavano a dissotterrare le ossa di uomini, donne e bambini dalle fosse comuni, potevano soltanto stare di guardia nella speranza di avvertire il mondo alla comparsa della successiva infornata di boia.

Due uomini, uno più maturo e l'altro più giovane, passarono davanti a Nahid, interrompendo il corso dei suoi pensieri. Tagliarono attraverso il prato, e nel farlo calpestarono il bordo di un'aiuola fiorita.

«Ehi, guardate dove mettete i piedi» disse Nahid in tedesco.

«Vaffanculo» ribatté l'uomo più maturo senza neanche voltarsi.

«Vaffanculo?» esclamò Nahid. «*Vaffanculo*? Ma vacci tu, a fare in culo!» Estrasse di tasca il cellulare per filmare i due vandali. Potevi dire quello che volevi degli austriaci, ma davano un grande valore alla legge e all'ordine e apprezzavano i loro fiori. Nahid avrebbe mostrato le immagini alle autorità del parco, poi le avrebbe messe in rete per dare l'esempio.

A un tratto si ritrovò a parlare arabo, come accadeva spesso quando si infuriava, poiché in fatto di insulti la lingua araba era molto più creativa del tedesco o del serbocroato. «*Kess ikhtak*!» gridò; poi, nel caso l'oggetto della sua ira non avesse avuto una sorella, aggiunse: «*Kess ommak*!» sulla base del fatto che una madre ce l'aveva di sicuro, e che sarebbe potuto andare a fottere lei. Fosse stata ancora viva, tanto meglio. In caso contrario, poteva dissotterrarne il cadavere e fottere quello.

L'uomo più maturo si fermò e finalmente si voltò, senza badare all'altro che cercava di condurlo via.

«*Ya kalb*!» sbraitò rivolto a Nahid. «Cane di un immigrato! Turco di merda!»

Nahid cambiò completamente espressione e abbassò il cellulare.

«Io ti conosco» disse, così piano che se non fosse stato per il modo in cui il più giovane dei due aveva inclinato leggermente la testa avrebbe quasi potuto pensare di non essere stato udito. «Ti ho visto nel filmato...»

L'uomo era più vecchio, più corpulento, i lineamenti del volto più cedevoli, ma più Nahid lo guardava più ne era certo. Davanti a lui si parava uno di coloro che dopo la resa di Srebrenica ne avevano percorso le strade insieme al generale Ratko Mladić, pavoneggiandosi davanti agli obiettivi mentre sorseggiavano caffè e negoziavano i termini della partenza del battaglione olandese e al tempo stesso mettevano in moto il genocidio che sarebbe seguito. Maledetto Mladić, un macellaio che non aveva avuto nemmeno il coraggio di restare a dirigere il massacro da lui stesso ordinato, facendo ritorno a Belgrado per crearsi un alibi nell'eventualità che le sorti della guerra diventassero avverse ai serbi.

In assenza di Mladić, assenza puramente fisica, la base ONU abbandonata di Potočari era stata usata per depositarvi le migliaia di uomini e ragazzi musulmani destinati all'esecuzione, e in seguito, quando i loro resti erano stati riesumati dalle foreste e dai campi, era diventata un cimitero, come a voler tormentare per sempre gli olandesi. E ora, a Vienna, il passato aveva assunto forma umana per tormentare anche Nahid Hasanović. L'uomo davanti a lui era stato ripreso mentre faceva scendere i parenti di Nahid da un camion e li faceva schierare in fila in un bosco. Aveva assistito mentre i padri venivano costretti a sodomizzare i loro figli e i vecchi venivano uccisi a mazzate, dopodiché aveva suddiviso la milizia in plotoni di esecuzione. Nahid dovette trattenere l'impulso di scagliarsi contro quell'animale e affondare i denti nelle sue carni, prendendolo a pugni e calci così come lui e i suoi soldati avevano fatto con i civili innocenti. Ma l'altro uomo, il più giovane, sembrava già pronto all'azione, combattuto tra la voglia di zittire Nahid e i suoi doveri di guardia del corpo, e Nahid sapeva che nell'istante in cui avesse fatto un passo avanti gliel'avrebbe fatta pagare, e anche cara. Ma, se avesse trovato un poliziotto, forse sarebbe riuscito a spiegare la situazione. Quello davanti a lui era un criminale di guerra. C'erano prove filmate a dimostrarlo. Alcuni di quegli individui erano ancora ricercati dalle Nazioni Unite. Avevano preso e processato Mladić e il suo burattinaio Karadžić. C'era ancora speranza che venisse fatta giustizia.

Nahid si allontanò a passo rapido. Sentì che l'uomo più giovane lo chiamava, accelerò e si mise a correre, stringendo il telefono in tasca con la mano destra. Si arrischiò a voltarsi, immaginando che come minimo uno dei due lo stesse inseguendo, ma vide che avevano entrambi ripreso il cammino attraverso il parco, anche se forse in modo leggermente più affrettato di prima.

Ma lui aveva il video sul telefono. Avrebbe potuto inviarlo alla polizia, e se loro non avessero soddisfatto le sue richieste avrebbe trovato il modo di farlo avere alle Nazioni Unite: lo conoscevano per l'aiuto che aveva dato loro nella riesumazione dei corpi, e Nahid aveva ancora i nomi di alcuni di coloro con cui aveva lavorato allora. Loro lo avrebbero ascoltato, poiché sapevano che non era uno che raccontava storie.

Nahid era talmente perso nei propri pensieri, e concentrato sui due uomini che si rimpicciolivano in lontananza, che andò a cozzare contro qualcuno sul sentiero. Chiese istintivamente scusa e vide che per poco non aveva mandato una bambina a gambe all'aria. Era giovane, forse ancora in età scolare, anche se non indossava una divisa.

«Scusami» le disse Nahid. «Tutto bene?»

La bambina annuì e si controllò il davanti del soprabito marroncino, come se temesse che la collisione vi avesse lasciato un segno.

«Sì, tutto bene» rispose. «E lei? Sembra sconvolto.»

Il suo tedesco era fortemente accentato, e la voce era più profonda di quanto Nahid si sarebbe aspettato da una della sua età.

«Ho avuto una brutta esperienza,» le spiegò «ma mi riprenderò. Mi manca solo un po' il respiro.»

Poi vide che la bambina era meno giovane di quanto gli era parso a prima vista: in realtà non era affatto una bambina, ma una donna non cresciuta. I suoi occhi erano castani come i capelli, e la sua carnagione aveva un pallore quasi luminescente, come quello di una creatura allevata nelle tenebre.

Nahid sentì una fitta allo stomaco. La donna doveva averlo colpito con il gomito. Avrebbe avuto bisogno di sedersi, ma doveva proseguire. Abbassò gli occhi su di sé e vide una macchia spargersi sul bianco della camicia. Era di un rosso molto intenso, come succo di barbabietola. Sarebbe stata difficile da rimuovere, ma c'erano diversi sistemi...

«Forse dovrebbe riposarsi un momento» disse la donna aiutandolo a raggiungere una panchina. Nahid vi si sedette pesantemente, e il dolore lo fece gridare. La donna affondò una, due volte la mano verso di lui, e questa volta Nahid avvertì la lama che gli penetrava nelle viscere. Poi lei gli frugò in tasca e ne estrasse il cellulare, usò il suo soprabito per pulirsi la mano destra insanguinata e lo riabbottonò.

«Come ti chiami?» domandò.

«Nahid.»

«Bene. Mi piace conoscere i nomi.» Lo ripeté come per abituarsi a una parola nuova: «Nahid. Na-*hid*». E quando lo ebbe memorizzato a sufficienza soggiunse: «Ora puoi dormire, Nahid.»

Ma a quel punto Nahid Hasanović era già morto.

33

Era opinione di Radovan Vuksan che i capricci del destino non si potessero spiegare, né se per questo la possibilità, se si era credenti, che Dio avesse un senso dell'umorismo, anche se di un tipo, come nel caso di molte altre Sue manifestazioni, che andava al di là dell'umana comprensione. Sì, Radovan aveva raccomandato a suo fratello di non uscire dall'appartamento, di non dare nell'occhio mentre Frend lavorava per loro e venivano tentati i primi approcci con Belgrado. Ma escludendo la sedazione, c'era ben poco che potesse fare per impedire a Spiridon di uscire a fare una sgambata e prendere una boccata d'aria fresca. Il fatto tuttavia che fosse stato identificato da un turco in grado di riconoscerlo era una sventura in grande stile, una calamità esacerbata dall'uccisione dello stesso turco, e come se non bastasse dall'abbandono del suo corpo su una panchina del parco.

«Cosa avremmo dovuto fare,» protestò Ilić «portarcelo dietro?»

«Avreste potuto cominciare con il non ucciderlo» osservò Radovan.

La sua ambivalenza nei riguardi di Ilić (no, che la si chiamasse per quello che era: avversione) si inaspriva di ora in ora. Era innegabile che possedesse certi talenti, ma come tutti i sadici mancava di autocontrollo, e la sua fedeltà a Spiridon si traduceva nell'incapacità o nella riluttanza a trattenere gli impulsi peggiori. Nella situazione attuale, Radovan era convinto che Zivco Ilić fosse il braccio destro sbagliato per Spiridon. Sfortunatamente, al momento era anche l'unico candidato disponibile.

«Il turco si era messo a gridare» disse Ilić. «Avrebbe attirato la polizia.»

«E a quel punto voi sareste stati già lontani.»

«Non puoi saperlo per certo» ribatté. I rimproveri di Radovan lo infastidivano, ma se avesse risposto male si sarebbe ritrovato contro entrambi i fratelli, perché solo Spiridon poteva permettersi di criticare Radovan e viceversa. «E poi non sono stato io ad ammazzarlo. È stata la *vedma*.»

Radovan fece una smorfia nell'udire quella parola, ma non la contestò. Cercava di avere il meno possibile a che fare con l'ombra di Spiridon, ma sapeva cosa pensavano di lei, suo fratello come tutti gli altri. Non era superstizioso, ma capiva i vantaggi che esistevano nel coltivare le credenze altrui. Se Ilić era convinto che lei fosse una strega, non stava a lui dissuaderlo. A preoccuparlo di più era il fatto che lo pensasse anche Spiridon, perché una cosa era assecondare e addirittura sfruttare la dabbenaggine altrui, un'altra era esserne preda tu stesso.

D'altra parte, Radovan non poteva negare la stranezza di Zorya, per usare il suo nome o quello con cui si faceva chiamare, il che non era necessariamente la stessa cosa: c'era ben poco di lei che potesse essere confermato, e le meticolose ma discrete indagini di Radovan avevano ottenuto scarsi risultati. Si sapeva solo che proveniva dalla terra dei valacchi, una minoranza etnica di discendenza romena che viveva in piccole comunità nei territori isolati e inclementi della Serbia orientale. I valacchi erano tradizionalmente associati alla magia, sia bianca che nera, anche in seguito alla loro adesione al cristianesimo ortodosso, o a una versione di esso che consentisse loro di pregare Gesù e la Vergine Maria accanto alle divinità precristiane in cui credevano. Di tanto in tanto i media serbi più sensazionalistici incolpavano le streghe valacche di omicidi e sacrifici rituali, ma erano tutte fesserie. Come gran parte delle accuse di stregoneria fin dagli albori dei tempi, anche queste erano più che altro dirette alle donne anziane di comunità in cui a volte mancavano anche le più semplici strutture di sostegno, da quello medico a quello psicologico.

I valacchi, spesso confinati nelle campagne disseminate di vecchie miniere abbandonate o a malapena funzionanti, oppressi dalla povertà e costretti come molti altri in Serbia a veder partire i loro giovani in cerca di esistenze migliori, erano costretti a fare affidamento su sé stessi, e il risultato era che un'etnia dotata di un suo dialetto e di sue tradizioni era diventata ancora più anomala. Il suo nome derivava dall'alto tedesco antico *walh*, 'forestiero'. Erano dei perenni emarginati in una nazione che guardava gli stranieri con sospetto, eppure riuscivano a sopravvivere. Durante i conflitti seguiti alla disintegrazione della Jugoslavia, grazie ai loro stretti legami di famiglia avevano mantenuto attivo il flusso di denaro dall'estero, e avevano condiviso parte di quelle modeste entrate con i loro vicini non valacchi. Radovan non avrebbe mai definito i suoi compatrioti tolleranti nei riguardi di chiunque fosse diverso da loro, eppure tolleranza era la parola giusta per descrivere i rapporti tra serbi e valacchi.

Quando Spiridon l'aveva trovata, Zorya viveva allo stato brado nel distretto di Braničevo della Serbia orientale. Da quanto fosse lì o perché fosse stata ostracizzata non l'aveva spiegato, ma era chiaro che la gente del posto non voleva avere a che fare con lei e con la sua solitaria esistenza. Dalla sua abitazione in una conca rocciosa si scorgeva un piccolo villaggio a cui si accedeva da un ponticello attraverso un torrente. Radovan sapeva che nella cultura valacca esisteva un confine tra i vivi e i morti, e che spesso era segnato da un corso d'acqua. Anche le caverne venivano associate all'oltretomba, ma, se i valacchi le visitavano per lasciarvi provviste per le anime dei morti durante i sette anni che dovevano passare vagando sulla terra, si guardavano bene dall'abitarci. Zorya, per coercizione o per scelta, aveva preso dimora in una regione delle ombre. Uno degli informatori di Radovan dubitava perfino che fosse una valacca, che in realtà fosse qualcosa di più strano e più antico...

Ma niente di tutto ciò spiegava la decisione di Spiridon di portarsela dietro a Belgrado e in seguito ad Amsterdam, dopo che i Vuksan si erano alleati con quel particolare ramo degli Zemun. No, Spiridon aveva scelto Zorya in seguito a due suoi avvertimenti che poi avevano trovato conferma. Il primo, che Spiridon fosse il bersaglio prescelto di una squadra di sicari bosgnacchi che intendeva vendicarsi della strage di Srebrenica, era stato sventato dall'uccisione di tre musulmani sunniti provenienti dalla cittadina croata di Bakar. Il secondo, che gli investigatori dell'ONU sui crimini di guerra stessero per calare su di lui, armati delle deposizioni di cinque testimoni, aveva condotto all'eliminazione dei suddetti testimoni e al sabotaggio dell'inchiesta. I bosgnacchi erano stati uccisi personalmente da Spiridon, ma a occuparsi dei testimoni era stata Zorya: le tre donne e i due uomini erano morti per avvelenamento.

Da allora Zorya era diventata la dea guardiana di Spiridon, come le Aurore da cui prendeva il nome. Senza di lei Spiridon sarebbe morto da un bel pezzo, anche se perfino Zorya aveva provato a dissuaderlo dalla vendetta contro De Jaager. Quando non ci era riuscita, aveva cercato di convincerlo a limitare la sua furia al solo De Jaager, risparmiando gli altri, ma negli ultimi tempi la sete di sangue di Spiridon sembrava superare perfino la sua.

E adesso Ilić, con quel suo sorrisetto furbo stampato sul volto, stava dando voce alla sua credenza che Zorya fosse una creatura soprannaturale, invitando Radovan a negarlo e così facendo a scatenare la furia di suo fratello. Ma Radovan scelse di mettere fine alla conversazione. Potevano solo sperare che non ci fossero stati testimoni oculari. Ilić era convinto che nessuno li avesse seguiti dal parco, e Radovan era propenso a credergli.

E, per quanto riguardava Zorya, ovunque si trovasse, chiunque avesse osato seguirla se ne sarebbe amaramente pentito.

Zorya si fermò sullo Zollamtsbrücke, il ponte di metallo verde sul Wien che collegava l'Innere Stadt di Vienna a Landstrasse, e guardò passare un treno della U-Bahn appena sotto. Più in basso il Wien scorreva lento, ma per Zorya tutti i fiumi erano uguali, e il nome di questo, come di tanti altri, aveva lasciato a malapena traccia nei suoi pensieri. Portava il cappuccio del giubbotto sollevato sulla testa a nascondere il suo volto inquietante, e la pioggia insistente incoraggiava i passanti a tenere la testa bassa.

Com'era prevedibile, la scoperta del cadavere di Nahid Hasanović stava facendo notizia, e malgrado nessuno avesse assistito all'omicidio la polizia era interessata a parlare con una bambina vestita di marroncino o marrone che era stata vista nelle vicinanze del parco in quel lasso di tempo. Zorya si era già cambiata, e la polizia non stava suggerendo che una bambina potesse aver commesso l'omicidio, quantomeno non ancora, ma sarebbe stato meglio usare cautela. Zorya si vestiva sempre a strati, con qualunque clima, per celare la curvatura della sua spina dorsale. Scoliosi, era il termine clinico della sua condizione. Non esisteva una cura, ma nei casi più gravi si poteva intervenire chirurgicamente per prevenire ulteriori peggioramenti e alleviare il dolore. Zorya però non aveva intenzione di affidarsi al bisturi di un chirurgo, e le sue condizioni erano relativamente poco gravi. La mancata crescita aveva impedito alla deformità di peggiorare, e il dolore era in grado di sopportarlo.

Se Radovan Vuksan attribuiva l'incontro tra Spiridon e Hasanović alla sfortuna o a un inspiegabile intervento divino, Zorya pensava che fosse parte di un più profondo intreccio di problemi che comprendevano l'assassinio di Nikola Musulin e la cui origine poteva essere stata l'eliminazione di De Jaager e dei suoi. Avvertiva nel profondo la sensazione di essere accerchiata da un'oscurità che si faceva sempre più vicina, ma non ne aveva ancora parlato con Spiridon. Il suo comportamento era già abbastanza imprudente, e Zorya cominciava a sospettare che la sua bellicosità naturale e la propensione alla crudeltà stessero degenerando in una forma di demenza. Ragionarci era sempre stato difficile, ma in passato spesso e volentieri lui finiva per darle retta. Ora invece la ascoltava ma poi non seguiva i suoi consigli, anche se nello stesso tempo sembrava contare sempre più sulla sua protezione. Ma anche quella fiducia avrebbe finito per essere turbata dai recenti rovesci. Se i problemi fossero proseguiti, prima o poi Spiridon avrebbe cominciato a mettere in dubbio la sua utilità. E a quel punto lei avrebbe dovuto affrontare una scelta difficile, quella di restare o di fuggire e ricominciare da capo con qualcuno di più malleabile.

Zorya spostò lo sguardo sulla riva opposta del fiume e su Landstrasse. Le cime ornate dei piloni del ponte si stagliavano come teschi sullo sfondo del cielo. Gli attraversamenti erano sempre difficili, poiché in lei c'era una componente atavica che combatteva l'impulso motorio. Doveva fare uno sforzo di volontà per mettere un piede dopo l'altro, e anche così il suo corpo avanzava con riluttanza, come se opponesse resistenza a quel corteggiamento della fine. L'aria divenne sempre più fredda a mano a mano che camminava, e invece di diventare più netta Landstrasse sembrava confondersi. Quando raggiunse la riva opposta i palazzi erano ormai del tutto scomparsi, e Zorya si ritrovò sola in un paesaggio grigio e piatto su cui scivolavano ombre come profili di nubi invisibili in movimento.

Eccetto che le nuvole non si muovevano in modo così determinato, e non erano attratte dai vivi.

I regni dei vivi e dei morti erano territori distinti, ma i loro margini si sovrapponevano. Se ne conoscevi i percorsi, e se riuscivi a vedere quello che ad altri sfuggiva (poiché, se quasi tutti gli esseri umani erano a malapena consapevoli di quello che li circondava, lo erano ancora meno di ciò che si trovava al di là delle normali percezioni), potevi passare da uno all'altro. Ma c'era un prezzo da pagare, poiché il posto dei vivi non era tra i morti, e ogni volta che i vivi attraversavano il confine tra i mondi lasciavano dietro un pezzo di sé.

E se si trattenevano troppo, cedendo all'apatia che faceva da preludio al riposo finale, non riuscivano più a fare ritorno. Nel mondo ordinario, il mondo dei ponti e dei treni, delle grondaie piene di pioggia e dell'architettura barocca, sarebbe stato trovato un corpo, magari ancora caldo e apparentemente intatto. Il cuore avrebbe semplicemente cessato di battere, poiché a volte i cuori cedevano. Nessuno avrebbe fatto domande e nessun mistero sarebbe stato legato alla morte, al di là del mistero che segue ogni morte, il mistero di cosa viene dopo, a cui nessun corpo può dare una risposta.

Ma, se avesse voluto, Zorya avrebbe potuto rispondere. Avrebbe potuto parlare di anime in pena, dei sussurri degli angeli... e di cose ben peggiori. Avrebbe potuto raccontare di un lago, intravisto a malapena nella nebbia, e dell'eterna schiera dei morti che veniva continuamente inghiottita dalle profondità delle sue acque e di quelle del mare al di là. A volte le sembrava di distinguere la lontana figura di una bambina sulla riva, rivolta verso l'acqua, ma non le si era mai avvicinata per indagare. In quel mondo era meglio passare inosservati, scoprire quello per cui si era venuti e andarsene senza farsi vedere.

Ma la bambina era una presenza al tempo stesso affascinante e spaventosa, poiché come Zorya nemmeno lei apparteneva a quel mondo. Era morta, ma aveva scelto di non seguire gli altri. Aspettava, e Zorya avvertiva che qualunque fossero le proprie cognizioni di quel regno, impallidivano in confronto alle sue. Ma se la bambina si accorgeva della sua presenza, non lo dava a vedere.

O non lo aveva mai fatto finora.

Mentre gli elementi del regno dei morti cominciavano a palesarsi intorno a lei, Zorya vide che la bambina si girava nella sua direzione. Era interessata a lei, e Zorya avvertì che sapeva chi era, *cos'*era.

Poi parlò.

«Jennifer» disse.

Quella bambina era pericolosa.

«Mi chiamo Jennifer Parker.»

Molto, molto pericolosa.

«Avvicinati. Fatti vedere.»

Ma Zorya non lasciò il punto da cui poteva vedere il ponte e l'attraversamento verso il suo mondo. Si era già spinta fin troppo in là. Da lì poteva scorgere tutto quello che aveva bisogno di vedere, poiché le ombre in quel mondo non appartenevano solo ai morti, ma anche a coloro che recavano morte. E Zorya li vide, anche se solo di sfuggita: due uomini che sprigionavano risolutezza.

E che si stavano rapidamente avvicinando.

Parte seconda

È giustizia fare il male, e poi punire per esso?

JAMES FENIMORE COOPER, *L'ultimo dei Mohicani*

34

Louis atterrò all'aeroporto Charles de Gaulle di Parigi poco dopo le nove del mattino. Prese un taxi per un piccolo albergo del Sedicesimo arrondissement, considerato il più noioso della città. Non vi succedeva niente di eccitante dal lontano 1794, quando un'esplosione alla fabbrica di polvere da sparo Grenelle, situata al di là della Senna nell'altrettanto noioso Quindicesimo arrondissement, aveva causato un diluvio di brandelli di corpi umani sulle strade e nei cortili dell'anonimo vicinato. Dopo una pioggia di braccia e gambe, rifletté Louis, probabilmente alcuni secoli di tedio potrebbero sembrare una benedizione.

Prese possesso di una stanza che doveva essere stata arredata da qualcuno che non aveva mai trovato una sfumatura di grigio che non gli piacesse e attese l'arrivo del corriere con le quattro pistole Rohrbaugh R9 Stealth Elite, ciascuna delle quali pesava meno di mezzo chilo ed era priva di fermo del carrello, levetta per l'estrazione del caricatore, sicura e mirino, il tutto per evitare che si impigliasse negli indumenti. Il prezzo di mercato di una Rohrbaugh superava i mille dollari, e i quattro silenziatori Osprey che le accompagnavano costavano poco di meno; ciò malgrado, il costo totale per Louis era stato di dodicimila dollari, a riflettere le gradazioni di illegalità necessarie per il trasferimento della mercanzia e garantire che non venissero fatte domande a posteriori.

Louis non si fidava di Harris più di quanto si fidasse di Ross, e cioè per niente, ma non era la prima volta che effettuava un lavoro per conto di un governo, anche se la cosa non era mai stata ufficializzata in quei termini. Molti regimi preferivano appaltare le loro operazioni sporche, in parte perché rendeva più facile evitare di dire la verità sotto inchiesta, ma anche perché coloro che erano disposti a uccidere a sangue freddo senza la protezione offerta da un'uniforme o anche soltanto da un motivo plausibile per la missione erano relativamente pochi, e spesso inadatti alle restrizioni dei servizi segreti. Perfino i russi, che nell'età moderna erano quanto di più vicino si potesse trovare alla totale mancanza di scrupoli, preferivano mantenere l'illusione della distanza e la sicurezza della negabilità.

Se per sventura Louis fosse stato arrestato dai francesi, non avrebbe potuto contare sull'aiuto di Harris o di qualunque altro esponente del governo statunitense. Avrebbe dovuto tenere la bocca chiusa e accettare la punizione come un adulto. Dopodiché, nel giro di un anno o due, sarebbe stato segretamente rimpatriato, in teoria per scontare il resto della sentenza in patria ma in realtà libero di trascorrere il resto della vita con il suo anonimato definitivamente compromesso e con ridottissime possibilità di svolgere qualunque azione più rischiosa di portare fuori la spazzatura.

Louis non aveva alcuna intenzione di farsi arrestare dai francesi.

Controllò le pistole. Erano tutte nuove, ma il supplemento versato aveva fatto sì che prima della consegna ciascuna di esse venisse collaudata con cento proiettili Speer Gold Dots. Insieme alle armi erano arrivate anche due scatole da cinquanta di Gold Dots, e Louis sperava che sarebbero state più che sufficienti. Le munizioni erano un omaggio della ditta, poiché Louis era un cliente affezionato e la fedeltà meritava una ricompensa.

Louis accese la televisione in camera e aumentò il volume più di quanto i suoi vicini di stanza avrebbero probabilmente gradito. Andò in bagno e provò ciascuna delle pistole con il suo silenziatore, usando una pila di Bibbie fatte appositamente arrivare per corriere da Amsterdam per assorbire i proiettili. Quando fu soddisfatto del funzionamento delle armi, mise le Bibbie in un'anonima sacca di cotone bianco e le gettò in un bidone dell'immondizia mentre si recava in un caffè. Ordinò un espresso e un croissant e andò al cimitero di Passy, guardandosi intorno a più riprese per riconoscere eventuali volti ricorrenti. Era curioso di sapere se Harris lo avesse fatto seguire, ma non gli parve di vedere nessuno che mostrasse il minimo interesse, così si sedette accanto a una tomba a consumare il caffè e il croissant nella pace del cimitero. Poi lasciò passare un po' di tempo passeggiando per i vialetti alberati di Passy e infine prese la metropolitana fino a Jaurès e fece a piedi l'ultimo tratto di strada fino a Stalingrad. Avrebbe potuto scendere direttamente alla fermata, ma sapeva che era meglio non lasciare una simile traccia.

L'albergo di Aleksej Marković si affacciava sul quai de l'Oise, e l'unico modo in cui lo si sarebbe potuto rendere meno attraente di quello che era sarebbe stato facendo penzolare una fila di ratti morti dall'insegna. Secondo le informazioni fornite da Harris, Marković occupava la camera 42. Poteva addirittura esserci in quello stesso momento, rifletté Louis. Una semplice telefonata alla *pension* avrebbe potuto confermarlo, ma avrebbe anche messo la preda sul chi vive. E in ogni caso gli era stato detto chiaramente che non avrebbe dovuto occuparsi di Marković prima che il carico dei Vuksan fosse stato fermato o neutralizzato. Harris e i suoi non volevano altri jihadisti a piede libero. I francesi ne avevano già a sufficienza.

Louis si chiese quanti agenti gli americani stessero impiegando per tenere d'occhio Marković. La norma sarebbe stata due coppie, tre ancora meglio. Ma se lo stavano sorvegliando con tanto di supporto audiovisivo, anche l'intervento di Louis sarebbe stato registrato, e Louis era riluttante a sparare a qualcuno mentre gli agenti del suo stesso governo lo filmavano.

Aveva anche brevemente contemplato l'idea di catturare Marković senza ucciderlo, sempre che se ne fosse presentata l'occasione, e cercare di strappargli l'indirizzo dei Vuksan, ma l'aveva scartata per una serie di motivi: la rischiosità di una simile mossa, la probabilità che Marković non avesse altro che un indirizzo e-mail o un numero di cellulare usa e getta per mettersi in contatto con i Vuksan e la sua riluttanza a condividere quelle informazioni, anche sotto coercizione. Louis non era un torturatore, ma ne sapeva a sufficienza da rendersi conto che le informazioni ottenute con la violenza erano spesso inattendibili e complicate da verificare. Era anche certo che i Vuksan avessero programmato apposite procedure nell'eventualità che Marković non si fosse fatto vivo, il che significava che, qualunque cosa avesse detto, alla resa dei conti si sarebbe rivelata inutile. No, il modo migliore di arrivare ai

Vuksan sembrava ancora l'avvocato viennese Frend, il che rendeva Marković superfluo. In più, la sua morte avrebbe messo in allarme i Vuksan, e la loro reazione avrebbe smosso le acque al punto da poter risalire alla fonte.

Louis si sedette su una panchina, sfilò un libro di tasca e cominciò a non leggerlo. Per un'ora osservò il va e vieni dall'albergo, ma non vide traccia di Marković. Non che avesse importanza. In realtà si era fatto un'idea più precisa della zona, che approfondì ulteriormente con una passeggiata. Controllò il suo orologio: il volo notturno della Delta da New York a Parigi doveva essere atterrato, ragione per cui era giunto il momento di rientrare in albergo e attendere l'arrivo dei suoi ospiti. Sperava di eliminare personalmente Marković, ma in quelle circostanze forse non sarebbe stato possibile. Comunque fossero andate le ventiquattro ore successive, tuttavia, una cosa era certa: Aleksej Marković non sarebbe uscito vivo da Parigi.

All'aeroporto Charles de Gaulle, due uomini superarono controllo passaporti e dogana con il solo bagaglio a mano, attirando a malapena l'attenzione degli addetti. Portavano entrambi gli occhiali, avevano capelli neri perfettamente regolati e parlavano inglese con un marcato accento orientale. Avevano passaporti statunitensi e giapponesi, ma viaggiavano con i primi per evitare domande sul loro arrivo da un aeroporto americano. Sorridevano parecchio, conoscendo molto bene i preconcetti degli occidentali sugli asiatici, positivi e negativi che fossero, e sapendo di poterli usare a proprio vantaggio. Nel corso del tempo avevano coltivato con cura un'immagine basata sull'inoffensività, sulla gentilezza e sulla giovialità, anche se in un'occasione avevano ucciso un uomo aggiungendo cianuro di sodio al dosatore di cloro della sua piscina coperta. L'incarico era stato portato a termine su istruzione di Louis. Ai due uomini piaceva collaborare con Louis. Pagava sempre in anticipo, e spesso presentava sfide intellettualmente stimolanti. Tramite lui si faceva la conoscenza di individui sempre nuovi e interessanti, e di modi nuovi e interessanti di ucciderli.

35

Zorya sedeva sprofondata in poltrona davanti a Spiridon Vuksan, al punto che i suoi piedi non arrivavano a toccare il pavimento. Dietro di lei, addossato alla finestra, Radovan pensò che la sua immobilità e la stranezza del suo aspetto la facessero somigliare a un manichino deforme. Lei gli scoccò un'occhiata come se gli avesse letto nel pensiero, ma Radovan non distolse lo sguardo. Zorya non aveva bisogno di doti medianiche per sapere cosa pensava di lei. A suo modo di vedere, era a conoscenza di fin troppi segreti.

«Stai dicendo che hai visto una bambina?» disse Spiridon.

«Una bambina morta» lo corresse Zorya.

«E cosa c'entra con noi?»

«Non lo so, ma in qualche modo c'è un legame. Altrimenti non avrebbe avvertito la mia presenza.»

«Un legame?»

«Con quelli che ci stanno dando la caccia.»

Spiridon spostò lo sguardo su Radovan, e questi si strinse nelle spalle.

«Da Belgrado non abbiamo notizie» disse.

Tra i Vuksan e il nuovo ordine criminale che stava emergendo nel loro Paese si era creato un precario, temporaneo stato di limbo. Le specifiche di tale ordine erano ancora poco chiare, ma dai suoi contatti in Serbia (o da coloro che erano ancora disposti a rispondere alle sue telefonate) Radovan aveva saputo che la voce che al momento spiccava su tutte le altre era quella di Matija Kiš. Non ne era sorpreso: Kiš era una figura di rispetto nella nebulosa struttura della mafia serba, non solo per la sua intelligenza e la prudenza con cui ricorreva alla violenza, ma anche grazie alle sue ampie conoscenze politiche. Queste comprendevano i pezzi grossi del partito Progressista al potere e i loro collaboratori, tra cui un gruppo incaricato di consolidare gli interventi e gli investimenti nelle infrastrutture del Paese in previsione dell'agognato ingresso della Serbia nell'Unione Europea. Questi, a loro volta, erano finanziati dai russi, il che voleva dire da Putin.

Nel contempo, sul versante più sfacciatamente illegale, Kiš era in stretti rapporti con Simo Stajić, la figura dominante della criminalità kosovara. Stajić aveva cominciato come ladro d'auto, ma ora le sue attività si erano estese all'estorsione, allo strozzinaggio, al riciclaggio di soldi sporchi e al contrabbando di carburante, sigarette e droga. Nel Kosovo faceva quello che voleva, senza alcuna interferenza da parte della polizia, grazie alla sua reputazione di protettore dei diritti della minoranza serba nella regione. Era spietato tanto quanto Kiš era misurato, e alla praticità dell'altro opponeva la pazzia. Era a tutti gli effetti un cane alla catena che Kiš poteva liberare in qualunque momento. E ora, a quanto sembrava, Kiš aveva intenzione di espandere e consolidare il proprio potere con l'aiuto di Stajić. Radovan era dell'opinione che fosse stato proprio Stajić a progettare e piazzare la bomba che aveva ridotto Nikola Musulin a un mucchio d'ossa e brandelli di carne, in collaborazione con Matija Kiš e con il permesso, tacito o meno, di un gruppo di esponenti del partito al governo.

Radovan non aveva condiviso niente di tutto ciò con suo fratello. Non voleva che Spiridon decidesse di riscuotere chissà quale favore per punire Kiš, o peggio ancora Stajić, prendendo di mira i loro uomini. Quello che invece dovevano fare era tentare un abboccamento con loro, ed era per questo che Anton Frend, per quanto di malavoglia, si sarebbe presto recato a Belgrado in cerca di una soluzione soddisfacente per tutti.

Ma le parole di Zorya erano preoccupanti. Forse Kiš e Stajić avevano concluso che poteva non valere la pena trattare con loro, e che avrebbero fatto meglio a tagliare la testa al serpente piuttosto che permettergli di strisciare nella sua tana, da dove in futuro avrebbe potuto colpire di nuovo.

«Quelli che ci stanno dando la caccia non sono serbi» disse Zorya.
«Cosa sono, allora?» chiese Spiridon.
«La bambina aveva un accento americano.»
Guardò suo fratello, che scrollò di nuovo le spalle.
«De Jaager aveva rapporti con gli americani,» disse Radovan «ma in realtà aveva rapporti con chiunque. Gli americani non avrebbero più motivi di altri di considerare la sua morte come qualcosa di personale.»
«Uno degli uomini che ho visto era nero» disse Zorya.
«Ah» esclamò Spiridon. «Potrebbe essere quel Louis che l'attaché aveva identificato come l'assassino di Andrej?» chiese rivolto al fratello.
«È possibile» rispose Radovan. Era restio ad accettare incondizionatamente l'avvertimento di Zorya, ma non era nemmeno così stupido da accantonarlo del tutto. Dopotutto, in passato ci aveva visto giusto. Aveva un ottimo istinto, con o senza le sue doti soprannaturali.
«Se vuole renderla una questione personale, faccia pure» disse Spiridon.
«È una complicazione in più di cui farei volentieri a meno» obiettò Radovan. «Specialmente adesso che siamo vulnerabili.»
«Non pronunciare quella parola» protestò Spiridon «se non vuoi che si avveri.»
«Ignorare la realtà sarebbe peggio. Comunque sceglieremo di agire, prima dobbiamo confermare l'identità di quest'uomo. Se non sappiamo chi è, come possiamo far fronte alla minaccia che potrebbe rappresentare?»
Radovan guardò Zorya, ma la neutralità della sua espressione gli fece capire che avevano raggiunto i limiti di ciò che sapeva, o almeno di quello che per ora era disposta a condividere con loro.
«Con la bambina nelle tue visioni» disse Spiridon. «Ci puoi parlare?»
«No» rispose Zorya.
«Non sarebbe la prima volta che comunichi con i morti.»
«Ma con lei non lo farò.»
Spiridon sorrise. «Cos'è, ti fa paura?»
«Sì, molta paura.»
E il sorriso gli si spense sulle labbra.

36

Angel atterrò a Heathrow nel tardo pomeriggio. Ritirò il suo bagaglio senza problemi, anche se quell'aeroporto continuava a sconcertarlo. Sembrava che fosse stato progettato per scoraggiare la gente dal viaggiare. Se avesse dovuto cambiare terminal per prendere una coincidenza, probabilmente sarebbe scoppiato a piangere.

Non appena uscì dal ritiro bagagli venne affiancato da un uomo: si chiamava Paul Canton, ed era uno degli attaché legali dell'FBI assegnati all'ambasciata statunitense di Londra.

«Bentornato» esordì Canton.

«Non mi sembrava di aver prenotato un autista» rispose Angel. «E se anche l'avessi fatto, non avrei scelto lei.»

Proseguì a camminare verso la stazione dell'Heathrow Express. Canton gli si mise facilmente al passo, essendo più alto di lui di una quindicina di centimetri e più giovane di un paio di decenni. Aveva già avuto modo di incrociare Angel, Louis e Parker durante la loro precedente visita a Londra, visita che (forse inevitabilmente, visti i personaggi coinvolti) era culminata in un bagno di sangue. Li aveva aiutati, e probabilmente aveva anche evitato che finissero al fresco, ma ciò non significava che Angel fosse contento di rivederlo. Come Louis, era anche lui dell'opinione che ci fossero fin troppi impiegati governativi interessati ai loro affari. Di quel passo, prima o poi qualcuno avrebbe proposto di coniare un dollaro d'argento speciale con le loro facce.

«Ho istruzioni di agevolarla» spiegò Canton. «E, a proposito, non sa quanta fatica faccio a pronunciare queste parole.»

«Se può esserle di consolazione, ascoltarle è altrettanto difficile. Può procurarmi una pistola?»

«No.»

«Può restituirmi la salute?»

«Nemmeno.»

«Allora a cosa mi serve?»

«A niente, spero.» Gli porse un biglietto da visita. «Per ogni evenienza. A proposito, il mio numero è cambiato. Sto facendo carriera.»

«Fa piacere, vedere che la virtù viene premiata» disse Angel. «Sua madre sarà fiera di lei.»

Infilò in tasca il biglietto senza guardarlo. Una piccola folla aspettava impaziente davanti agli ascensori che conducevano all'Heathrow Express. Angel detestava le code. Gli facevano venire in mente la prigione. Consultò il suo orologio. Vista l'ora, e viste le orde nel terminal, il treno sarebbe probabilmente stato strapieno, e sarebbe arrivato nel centro di Londra proprio all'ora di punta.

«È venuto in macchina, giusto?» domandò.

«È un'auto nera» rispose Canton. «E molto pulita.»

«E questo che significa?»

«Solo che non voglio sporcarla» disse rivolgendo un'occhiata significativa alla valigia di Angel, che di sicuro aveva visto giorni migliori ma era troppo vecchia per ricordarli. Angel seguì la direzione dello sguardo dell'attaché e fu costretto a dargli ragione.

«Forse potremmo fissarla sul tetto» disse.

«No, possiamo metterla nel bagagliaio. Ho dei teli di plastica.»

«E io? Devo andarci anch'io, nel bagagliaio?»

«Può salire davanti, se vuole.»

«Dovrò rivolgerle la parola?»

«Solo se si annoia.»

«In tal caso, faccia strada. Probabilmente sono anche le mie tasse a pagare quell'auto.»

«Non le sue» obiettò Canton. «Lei non le paga, le tasse.»

«Ancora meglio» fece Angel. «E spero che a bordo abbia qualcosa di dolce.»

Qualcosa di dolce c'era, nello specifico scatole di Swedish Fish e Milk Duds, e durante il viaggio Angel e Canton scambiarono perfino qualche parola, il malanimo del primo verso il secondo essendo più generale che personale, originato com'era dalla summenzionata diffidenza nei riguardi delle autorità federali. La radio dell'auto era sintonizzata su uno di quei canali di musica classica destinati a coloro che sono desiderosi di migliorare sé stessi ma non riescono a concentrarsi più di tanto.

«Immagino che non vorrà rivelarmi perché è qui» disse Canton mentre svoltavano da Euston Road e si immettevano nell'area a traffico limitato.

«Sto visitando un amico» rispose Angel. «Potrei addirittura fare una di quelle gite organizzate in autobus. L'ultima volta non ne ho avuto l'occasione.»

«Be', avevate altro da fare, vista la scia di corpi che vi siete lasciati dietro.»

«'Scia' è una parola grossa. E lei è stato responsabile di un paio, o almeno così dicevano i giornali. A meno che non voglia chiedere una ritrattazione.»

«In realtà, il mio nome non è mai venuto fuori.»

«Non dovrebbe nascondere la sua luce sotto il moggio» osservò.

«Non era la mia luce, quella che ho nascosto.»

Era vero. Canton si era assunto la responsabilità di uccisioni che altrimenti avrebbero costretto Parker, Angel e Louis a rispondere ad alcune domande scomode. Ma la sua carriera non sembrava esserne stata danneggiata, a meno che per sbarcare il lunario non stesse lavorando anche come autista.

«Dunque il suo non è un viaggio d'affari?» domandò.

«No, è del tutto personale.»

«Mmh. Non sapevo che l'agente speciale Ross si occupasse di turismo.»

«Credo che si stia organizzando per la pensione» disse Angel. «Sa quanto poco gli piace stare con le mani in mano.»

Attraversarono Oxford Street e fecero ingresso a Soho.

«Ciò malgrado,» riprese Canton «se prevede che le sue attività qui a Londra possano originare problemi, mi aspetto di esserne informato *prima*, non dopo. In onore dei vecchi tempi.»

«È un avvertimento?»

«Chiamiamolo un consiglio governativo. Ufficioso, ovviamente.»

«Certamente» disse Angel mentre l'auto si fermava davanti

all'Hazlitt's di Frith Street. «A proposito, non è che avrebbe uno di quei cartoncini 'Esci gratis di prigione', per ogni evenienza?»

Canton lo guardò impassibile. «No, non ce l'ho» disse.

«Allora prendo i cioccolatini.» Angel tolse due scatole di Milk Duds dal cellofan e se le infilò in tasca. «E grazie del servizio. Cinque stellette, senza discussione.»

L'Hazlitt's era stato consigliato a Angel da Bob Johnston, un libraio del Maine ormai in pensione che si era trasferito a Londra e conviveva felicemente con una donna di nome Rosanna Bellingham. Johnston e Rosanna avevano una quantità di interessi in comune, tra cui i libri, il gin e la loro relazione. Johnston aveva deciso di restare a Londra dopo esservisi recato per aiutare Charlie Parker a svolgere certe ricerche su un caso. Ne era uscito sordo da un orecchio e con diverse dita rotte, cose che potevano succedere quando si entrava nell'orbita di Parker.

Angel disfece i bagagli, si diede una rinfrescata e si recò all'appuntamento con Johnston e la sua bella al Phoenix Arts Club di Charing Cross Road, dove consumarono una buona cena casalinga mentre un gruppo di attori a riposo cantava brani di musical intorno a un pianoforte. Nelle pause tra una canzone e l'altra Angel spiegò agli amici il motivo della sua trasferta londinese e chiese il loro aiuto.

«Un sequestro di persona?» chiese Johnston.

«In apparenza.»

«Non ho mai rapito nessuno in vita mia» disse Rosanna.

«E non comincerai adesso» le assicurò Angel. L'apparente entusiasmo di Rosanna all'idea di un rapimento era preoccupante. Forse aveva sbagliato mestiere.

«E se lei non vuole essere rapita?» chiese Johnston.

«Nessuno vuole essere rapito» disse Angel. «E, per l'ultima volta, non si tratta di un vero sequestro.»

«Bob ha ragione, però» obiettò Rosanna. «Se lei dice di no cosa farai? Perché a quel punto avrai mostrato le tue carte, e lasciandola andare...»

«In quel caso,» ammise Angel «avremmo un problema.»

«No» lo corresse Rosanna. «Avresti un rapimento.»

Dopo che Johnston e Rosanna lo ebbero riaccompagnato in albergo e gli ebbero dato la buonanotte, una volta in camera Angel scoprì di non riuscire a prendere sonno. Si sentiva travolto dalla depressione, la più recente di una serie di crisi tanto imprevedibili quanto feroci. Era sempre stato soggetto a momenti di malinconia (visti gli abusi di cui era stato vittima in gioventù sarebbe stato sorprendente se non avesse sofferto di episodi di profondo disagio psicologico), ma dopo la recente malattia la loro natura era mutata, diventando ancora più profonda e veemente. Forse era una sorta di sindrome del sopravvissuto. Pensò di chiamare Louis, ma poi compose un altro numero, poiché conosceva un uomo che forse avrebbe potuto capire come si sentiva in quel momento. Il destinatario della chiamata rispose al secondo squillo.

«Allora, com'è l'Europa?» domandò Parker.

«Piena di europei.»

«Mi sembra di avvertire una certa assenza di gioia.»

«Sto male» si limitò a dire Angel. «Di cuore e di testa.»

«Allora parliamone.»

E così fecero.

37

Un cellulare venne inaspettatamente consegnato all'albergo di Louis poco dopo le sette del mattino dopo. Era del tutto carico e completo di auricolare Bluetooth, e cinque minuti dopo suonò. Louis rispose e sentì la voce di Harris.

«Marković è in movimento» disse. «Stiamo tenendo d'occhio la sua stanza, ma una ventina di minuti fa ha ricevuto un messaggio su un cellulare usa e getta pulito, si è armato ed è uscito. Stiamo cercando di risalire al mittente e al messaggio stesso, ma ci vorrà del tempo.»

«Avete idea di dove sia diretto?»

«Pensiamo alla Gare de Lyon. Secondo le nostre informazioni, è la destinazione finale preferita dai Vuksan per le consegne importanti.»

«Okay. A proposito, mi sembrava avesse detto che si era ritirato dagli affari.»

«Solo in parte» precisò Harris. «E poi la Francia mi è sempre piaciuta. La collegheremo, così potrà sentire quello che sentiamo noi. Il telefono ha quindici ore di autonomia, non si preoccupi di ricaricarlo.»

«Esco subito» disse Louis. Si infilò l'auricolare nell'orecchio e il telefono nella tasca della giacca, non prima di averne silenziato il microfono. Una cosa era permettere che Harris e i suoi lo tenessero d'occhio, un'altra che ascoltassero le sue conversazioni. Fece scivolare una delle Rohrbaugh nella fondina fissata alla cintura e nascosta dalla giacca. L'altra aveva già il silenziatore montato, per evitare di perdere tempo ad avvitarlo nel caso avesse avuto fretta di usarla. Era infilata verticalmente sotto un'apposita cinghia di velcro dietro la schiena, e poteva essere estratta con una mossa decisa. Non era una soluzione perfetta, ma nulla al mondo era perfetto. Le altre due pistole erano già state consegnate ai suoi ospiti.

Una volta pronto, Louis fece una chiamata sul suo Nokia.

«Ci siamo» disse.

Aleksej Marković si sedette al Costa Coffee della Gare de Lyon, da dove poteva tenere d'occhio l'atrio della stazione e l'uscita su rue de Châlon. Non sarebbe entrato direttamente in contatto con i due uomini in arrivo da Port-Vendres. Le loro scorte, uomini dei Vuksan, li avrebbero accompagnati fuori dalla stazione, dove sarebbero subentrati i connazionali dei siriani; e da quel momento in avanti né Marković né il resto della banda Vuksan li avrebbero più rivisti, quantomeno finché le loro foto non fossero state trasmesse dalla BFM, dalla BBC o da Sky accanto a immagini di colonne di fumo, gente in fuga, sangue e vetri sfondati.

Marković vide i due siriani, Saad e Mahdi, emergere separatamente dalla calca. Erano entrambi sulla quarantina avanzata, vecchi per gli standard jihadisti, e indossavano completi da ufficio dall'aspetto più lussuoso di quello che erano in realtà. Marković lo sapeva poiché era stato lui stesso a sceglierli, insieme ai finti occhiali da vista e alle borse da viaggio. I due si erano regolati le barbe, e sembravano piccoli dirigenti di un'azienda di medio successo o professori presso un ateneo di limitato prestigio.

Pochi metri dietro c'erano Baba e Fouad, le loro scorte. Provenivano entrambi dalle periferie settentrionali di Parigi, le banlieue abitate dagli immigrati dove il tasso di disoccupazione era alto e le opportunità scarse. Fouad, algerino, era di fede musulmana, anche se tutt'altro che osservante, mentre Baba, senegalese, era un cristiano proveniente dalla regione della Casamance. Non erano amici intimi, ma lavoravano bene insieme. Marković preferiva avere a che fare con Fouad, perché a differenza di Baba non si sentiva in dovere di parlare costantemente di Dio. Ogni due anni Baba andava in pellegrinaggio a Popenguine, sulla costa atlantica del Senegal, dove pregava la Madonna Nera e le chiedeva di intercedere per lui e per la sua famiglia allargata. Come facesse a conciliare la profonda fede cristiana con l'attitudine o addirittura la propensione alla violenza più estrema era uno dei misteri del suo particolare tipo di religiosità. Marković stesso, d'altro canto, pur essendo un devoto membro della Chiesa ortodossa serba, aveva le mani troppo sporche di sangue per poter criticare le contraddizioni altrui.

Marković non aveva informato Baba e Fouad che sarebbe stato presente alla consegna, anche se solo in veste di osservatore. Era cambiato, dall'ultima volta che aveva visto i due uomini. Si era fatto crescere la barba e si era scurito i capelli. Da vicino forse avrebbero potuto riconoscerlo, ma da lontano mai. Non era sicuro di quanto sapessero della situazione corrente dei Vuksan, ma non aveva visto alcun motivo di aggiornarli. Sia Baba che Fouad erano scaltri, motivo per cui erano stati incaricati di proteggere i siriani; ma venendo a conoscenza dei problemi dei Vuksan la scelta più intelligente sarebbe stata quella di allontanarsene, e Marković non poteva permettere che ciò accadesse. Ora stavano facendo scorrere lo sguardo sulla folla, per poi riportarlo sui siriani. Fouad sembrava il più nervoso dei due, ma lo era per natura. Baba era sempre più calmo, implacabile anche quando infliggeva sofferenze al prossimo.

I quattro uomini arrivarono nell'atrio. Fouad guardò alla sua destra, e per un istante parve raggelarsi. Fu la più rapida delle esitazioni, ma Marković se ne accorse: gli parve di vederlo rallentare, lasciandosi precedere da Baba e dai siriani. Marković vide una coppia, un uomo e una donna, staccarsi da una biglietteria automatica e avanzare a passo rapido verso Baba e i siriani. Nello stesso tempo, davanti all'uscita, un giovane di colore in tuta sportiva e un uomo più anziano in abito scuro con una misbaha attorcigliata alle dita sorrisero nel vedere i due siriani.

A un tratto qualcuno gridò, e i due che si erano staccati dalla biglietteria automatica fecero per estrarre le pistole, al punto che Marković ne scorse le impugnature. Nello stesso momento una squadra di uomini armati della RAID, l'unità tattica della polizia nazionale francese, emerse da due porte prive di contrassegni e avanzò verso i siriani. Marković si guardò istintivamente intorno, aspettandosi di vedere altri agenti armati diretti verso di lui. Era armato di pistola, ma non era tanto stupido da credere di avere la minima possibilità contro l'antiterrorismo. Poteva solo sperare che lo catturassero vivo, ma, vedendo che finora nessuno sembrava averlo notato, cominciò a pensare a una possibile via di fuga.

A quel punto, stranamente, la coppia si separò in tutta fretta, scomparendo tra la gente, e Marković credette di distinguere almeno altri tre uomini, tutti in borghese, che si dirigevano verso l'uscita. Non correvano, al contrario di alcuni viaggiatori che si erano lasciati prendere dal panico alla vista dei fucili d'assalto, ma non erano nemmeno rimasti impietriti come molti altri. Come nel caso di Marković, che si era già alzato dal suo tavolino, il loro istinto era stato quello di abbandonare la scena prima che qualcuno li notasse.

Marković capì all'istante di cosa si trattava: era il classico casino causato da due operazioni condotte indipendentemente e aventi lo stesso bersaglio. Una delle unità era chiaramente francese, vista la presenza della RAID, ma le probabilità che due agenzie dello stesso governo avessero agito ciascuna all'oscuro del coinvolgimento dell'altra erano esigue. I francesi avevano imparato diverse dure lezioni dagli attacchi terroristici del 2015, una delle quali era l'importanza dell'integrazione e del coordinamento. L'UCLAT, o Unité de coordination de la lutte antiterroriste, in rappresentanza di tutti i rami della polizia nazionale, era responsabile della centralizzazione delle informazioni e delle decisioni operative. Il suo scopo era assicurarsi, quantomeno teoricamente, che la *main gauche* sapesse sempre cosa faceva la *main droite*. Indipendentemente dalle rivalità tra agenzie, nessuna di esse si sarebbe arrischiata a effettuare un raid in un luogo pubblico come la Gare de Lyon senza prima chiedere l'autorizzazione ai piani alti. Ciò significava che la seconda squadra era agli ordini di una potenza straniera o di qualche operatore indipendente, e Marković propendeva per la prima ipotesi.

Si accorse che Fouad era sparito. Baba, dal canto suo, aveva cercato di allontanarsi alla comparsa della polizia, ma era stato fermato dopo pochi metri. Giaceva a terra circondato, con tre fucili d'assalto puntati alla testa. I due uomini che attendevano i siriani erano svaniti, ma questi ultimi erano ancora in piedi con le mani alzate. Davano la schiena a Marković, ma uno di loro, probabilmente Saad, stava gridando qualcosa in arabo rivolto alla polizia. Intorno a loro i viaggiatori erano accovacciati o stesi a terra per liberare il campo di tiro degli agenti in caso di necessità. Saad abbassò la mano e la infilò sotto il giubbotto. Almeno tre degli agenti speciali aprirono simultaneamente il fuoco, due con le loro pistole e uno con un fucile d'assalto Heckler & Koch G36. Non fecero distinzioni tra Saad e Mahdi: nel giro di pochi secondi entrambi i siriani erano morti.

Louis era all'ingresso principale della stazione quando sentì un'imprecazione nell'auricolare, seguita dalla voce di Harris che ordinava di interrompere l'operazione. Rimase in ascolto per qualche altro istante finché una voce di donna comunicò che Marković si era dato alla macchia. Il suo Nokia ronzò quasi all'istante.

«Ce l'abbiamo» disse una voce quando rispose. «È in place Hendi Frenay, diretto a nord.»

Louis si tolse dall'orecchio il dispositivo Bluetooth e lo sostituì con un auricolare e un microfono collegati via cavo al suo telefono. Estrasse la tessera sim e la batteria dall'Android che gli era stato recapitato quel mattino e per un attimo fu tentato di spezzare la sim in due. Alla fine se la mise in tasca, ma gettò telefono e batteria in un cesto della spazzatura. Harris sarebbe stato perfettamente capace di inserirvi un dispositivo di localizzazione che operava in modo indipendente dalla batteria.

Louis si allontanò mentre altri veicoli della polizia si fermavano davanti alla stazione, seguiti da una coppia di ambulanze. Il suo taxi era già in attesa in strada: l'autista gli era stato caldamente raccomandato come un esemplare dotato del massimo livello di cecità e sordità selettive consentito dall'evoluzione della specie. Salendo a bordo, Louis venne informato dalla voce nell'orecchio che Marković si era in un primo tempo diretto verso la stazione della metropolitana di Reuilly-Diderot ma che ora sembrava averci ripensato. Pochi istanti dopo aveva fermato al volo un taxi e i suoi pedinatori lo stavano seguendo, tenendo costantemente aggiornato Louis.

«Per il momento è diretto a nord» disse la voce nell'auricolare. «Pensa che stia tornando in albergo?»

«Solo se è stupido,» rispose Louis «e Marković non mi sembra uno stupido.»

Era infastidito. L'operazione di Harris era rapidamente naufragata, ma se non altro Marković non aveva fatto perdere le proprie tracce. Non ancora.

Il taxi del serbo proseguì in linea retta verso nord, curvando leggermente a destra quando giunse nei paraggi della Gare de l'Est. Per un attimo sembrò che Marković potesse commettere davvero l'idiozia di tornare alla sua base di Stalingrad, ma poi il taxi oltrepassò la fermata e proseguì attraverso il Bassin de la Villette fino a Pantin, dove si fermò davanti a un hotel economico nei pressi del quai de l'Aisne, solo leggermente più attraente della sistemazione originaria dell'uomo. Nelle vicinanze non c'erano altri alberghi. Marković non vi fece ingresso subito; si sedette a un caffè da cui poteva tenerne d'occhio l'entrata mentre faceva qualche telefonata.

Era ancora lì quando Louis arrivò. A quel punto uno dei pedinatori di Marković era già passato dall'albergo e aveva preso una stanza pagando in contanti, e incrociando Louis sul marciapiede gli passò due tessere magnetiche: una per la porta che separava l'ingresso dall'interno dell'albergo, dove si trovava l'ascensore, e un'altra per la camera. Se, come pareva probabile, l'albergo fungeva da base secondaria per Marković, a quel punto Louis aveva i mezzi per seguirlo all'interno. Comprò un giornale, trovò un fornaio e si sedette accanto alla vetrina, da dove poteva vedere chiaramente Marković.

Marković era un uomo paziente, ma solo fino a un certo punto. Attese tre quarti d'ora, poi uscì dal caffè e raggiunse l'albergo. Louis lo seguì picchiettandosi la copia di *Le Monde* contro la gamba destra e augurandosi che nessuno provasse a interrogarlo sui contenuti del giornale, visto che non conosceva il francese a sufficienza da penetrare la complessità dei suoi editoriali politici. Sfilò di tasca un berretto da baseball e se lo calò sulla testa. Odiava i berretti da baseball, ma a volte la mancanza di dignità era la parte migliore del coraggio.

Nel raggiungere la porta di sicurezza nell'atrio Marković si guardò alle spalle, avvertendo una presenza, ma si rassicurò nel vedere la tessera magnetica tra le dita di Louis. Attesero insieme l'ascensore, dando l'impressione di volersi deliberatamente ignorare a vicenda. All'arrivo della cabina Marković entrò per primo e prese posizione nell'angolo più lontano dal pannello dei tasti.

Louis notò la telecamera sopra di lui, completa di protezione di rete metallica contro i vandali.

«*Votre étage, monsieur?*» domandò.

«*Trois*» rispose Marković. «*S'il vous plaît*» soggiunse.

Louis premette i tasti del terzo e quinto piano. Non arrivò nessun altro, e le porte si richiusero. La cabina salì sferragliando e si fermò al terzo piano. Le porte si riaprirono e Marković uscì. Appena prima che le porte tornassero a chiudersi, Louis le bloccò infilandovi un piede, uscì in corridoio e chiamò Marković.

«*Monsieur, vous avez oublié quelque chose!*»

Reggeva tra le dita una tessera magnetica. Marković si girò, vide la chiave e mostrò la sua, e fu allora che Louis gli sparò due colpi con la Rohrbaugh nascosta nel giornale ripiegato. La prima pallottola colpì Marković al ventre, la seconda al petto: lui barcollò all'indietro, sbatté contro la parete e scivolò sul pavimento, lasciando una scia di sangue sull'intonaco. Louis avanzò e sparò un altro colpo mentre Marković alzava la mano destra come a volersi proteggere. Il terzo proiettile gli attraversò la mano da parte a parte e penetrò nel cervello attraverso l'occhio destro. La mano scivolò a terra, e Marković non si mosse più.

Malgrado il silenziatore gli spari erano risuonati nel corridoio dal soffitto basso, ma nessuno uscì a indagare sulla fonte del fracasso. Forse l'albergo era semivuoto, rifletté Louis; oppure i suoi occupanti avevano abbastanza buonsenso da non mostrarsi interessati a quella che sembrava essere stata una sparatoria. In ogni caso, Louis non intendeva trattenersi abbastanza a lungo da scoprirlo. Scese per le scale e uscì dalla porta principale. Era inutile cercare di nascondere il volto, visto che era già stato immortalato dalle telecamere all'ingresso e nell'ascensore, ma il berretto da baseball avrebbe contribuito a confondere le acque, insieme all'incapacità comune a tutti gli ignoranti di distinguere tra un uomo di colore e un altro. L'importante ora era andarsene da Parigi. Harris e i suoi avrebbero potuto sistemare la faccenda, e avrebbero avuto vita più facile se la polizia non avesse ancora messo le mani su un sospettato.

Louis svoltò a destra all'incrocio e salì sul sedile posteriore della Peugeot a noleggio che lo aspettava con il motore acceso. L'auto partì rapidamente ma senza dare nell'occhio. I due giapponesi sul davanti non si voltarono, anche se quello al volante gli scoccò un'occhiata dallo specchietto retrovisore, inarcando un sopracciglio con aria interrogativa.

«Fuori uno» disse Louis. «Ne restano quattro. Avete la mia roba?»

«È nel bagagliaio» disse l'uomo al volante.

«All'aeroporto, allora.»

Dopo aver accompagnato Louis al Charles de Gaulle, i due giapponesi non ripartirono immediatamente per New York. Presero una stanza al Le Bristol e quella sera cenarono da Dersou, in rue Saint Nicolas, poiché per qualche giorno Parigi era sempre piacevole. Era vero che non avevano dovuto eliminare nessuno in modi nuovi e interessanti, ma in ogni vita deve cadere un po' di pioggia, come diceva il poeta, e la loro speranza era che Louis avrebbe avuto ancora bisogno di loro prima di portare a termine il suo lavoro.

A modo loro, erano ottimisti.

38

Lo studio legale di Pia Lackner, la figlia dell'avvocato Anton Frend, si trovava in un vecchio palazzo di arenaria nei pressi del ponte dei Frati Neri, non lontano dagli Inns of Court. Condivideva lo spazio con altre tre sigle, ma quella della Lackner era l'unica specializzata in diritto ambientale e diritti umani. Angel si sentiva più virtuoso già solo per il fatto di trovarsi nelle sue immediate vicinanze.

Aveva deciso di non affrontare la Lackner sul suo territorio, preferendone uno più neutrale. Aveva scelto il Black Friar, un pub ottocentesco che occupava una palazzina a V in Queen Victoria Street. Per attirarla era bastato telefonarle dicendo di avere informazioni potenzialmente interessanti; qualunque motivo di allarme all'idea di incontrare un perfetto sconosciuto era stato mitigato dalla scelta del luogo e da una busta che Angel aveva infilato quel mattino nella cassetta della posta dello studio.

La busta conteneva una serie di documenti, procurati dall'enigmatico Harris, relativi alle attività minerarie di certe multinazionali in quattro Stati africani. Una recente sentenza della Corte Suprema londinese aveva decretato che una società mineraria con base nel Regno Unito poteva essere considerata responsabile delle azioni di una delle sue affiliate nello Zambia, permettendo in questo modo che il processo si svolgesse sul suolo inglese, dove i ricorrenti pensavano di avere più probabilità di ottenere giustizia. La decisione aveva aperto la strada ad altre istanze ai danni di una serie di grandi società, e lo studio della Lackner rappresentava alcune parti in causa in Africa Occidentale che stavano intraprendendo un'azione legale contro una compagnia petrolifera per l'inquinamento dei loro terreni agricoli. Le risorse dello studio erano più limitate di quelle dei suoi concorrenti più importanti, ragione per cui qualunque contributo veniva accolto con gratitudine.

Quando la Lackner arrivò Angel era già seduto a un tavolo d'angolo con un caffè e una copia del *Guardian* davanti a sé. Pia Lackner era piccola e tozza, con due brillanti occhi azzurri e un'espressione perennemente a metà tra sconcerto e scetticismo, anche se nel caso in questione Angel era disposto ad accettare di essere lui stesso la causa di entrambi, con lo sconcerto in apparente vantaggio. Probabilmente la Lackner si era aspettata di incontrare qualcuno in abito da ufficio, o quantomeno non un soggetto che sembrava più abituato a farsi rappresentare dagli avvocati che ad aiutarli lui stesso.

«Mr Angel?» esordì.

Angel si alzò per stringerle la mano.

«Solo Angel.»

«È il suo vero nome?»

«È quello che ho scelto, sicché presumo di sì. Desidera un caffè o un tè?»

«Un caffè, grazie.»

Lo ordinò al banco e fece ritorno al tavolo. La Lackner stava leggendo la notizia principale sulla prima pagina del *Guardian*. Qualcosa riguardo al Medio Oriente, a cui Angel aveva dato solo un'occhiata di sfuggita.

«È un lettore abituale del *Guardian*?» chiese.

«No, l'ho preso solo per fare buona impressione. Per come la vedo io, non ha abbastanza fumetti.»

Lo guardò pensierosa.

«Non riesco a capire se scherza o fa sul serio.»

«Certo, il fatto che pubblichi *Doonesbury* conta pur sempre qualcosa» proseguì Angel. «Una volta avevo una maglietta con l'immagine di Zio Duke e la scritta DEATH BEFORE UNCONSCIOUSNESS, ma era divertente solo da giovane. Invecchiando, la morte assume una realtà oggettiva e l'inconsapevolezza non sembra poi così male.»

Il caffè venne servito, e la Lackner vi aggiunse latte e zucchero in abbondanza.

«Allora,» disse «riguardo a quei documenti...»

«Sì.»

«Dove se li è procurati?»

«Da terzi.»

«L'avevo immaginato. Non mi sembra il tipo da avere contatti diretti con una compagnia petrolifera. Ha o avete altro materiale simile?»

«È possibile.»

«E cosa volete in cambio, denaro? Perché non è così che opera il nostro studio.»

Angel si chinò verso la borsa da postino ai suoi piedi, ne estrasse una spessa cartella marroncina tenuta chiusa da elastici, la mostrò alla Lackner e la rimise a posto.

«Tutto quello che ho è in questa cartella. Non posso dire di capirlo fino in fondo. Come lei ha già intuito, non è la mia area di competenza. Ma il fatto che lei sia qui dopo averne avuto solo un assaggio significa probabilmente che è roba di prima scelta. Può averla tutta, in cambio di pochi minuti del suo tempo. E di un'occhiata a certe fotografie che potrebbero turbarla. Dipende da quanto è forte di stomaco.»

«A cosa si riferisce?» chiese la Lackner.

Angel posò sul tavolo una busta sottile con la scritta NON PIEGARE.

«Prima le foto, poi scenderemo nei dettagli.»

«E se non volessi guardarle?»

Angel rifletté sulla domanda, poi riprese la cartella dalla borsa e la mise sul tavolo.

«Potrà avere questi documenti e farne ciò che vuole, e non mi rivedrà più.»

Attese, ma la Lackner non allungò la mano sulla cartella.

«Mi mostri le foto» disse invece.

Dava la schiena al muro, il che significava che nessuno avrebbe potuto sbirciare le immagini da dietro, ma Angel le suggerì ugualmente di non squadernarle sul tavolo. La guardò mentre passava dall'una all'altra. Le prime quattro erano ingrandimenti delle fotografie dei passaporti di De Jaager, Anouk, Paulus e Liesl, i morti di Amsterdam. Le altre provenivano dalla scena del massacro alla casa sicura, e non ne era stata esclusa neanche una. Perché si convincesse, era necessario che la Lackner vedesse ogni cosa. Mentre lei le esaminava, Angel non aprì bocca né la guardò, concentrandosi sul bar e sulla clientela e chiedendosi se lo slogan di *Doone-*

sbury non potesse essere modificato in: 'Morte piuttosto che indifferenza.' Molti, rifletté, avrebbero scelto la seconda.

Pia Lackner rimise il materiale nella busta, ma non prima di ridare un'ultima occhiata alle foto delle vittime da vive.

«Chi erano?» domandò.

Angel le disse i loro nomi.

«Perché sono stati uccisi?»

«Perché avevano fatto un torto a un pezzo grosso della malavita serba, o meglio lo aveva fatto De Jaager e gli altri hanno pagato insieme a lui. Tempo fa ad Amsterdam era stato assassinato un gorilla serbo chiamato Andrej Buha ma noto anche come Timmerman. Buha amava crocifiggere le sue vittime, uomini e donne, sicché la sua scomparsa non era stata una gran perdita. Ma queste quattro persone sono state uccise per vendicare la sua morte.»

«E io cosa c'entro in tutto questo?»

Ma qualcosa nel suo tono disse ad Angel che sospettava già la verità.

«A ordinare e supervisionare le torture e gli omicidi è stato Spiridon Vuksan, un cliente di suo padre.»

«Io non ho niente a che fare con mio padre. Ho addirittura ripudiato il suo nome.»

«Questo lo so, come so che lui le manda un mazzo di fiori per il suo compleanno e una cassa di champagne ogni Natale.»

«È molto ben informato.»

«So anche che lei regala ad altri sia i fiori che lo champagne.»

Pia Lackner indicò la busta con le foto. «Non lo farebbe anche lei, se fosse nei miei panni?»

«Lo champagne non mi piace, e i fiori mi fanno starnutire» disse Angel. «Il punto è che suo padre le vuole ancora bene.»

«Mi sta minacciando?» chiese lei, improvvisamente preoccupata.

«No, assolutamente. Ma ci piacerebbe usarla, naturalmente con il suo consenso.»

«Oh, naturalmente» ripeté con abbastanza sarcasmo da rendere amaro il miele. «Non mi farei usare in alcun altro modo. Ma ancora non capisco cosa volete da me. E a proposito, 'noi' chi?»

«I miei amici e io.»

Si guardò intorno nel locale.

«Sono nei paraggi?» domandò.

«No, si trovano sul continente» rispose Angel.

«E cosa stanno facendo?»

«Stanno dando la caccia ai responsabili, o ci stanno provando. Pensiamo che siano cinque, tra cui Radovan, il fratello di Spiridon. Al momento si stanno nascondendo. Credevano di poter uccidere queste persone, battere in ritirata in Serbia ed evitare qualunque rappresaglia, legale o di altro tipo. Si sbagliavano, ma la situazione resta fluida. Ci piacerebbe trovarli prima che la bilancia penda a loro favore.»

«Ha detto rappresaglia legale o di *altro tipo*» osservò Pia Lackner.

«Esatto. Noi saremmo l'*altro tipo*.»

«E la definizione comprende l'omicidio?»

«Credevo che gli avvocati non facessero mai domande di cui non conoscono già la risposta.»

«Forse la conosco.»

«Allora perché me lo chiede?»

«Se non lo facessi sarei negligente» disse. «E voi volete che me ne renda complice?»

«È dal secolo scorso che Spiridon Vuksan massacra innocenti, con l'ausilio di suo fratello. Era a Vukovar, a Srebrenica e in un sacco di altri posti che non saprei scrivere né trovare su una mappa, ma che riconosco per quello che vi è successo e per il ruolo che Spiridon e i suoi uomini vi hanno svolto. Finora la giustizia non è quasi mai riuscita a vendicare le loro vittime, perché la giustizia ha i suoi limiti. Ma noi non li abbiamo.»

«Gesù.» Il volto di Pia Lackner non mostrava più traccia di sconcerto o scetticismo. Era semplicemente il ritratto dello strazio. «E mio padre sa dove si nasconde questa gente?»

«Pensiamo di sì. Suo padre aiuta i Vuksan fin dal periodo dei conflitti nei Balcani. Senza di lui, probabilmente non sarebbero mai sopravvissuti. A chi altri avrebbero potuto rivolgersi nel momento del bisogno?»

«E volete che provi a chiedergli dove sono?»

«Glielo direbbe, se lo facesse?»

«Ne dubito. Potrò anche essere sua figlia, ma resta comunque un avvocato.»

«In tal caso,» disse Angel «credo che dovremo trovare un altro modo.»

39

Anton Frend, l'oggetto della discussione, si trovava in quel momento nella saletta business dell'Austrian Airlines al Vienna International Airport, in attesa di imbarcarsi sul volo in ritardo per Belgrado. Era partito senza salutare sua moglie Mina, che a quel punto era già uscita di casa diretta alla sua regolare lezione di yoga, a cui sarebbe seguita una tarda colazione con le amiche improntata, sia nel caso del cibo che delle amiche stesse, a un abominevole salutismo. Mina passava ormai così tanto tempo fuori casa che Frend avrebbe potuto sospettare che avesse un amante, se non fosse stato per il fatto che non aveva né l'inclinazione né l'immaginazione per l'infedeltà.

Frend sapeva che sua moglie era al corrente della sua, di amante, anche se da tipica viennese preferiva ignorarne l'esistenza. Probabilmente era addirittura grata di non dover subire le avance coniugali di Anton. Aveva sempre visto il sesso come qualcosa di sgradevole: il sudiciume, il rumore, gli odori, i fluidi corporei. Era il motivo per cui avevano soltanto una figlia: dopo aver messo al mondo Pia, Mina non aveva più visto alcun motivo per farsi coinvolgere nelle meccaniche del rapporto sessuale. Pia le bastava, o forse una regolare attività sessuale con il marito era un prezzo troppo alto da pagare per espandere il nucleo familiare.

Certo, avrebbero potuto divorziare, ma sia il processo in sé che i suoi strascichi avrebbero messo in crisi i rapporti sociali di entrambi. In più, Mina non si fidava della generosità di Anton in fatto di alimenti, e temeva che avrebbe potuto usare le proprie conoscenze legali per renderle la vita difficile, il che suggeriva un certo acume da parte sua. Ma, soprattutto, Mina era rimasta l'unico punto di contatto con Pia, e più che altro per rinfacciarglielo ogni tanto gli concedeva qualche briciola di notizia sulla vita che conduceva la figlia. Se si fossero separati, anche quella modesta linea di comunicazione si sarebbe interrotta, e Pia sarebbe diventata un'estranea totale.

Per quanto riguardava Radka, la sua amante bulgara, Frend non si faceva illusioni sui motivi per cui stava con lui. Era stato grazie ai suoi fondi se aveva potuto aprire una boutique a Neubau, ed era lui a pagare le loro costosissime cene settimanali in ristoranti dove il minimalismo dell'arredamento rifletteva la scarsità di cibo sui piatti. In cambio riceveva i favori sessuali che sua moglie gli negava, e, cosa altrettanto importante, poteva avere conversazioni che contenevano un elemento di calore umano. Un investigatore privato gli aveva riferito che Radka sembrava essergli fedele, pur non essendo chiaro se lo facesse per amore o semplicemente per non mettere a repentaglio la propria sicurezza economica.

Le schermate dei voli in partenza indicavano che quello per Belgrado aveva cominciato a imbarcare i passeggeri. Con quella che sarebbe potuta sembrare un'ombra di rassegnazione, Frend si alzò dalla poltrona e infilò il giornale nella borsa da viaggio. In passato, le visite saltuarie alla capitale serba gli erano sempre piaciute, poiché grazie alla durevole influenza turca la cucina era una delle migliori di tutta l'Europa dell'Est. Questa trasferta, tuttavia, era più problematica, e presentava certi rischi. Lui rappresentava i Vuksan, e al momento attuale in Serbia i Vuksan erano *personae non gratae*. Ciò malgrado, in seguito alla morte di Nikola Musulin era necessario aprire un canale ufficiale di comunicazione. I Vuksan volevano tornare in patria, ne avevano la necessità. E compito di Frend era scoprire il prezzo del loro rimpatrio.

Hendricksen vide Frend uscire dalla saletta, ma non lo seguì subito. Grazie alle sue fatiche, nonché a una cifra da capogiro proveniente dai fondi di Louis, ora avevano accesso alle carte di credito dell'avvocato, personali e di lavoro. Pochi minuti dopo che la segretaria di Frend aveva prenotato il volo di andata e ritorno per Belgrado, Hendricksen aveva fatto lo stesso. Avrebbe preferito volare in turistica, anche solo per ridurre il rischio che Frend potesse in seguito riconoscerlo; ma voleva anche essere a portata d'orecchio se questi avesse usato il cellulare sull'aereo.

Salirono a bordo, e Hendricksen prese il suo posto in corridoio appena dietro quello di Frend, che si scostò per far sedere una giovane donna accanto al finestrino. Nel farlo ne occhieggiò la figura, e Hendricksen si chiese se stesse contemplando l'idea di scambiare l'amante bulgara con un nuovo modello. Il dossier su Frend comprendeva alcune informazioni su Radka. Louis aveva suggerito la possibilità di usarla per far leva su Anton, ma l'idea era stata accantonata dopo che Hendricksen era riuscito a risalire a una serie di versamenti su uno dei conti correnti della donna. Provenivano da una holding di Amsterdam, la stessa che amministrava due locali notturni gestiti da certi soci dei Vuksan. A quanto pareva i fratelli non si fidavano di nessuno, nemmeno del loro avvocato, il che spiegava come avessero fatto a sopravvivere tanto a lungo. O erano stati loro stessi a far incontrare Radka e Frend, oppure l'avevano reclutata a relazione già avviata per avere un altro paio d'occhi su di lui. In qualunque caso, Radka era il filo teso che avrebbe fatto scattare l'allarme: se Louis e Hendricksen avessero provato a usarla per far pressione su Frend, i Vuksan se ne sarebbero accorti all'istante.

Mentre le operazioni di imbarco proseguivano, Frend usò il suo telefono solo per inviare email e messaggi. Sarebbe stato utile monitorare anche quelle comunicazioni, ma quel genere di sorveglianza andava al di là delle loro possibilità tecniche, e quando Louis l'aveva suggerito a Harris questi si era semplicemente messo a ridere. A quanto pareva, l'interesse di Harris (e per estensione delle autorità americane) nei riguardi dei Vuksan non andava oltre l'eliminazione di Aleksej Marković e l'intercettazione del suo carico. Ora che il serbo e i due indesiderati siriani erano morti, Louis e i suoi avrebbero dovuto aspettarsi scarso aiuto da quella direzione.

Quando vennero serviti i rinfreschi Frend chiese solo un caffè, e Hendricksen seguì il suo esempio. Passò l'intero volo a rifamiliarizzarsi con la geografia di Belgrado, pur avendo un autista, Dušan, che lo aspettava all'aeroporto. Dušan era un ex interprete dell'ONU, e ora gestiva un servizio di limousine. Anche lui, come Hendricksen, era stato a Srebrenica.

Hendricksen non si sarebbe mai aspettato di tornare nei Balcani: quella regione gli provocava solo brutti ricordi. Forse l'esito del pedinamento di Frend avrebbe modificato la situazione, ma ne dubitava. Poteva soltanto sperare di rimediare alle passate mancanze, le sue e quelle altrui.

40

Spiridon e Radovan Vuksan seguivano gli sviluppi delle sparatorie di Parigi alla televisione in salotto, mentre Zivco Ilić si metteva al telefono e teneva d'occhio gli scambi di commenti online. Due cose erano chiare: la prima era che i Vuksan non avrebbero ricevuto l'ultima parte del compenso per la consegna del carico siriano, il che era già abbastanza deprecabile. La seconda era che coloro che glielo avevano affidato avrebbero preteso di sapere come mai due dei loro uomini più importanti erano stati martirizzati in una stazione ferroviaria parigina. Dovevano aver già cominciato a indagare sulla possibilità di avere un traditore tra loro, ma solo a livello puramente formale.

Se il traditore fosse stato uno dei loro, avrebbe spifferato i dettagli dell'operazione molto prima che Saad e Mahdi si imbarcassero per la Francia: un attacco con i droni nel bel mezzo del deserto nordafricano sarebbe stato più semplice e meno pericoloso da organizzare di un confronto a fuoco in un'affollata stazione parigina. In alternativa, i due avrebbero potuto essere intercettati poco dopo l'arrivo a Port-Vendres, o durante la loro permanenza nella casa sicura alle porte della cittadina. Invece i francesi avevano atteso il loro arrivo alla Gare de Lyon prima di intervenire, mettendo a repentaglio vite innocenti nell'eventualità che i due fossero stati in possesso di ordigni esplosivi o avessero scelto di combattere.

Per Radovan, tutto ciò suggeriva che avessero agito così più per necessità che per scelta. Forse erano al corrente dell'arrivo imminente di certi importanti membri dell'ISIS, ma avevano scoperto come e quando solo dopo che i due siriani erano saliti sul treno per Parigi. Radovan sapeva che Marković avrebbe rispettato le procedure stabilite tenendo ben separate le varie fasi dell'operazione, il che significava che soltanto lui e i Vuksan sarebbero stati al corrente di tutti i dettagli, tra cui la creazione di diversivi con l'ausilio di informazioni false, automobili e appartamenti mai usati e sentinelle a cui non sarebbe mai stato ordinato di intervenire. Marković aveva anche deciso di dividere in due tronconi il lungo viaggio per Parigi, uno in auto e l'altro in treno, per ridurre al minimo qualunque rischio di intercettamento, al punto che perfino Baba e Fouad avevano scoperto la destinazione finale solo quando, a Perpignan, erano saliti sul TGV diretto alla Gare de Lyon. No, l'informazione doveva essere trapelata solo dopo la conferma dell'ultima parte del viaggio, il che significava che a tradirli doveva essere stato uno tra Fouad e Baba.

Il secondo era in stato di fermo: internet era pieno di filmati che mostravano il suo arresto. Di Fouad, invece, per il momento non c'era traccia. Il fatto che i francesi avessero arrestato Baba non aveva importanza. Se l'informatore era lui, era comprensibile che la polizia lo avesse fatto sparire al più presto, e lo stesso principio valeva nel caso contrario. Ma, se Fouad era innocente, perché non si era messo in contatto? Sì, Marković era morto e Fouad non aveva modo di comunicare direttamente con i Vuksan, ma a quanto pareva non si era fatto vivo con nessuno. Sembrava essersi volatilizzato. Forse i francesi avevano catturato anche lui senza rivelarlo, ma non sembrava probabile. Per tutti questi motivi, Radovan propendeva per l'ipotesi che il traditore fosse proprio Fouad.

Ma i suoi sospetti, anche se avessero trovato conferma, non sarebbero serviti a niente se o quando si fosse presentata la necessità di spiegare a un mucchio di arabi risentiti come avessero fatto Saad e Mahdi, esperti strateghi e contabili dell'ISIS e per questo benvoluti dal Profeta, a fare quella fine mentre avrebbero dovuto essere sotto la protezione dei Vuksan. Lui e Spiridon sarebbero stati ritenuti responsabili. Sarebbe stato preteso un risarcimento in denaro, che loro non sarebbero stati in grado di pagare. E se i soldi non fossero arrivati gli uomini in nero avrebbero adottato una forma più dolorosa e permanente di riparazione.

Nel frattempo Marković era morto, ucciso in quella che veniva descritta come un'operazione segreta di polizia legata alla sparatoria della Gare de Lyon. Se Fouad aveva informato i francesi dell'operazione, probabilmente aveva tradito anche Marković. Eppure, a sentire l'uomo dei Vuksan infiltrato tra il personale dell'albergo, la polizia era arrivata solo dopo l'uccisione di Marković, ed era parsa non meno perplessa di chiunque altro.

Per tutti questi motivi, era più urgente che mai che a Belgrado Frend giungesse a un accordo che permettesse ai Vuksan di rientrare in Serbia e ritirarsi tra le sicure mura del loro rifugio in campagna. Per ogni eventualità Radovan stava esplorando anche alcune alternative, ma non aveva voglia di passare il resto dei suoi giorni in fuga, nell'attesa dell'inevitabile momento in cui i suoi nemici lo avrebbero trovato. Come Spiridon, anche lui desiderava essere sepolto in terra serba, ma a differenza di suo fratello aveva intenzione di rimandarne l'occasione il più a lungo possibile.

41

Da un boschetto sulla Donauinsel, l'isola sul Danubio, Zorya osservava le giovani mamme che spingevano i passeggini o camminavano tenendo per mano i loro bambini sulla spiaggia di ghiaia. Da parte sua, non aveva alcuna memoria dei propri genitori. Ricordava solo il buio e poi la luce; era stata partorita dalla caverna come da un utero di pietra. Sapeva solo di essere al tempo stesso giovanissima e vecchissima, e traboccava di odio per coloro che non erano come lei, il che significava per l'intera umanità.

Era ancora scossa dal tragitto attraverso il Danubio fino all'isola. Era da quando aveva visto la bambina morta in riva al lago che non solcava un corso d'acqua, anche se la sua riluttanza non aveva alcuna logica. Infatti, non tutti gli attraversamenti comportavano il passaggio da un mondo all'altro: la scelta era sua, e in passato Zorya era sempre stata l'osservatrice e mai l'osservata. Ma il fatto che la bambina fosse stata consapevole della sua presenza l'aveva profondamente turbata, oltre a complicare i suoi rapporti con Spiridon Vuksan. Zorya gli sarebbe stata utile solo finché avesse potuto vedere ciò che lui non vedeva, e per farlo non doveva avere impedimenti.

Zorya aveva deciso di visitare l'isola per schiarirsi le idee, poiché la città in tutta la sua grandiosità la opprimeva. Nei Paesi Bassi si avventurava regolarmente fuori Amsterdam per sfuggire al cemento e alla gente, a volte da sola, altre volte con Spiridon o uno dei suoi uomini per evitare di attirare l'attenzione di coloro che, scambiandola per una bambina, avrebbero potuto chiedersi come mai si aggirasse per le campagne senza un adulto. Ma a Vienna i suoi movimenti erano più limitati, visto che in teoria i Vuksan vi si stavano nascondendo. E dopo l'incidente con il turco Hasanović non dare nell'occhio era diventato ancora più importante, anche per lei stessa. Ciò malgrado, Zorya era incapace di restare confinata molto a lungo. Somigliava troppo a un'altra morte, somigliava troppo alla caverna.

E così aveva preso la U-Bahn da Leopoldstadt a Donauinsel senza quasi pensarci, restando a capo chino mentre il treno partiva dalla stazione, tenendo il cappuccio della felpa sollevato e una rivista aperta in grembo. Quando erano giunti vicini al Reichsbrücke, il ponte che collegava l'isola alla riva del Danubio, aveva avvertito una contrazione al ventre e una pressione sul cranio. Le luci del vagone avevano cominciato a sfarfallare, e i pendolari e i turisti intorno a lei erano progressivamente svaniti. Al loro posto era apparsa la bambina del lago. Teneva lo sguardo fisso sul pavimento della carrozza, e i capelli lunghi le coprivano il volto. Un liquido scuro sgocciolava da sotto le ciocche bionde, formando una pozzanghera ai suoi piedi. Zorya aveva impiegato qualche istante a capire che era sangue. La bambina morta aveva sollevato il capo, mostrando per un attimo le orbite vuote, le carni vive e i tendini di un volto orribilmente scorticato.

Poi aveva parlato, la sua voce trasformata dal tragitto dal suo mondo a questo.

trovata, aveva detto. *ti ho trovata, finalmente*

Poi erano arrivati sull'isola, e la bambina era scomparsa. Erano tornati i pendolari e i turisti, e poco dopo il treno aveva rallentato, arrivando alla stazione di Donauinsel. Zorya era scesa ancora in preda allo stordimento, e ora osservava le mamme e i bambini sulla spiaggia, terrorizzata all'idea del ritorno poiché avrebbe significato riattraversare il fiume, dove la bambina poteva essere in attesa.

Ma il contatto tra loro non era tutto a senso unico, poiché Zorya conosceva il suo nome.

Jennifer. Jennifer Parker.

E il suo nome poteva essere usato contro di lei.

42

Frend arrivò all'aeroporto Nikola Tesla di Belgrado sentendosi vulnerabile ed esposto. Rappresentava individui che molti avrebbero preferito vedere morti. Forse ad attenderlo invece di un negoziato avrebbe trovato una trappola, e forse di lì a poco sarebbe finito in uno scantinato di Palilula con una fiamma ossidrica puntata sui genitali e una bottiglia di aceto da versare sulle ferite.

Frend sapeva tutto dei modi in cui i serbi conducevano i loro interrogatori. In certe occasioni gliene aveva parlato lo stesso Radovan Vuksan mentre sorseggiavano i loro drink postprandiali, tracciando peraltro una distinzione tra le torture usate per ottenere informazioni e quelle fini a sé stesse. Ustioni e aceto erano l'ideale per far parlare qualcuno, ma il puro sadismo offriva più possibilità di sperimentazione, quantomeno in teoria. Era un dispiacere, per Radovan, vedere che i suoi connazionali rivelavano scarsa immaginazione nel far soffrire il prossimo. Mazze, catene, asce e coltelli erano gli strumenti preferiti dai serbi, spiegava, coadiuvati dal consumo di tequila, vodka, droghe e pornografia violenta. E dagli stupri, ovviamente: i serbi amavano usare la violenza sessuale come forma di tortura, sia per gli uomini che per le donne. E adesso, a Belgrado, per Anton Frend le astrazioni di Radovan cominciavano ad assumere un'inquietante concretezza.

A tutto questo si aggiungeva il piccolo problema della testa di Nikola Musulin. Non era ancora stata trovata, anche dopo approfondite ricerche tra le macerie del Tri Lovca e nelle immediate vicinanze, e alla fine Musulin era stato inumato senza. I Vuksan pensavano che fosse stata asportata dai bombaroli, per offendere e umiliare ulteriormente la famiglia e gli alleati di Musulin. La sua vedova pretendeva che le venisse restituita così da poterla seppellire insieme ai resti del marito (e di resti si trattava, poiché il corpo era stato ridotto a brandelli dal C4). Uno dei compiti di Frend era in effetti determinare se la testa in questione fosse nelle mani di Matija Kiš o di Simo Stajić, entrambi i quali avrebbero partecipato all'incontro, e possibilmente garantire che venisse restituita ancora intatta.

Erano questi i pensieri che si rincorrevano nella mente di Frend mentre il suo passaporto veniva esaminato fin troppo a lungo prima di ottenere il timbro di ingresso nel Paese. Da lì proseguì direttamente fino all'uscita, non avendo altri bagagli oltre alla piccola borsa da viaggio, e fu sollevato nel vedere il volto noto di Miloje, che in tempi migliori gli aveva già fatto da autista a Belgrado. Miloje era un lontano parente dei Vuksan, i quali si fidavano di lui anche dopo tutto quello che era accaduto, e per questo lo avevano incaricato di andare a prendere Frend all'aeroporto. Era anche muto: durante la guerra, a Konjic, i soldati bosgnacchi gli avevano strappato la lingua con un paio di tenaglie arroventate. In tasca teneva un taccuino su cui scriveva domande o commenti. Oltre alla sua lingua materna capiva anche l'inglese, il tedesco e un po' di francese. Scrisse sul taccuino la parola 'hotel?' e la mostrò a Frend.

«No,» disse questi «andiamo direttamente al ristorante.»

Aveva prenotato una stanza in un boutique hotel di Vračar, ma il ritardo alla partenza gli era costato due ore preziose, e non pensava fosse il caso di arrivare tardi all'incontro. Miloje lo condusse a un'Audi grigia, riparandolo dalla pioggia con un ombrello nero, e partirono a passo d'uomo verso la città, il famigerato traffico di Belgrado reso ancora più caotico dal maltempo. Lungo l'autostrada le bandiere serbe sventolavano ogni due lampioni, segno, se mai ce ne fosse stato bisogno, che il nazionalismo restava una forza con cui fare i conti. Il viaggio era accompagnato da una cacofonia di clacson e urla attraverso i finestrini e da un corteo di tassisti che misuravano le loro esistenze sulla base delle corse perdute.

Il cellulare privato di Frend si mise a suonare. Soltanto Radovan era a conoscenza del nuovo numero.

«Dove siete?»

«Stiamo passando davanti al Sava Centar» disse Frend riferendosi all'enorme centro conferenze dell'èra di Tito che sorgeva lungo il fiume. «Il volo era in ritardo, ma tra poco saremo a destinazione.»

«Bene, perché ho appena ricevuto una telefonata.»

«Da chi?»

«Da un cliente nordafricano, in merito a una consegna mancata.»

Frend era al corrente della sostanza, anche se non dei dettagli, dell'operazione fallita di Parigi.

«E cosa gli hai detto?»

«Che stavamo indagando sulle cause del fallimento.»

«E...?»

«Il malumore del cliente non ne è stato alleviato» disse Radovan. «Ha richiesto un incontro, che ovviamente ho declinato.»

«Ovviamente» ripeté Frend. Come se la loro situazione non fosse già abbastanza grave, ora i Vuksan erano nel mirino di una banda di spietati fanatici religiosi. «Ti sei offerto di restituire la parte del compenso già versata?»

«Stai cercando di fare dello spirito?»

Frend rispose di no. Due auto della polizia e un'ambulanza li superarono a gran velocità: un incidente avrebbe potuto spiegare almeno in parte l'ingorgo. Belgrado era così, c'era sempre un incidente da qualche parte.

«Sono convinto» disse Radovan in tono stanco «che il danno alla nostra reputazione non potrebbe essere risolto da un rimborso, anche se fossimo disposti o in grado di offrirlo. Ma abbiamo bisogno di quei soldi. Ti sto informando del problema solo perché rende ancora più pressante il raggiungimento di un accordo con Belgrado.»

«Capisco. Pensi che Belgrado sia al corrente della consegna mancata?»

«Spero di no, ma lo scoprirai presto.»

Frend si accorse che la mano sinistra gli tremava. L'appoggiò sul bracciolo della portiera mentre l'Audi imboccava il ponte Gazela attraverso il Sava. Il traffico era migliorato, e Miloje guidava componendo un messaggio sul suo cellulare. Frend cercò di leggerlo, ma vide che era in serbo. Miloje gli scoccò un'occhiata nello specchietto retrovisore e poi tornò a concentrarsi sulla strada, e Frend ripensò a una precedente conversazione con Radovan.

«Gli affiderei la mia stessa vita, a Miloje.»

«Non è la tua che gli stai affidando, è la mia.»

«Continuo a temere per la mia incolumità» disse ora malgrado la linea disturbata.

«Avresti dovuto dirmelo prima di partire» ribatté Radovan.

«È quello che ho fatto.»

«Si vede che non prestavo attenzione.»

«Avrebbe fatto qualche differenza, se mi avessi ascoltato?»

«No» disse, e subito dopo mise fine alla chiamata.

Stavano giungendo in vista della cattedrale di San Michele Arcangelo, il che significava che erano ormai vicini al luogo dell'incontro. Dopo qualche discussione era stato deciso che si dovesse svolgere in territorio neutrale, lontano da Skadarlija, dove lo sventurato Nikola Musulin aveva incontrato la sua fine. Non era una questione di sensibilità, poiché chiunque avesse fatto a brandelli un uomo per poi rubare la sua testa mozzata non si sarebbe certo fatto dei problemi a ferire i sentimenti dei suoi familiari. Tuttavia, anche ammettendo un certo livello di collusione tra gli assassini e le autorità, sarebbe stato poco saggio, per i primi, farsi vedere mentre pranzavano a pochi passi dalla scena del delitto. I media serbi potevano anche essere per la maggior parte asserviti o corrotti, e le poche pubblicazioni di qualità che restavano potevano sopravvivere a fatica, ma non bisognava sottovalutare la tenacia di una manciata di giornalisti e editori dai solidi princìpi, né l'anonimato offerto da internet. Sarebbe stato come minimo imbarazzante se le immagini di un incontro tra i sospetti colpevoli fossero apparse su *Danas* oppure online, in particolare se fosse stato identificato anche Frend.

No, meglio stare alla larga da Skadarlija: per questo era stato riservato un locale adeguatamente isolato. Era una delle più vecchie taverne in città, con pavimenti di legno scuro, sedie basse e sgabelli, e camerieri in camicia bianca e panciotto nero. La zona pranzo separata aveva tavoli apparecchiati con tovaglie a quadri bianchi e blu e un menù di piatti tradizionali che cambiava a seconda dell'umore dello chef, e le pareti erano decorate con quadri di torvi paesaggi serbi e rovine di antiche fortezze.

Miloje parcheggiò e scortò Frend nella zona bar. Due uomini sedevano a uno dei tavoli sulla sinistra della porta, vestiti con i tipici, dozzinali giubbotti di pelle dei gorilla di professione. Bevevano caffè, e rivolsero un cenno di saluto a Miloje. Questi ricambiò e allargò le braccia, e uno dei due uomini si alzò, gli passò un metal detector portatile sul corpo e poi lo perquisì nell'eventualità che nascondesse una lama di ceramica o un giubbotto esplosivo. Frend non si presero neanche il disturbo di controllarlo. Forse, si disse l'avvocato, non lo consideravano una minaccia, o magari davano per scontato che uno della sua professione non si sarebbe mai sacrificato per un cliente: nel qual caso avrebbero avuto perfettamente ragione.

Miloje si sedette a un tavolo sulla destra della porta, lasciando che Frend entrasse nel ristorante vero e proprio. Nella sala interna c'erano altre tre guardie del corpo, due alla finestra e la terza lungo la parete più lontana, e solo uno dei tavoli era imbandito. Due uomini vi erano già seduti, sorseggiando brandy Vinjak XO a mo' di aperitivo.

Frend aveva avuto modo di incontrare Matija Kiš in numerose occasioni e lo aveva sempre considerato un individuo poco interessante, ma Radovan gli aveva ripetutamente consigliato di non sottovalutarlo, e a quanto pareva aveva avuto ragione. Kiš era alto e scuro di capelli, ma la tinta era in gran parte artificiale. Indossava un abito nero dal taglio aderente che sembrava di una misura troppo piccola, anche se Kiš non era particolarmente corpulento. La colpa, pensò Frend, era del modo in cui avevano vestito Daniel Craig nei panni di James Bond, con completi Tom Ford dal taglio troppo stretto per la sua corporatura. Un'intera generazione di aspiranti fichettoni era cresciuta nella convinzione che una giacca da uomo dovesse essere troppo corta di un paio di centimetri ed esplodere dal bottone centrale allacciato.

Seduto alla sinistra di Kiš c'era Simo Stajić, che prima di allora Frend aveva visto soltanto in fotografia. Stajić non sembrava aver mai posseduto un abito in vita sua. Perfino ai funerali si vestiva come se vendesse cellulari rubati alla bancarella di un mercato: jeans, giubbotto di pelle, una camicia che sarebbe potuta sembrare di marca solo nella penombra e anonime scarpe da ginnastica per facilitare la fuga. Comunque spendesse i suoi soldi, non lo faceva per i vestiti. Aveva il cranio rasato e un fisico da maratoneta. Sbatteva di continuo le palpebre, al punto che i suoi occhi facevano pensare a due otturatori fotografici in continua attività, e fumava in modo ossessivo, anche per gli standard serbi. Nel posacenere davanti a lui sul tavolo c'erano già quattro mozziconi, e Frend era arrivato con solo qualche minuto di ritardo.

Entrambi gli uomini si alzarono per stringergli la mano: Kiš con decisione, usando entrambe le mani come un politico in cerca di rielezione, Stajić in modo meno convinto, forse perché per farlo dovette trasferire la sigaretta nella sinistra, privandosi così di una preziosa boccata. Se non altro, pensò Frend con sollievo, gli era stato risparmiato il rituale dei baci.

«Ha fatto un buon volo?» chiese Kiš in inglese, e Frend si chiese se lo avesse fatto a beneficio di Stajić. Secondo Radovan, Stajić non conosceva il tedesco ma aveva imparato l'inglese per il semplice fatto che era la lingua franca del crimine.

«Siamo partiti in ritardo» rispose Frend.

«Ho saputo. Posso offrirle un aperitivo? È molto buono.»

«È anche molto forte.»

«Questo è vero. Ma la forza è un pregio, giusto?»

«Meglio un bicchiere di vino. Prokupac, per cortesia.»

Kiš girò l'ordinazione a un cameriere, e poco dopo comparve la bottiglia. Non appena venne versato il vino cominciò ad arrivare anche il cibo: insalate e focacce seguite da una varietà di antipasti di carne, tra cui rognone e zampone di maiale. Frend evitò quest'ultimo e non esagerò con il resto. Preferiva la nuova cucina serba a quella più tradizionale: nemmeno i migliori tra gli chef potevano fare più di tanto con la carne alla griglia. Lui e Kiš cominciarono a parlare del più e del meno, dallo sport alla cultura al tempo, tutto tranne il vero motivo della sua presenza in città. Stajić contribuiva solo con qualche occasionale grugnito, tenendo una sigaretta sempre accesa, ma Frend si accorse che ascoltava con attenzione, spostando continuamente lo sguardo da un interlocutore all'altro, al punto da far sorgere qualche dubbio su chi tra lui e Kiš detenesse davvero il potere.

Finalmente, quando si furono saziati, senza per questo avere intaccato di molto le portate, la tavola venne sparecchiata, il caffè versato e il vero incontro poté cominciare.

«Allora, come sta Spiridon?» chiese Kiš. «E, la prego, non mi dica come sempre, perché resterei deluso dalla sua incapacità di evolversi.»

«È preoccupato» rispose Frend. «Così come Radovan.»

«Oh, nel caso di Radovan ci posso credere. Radovan è costantemente in pensiero. Ma immagino che Spiridon sia ben più che preoccupato.»

«Infuriato, allora. È una definizione più accettabile?»

«Più accurata, forse. Accettabile è un altro discorso.»

«Posso parlare francamente?»

«Se non lo facesse, la sua visita avrebbe poco senso.»

«Spiridon pensa che possiate sapere chi ha ucciso Nikola Musulin.»

Il che era un modo diplomatico di porre la questione. Frend si guardò bene dal rivolgersi a Stajić, il probabile bombarolo, visto che nutriva ancora la speranza di tornare sano e salvo a Vienna.

L'espressione di benevolo interesse di Kiš non mutò.

«E se lo sapessimo?» chiese. «Spiridon pretenderebbe di vendicarsi?»

«Spiridon vuole tornare a casa. Desidera trascorrere i suoi ultimi anni sulle rive di un lago di montagna.»

«In pace, senza tramare vendette?»

«In pace. I suoi pensieri non possono essere controllati, ma le sue intenzioni sono chiare.»

Finalmente aprì bocca anche Stajić. La sua voce era roca, e il suo alito odorava di un migliaio di posacenere.

«Dove si trovano?» chiese. «Dove sono i Vuksan?»

«Questo non posso dirvelo.»

«Ma lo sa?»

«A dire il vero, no. Ho pensato che sarebbe stato più saggio restarne all'oscuro.»

«E più sicuro» suggerì Kiš.

«Giusto.»

«Non le credo» disse Stajić.

«Peccato» ribatté Frend.

«Già» confermò Stajić.

Kiš gli rivolse un gesto tranquillizzante. Stajić si accese l'ennesima sigaretta, aspirò facendone brillare la brace, se la tolse dalle labbra e la resse in verticale appena fuori dal raggio visivo di Frend. L'avvocato poteva quasi avvertirne il calore accanto all'orecchio.

«Se si stanno nascondendo, ed è evidente che è quello che stanno facendo,» disse Kiš «da chi si nascondono? Da noi?»

«Anche» rispose Frend.

«Non ce n'è bisogno. Nessuno vuole altri morti. Attirerebbero troppe attenzioni.»

«Ma una persona può sempre scomparire, il che darebbe meno nell'occhio. E una morte può essere rinviata.»

«I suoi clienti hanno problemi più gravi. L'Interpol sta per diffondere un avviso rosso a loro nome, o almeno così ci è stato detto. È quello che ottieni quando crocifiggi un vecchio, di questi tempi, a meno che tu non sia un turco dell'ISIS.»

Gli avvisi rossi erano richieste di localizzare e arrestare questo o quel sospetto in attesa di estradizione. Erano l'equivalente moderno dei volantini con la scritta WANTED che ai tempi del West americano venivano affissi davanti agli uffici degli sceriffi. Frend sapeva che prima o poi avrebbe dovuto aspettarsene uno per i Vuksan, ma finora le sue fonti gli avevano sempre assicurato che non era imminente. Forse Kiš aveva accesso a informazioni più recenti, anche se Frend ne dubitava. Ma il suo tono di certezza era comunque preoccupante.

«Ci sono Paesi in cui possono andare,» obiettò «dove è difficile far rispettare le richieste dell'Interpol.»

«Sì, come la Corea del Nord» disse Kiš. «O magari il Vaticano. Potrebbero convertirsi al comunismo o al cattolicesimo!»

Scoppiò a ridere, ma poi si accorse di essere l'unico e smise.

«Se non sarà l'Interpol a beccarli, ci penserà l'ISIS» soggiunse.

Il che significava, rifletté Frend, che era al corrente degli eventi di Parigi. Era un inconveniente, poiché indeboliva il potere contrattuale dei Vuksan.

«E se non lo farà l'ISIS» proseguì Kiš «potrebbe pensarci qualcun altro. E forse ha già cominciato.»

«Che intende dire?»

«Pensa davvero che siano stati i francesi a far fuori Aleksej Marković? Ho saputo che la polizia lo ha trovato già morto.»

Frend poteva anche essere un avvocato, e in quanto tale possedere la dote o la tara dell'autocontrollo, ma in quel momento non riuscì a nascondere del tutto la sorpresa.

«I Vuksan non gliel'hanno detto?» disse Kiš. «Ma certo, perché avrebbero dovuto? L'avrebbero solo fatta preoccupare, magari al punto da decidere di abbandonarli al loro destino. L'olandese, De Jaager, aveva il genere di amici che non conviene farsi nemici. E i suoi clienti li hanno fatti arrabbiare.»

«Come fa a saperlo?» domandò Frend.

Kiš si picchiettò l'indice sulla tempia. «Semplice buonsenso. E il fatto che qualcuno stia facendo domande e offrendo compensi in cambio di informazioni. In giro cominciano a circolare soldi per finanziare la ricerca dei Vuksan. Prima o poi i fratelli commetteranno un errore. Svolteranno l'angolo sbagliato, saliranno sul treno sbagliato, si affacceranno alla finestra sbagliata. A quel punto qualcuno farà una telefonata, e *puff*!»

Fece un gesto con le mani a indicare una sparizione, o addirittura un'esplosione.

«E questo per noi cosa significa?» domandò Frend.

«Significa che siete dei compratori in un mercato al rialzo» rispose Kiš. «I Vuksan vorrebbero comprarsi una comoda vecchiaia in patria, dove qualunque tentativo di estradizione procederebbe con la velocità di un morto vivente. Qui potrebbero godersi i loro ultimi anni, magari sotto nuovi nomi, ben sapendo che nella migliore delle ipotesi la Serbia non verrà accolta nella comunità europea prima del 2025, quando ormai i loro peccati saranno stati dimenticati, se non proprio perdonati. Sarebbero circondati dai loro uomini, il che renderebbe difficile colpirli, sia per i turchi che per gli amici dell'olandese. A mio modo di vedere, la promessa di un'esistenza così serena deve avere un suo prezzo, a cui va aggiunta una somma ulteriore a garanzia del fatto che Spiridon si comporti bene e non cominci a fare confusione tra pensiero e azione.»

«Quanto?»

«Quattro milioni di euro, con altri due milioni di garanzia, di cui la metà verrà restituita agli eredi in seguito alla morte dei Vuksan, meno una trattenuta del venti percento. Se i Vuksan dovessero contravvenire all'accordo, ovverossia mostrare il minimo segno di aggressività, l'intera somma verrebbe confiscata e loro verrebbero eliminati.»

Questa volta Frend riuscì a non rivelare i suoi pensieri.

«Dovrò parlarne con i miei clienti» disse.

«Ha tutto il tempo che vuole» disse Kiš. «Non abbiamo fretta.»

Stajić posò una mano sul braccio destro di Frend.

«Oppure potrebbe semplicemente dirci dove sono» disse sbattendo le palpebre.

«Giusto» convenne Kiš.

«Ripeto, non so dove si trovino» ribatté Frend. «Sono stati condotti a destinazione da terzi in modo che potessi operare senza espormi a coercizioni.»

Stajić gli serrò le dita sul braccio. Le sue unghie erano affilatissime, e Frend poteva sentirle penetrare nella pelle.

«Ma nonostante ciò che sa o non sa, lei resta vulnerabile, sia qui che a Vienna.»

Frend non reagì. Non aveva altra scelta. Alla fine, Stajić allentò la presa. Kiš, dal canto suo, aveva ripreso a sorridere.

«Torni a Vienna, Herr Frend» disse. «Parli con i suoi clienti. Non vediamo l'ora di sapere cosa pensano della nostra proposta.»

Frend non si mosse dalla sedia. «Ci sarebbe un'altra cosa» disse. «Riguarda Nikola Musulin.»

«Stavo proprio per parlargliene io» replicò Kiš. «Mi sa che abbiamo trovato qualcosa che gli appartiene.»

Fece un cenno con la mano, e una delle guardie del corpo si avvicinò reggendo una busta di velluto. Conteneva qualcosa di rotondo, e rotolò leggermente quando venne posata sul tavolo davanti a Frend.

«Se vuole può aprirla» disse Kiš. «Ma fossi in lei ci crederei sulla parola.»

Frend la raccolse. Era la prima volta che reggeva in mano una testa mozzata, e pertanto non poteva dire se fosse più leggera o pesante del previsto. Era soltanto una testa.

«Ci rifaremo vivi» disse.

«Ma certo» rispose Kiš. Stajić, da parte sua, si limitò a sbattere le palpebre.

Frend attraversò la zona bar, dove vide con sollievo che Miloje era ancora in attesa. Uscirono dalla taverna e raggiunsero l'Audi senza mai voltarsi, ma temendo a ogni piè sospinto di udire suoni di passi alle loro spalle.

Nascosto dai vetri scuriti di una Mercedes, Hendricksen scattò nuove foto di Frend e del suo autista. Quando l'Audi partì, Dušan gli chiese se volesse seguirla, ma Hendricksen rispose di no. Voleva vedere chi altro sarebbe uscito dalla taverna. Non più di un paio di minuti dopo la porta si aprì e il primo gorilla ne emerse e perlustrò la strada con lo sguardo, seguito subito dopo da Matija Kiš e Simo Stajić.

«Oh, cazzo» imprecò Dušan. «Metti via la macchina fotografica.»

«Non possono vederci» gli fece notare Hendricksen.

«Non importa. Abbassala comunque.»

Lo fece. Le foto di cui aveva bisogno le aveva già scattate.

«Chi sono?» domandò guardandoli salire su una coppia di BMW monovolume.

«Diavoli» rispose Dušan.

«I diavoli non esistono. Esistono solo gli uomini che si comportano come tali.»

«Ti sbagli» insistette avviando l'auto. «D'altra parte, tu non sei costretto a vivere qui.»

Seduto sul sedile posteriore dell'Audi con la testa mozzata accanto a sé, Frend trascrisse il numero di targa della Mercedes. Miloje l'aveva individuata appena prima di fare ingresso in città. Frend aveva pensato che fosse stata mandata da Kiš o Stajić per tenerli d'occhio, ma aveva cambiato idea quando l'aveva rivista uscendo dalla taverna.

Miloje stava scrivendo qualcosa sul suo taccuino, guidando solo con la sinistra. Mostrò la pagina a Frend. *Niente albergo,* diceva il messaggio.

«Dove, allora?» chiese Frend, e Miloje alzò la mano a indicargli che ci avrebbe pensato lui.

Proseguirono per un'altra mezz'ora, facendo improvvisi dietrofront e prendendo svolte vietate finché Miloje non fu sicuro che nessuno li seguiva, giungendo davanti a un albergo di periferia frequentato da turisti dell'Europa dell'Est con scarse possibilità economiche. Miloje vi entrò e ne riemerse poco dopo con una chiave. Poi riprese in mano il taccuino e scrisse: *Resti in camera.*

«E domani?» domandò Frend. «Devo prendere il volo di ritorno per Vienna.»

Non da Belgrado. Da Timisoara.

L'aeroporto Timisoara era in Romania, a circa centosessanta chilometri da lì.

«Come ci arriviamo?»

La porto io.

«Quando?»

Alle cinque.

Frend lo ringraziò. Quando entrò nell'albergo non vide nessuno al banco della reception, e proseguì indisturbato fino in camera. La stanza conteneva un letto singolo, un televisore guasto e un bagno che puzzava di escrementi.

Sei milioni di euro. I Vuksan non potevano raccogliere una simile cifra. E anche se ci fossero riusciti, era un prezzo deliberatamente spropositato. Kiš e Stajić li volevano morti. Se Frend fosse andato all'albergo che aveva prenotato, avrebbe trovato ad attenderlo gli scagnozzi di Stajić. Sarebbe stato narcotizzato e trasportato senza tanti complimenti in uno scantinato puzzolente di aceto e carne bruciata, dove Stajić si sarebbe messo al lavoro su di lui.

Frend rimase sveglio tutta la notte finché Miloje ripassò a prenderlo il mattino dopo. Soltanto quando ebbero varcato il confine con la Romania cominciò a sentirsi al sicuro, ma non si rilassò del tutto finché non ebbe preso posto sul volo della Tarom-Romanian Air per Vienna via Bucarest.

Fu Miloje a consegnare la busta di velluto alla vedova di Nikola Musulin.

Non rimase a guardare mentre lei l'apriva, ma ne sentì ugualmente le grida.

43

Il trentunenne Luca Bilbija era il più giovane di coloro che avevano partecipato all'eliminazione di De Jaager e dei suoi. Tutto quello che sapeva era che c'era da svolgere un ultimo lavoro, un'azione che avrebbe richiesto l'uso della violenza, dopodiché avrebbe ricevuto una ricompensa speciale e, se avesse voluto, avrebbe potuto cercare impiego altrove. In alternativa avrebbe potuto fare ritorno in Serbia insieme ai Vuksan, dove Radovan gli aveva promesso la posizione di autista e guardia del corpo personale.

Come Radovan, anche Bilbija era un avido lettore, e condivideva con lui una passione per la poesia serba di inizio Novecento. Si era laureato in Lingua e letteratura serba all'Università di Belgrado, e le sue intenzioni originarie erano state quelle di proseguire gli studi accademici, ma a un certo punto i soldi di famiglia erano finiti ed era stato costretto a cercare lavoro. Sfortunatamente a Belgrado le occasioni di impiego scarseggiavano, e ancora di più nel suo villaggio nella Serbia orientale, vicino al confine con la Romania segnato dal Danubio. Il villaggio aveva trecento case ma solo duecento abitanti. I più ambiziosi, o i più disperati, erano andati a cercare lavoro in altri Paesi, principalmente in Austria, e chi era rimasto sopravviveva alla meglio. Come molte altre comunità della Serbia, era solo un paese per vecchi, e anche per loro andava bene a malapena. Bilbija non voleva tornarci, ma non era neanche convinto di voler fare il cameriere in un ristorante viennese o consegnare pacchi a Berlino.

Finché un bel giorno, tramite Zivco Ilić, un amico di suo zio, gli era stato offerto un posto di buttafuori in uno dei locali dei Vuksan ad Amsterdam. Dopo un paio di settimane passate a respingere gli ubriachi gli era stato affidato il compito di accompagnare le prostitute dai loro clienti. Bilbija poteva avere un cuore da poeta, ma a ospitarlo era un fisico da lottatore. Il suo nuovo ruolo gli piaceva, e le giovani donne di cui doveva occuparsi gli ispiravano un atteggiamento possessivo, anche se ciò non gli impediva di usare le maniere forti quando provavano a fare le furbe con i soldi.

Dopo sei mesi ad Amsterdam, aveva dovuto aiutare Zivco Ilić a sbarazzarsi di un corpo. La vittima era uno spacciatore che aveva cominciato a consumare la droga che vendeva, finendo per contrarre un debito con i Vuksan che non sarebbe mai riuscito a ripagare. Gli era stata concessa la possibilità di farsi perdonare la mancanza di autocontrollo effettuando una consegna di eroina da Amsterdam a Bruxelles. Sfortunatamente, la paranoia causata dalla droga lo aveva convinto di essere pedinato dalla polizia (o forse da demoni vestiti da poliziotti, i dettagli non erano del tutto chiari), portandolo a gettare via i cinque chili di roba in uno stagno nei pressi di Brecht.

Ilić e Bilbija lo avevano rintracciato in una camera non ammobiliata di Matongé, che Ilić aveva ridipinto con il sangue del fuggiasco mentre Bilbija aspettava fuori in macchina. Quando aveva finito, Ilić aveva chiamato Bilbija per aiutarlo a fare a pezzi il corpo e infilarne le parti in sacchi neri da scaricare in vari punti intorno a Bruxelles. Sfortunatamente, avevano appena cominciato a mozzargli le braccia quando lo spacciatore aveva dato segni di non essere morto come Ilić aveva creduto, e Bilbija aveva dovuto finirlo prima che facesse troppo baccano. Era la prima volta che uccideva qualcuno: l'esperienza era stata sanguinosa ma interessante, e in seguito vi aveva dedicato una poesia nello stile modernista di Vasko Popa.

A seguito di quell'episodio, Bilbija era diventato parte integrante della gerarchia della banda, specialmente dopo che i Vuksan avevano assunto il pieno controllo delle operazioni ad Amsterdam. Obbediva a entrambi i fratelli, ma prima di eseguire gli ordini di Spiridon li sottoponeva sempre a Radovan. In questo modo riusciva a evitare il più possibile la violenza gratuita, anche se al costo della fiducia di Spiridon. Tale fiducia era stata ulteriormente erosa dal rifiuto di Bilbija di partecipare attivamente agli stupri e ai femminicidi nella casa sicura di De Jaager. Bilbija poteva anche essere disposto a usare le maniere forti con le donne, ma non fino all'omicidio, e non era uno stupratore. Tra i suoi consimili, Luca Bilbija passava per essere un uomo di princìpi.

Quello a cui aveva assistito nella casa sicura di De Jaager non gli era piaciuto, e gli aveva fatto riconsiderare il proprio futuro con Radovan Vuksan. Si rendeva conto che presto la polizia olandese avrebbe stabilito un collegamento tra gli omicidi e i Vuksan, ed era fortemente possibile che sarebbe rimasto coinvolto anche lui. E questo gli sembrava terribilmente ingiusto. In quella casa sicura, lui non aveva torto un capello a nessuno. Aveva legato le donne sui letti, e in seguito aiutato a inchiodare De Jaager al muro, ma a quel punto il vecchio era già morto. Il suo ruolo aveva riguardato più che altro le operazioni successive di trasporto e pulizia, e a suo modo di vedere non meritava la prigione.

Quando la situazione si era complicata, in seguito alla morte di Nikola Musulin, Bilbija aveva deciso che il suo periodo al soldo dei Vuksan era giunto alla sua naturale conclusione. Aveva privatamente informato Radovan della sua decisione di lasciarli mentre il gruppo si nascondeva nella fattoria di Gavrilo Dražeta. Radovan gli aveva posato una mano sulla spalla e gli aveva bisbigliato: «Non dirlo a Spiridon o agli altri. Per ora sei ancora uno di noi.»

«Perché?» aveva chiesto Bilbija.

«Perché la situazione è cambiata. Ora siamo ricercati, e qualunque desiderio di lasciarci verrebbe visto da Spiridon come un preludio al tradimento. Verresti fatto fuori all'istante. Zivco lo farebbe senza neanche pensarci.»

«Ma Zivco è un amico» aveva protestato, sorpreso nel sentire un groppo in gola.

«Tu non hai amici. Non lo sono nemmeno io.»

«Ma allora perché mi stai dicendo queste cose?»

«Perché ho letto le tue poesie. Sei un pessimo poeta, ma un cattivo poeta è sempre meglio di niente.»

E così Bilbija aveva tenuto la bocca chiusa, e nel giro di qualche ora le cose si erano messe a suo favore. Radovan aveva convinto Spiridon a dividere il loro contingente per attirare meno l'attenzione. Aleksej Marković era diretto a Parigi, e Bilbija aveva avuto istruzioni di non dare nell'occhio ma tenersi in contatto. Radovan gli aveva dato il numero dell'avvocato Frend a Vienna e un indirizzo email che sarebbe stato controllato quattro volte al giorno. Gli aveva ordinato di recarsi a est, a Praga, il che era tutt'altro che un'imposizione. Bilbija aveva sempre amato Praga; se proprio doveva nascondersi, tanto valeva farlo in un posto che gli piaceva.

Luca Bilbija aveva il vizio del gioco, ma non gli piaceva scommettere da solo e non provava piacere a fissare lo schermo di un computer. Amava i casinò, l'eccitata pregustazione di uomini e donne che attendevano che la roulette venisse fatta girare o che una carta venisse scoperta. Gli piacevano i tavoli da gioco, e l'odore di un nuovo mazzo. Non lo considerava un difetto, poiché era tanto fortunato quanto cauto, e per questo vinceva più spesso di quanto perdesse. Ma, come qualunque giocatore potrebbe confermare, la fortuna prima o poi si esaurisce, ed è allora che un uomo diventa imprudente.

A Praga i casinò non mancavano.

E nemmeno coloro che osservavano Luca Bilbija.

44

Frend era sotto la doccia a casa propria quando udì il segnale acustico di un'email in arrivo. Il viaggio da Belgrado alla Romania e finalmente a Vienna era stato teso e sgradevole, ma ormai era quasi riuscito a lavarsi via la Serbia dalla pelle. Era ancora turbato, tuttavia, dal rischio che aveva corso di finire nelle grinfie di Simo Stajić. Gli avrebbe detto dove si trovavano i Vuksan, naturalmente, smettendo di dissimulare e confessando ogni cosa l'istante in cui avesse adocchiato la fiamma ossidrica, ma sapeva che parlare non lo avrebbe salvato. La sua lenta morte sarebbe stata filmata su un cellulare, ma solo per una distribuzione riservata. L'uccisione di un avvocato austriaco sul suolo serbo avrebbe causato enormi problemi a Belgrado; la sua scomparsa meno. Alla fine, per depistare le autorità austriache, i documenti di Frend sarebbero stati scoperti in un bordello bosniaco o croato, magari insieme a qualche goccia di sangue per salvare le apparenze.

Mentre si asciugava, Frend controllò la casella della posta elettronica. Miloje, la sua guardia del corpo a Belgrado, aveva rintracciato la Mercedes che li aveva pedinati dall'aeroporto grazie al numero relativamente ridotto di autisti di limousine in città. Il proprietario della Mercedes era stato convinto a rivelare l'identità dell'individuo che lo aveva assoldato: era un olandese di nome Hendricksen, il quale aveva trascorso la notte al Radisson e il mattino dopo si era fatto riaccompagnare all'aeroporto per prendere il primo volo in partenza per Vienna.

Frend indossò l'accappatoio e si mise al lavoro, cercando di scoprire tutto quello che poteva su Hendricksen. Come ogni buon avvocato, specialmente uno che operava in zone legalmente e moralmente più grigie del normale, aveva conoscenze nelle società di carte di credito, nelle banche e nel governo, in particolare al ministero degli Esteri austriaco. Da qualche parte ci sarebbe stata traccia delle attività di Hendricksen. Gli ci vollero una trentina di minuti e il trasferimento di parte dei fondi rimasti ai Vuksan per procurarsi una scansione del passaporto dell'olandese. Nel giro di un'ora ottenne anche il suo domicilio nei Paesi Bassi, gli estratti conto della banca e delle carte di credito, i numeri di telefono di casa e cellulare e una lista parziale della sua clientela, essendo Hendricksen un ex soldato dell'esercito olandese che lavorava come investigatore privato. Gran parte dei suoi guadagni degli ultimi anni provenivano da tre studi legali, uno dei quali era specializzato in casi che avevano a che fare con il mondo dell'arte. Gli estratti conto delle carte di credito, dal canto loro, mostravano che da alcuni giorni, a parte la parentesi di Belgrado, alloggiava in un hotel turistico nell'Innere Stadt di Vienna.

Frend sentì i passi di sua moglie al piano inferiore, accompagnati da una musica diffusa dalla radio. Mina si stava probabilmente preparando un Gin tonic, poiché l'ora era più o meno quella. Lo chiamò, chiedendogli se ne voleva uno anche lui, e Frend le rispose che l'avrebbe raggiunta tra poco. Dovevano parlare. Se era vero che non amava più sua moglie, Frend le era ancora abbastanza affezionato da non volere che le accadesse nulla di male, tanto per lei quanto soprattutto per la figlia. Il fatto che fosse uscito vivo da Belgrado non significava che era al sicuro. Non dubitava del fatto che la lunga mano di Kiš e Stajić si sarebbe potuta estendere oltre i confini serbi, e in Austria c'era un'abbondanza di serbi. Se Kiš e Stajić avessero deciso di sferrare un attacco contro i Vuksan, l'avvocato di questi ultimi restava il candidato più ovvio su cui far leva.

Sulla base di queste considerazioni, Frend aveva deciso che avrebbe fatto meglio a cercare di salvaguardare i propri cari e sé stesso, quantomeno finché le difficoltà dei Vuksan non fossero state risolte. Sua figlia era ragionevolmente al sicuro a Londra, dove aveva assunto il cognome materno da quando era andata in Inghilterra a studiare Giurisprudenza. Anche se avesse cercato di mettersi in contatto con lei per metterla al corrente delle sue preoccupazioni, era sicuro che Pia gli avrebbe riso in faccia, sempre che avesse risposto alla sua chiamata. E in ogni caso era improbabile che sarebbe stata disposta a modificare le proprie abitudini semplicemente sulla base di ciò che le avrebbe detto lui, anche a proprio rischio e pericolo. Frend sospettava che avrebbe scelto di morire solo per fargli un dispetto.

Sua moglie era un altro paio di maniche, e a pensarci bene lo stesso valeva per la sua amante. Con Radka avrebbe parlato più avanti, anche se non c'era molto che potesse fare a parte raccomandarle di stare attenta. Radka era testarda come sua figlia (il che era tutt'altro che sorprendente, visto che avevano quasi la stessa età), e non sarebbe stata disposta ad affidare ad altri la gestione della sua boutique per più di un giorno o due.

In ogni caso, era più probabile che i bersagli prescelti sarebbero stati i suoi parenti più stretti: le amanti, per graziose che fossero, erano qualcosa di passeggero, laddove la famiglia era per sempre. Ciò malgrado, nella parte rettiliana del suo cervello Frend si chiedeva come si sarebbe comportato se Radka o Mina fossero state usate contro di lui. Obiettivamente, sarebbe stato pronto a rinunciare a una delle due o anche a entrambe per la propria sopravvivenza, la quale a sua volta era strettamente connessa a quella dei Vuksan. Frend non li poteva tradire: i fratelli potevano anche essere isolati e gravemente indeboliti, ma non erano privi di alleati. Se li avesse consegnati ai loro nemici si sarebbe sparsa la voce, e lui avrebbe avuto i giorni contati. Pia era la sola per cui sarebbe stato disposto a sacrificarsi, e anche in quel caso con una certa dose di comprensibile indecisione...

Frend scese al piano inferiore e accettò il bicchiere che gli stava porgendo sua moglie. Poi la condusse in cucina e le illustrò la situazione, parlando a voce bassa e in tono serio per una decina di minuti. Non condivise ogni dettaglio, ma le disse abbastanza da farle capire la necessità di assentarsi per un certo periodo. Rimase sorpreso nel vedere che lei non se ne lamentava né gli rinfacciava l'esilio forzato, limitandosi ad accettarlo con una scrollata di spalle, e nel suo volto lesse che il loro rapporto, o ciò che ne era rimasto, era finalmente giunto al termine.

«Ho sempre saputo che eri corrotto» disse Mina. «Fin dal giorno in cui ci siamo conosciuti.» Curiosamente non aveva usato il termine *unehrlich,* nel senso di 'disonesto', preferendo invece *verkrümmt,* 'storto' o 'deformato', come se la sua perfidia fosse radicata al punto da manifestarsi a livello fisico. «Ma forse ho anch'io la mia parte di colpa» proseguì. «Perché ho goduto i frutti del nostro stile di vita. Ho semplicemente scelto di non chiedere come potevamo permettercelo.»

Fece scorrere lo sguardo lì intorno.

«Non penso che passerò una sola notte di più sotto questo tetto» soggiunse. «Spero che tu mi comprenda.»

«Capisco» disse Frend, rendendosi conto dell'ironia insita nell'uso di quella parola durante la dissoluzione di un matrimonio. Ora che lei lo stava finalmente lasciando, lui non desiderava altro che restasse. Non era così infelice con lei da preferire che non facesse parte della sua vita, e sapeva che Radka prima o poi lo avrebbe abbandonato. «Il mio rimpianto non è di non essere stato un uomo migliore, ma un marito migliore.»

«Non puoi essere una cosa senza l'altra» ribatté lei. «Avremmo dovuto accettarlo molto tempo fa.» Bevve un sorso del suo drink. «Lei ti rende felice?»

«Lei chi?»

«La donna che ti scopi quando non sei con me.»

Frend rifletté sulla domanda.

«A volte sì, ma c'è sempre un senso di colpa.»

«Perfino per te? Mi sorprendi.»

«Perfino per me» ripeté. Si sentiva vuoto e stanco. «Se sopravvivrò a questa situazione, penso che metterò fine alla relazione. Tutto considerato, preferisco la solitudine.»

«Forse sarebbe meglio per tutti.» Mina si alzò. «Mi conviene cominciare a fare i bagagli.»

«Dove andrai?»

«Pensavo a Londra. Potrei visitare Pia.»

Frend scosse il capo. «Meglio di no» disse, e l'occhiata che le rivolse rese perfettamente chiaro il motivo.

«Gesù» esalò Mina.

«È poco probabile» disse lui.

Lei lo fissò per un istante, poi gli gettò in faccia il resto del suo drink. «Ma ti senti?» esclamò. «'Poco probabile'? È di tua figlia che stai parlando!»

Frend si passò un canovaccio pulito sul volto. «Lo so, ed è per questo che dobbiamo tenercene a distanza.»

Mina posò il bicchiere vuoto sul tavolo e si sporse verso di lui. «Se le succede qualcosa,» disse «ti ucciderò con le mie mani.»

Mina aveva una vecchia amica, una vedova che abitava a Kufstein, nel Tirolo. Kufstein era una graziosa cittadina, e l'amica sarebbe stata lieta della sua compagnia. Frend le diede ventimila dollari in contanti presi dalla cassaforte di casa e le raccomandò di non usare carte di credito o bancomat.

«Per quanto?» chiese lei mentre aspettavano il taxi.

«Una settimana, direi, forse poco di più.»

In realtà non lo sapeva. Forse quella storia non sarebbe mai finita, quantomeno non finché i Vuksan fossero rimasti in vita.

«E tu cosa farai?»

«Non posso lasciare la città» disse. «Ho degli obblighi. Mi trasferirò nell'appartamento sopra lo studio.»

I primi due piani del palazzo erano stati dati in affitto a un'agenzia di sicurezza, che aveva finanziato i lavori per ricavare una camera blindata in cantina, si era assunta gran parte dei costi di installazione di porte corazzate sul davanti e sul retro e teneva almeno un uomo sempre di guardia. L'agenzia non era specializzata nella protezione personale, ma Frend era sicuro che se per un certo periodo avesse avuto bisogno di una guardia del corpo avrebbero potuto raccomandargli qualcuno. Avrebbe consigliato a Fräulein Pichler di visitare sua sorella a Helsinki, offrendosi di pagarle le spese. Lei avrebbe capito che non era il caso di chiedere spiegazioni.

Frend immaginava che se Kiš e Stajić avessero deciso di colpirlo a Vienna, lo avrebbero fatto solo come ultima risorsa. Vienna non era Belgrado, indipendentemente dalla quantità di serbi che ci lavoravano. Riuscendo a lasciare la Serbia ancora incolume, Frend aveva guadagnato almeno un po' di tempo. A quel punto sperava che Kiš potesse trattenere Stajić nell'attesa che i Vuksan facessero la mossa successiva. Ma se Kiš non ci fosse riuscito, Frend aveva ancora una carta da giocare.

Il taxi arrivò, e Frend caricò i bagagli di sua moglie.

«Ritirerò il resto delle mie cose una volta che questa situazione sarà risolta» disse Mina. «Ho già in mente un avvocato per il divorzio. È una donna, è giovane e non frequenta il tuo ambiente.»

«Non temere, non ti creerò problemi» replicò Frend. «Hai la mia parola.»

«È un po' tardi per simili promesse, non trovi?»

Non poté fare a meno di sorridere, e lei fece lo stesso.

«Suppongo di sì.» Frend infilò le mani in tasca. «Sono stati tutti così terribili, gli anni che abbiamo trascorso insieme?»

«Terribili no, ma che spreco.»

«Eccetto per Pia.»

«Sì, eccetto per lei.»

«Lo sai che perdendo te perdo anche lei, vero?»

Il sorriso si spense sulle labbra di Mina.

«Hai perso entrambe molto tempo fa.»

45

Come d'accordo, Angel attendeva Pia Lackner in un parcheggio di Queen Victoria Street poco distante dal suo studio, e come d'accordo la Lackner vi arrivò munita solo di borsetta. La narrazione che stavano costruendo imponeva che non avesse con sé indumenti o altri oggetti personali, nemmeno una busta da toilette. Aveva fornito ad Angel una lista dei suoi fabbisogni, indicando anche le proprie misure, e Rosanna Bellingham si era occupata degli acquisti, procurandole una scorta di indumenti e articoli da toilette sufficiente per due settimane. Angel aveva promesso che due settimane erano l'ipotesi peggiore, e lei aveva ribattuto dandogli una settimana e non un giorno di più.

Rosanna era al volante di una Ford Galaxy, e Bob Johnston era seduto sul sedile accanto. La Lackner salì rapidamente sul retro e Rosanna avviò il motore. Avevano preso in affitto un accogliente cottage sulla penisola di Lizard in Cornovaglia, già rifornito di provviste e distrazioni. La Lackner doveva restarvi nascosta, ma il cottage era isolato e aveva una sua spiaggetta privata. Pia non sarebbe andata a cena a Helston né a bere alla Greenhouse, ma non per questo sarebbe stata del tutto prigioniera, per quanto volontaria. Dal punto di vista lavorativo era già venerdì, il che significava che aveva tre giorni di tempo prima di dover giustificare la sua assenza in ufficio: sarebbe bastato telefonare dicendo che non stava bene. Nel caso Frend avesse deciso di controllare presso lo studio, era meglio assicurarsi che i datori di lavoro di sua figlia non fossero in pensiero per lei.

Con l'aiuto di Angel, la Lackner aveva registrato tre videomessaggi per suo padre. Si era dimostrata una buona attrice, esprimendo paura per la propria situazione e rabbia nei riguardi di Frend per averla messa in pericolo.

Ora premette un tasto per abbassare il finestrino del veicolo.

«Ci rivedremo?» chiese a Angel.

«Solo se andrà storto qualcosa.»

«Mio padre non avvertirà la polizia, se è questo che intende. Non vorrà rendere ancora più rischiosa la mia posizione.»

«Il fatto che chiami la polizia è solo uno dei modi in cui la situazione può precipitare, ma mi fa piacere saperlo.»

«Mi sto fidando di lei» disse.

«E io di lei.»

La Lackner si morse il labbro.

«Non voglio che soffra» disse. «Potrò anche odiarlo, ma è pur sempre mio padre.»

Angel diede un colpetto sulla fiancata del veicolo, segnalando a Rosanna di partire.

«Non gli faremo del male» rispose. «Glielo prometto.»

Probabilmente non ce ne sarà bisogno, pensò. Se tradirà i Vuksan, ci penserà qualcun altro.

46

Nella camera da letto che aveva condiviso per così tanti anni con sua moglie, Frend si sforzò inutilmente di ricordare quando era stata l'ultima volta che lui e Mina vi avevano fatto l'amore. Certo, rifletté, avrebbero potuto scegliere di dormire in stanze separate, ma nessuno dei due lo aveva mai suggerito. Forse, malgrado il precario stato della loro unione, non avevano mai voluto ritrovarsi soli nel buio.

Sebbene Mina avesse fatto i bagagli in tutta fretta, la stanza era in ordine, e in evidenza restavano solo le cose che appartenevano a lui. Tipico di Mina, cancellare in modo così netto qualunque segno visibile della propria esistenza. A divorzio compiuto, si disse Frend, sarebbe stato come se non avesse mai giocato alcun ruolo nella sua vicenda umana. Magari si sarebbero rivisti alle nozze di Pia, sempre che Pia avesse trovato il tempo di sposarsi e deciso di invitare anche suo padre. Ma per il resto, si disse, forse lui e Mina non si sarebbero più incontrati, almeno finché uno dei due non fosse morto e l'altro avesse ascoltato, senza versare una lacrima, una versione della sua esistenza ricreata a uso e consumo dei fedeli in chiesa.

Sentendo suonare il cellulare, per un istante Frend sperò che fosse Mina; ma il numero era riservato. Rispose lo stesso, sperando di distogliere la mente da quei pensieri.

«Avvocato Frend» disse la voce al suo orecchio. «Sono Matija Kiš.»

Frend si avvicinò alla finestra, tenendosi su un lato e scostando

la tenda con un dito, quasi si aspettasse di vedere Kiš o Stajić davanti al cancello; ma in strada non c'era nessuno.
«Sì?» disse.
«Ha lasciato Belgrado di gran fretta.»
«Temevo per la mia incolumità.»
«Non la biasimo. Anzi, ammiro il coraggio che ha dimostrato venendo. Pochi avvocati sarebbero disposti a rischiare la vita per i loro clienti. Da questo punto di vista, glielo concedo: lei fa onore alla sua professione. Posso parlare sinceramente?»
«Gliene sarei grato.»
«Per quanto riguarda i suoi clienti, il mio collega e io abbiamo avuto una divergenza di opinioni, che deriva in parte dalle nostre diverse nature. Simo è un impulsivo, ed è abituato alle soluzioni drastiche. Prima agisce, poi riflette. A volte temo che non rifletta affatto. Mi sono spiegato?»
Il problema di Kiš, si disse Frend, era di essere nato un decennio troppo tardi. C'era stato un periodo in cui in Serbia, così come in altri territori che un tempo avevano fatto parte del blocco sovietico, un individuo con radici così profonde nella criminalità sarebbe stato ugualmente eleggibile; ma ora non era più così, e Kiš era costretto ad affidarsi ad altri. Ma possedeva la lingua di un politico, e faceva sempre attenzione a non dire mai niente al telefono che avrebbe potuto danneggiarlo in una corte di giustizia.
«Finora non ho avuto problemi a seguirla» disse Frend.
«Io invece sono un tipo più cauto. Così come molti dei miei conoscenti.» Nel senso dei suoi alleati politici, desiderosi di contenere un'esplosione di omicidi implicitamente sanciti dalle autorità governative. «La nostra opinione è che i suoi clienti non possano tornare in patria. La loro parola non può bastare, e anche le prove pecuniarie della loro buona volontà potrebbero non essere sufficienti a coprire l'ammanco di fiducia.»
«Ma allora perché è stata formulata l'offerta?»
«Per vedere se avreste abboccato, lei come loro. Ma il risultato finale non sarebbe cambiato. Credo che sappia cosa intendo.»
«Con la differenza che lei e i suoi amici vi sareste significativamente arricchiti.»
«Niente in confronto alle ricchezze procurate dall'ingresso della Serbia nell'Unione Europea. A nostro modo di vedere, i benefici

recati dall'eliminazione dei suoi clienti non sarebbero valsi i rischi connessi. Non abbiamo bisogno di altre bombe nei ristoranti di Belgrado.»

«Ma il suo commensale non la vede allo stesso modo.»

«No» disse Kiš. «Lui vuole sia i soldi che la soddisfazione. Fatica a comprendere il concetto di gratificazione ritardata.»

«Si rende conto che il suo tempo sta per finire?» chiese Frend. «Se, come dice lei, l'ingresso in Europa promette ricchezze e opportunità, a farne inevitabilmente le spese sarà la criminalità più esposta. Perfino i russi sono costretti a mantenere una finzione di legalità.»

«Un simile scontro con Simo dovrà attendere un altro momento» disse Kiš con la solita cautela.

«Non vedo l'ora di leggerne i resoconti sui giornali. Spero che le foto saranno a colori, e che lui non soffra più di quanto merita.»

«Glielo riferirò, se desidera.»

«Come vuole» disse Frend. «Non gli piaccio molto, in ogni caso.» Cercò di mostrare noncuranza, ma il tremito della sua voce lo tradì. Era già sfuggito per miracolo a un interrogatorio del socio di Kiš. «Dunque qual è la situazione?»

«I suoi clienti hanno una settimana di tempo per lasciare l'Europa. Se non lo faranno, le loro prospettive precipiteranno rapidamente.»

Un modo interessante di descrivere una sentenza di morte, pensò Frend.

«Dovrò discuterne con loro» disse. «Contavano di mettere base più vicino a casa.»

«Al contrario, dovrebbero esserne lieti. Come dicevamo a tavola, non siamo gli unici a considerarli un fastidio.»

«Posso solo ribadire che gliene parlerò.»

«Conto sulla sua persuasività, Herr Frend, soprattutto perché le sue sorti sono strettamente legate alle loro. Spero di risentirla presto.»

Kiš chiuse la comunicazione, e Frend posò il cellulare. Era madido di sudore. Una settimana: forse sarebbe bastata, se fosse riuscito a convincere Spiridon, ma questo avrebbe risolto solo una delle difficoltà dei Vuksan. Restavano quelle causate dalla fallita consegna dei due siriani, ma in quel caso forse sarebbe bastato un risarcimento in denaro. Frend era sicuro che i Vuksan avessero fondi segreti di cui nemmeno lui era a conoscenza, poiché Radovan era troppo astuto per non avere accantonato qualcosa. E un pagamento in contanti avrebbe sicuramente placato la collera degli islamisti.

Ma, se Kiš aveva detto il vero riguardo alle intenzioni di vendetta degli amici di De Jaager, l'assassinio di Aleksej Marković a Parigi assumeva un aspetto ancora più preoccupante. Chiunque fosse stato a eliminarlo, non si sarebbe fermato a lui, il che significava che i Vuksan e quelli che li attorniavano erano in pericolo. E questo era un guaio che non poteva essere risolto lasciando l'Europa o pagando qualche sconosciuto. Richiedeva un'azione più diretta.

Frend tornò a guardare la fotografia di Hendricksen. Era ora di capire chi di preciso stava dando la caccia ai Vuksan.

47

Louis aveva preferito prendere il treno da Parigi a Praga, il lungo viaggio reso più tollerabile dalle comodità della prima classe e dal fatto di poter nascondere una delle due Rohrbaugh senza dover rispondere a domande scabrose. L'altra, quella che aveva usato per uccidere Aleksej Marković, era già finita in fondo alla Senna, e i suoi ospiti giapponesi si erano presumibilmente sbarazzati della seconda coppia.

Louis non fece telefonate durante il viaggio, e dormì da Parigi a Francoforte. Per il resto del tragitto alternò la lettura dei giornali a quella dell'*Ultimo dei Mohicani* di James Fenimore Cooper, che gli aveva regalato Angel. Aveva un vago ricordo del fumetto dai tempi in cui era ragazzo, il che probabilmente non era stata la risposta giusta da dare quando Angel gli aveva chiesto se lo avesse mai letto. E adesso, sul treno per Praga, stava cercando di farsi perdonare la sua ignoranza.

Era dalla scoperta della malattia di Angel che Louis aveva intrapreso la lettura dei cento capolavori della letteratura mondiale. Non se la stava cavando troppo male, a patto di non dare retta ad altre liste rivali. A suo modo di vedere, a quel punto i critici più eminenti avrebbero dovuto raggiungere un consenso, permettendo a un povero lettore di colmare le proprie lacune letterarie senza temere che ce ne fossero altre in agguato, pronte a essere svelate. Di quel passo, le sue letture non sarebbero mai terminate.

Quando finalmente arrivò a Praga era il crepuscolo. Prese possesso della sua stanza in un piccolo albergo di Malá Strana, in una delle viuzze nei pressi dell'isola di Kampa. Fece la doccia, si cambiò e chiamò Angel e Hendricksen. Cenò da solo all'U Modré Kachničky su Nebovidská, dove anni prima era stato con Parker e Angel. Allora non avrebbe scommesso molto sulle loro possibilità di sopravvivenza, eppure nonostante tutto ce l'avevano fatta tutti e tre.

Il mondo, rifletté, era pieno di sorprese.

Il mattino successivo, Louis incontrò l'uomo chiamato Most al bar seminterrato dell'Hotel U Prince in piazza della Città Vecchia. Tecnicamente il locale apriva solo alle cinque, ma per Most venivano fatte eccezioni. Il suo cognome significava 'ponte', e Most si vantava di essere un tramite e un collegamento, spesso tra chi era in cerca di qualcosa di illecito e il qualcosa in questione. Ma il nome lo descriveva anche fisicamente. Come aveva osservato Angel in un'occasione, Most avrebbe potuto collegare le due rive della Moldava stendendosi attraverso il fiume. La sua era una figura massiccia; seppure ingrigito dagli anni e costretto a camminare con un bastone, era comunque un uomo imponente.

«Le piace, il locale?» chiese a Louis sedendosi su una panchetta di pelle.

Il bar si chiamava Angelo Nero. La volta precedente che era stato a Praga, Louis aveva preso parte alle ricerche di una statua (o di un'entità, a seconda delle proprie credenze) chiamata proprio l'Angelo Nero. Considerata la quantità di morti causati da quegli eventi, la scelta del locale era più intonata al senso dell'umorismo di Most che al suo.

«Di sicuro ha una sua atmosfera» concesse.

«Quella di una caverna» disse Most. «Ma è tranquillo. Più tardi si riempirà di turisti, ma per ora siamo soli.»

«Il suo inglese sembra migliorato dall'ultima volta che ci siamo visti.»

«Ho preso lezioni. Bisogna stare al passo con i tempi, e questi tempi richiedono un buon inglese. Beve qualcosa?»

«È ancora troppo presto. Un caffè va bene.»

Parve deluso, e per compensare ordinò due cocktail per sé. Il barista li servì rapidamente, insieme al caffè di Louis, e poi si allontanò.

«Che le è successo alla gamba?» si informò Louis.
«Artrite. Un problema ereditario.» Most bevve un sorso prima di un cocktail e poi dell'altro, trasformandoli in un unico drink in due bicchieri. «Mi hanno anche sparato, molto tempo fa. Il che non aiuta.»
«Questo è vero.»
Louis aggiunse del latte al suo caffè ma accantonò lo zucchero.
«Ho saputo che hanno sparato anche a lei» riprese Most. «E non molto tempo fa.»
«Esatto.»
«Doloroso?»
«Allora o adesso?»
«Adesso, ovviamente. Al momento è sempre doloroso.»
«Un poco.»
«Quando uomini come noi dicono 'un poco', intendono 'molto'. Dovrebbe bere più alcol.»
«Su di lei funziona?»
«Non ancora, ma potrebbe voler dire che non sto bevendo abbastanza. Sono lieto di insistere finché non troverò la dose giusta. Come sta Angel?»
«Ha anche lui le sue sofferenze.»
«Un proiettile?»
«Cancro.»
Most fece una smorfia. «Mi dispiace molto.»
«Gliel'hanno asportato quasi tutto, e il resto l'hanno avvelenato. Angel, sono lieto di riferire, ha la scorza dura.»
Most levò entrambi i bicchieri. «In tal caso, *dobré zdraví*» disse. «Per quanto possa servire.»
Louis lo imitò con la tazza. «Salute» disse. «Ha trovato Bilbija?»
«Non è stato difficile» rispose Most sfilandosi una foto di Luca Bilbija dalla tasca della giacca e posandola sul tavolo. «Sta spendendo soldi, il che ti rende visibile, anche se li sta spendendo nel modo giusto e nei posti giusti, e così dà meno nell'occhio.»
Louis trasse a sé la foto. Era Bilbija, senza ombra di dubbio.
«Dov'è stata scattata?»
«In un casinò di Zbraslav, a sud della città. Molto esclusivo. Ha preso in affitto una casa nei paraggi, per gentile concessione dei proprietari del casinò.»
«È solo?»

«Sì. Ma c'è una complicazione.»

«E quando mai non c'è?»

Most aggiunse altre cinque foto alla prima. Mostravano, da angolazioni diverse, quella che sembrava una casamatta fortificata: una costruzione a un piano con strette finestre, circondata da un alto muro di protezione. Sul lato sud del muro c'era un cancello per le auto che dava sull'ingresso di casa.

«E Bilbija alloggia lì dentro?» domandò incredulo Louis.

«Lo ammetto, non è la sistemazione di un uomo in pace con il mondo.»

Most picchiettò una foto con la cannuccia di uno dei suoi due drink.

«Vede qui? Telecamere di sorveglianza, sia all'esterno che all'interno del muro. Ci sono anche luci attivate da sensori di movimento e un allarme collegato con il servizio di sicurezza del casinò. Le porte sono di acciaio rinforzato, e le finestre hanno scuri dello stesso materiale. Nel caso venisse tolta la corrente c'è un generatore di emergenza, e l'interruzione farebbe scattare un allarme. Se necessario, il casinò può anche decidere di avvertire la polizia. A quanto mi si dice, tra loro c'è un accordo.»

Porse a Louis un'altra foto: un trio di uomini sulla cinquantina avanzata, uno dei quali stava puntando una pistola contro la telecamera.

«I Novákovi» soggiunse. «Sono i proprietari del casinò, e quella in cui sta Bilbija è una di cinque case nei dintorni che tengono a disposizione dei grandi scommettitori, quelli che preferiscono non stare in albergo. E di chi potrebbe avere problemi di sicurezza, tra cui momentanee difficoltà con i nemici della legge.»

«E il patto con la polizia in cosa consiste?»

«Le autorità non fanno domande finché non sorgono complicazioni. Alcuni agenti fanno addirittura gli straordinari come gorilla per il casinò. Vede questo?» Indicò l'angolo a nord della casa di Bilbija. «È l'alloggio delle guardie. Ce ne sono sempre due. Si danno il cambio ogni quarantotto ore. Il cancello esterno si apre, l'auto entra, gli occupanti vengono controllati da questa telecamera sul lato interno del muro, e solo a quel punto le guardie all'interno aprono la porta della casa. Gestiscono anche le consegne di cibo, vino, donne e qualunque altra cosa.»

«Armi?»

«Pistole mitragliatrici Heckler & Koch e pistole Phantom. Ma, anche se fossero armati soltanto di sassi, colpire Bilbija in casa sarebbe comunque impossibile. Con un po' di fortuna potrebbe arrivarci, ma a quel punto si troverebbe circondato. Uscirne vivo, sempre che sia possibile, significherebbe sparare a dei poliziotti, cosa che non piacerebbe a nessuno, me compreso.»

«Ma Bilbija uscirà pure, ogni tanto.»

«Solo per andare al casinò. Cena, gioca, magari si porta una donna in una delle camere private al piano di sopra, e poi torna a casa.»

«Mi lasci indovinare» disse Louis. «Non è mai solo.»

«Gli piace guidare la sua auto a noleggio, l'Audi TT nella seconda foto, ma è sempre scortato da una vettura del casinò e da una della polizia. Una davanti, l'altra dietro e lui in mezzo.»

«E nel casinò?»

«Le armi sono proibite, quantomeno alla clientela. Ci sono metal detector e scanner manuali. Le auto vengono parcheggiate nel garage sotterraneo, che è dotato di un sistema di sicurezza, per cui arrivare all'Audi di Bilbija potrebbe essere dura. Eliminarlo nel casinò sarebbe difficile ma non impossibile, allo stesso modo che in casa. Il problema è uscirne. Suppongo che dipenda da quanto lo voglia morto.»

«Quanto basta.»

«Prima o poi un errore lo commetterà. È solo questione di tempo e pazienza.»

«Che scarseggiano entrambe.»

«Potrebbe appaltare la cosa» suggerì Most.

Louis lo fissò senza dire niente.

«O anche no.»

«Mi mostri il percorso dalla casa al casinò» disse, e con suo grande piacere invece di aprire Google Earth sul cellulare Most squadernò una mappa della zona sul banco. Anche lui preferiva non lasciare tracce elettroniche.

«La casa è qui,» disse usando di nuovo la cannuccia a mo' di bacchetta «e il casinò è qui. Distano tre chilometri e duecento metri, tutti su strade private attraverso i terreni dei Novákovi.»

«Dunque è qui che Bilbija è più vulnerabile» osservò Louis.

«Niente affatto» lo corresse Most. «Dovremmo penetrarvi senza farci vedere, il che significa sfuggire a telecamere e sensori, e trovare il punto in cui tendergli un'imboscata e una via di fuga. Stiamo anche parlando di quattro uomini armati, tra cui almeno due poliziotti, più lo stesso Bilbija. Le ricordo di nuovo che qui non siamo usi agli scontri a fuoco con la polizia.»

«Non stavo pensando a uno scontro a fuoco.»

«Un lanciarazzi, magari? Glielo potrei procurare senza problemi. Sventrerebbe l'Audi come una lattina e ridurrebbe Bilbija a pezzetti. Ma saremmo comunque a piedi, inseguiti da uomini armati e con altri in arrivo. Non ne usciremmo vivi.»

«Non pensavo nemmeno a un lanciarazzi» disse Louis.

«Cosa, allora?» domandò Most. «Chiederà a Dio di fulminarlo dai cieli?»

Louis gli restituì le foto da distruggere.

«Sì» rispose. «È esattamente quello che farò.»

48

Frend chiamò i Vuksan utilizzando una nuova tessera sim. Ne teneva una scorta in cassaforte per le emergenze, e con Radovan era stato deciso che per comunicare nessuno dei due avrebbe dovuto usare lo stesso numero per più di un paio di giorni. Per poter identificare le sue chiamate, Frend aveva inviato un'email criptata con la lista dei numeri a sua disposizione, e Radovan aveva fatto lo stesso.

In previsione del trasloco sopra lo studio, Frend aveva preparato una borsa con l'occorrente. Nell'appartamento teneva qualche indumento di riserva, più che altro camicie e mutande, insieme a un abito e a qualche articolo da toilette, ma nelle circostanze attuali non sarebbero bastati. Non era pronto a tornare a casa finché il problema dei Vuksan non fosse stato risolto, ma sembrava sempre più improbabile che la soluzione proposta dalla controparte avrebbe soddisfatto i due fratelli.

«Allora?» chiese Radovan quando rispose.

«Non potete tornare» spiegò Frend. «E ci hanno dato un ultimatum. Avete una settimana di tempo per lasciare l'Europa, o ne pagherete le conseguenze.»

Radovan rimase in silenzio per qualche istante. «Spiridon non accetterà» disse alla fine.

«In tal caso, con tutto il rispetto, Spiridon morirà» ribatté Frend.

Un'ora più tardi Frend si recò all'appuntamento con Zivco Ilić al Café Restaurant Corbaci sulla Museumplatz. L'esterno poco vistoso del Corbaci mascherava l'opulenza dell'interno, decorato da un magnifico soffitto a volta di ceramiche orientali. Ilić sembrava un pesce fuor d'acqua tra i turisti e i viennesi, anche se era difficile pensare a un posto qualunque in cui non avrebbe sfigurato, tranne forse sotto un sasso. A Frend non era mai piaciuto, ma grazie al cielo finora lo aveva frequentato di rado.

Curiosamente, Ilić non sembrava essersi presentato da solo. Di fronte a lui era seduta un'adolescente intenta a sorseggiare una cioccolata calda, il volto quasi interamente nascosto dal cappuccio di una felpa nera con il nome di un gruppo musicale che Frend non aveva mai sentito nominare, ma che era sicuro avrebbe odiato fin dalla prima nota. Non c'era motivo per cui una ragazzina di quell'età dovesse frequentare un uomo come Zivco Ilić, a meno che il motivo non fosse, come dire, professionale. Quando Frend si avvicinò e si sedette alla destra di Ilić, lei non alzò nemmeno gli occhi.

«Non mi aspettavo che avremmo avuto compagnia» disse lui. «Chi è la signorina?»

Solo allora lei lo guardò da sotto il cappuccio, e Frend provò l'impulso irresistibile di alzarsi e allontanarsi, abbandonare i Vuksan e l'esistenza che stava conducendo al solo scopo di nascondersi da creature come quella. Non era affatto un'adolescente, ma solo una sua caricatura. I suoi occhi erano vecchi e lacrimosi, i denti opachi, la pelle segnata da minuscole rughe come un frutto avvizzito. Le sue unghie non dipinte erano appuntite, e ricordavano sgradevolmente quelle di Simo Stajić. Frend avvertì una profonda assenza, una mancanza di coscienza, di moralità, di un senso del bene e del male, come se la vetustà e la diversità di quell'essere svuotassero quei concetti di qualunque significato. Era come aspettarsi di incontrarli in un ragno, in uno scorpione o in qualche altra creatura rimasta quasi inalterata dalla Preistoria.

«Lei è Zorya» disse Ilić.

Eccola, dunque, la strega di Spiridon. Frend non aveva mai davvero dato retta a Radovan quando ne parlava, accantonandola come uno dei capricci di Spiridon, l'ennesimo esempio della sua primitività. Ma ora, finalmente al suo cospetto, ammetteva di essersi sbagliato. Spiridon Vuksan poteva anche essere un contadino superstizioso di estrazione, ma in questo caso era giustificato. Zorya era *unheimlich*. Solo un secolo prima, Freud si sarebbe precipitato di persona dal suo appartamento di Berggasse soltanto per vederla con i suoi occhi.

«Ha fatto attenzione a non farsi notare?» chiese Ilić.

«Credo di sì» rispose Frend. «D'altra parte, sono stato il primo a sconsigliare di incontrarci in pubblico. Si poteva benissimo organizzare una consegna.»

«È stato Spiridon a volerlo. Io mi limito a seguire gli ordini.»

Spiridon, non Radovan. Interessante, pensò Frend, ma anche preoccupante.

«Ha spiegato perché?»

«Non gliel'ho chiesto. È per questo che si chiamano ordini.»

Si avvicinò un cameriere, e Zorya tornò a nascondere il viso. Frend ordinò un tè che in realtà non desiderava e posò una copia ripiegata del *Der Standard* sul tavolo. All'interno c'era una fotografia di Hendricksen e una busta con diecimila euro in banconote da cento, duecento e cinquecento. Ilić avrebbe raccolto giornale e busta al momento di lasciare il tavolo.

Frend si accorse che Zorya lo stava osservando, ma cercò di non ricambiare. Emanava un odore che era una combinazione di secco e umido, come un'antica caverna un tempo percorsa dall'acqua.

Il cameriere tornò con il tè. Ilić seguiva con lo sguardo i visitatori che percorrevano il locale, concentrandosi sulle ragazze più graziose, molestandole con gli occhi. L'ora della sua morte, rifletté Frend, non sarebbe mai giunta abbastanza presto.

«E questo Hendricksen è un ex militare?» domandò Ilić senza distogliere lo sguardo dai giovani corpi di passaggio.

«Ha servito nei Balcani» rispose Frend. «Il suo battaglione era a Srebrenica.»

«E sta cercando di fare ammenda?»

«Chi lo sa?»

«Dovremo scoprirlo. Glielo chiederà Zorya.»

«E Spiridon?» chiese Frend. «Ha cambiato idea riguardo a Belgrado?»

Ilić scrollò le spalle. «Radovan sta cercando di farlo ragionare, ma Spiridon non crede nella fuga.»

Frend si strinse il dorso del naso tra le dita e chiuse gli occhi. Di solito non era soggetto a emicranie, se non in circostanze estreme, ma poteva sentirne una in arrivo.

«E lei in cosa crede?» chiese, in mancanza di una domanda migliore.

«Nei soldi. Nella topa. Cos'altro c'è in cui credere?»

«Dio?» suggerì Frend. Scherzava, ma solo fino a un certo punto. Ancora oggi, dopo tutti quegli anni, faceva fatica a mettere in relazione la fede ortodossa di quegli uomini con il loro gusto per il sadismo e l'omicidio. Ma Ilić sembrava aver preso seriamente l'interrogativo.

«Zorya dice che c'è una vita dopo questa,» concesse «e non è una che racconta storie. Ma, anche se ha ragione, quando morirò non vedrò Dio, o almeno non per molto. Non lo vedrà neanche lei, sicché non dovrebbe interrogarsi troppo sui dettagli della Sua esistenza.»

A un tratto Frend avvertì una pressione sulla mano destra: l'unghia del dito indice di Zorya stava tracciando una scritta sul dorso. Una parola di tre lettere: PIA.

Pia.

«È il nome di sua figlia, vero?» domandò. La sua voce era troppo profonda, troppo rauca.

«Sì» rispose Frend. «Gliel'ha detto Spiridon?»

«Spiridon non ne ha mai parlato, e nemmeno Radovan. Vuole che le dica di più su di lei?»

«No.»

Zorya lo ignorò.

«Posso dirle che non la rivedrà più.»

«È una conversazione che preferirei evitare.»

Gli passò un'unghia sulla pelle, e lui ritrasse la mano di scatto. Ilić ridacchiò.

«Conosce una quantità di trucchi da baraccone» disse. «Ma non si lasci impressionare.»

Zorya gli rivolse un sibilo. Era una reazione curiosamente adolescenziale, ma sembrava quasi del tutto priva di cattiveria. Zorya dava l'impressione di provare simpatia per lui, o quantomeno di non odiarlo. A giudizio di Frend, non era un complimento per nessuno dei due.

«Hanno trovato Fouad» disse Ilić.

Frend impiegò qualche istante a riconoscere il nome: Fouad, l'uomo scomparso a Parigi che Radovan sospettava di aver tradito i due siriani. Frend era al corrente da tempo delle attività dei Vuksan nel settore del traffico di esseri umani, e in particolare nel trasferimento di soggetti particolarmente delicati, ma come per gran parte dei loro affari era sempre riuscito a mantenere una certa distanza dai particolari. Sfortunatamente, ora non aveva più quel lusso. Se i Vuksan lo avessero consultato, avrebbe cercato di dissuaderli dal fare affari con sospetti terroristi. Già solo l'idea che un simile consiglio fosse necessario era deprimente.

«Chi?» domandò.

«I turchi, crediamo» rispose Ilić. «L'hanno torturato a morte in uno scantinato di Marsiglia.»

«E Radovan come ha reagito?»

«Si è messo in contatto con loro tramite un intermediario. A quanto pare, Fouad ha confessato di aver agito da solo insieme a un agente americano, e ha scagionato Radovan e Spiridon da qualunque responsabilità.»

Un agente americano: curioso, pensò Frend. Erano stati gli americani a passare l'informazione sui siriani ai servizi segreti francesi? Non era da loro rinunciare così di buon grado a un simile bottino, ma a Washington regnava un nuovo ordine. I complotti degli islamisti interessavano meno delle manovre dei cinesi o delle malefatte dei russi.

«È una buona notizia» disse.

«Non abbastanza da farci perdonare il fatto di esserci fidati di Fouad» obiettò Ilić. «I turchi pretendono comunque di essere risarciti.»

«In tal caso, probabilmente dovrete farlo» disse Frend.

L'altro lo guardò come se fosse un idiota.

«Pagare non farà alcuna differenza. A quest'ora i turchi si saranno resi conto che ci sono rimasti pochi amici. In caso contrario, non avrebbero mai osato prendere di mira Fouad. Se pagheremo, ci ammazzeranno per dare l'esempio. E se non lo faremo, ci faranno fuori per non averli ripagati e *anche* per dare l'esempio. Ragione per cui non pagheremo.»

«Ma loro non smetteranno di darvi la caccia» precisò Frend.

E io?, si chiese. Cosa gli dirò se, o quando, si presenteranno da me?

«Ce ne stiamo occupando.» Ilić diede un colpetto sulla spalla a Zorya, che si alzò e si strinse i laccetti del cappuccio intorno al volto.

«Dica a Radovan che mi rifarò vivo domani sera» disse Frend.

Ilić annuì e fece per condurre Zorya verso l'uscita.

«Andiamo a fare due chiacchiere con l'olandese» le propose.

Ma Zorya si fermò.

«Aspetta» disse.

Parte terza

I miei ieri mi accompagnano. Stanno al passo,
sono facce grigie che sbirciano da sopra la mia spalla.

WILLIAM GOLDING, *Caduta libera*

49

Gavrilo Dražeta fece ritorno alla sua fattoria con pane, frutta, salsicce fresche e una bottiglia di Sekt da bere con sua moglie per celebrare il loro prossimo anniversario. Magari qualche vicino avrebbe brindato con loro, gridando '*István und Willa, Zum Wohl!*' anche se tecnicamente István non esisteva e di conseguenza il suo matrimonio, per felice che fosse, era una menzogna. Ma la finzione era ormai realtà, poiché Gavrilo Dražeta era diventato a tutti gli effetti István Adami, e i crimini del primo (se erano stati davvero crimini, cosa che lui contestava) sembravano ormai le azioni di un altro, o i sogni di una realtà alternativa. Se avesse affrontato la macchina della verità e fosse stato costretto ad ascoltare la litania dei delitti del suo alter ego, István Adami avrebbe probabilmente manifestato una confusione in grado di convincere perfino sé stesso, superando il test senza problemi.

In ogni caso, a Kassel erano in pochi a voler parlare di conflitti, recenti o più lontani che fossero. Nel 1943, i bombardamenti alleati avevano raso al suolo quasi l'intera cittadina; il poco che era rimasto era stato ristrutturato, il resto ricostruito da zero. La conseguenza era che i suoi abitanti avevano un atteggiamento ambivalente verso le vicissitudini belliche. E chi meritava di essere giudicato per le proprie mancanze solo agli occhi degli altri? Se la giustizia fosse ammontata solo a quello, nessuno sarebbe risultato innocente. Un uomo era più della somma delle sue imperfezioni. Questo era ciò che Gavrilo Dražeta avrebbe detto agli investigatori delle Nazioni Unite se fossero riusciti a trascinarlo al cospetto di uno dei loro tribunali, ma Gavrilo Dražeta non esisteva più. Ora c'era soltanto István Adami, un uomo che amava sua moglie, che badava al suo bestiame, che dava una mano ai suoi vicini, che faceva volontariato per le organizzazioni locali in aiuto ai poveri e agli anziani. István Adami conduceva una vita senza macchia, anche se l'ombra che proiettava era quella di un altro.

Dopo la visita dei Vuksan, tuttavia, lo spettro di Gavrilo Dražeta aveva ripreso sostanza. Gavrilo non avrebbe mai voltato le spalle ai suoi vecchi compagni nel momento del bisogno, ma avrebbe preferito che non avessero bussato alla sua porta. Ogni contatto lasciava traccia, e una traccia poteva essere seguita. Da quando i Vuksan se n'erano andati, Gavrilo aveva cominciato a girare con la sua piccola Walther sempre in tasca, perché non si sapeva mai chi sarebbe potuto arrivare.

Ora entrò in casa dalla porta della cucina, reggendo le pesanti sporte della spesa, e chiamò sua moglie. Posò le sporte sul tavolo e si stiracchiò. Era in piedi da diverse ore, e la sua giornata era giunta solo a metà, ma quasi quasi avrebbe schiacciato un pisolino prima di dedicarsi di nuovo alle vacche.

Il primo colpo alla nuca lo mise in ginocchio.

Il secondo gli fece perdere conoscenza.

50

Hendricksen aveva ricevuto un'email in cui Angel lo informava del suo imminente arrivo a Vienna e confermava che il 'rapimento' di Pia Lackner era andato secondo i piani. Da parte sua, l'olandese aveva inviato sia a Angel che a Louis le fotografie fatte a Belgrado e le identità dei partecipanti all'incontro con Frend confermate dal suo autista. Anche senza aver potuto ascoltare la conversazione che si era svolta nel ristorante, immaginavano che Frend avesse cercato di negoziare i termini del rientro dei Vuksan in Serbia. Grazie ai movimenti delle sue carte di credito sapevano anche che l'avvocato, pur avendo un biglietto di andata e ritorno sulla rotta Vienna-Belgrado, aveva preferito rientrare in Austria passando dalla Romania. O aveva avuto un impegno importante a Timisoara, il che sembrava improbabile, oppure il negoziato con Kiš e Stajić non era andato bene, lasciando i Vuksan esposti e privi di una destinazione sicura in Serbia.

Ora Hendricksen si trovava all'Architekturzentrum, da dove stava osservando Frend uscire dal Corbaci e dirigersi verso la stazione della U-Bahn. Per arrivare al caffè l'avvocato aveva preso due taxi, scendendo dal primo, proseguendo a piedi per un tratto e infine salendo sul secondo, probabilmente nel vago tentativo di seminare qualche ipotetico pedinatore, ma Hendricksen era un investigatore troppo esperto per farsi ingannare da un trucco così elementare.

Frend aveva con sé una ventiquattrore e una borsa da viaggio. Hendricksen temeva che avesse in programma di prendere un altro volo, ma le sue carte di credito non mostravano alcuna prenotazione. Malgrado le grandi vetrate del Corbaci, l'olandese non era riuscito a riconoscere i commensali di Frend, e non aveva voluto rischiare di farsi vedere dall'avvocato all'interno del locale. Sapeva solo che erano in due, e che una sembrava una ragazzina. Per quanto ne sapeva Hendricksen, i Vuksan non frequentavano adolescenti di sesso femminile, o in ogni caso non con propositi virtuosi. Era riuscito a fare un paio di fotografie con il cellulare, ma la distanza era troppa e i tratti facciali confusi.

Se Angel e Louis fossero stati presenti, avrebbero potuto dividere la sorveglianza con lui. In quelle circostanze, Hendricksen poteva solo scegliere se continuare a tenere d'occhio l'avvocato o seguire l'uomo e l'adolescente. Finora dal caffè era uscito il solo Frend, e se Hendricksen avesse atteso oltre avrebbe corso il rischio di perderlo di vista. Gettò una breve occhiata nella sala del Corbaci, ma non vide alcun segno degli altri due. Decise di restare sulle tracce dell'avvocato.

Più tardi, in punto di morte, avrebbe concluso di aver commesso un errore di valutazione.

Zorya e Ilić uscirono insieme dal bagno. Attirarono qualche occhiata incuriosita, ma nessuno fece commenti, poiché era così che le cose andavano a Vienna.

«Via libera» disse Zorya. «La sensazione se n'è andata.»

«Hai idea di cosa l'abbia causata?»

«Un pericolo. Forse per il momento dovremmo lasciar perdere Hendricksen.»

Zivco Ilić non si fece pregare. A differenza di Radovan, nei riguardi di Zorya era tutt'altro che scettico. La sua gente veniva da Negotin, nella Serbia orientale, ed era cresciuto in mezzo ai valacchi. I suoi stessi parenti si erano rivolti a loro nei momenti di bisogno: quando c'era da garantire un impiego, o far accettare una proposta di matrimonio, o mettere fine a un periodo di sfortuna. Ricordava il funerale di sua madre, con le anziane della famiglia a formare una falange protettiva intorno al feretro scoperto per impedire che qualche individuo senza scrupoli infilasse sotto il cadavere un piccolo oggetto, una chiave o un bottone appartenente a un nemico a mo' di maledizione. L'oggetto sarebbe stato sepolto insieme alla morta, e poco dopo il destinatario della fattura avrebbe fatto la stessa fine.

Molti avrebbero riso di simili superstizioni, ma Ilić sapeva che non era il caso di farlo. Zorya scoraggiava qualunque indagine sulle proprie origini, ma la sua natura aveva qualcosa in comune con quella delle streghe valacche, e questo per Zivco Ilić era più che sufficiente. La proteggeva, sperando che lei facesse lo stesso. E finora l'intesa era sembrata funzionare.

«Allora?» domandò.

«L'avvocato ci nasconde qualcosa.»

«È un traditore?»

«No, niente di così grave né recente. Risale ad anni fa. Ma ha paura, e la sua lealtà è traballante.»

«Lo dirai a Spiridon?»

«Gli dirò quello che ha bisogno di sapere.»

«E se lo chiede a me?»

«Gli risponderai che non ti ho detto niente.»

Si incamminarono.

«Quello che hai detto a Frend riguardo a sua figlia...» riprese Ilić.

«Sì?»

«È la verità?»

«Mi hai mai sentita mentire?»

«No.»

Attraversarono la Museumplatz senza attirare l'attenzione di nessuno. In caso contrario, Zorya se ne sarebbe accorta.

«E io?» chiese Ilić.

«Tu cosa?»

«Anch'io ho una figlia. La rivedrò mai?»

Katarina aveva otto anni. Ilić e la madre non erano rimasti insieme molto a lungo, ma lui continuava regolarmente a inviare soldi, e appena poteva visitava la bambina. Gli sembrava di intravedere qualcosa di sé nei suoi tratti scuri, ma nessuno gli aveva mai dato ragione. E forse era meglio così. Zivco Ilić non aveva mai considerato di intraprendere la carriera di modello.

Zorya si fermò.

«Vuoi davvero che te lo dica?» chiese.

«Credo di sì.»

Allungò la mano sinistra e gli prese la destra. Poi chiuse gli occhi e gliela strinse. Le sue dita erano forti e freddissime. Dopo qualche secondo allentò la presa e riaprì gli occhi.

«No» disse. «Non la rivedrai più.»

Ilić assentì. «Lo immaginavo. Non sei l'unica ad avere presagi di sventura.»

«Mi dispiace, Zivco» disse Zorya. «Vorrei che non fosse così.»

Gli lasciò andare la mano, e lui abbassò gli occhi sulle impronte delle sue dita sulla pelle. Attese di vederle scomparire, ma notò che continuavano a stagliarsi nette come ustioni.

«Non te l'ho mai chiesto prima,» soggiunse «ma riesci a vedere... il momento?»

«Della morte di qualcuno?»

«Sì.»

«No, non lo vedo.»

«Ma allora come fai a esserne certa?»

«Vedo ombre, nubi. Si avvicinano sempre più, fino a inghiottire una persona.»

«E possono essere dissipate?»

«A volte sì. Quando un malato guarisce le ombre si ritraggono, ma sono sempre presenti. Non scompaiono mai del tutto. Sono con noi dal momento in cui veniamo al mondo a quello in cui lo lasciamo.»

«E le mie?»

«Le tue sono ormai molto vicine, e sono nerissime.»

«E quelle di Spiridon e Radovan?»

«Questo non posso dirtelo. Ma il tuo destino non è mai stato quello di vivere a lungo, Zivco.»

«A differenza del tuo.»

«Sì, a differenza del mio.»

«Posso farti un'altra domanda?»

«Certo.»

«Le vedi mai, le tue ombre?»

«Ultimamente ho cominciato a intravederle,» disse Zorya «ma non sono solo ombre. Tra loro c'è una figura.»

«Che tipo di figura?»

Rabbrividì. «Quella di una bambina.»

51

Gavrilo Dražeta aveva un forte dolore alla testa, e si era vomitato addosso. Sedeva sprofondato nella sua poltrona preferita con le mani legate dietro la schiena. Aveva un vago ricordo di essere stato trascinato in salotto, ma era più che altro una memoria motoria. Sua moglie era sul divano di fronte, e anche a lei erano state immobilizzate le braccia. In piedi alle sue spalle c'era un energumeno dalla fronte sfigurata dalle cicatrici. Nella mano destra stringeva un lungo coltello, e posava la sinistra con fare quasi possessivo sulla testa di Willa.

Un secondo uomo arrivò dalla cucina con un bicchiere d'acqua e lo accostò alle labbra di Dražeta.

«Beva,» disse «si sentirà meglio.»

Dražeta lo fece, poiché si sentiva davvero malissimo. Per un attimo temette di rigettare di nuovo, ma poi il conato si placò. Non era la prima volta che veniva colpito alla testa, e l'esperienza non gli era mai piaciuta. Sapeva che avrebbe impiegato giorni a riprendersi dalla commozione cerebrale, sempre che fosse stato risparmiato.

Il secondo uomo posò il bicchiere sul tavolino e tornò in vista. Era più basso del suo complice, olivastro di carnagione e con una barba accuratamente regolata. Indossava un abito scuro e una camicia bianca fresca di bucato, ma senza cravatta. Spostò una sedia in modo da fronteggiare Dražeta senza bloccargli la visuale su sua moglie e si sedette.

«Gavrilo Dražeta,» disse «assassino di musulmani, croati e albanesi kosovari, ma non solo. Lei è un ricercato di lusso.»

Dražeta non rispose. Una conferma o una smentita non sarebbero servite a nulla.

«Sua moglie lo sa, che le sue mani sono sporche di sangue? Vuole che la metta al corrente dei dettagli? D'altra parte, non ce la potremmo mai fare. Parliamo di fiumi di sangue, e il tempo stringe. Mi sa che dovrà credermi sulla parola.»

«Chi siete?» chiese Dražeta.

«Mi chiamo Mr Rafi. Sono qui per farle alcune domande. Mi aspetto che risponda sinceramente, perché se mentirà me ne accorgerò. Alla prima menzogna, il mio collega mozzerà un orecchio a sua moglie. Alla seconda le asporterà l'altro orecchio, seguito dal naso e per finire dagli occhi. Ma francamente non credo che saremo costretti a ricorrere a simili barbarie, a meno che lei non odi sua moglie. Lei odia sua moglie, Gavrilo?»

«No.»

«Neanche un po'? Perché per molti uomini è così.»

«No.»

«Bene» disse Mr Rafi. «Allora mi dica, dove sono i Vuksan?»

Lo sfregiato pulì la lama del coltello nel lavello sotto lo sguardo vigile di Mr Rafi. Gavrilo Dražeta era morto, ma sua moglie era stata risparmiata. Era svenuta vedendo sgozzare il marito, e ora giaceva legata e imbavagliata in cantina. Prima o poi qualcuno l'avrebbe trovata. Forse, rifletté Mr Rafi, avrebbero fatto meglio a ucciderla, ma lui era un credente, e non era forse vero che il Sacro Corano diceva che 'colui che uccide una persona, a meno che non la stia punendo per un assassinio o per aver diffuso il male sulla Terra, è come se uccidesse l'intera umanità'? La morte di Gavrilo Dražeta era giustificata per entrambi i motivi, ma la moglie era innocente, o comunque la sua colpa non era così grave da meritare la morte. Mr Rafi sapeva che altri avrebbero potuto mettere in questione il suo ragionamento, ma al momento non erano presenti. Lui era scrupoloso nel suo sadismo, cosa che non faceva che accentuarne il piacere, e i veri nemici del Profeta erano innumerevoli.

Consultò il suo orologio. Era giunto il momento di rimettersi in viaggio. Aveva già prenotato due posti sul volo da Francoforte a Vienna, e sperava di risolvere l'attuale, sventurata situazione nel giro di pochi giorni. Il compito di far arrivare i due siriani sani e salvi in Europa era stato affidato a lui, e il fallimento della missione lo aveva fatto cadere in disgrazia. I Vuksan avrebbero dovuto pagare per evitare che a farlo fosse lui.

Prima di andarsene si mise in ascolto per un istante. La moglie di Dražeta era silenziosa, e lo sfregiato aveva chiuso a chiave la porta della cantina. Prima o poi qualcuno l'avrebbe liberata, permettendole di piangere la scomparsa del marito. Nel frattempo, avrebbe potuto riflettere sulla natura dei difetti e delle iniquità che ne avevano causato la morte.

Lo sfregiato asciugò la lama del coltello e seguì Mr Rafi in cortile fino all'auto.

Nella cantina della fattoria, Willa giaceva immobile e silenziosa. I suoi occhi erano chiusi, ma la sua gola era squarciata, e il sangue che ne fuoriusciva inzuppava il pavimento di terra battuta.

Nei suoi momenti finali, lo sfregiato era stato quasi gentile con lei.

52

Quella sera, Luca Bilbija si recò come al solito al casinò di Zbraslav. La sua Audi TT vi arrivò scortata da un Land Cruiser nero ad aprire il convoglio e un'auto della polizia a chiuderlo. Il casinò, situato in una villetta ottocentesca, era circondato da un basso muro con due ingressi: quello principale, completo di barriera di sicurezza e posto di guardia, e un altro sul retro usato solo dal personale e dai furgoni delle consegne.

Bilbija non era solo. Accanto a lui sull'auto c'era un uomo più giovane, che continuò ad affiancarlo anche al tavolo del black-jack e alla roulette. A sentire l'informatrice di Most, una cameriera del casinò che occasionalmente forniva servizi di escort, il secondo uomo era arrivato a casa di Bilbija la sera prima. I due avevano cenato al casinò, dove Bilbija aveva presentato il giovane come Mirko, suo fratello minore. Dopo cena avevano trascorso quattro ore tra la roulette e il tavolo del black-jack, perdendo circa quattromila euro, che era la valuta ufficiale del casinò. Poi si erano ritirati in una saletta privata, ma senza alcuna compagnia femminile. L'informatrice aveva detto che Luca, già malinconico per natura, era perfino più mogio del solito. Dopo un paio di brandy, i due fratelli erano tornati alla casa sicura con la stessa scorta dell'andata.

I loro movimenti erano stati osservati da Louis e Most con l'ausilio di un drone DJI Phantom 3 Pro modificato e dotato di telecamera termica leggera. Come tutti i droni in commercio, il Phantom non era completamente silenzioso; ma il fatto che la batteria, il motore e i cavi conduttori fossero nascosti nella scocca lo rendeva meno rumoroso di altri, e lo stesso valeva per le eliche protette. Il software in dotazione gli impediva di superare i cinquecento metri di quota, ma Most ne aveva escluso il circuito, e il risultato era che sarebbe stato quasi impossibile udire il drone da terra. In più, il casinò non sorvegliava il proprio spazio aereo, anche se Most aveva sentito dire che l'introduzione di un avanzato sistema antidroni era imminente. La riservatezza era importante, per i Novákovi e la loro clientela.

«E buonanotte» disse Most mentre lo schermo del suo iPad mostrava l'immagine verdognola dell'Audi che scompariva oltre le mura della casa sicura. «Secondo lei il fratello lavora nello stesso settore di Luca?»

Erano a bordo del suo suv, parcheggiati dietro le rovine di una fabbrica a quattro chilometri dal casinò. Louis si era rassegnato a adottare il sistema metrico decimale per facilitare il compito a Most. Era meglio evitare qualunque confusione sulle distanze, visto quello che avevano in programma di fare.

«Luca Bilbija non ha fratelli» rispose Louis.

«Mmm» fece Most. «Il suo ragazzo, allora? So che va a letto con le donne, ma chi sono io per giudicare?»

«È più probabile che sia una persona fidata da cui si è fatto raggiungere. Deve nascondersi in quel bunker, aspettando che i Vuksan gli diano il via libera. Si annoia, ma ha anche paura. Vuole compagnia, e già che c'è una pistola in più.»

Louis cominciò a ricondurre il drone verso l'auto. Aveva trascorso il pomeriggio a esercitarsi insieme a Most finché non si era sentito sicuro di poterlo pilotare senza problemi.

«Pensa che abbia chiesto l'autorizzazione dei Vuksan, prima di chiamare Mirko?» disse Most.

«Ne dubito. Probabilmente non sanno neanche che frequenta sempre lo stesso casinò e che alloggia nei paraggi. Se lo scoprissero, gli imporrebbero di smettere. Una simile trascuratezza potrebbero pagarla a caro prezzo.»

«Lui si crede al sicuro. I Novákovi hanno una reputazione da proteggere, e sarebbe deplorevole se un loro ospite dovesse incontrare una morte violenta nella loro proprietà più lussuosa.»

«È mai accaduto?»

«Non che io sappia.»

«Be', c'è una prima volta per tutto.»

Most emise un grugnito.

«È preoccupato?» gli chiese Louis.

«Comincerò a preoccuparmi solo se verremo scoperti,» rispose «e una cosa simile la sconsiglio vivamente. I Novákovi usano questi boschi come il loro cimitero privato. Potremmo considerarci fortunati a essere morti prima che ci seppelliscano, ma quelli che vengono scoperti non sono mai fortunati.»

Il drone ricomparve nel cielo, e Louis lo fece atterrare. Toccò terra con una certa violenza, facendo trasalire Most.

«La prego, mi dica che domani sarà più delicato.»

«Se può consolarla,» disse Louis «se non lo sarò nessuno dei due avrà modo di accorgersene.»

«Non mi consola per niente» ribatté Most.

53

Zorya e Zivco Ilić erano seduti attorno a un tavolo con i Vuksan. Davanti a loro c'era una fotografia dell'olandese, Hendricksen.

«Potrebbe essere uno degli assassini di Aleksej?» chiese Spiridon.

«No» rispose Ilić. «Ho controllato la sua prenotazione in albergo. Quando Aleksej è morto era già a Vienna. Ma potrebbe lavorare per le stesse persone.»

«Allora perché è ancora vivo?»

«Non era il momento giusto» disse Zorya.

«Non ne sappiamo abbastanza, dobbiamo agire con cautela» aggiunse Ilić scambiando un'occhiata con lei. Considerate le circostanze, sembrava meglio non dire ai Vuksan che avevano deciso di non occuparsi di Hendricksen perché Zorya aveva avuto un brutto presentimento.

Si accorse che Radovan sembrava preoccupato.

«C'è qualcosa che dovremmo sapere?» chiese.

«Gavrilo Dražeta e sua moglie sono morti» rispose Radovan.

«In che modo?»

«Gli hanno tagliato la gola.»

«Chi?»

«Che importanza ha? Probabilmente non l'ha avuta neanche per loro. Una gola squarciata è una gola squarciata. Ma se dovessi indovinare, direi che sono stati i turchi.»

«Ma Gavrilo cosa può avergli detto?» chiese Ilić. «Non sapeva dove eravamo diretti, giusto?»

Per qualche istante Radovan non rispose. Quando finalmente riaprì bocca, lo fece solo per mentire.

«No,» disse «Gavrilo non sapeva niente.»

Zorya e Ilić se ne andarono, e i Vuksan rimasero soli.

«Perché hai mentito su Gavrilo?» chiese Spiridon.

«Perché le probabilità sono già contro di noi, e l'istinto di conservazione di Zivco potrebbe prevalere perfino sulla fedeltà nei tuoi confronti. Se avvertisse che non abbiamo speranze, potrebbe decidere di limitare i danni e darsi alla fuga, e in questo momento abbiamo bisogno di lui. E se venisse individuato dai nostri nemici, quello che sa potrebbe metterci in pericolo. Non possiamo perderlo d'occhio.»

«Non avremmo dovuto dire niente a Gavrilo» obiettò Spiridon. «Quello è stato uno sbaglio.»

«Come potevo prevedere cosa sarebbe successo a Parigi?» ribatté Radovan. «La nostra unica preoccupazione era Belgrado, e Belgrado non avrebbe mai sancito un'azione contro Gavrilo, anche se avesse condotto a noi. Gavrilo aveva troppi vecchi amici in patria, e tutti dotati di memoria lunga.»

Per un istante lo sguardo di Spiridon si perse nel vuoto. Probabilmente, si disse Radovan, ripensava ai tempi in cui anche lui aveva più amici, in patria e altrove.

«Come vuoi procedere?» domandò Spiridon alla fine.

«Zorya e Zivco faranno parlare l'olandese, e a quel punto ne sapremo di più.»

«E Frend?» Zorya gli aveva detto che a suo parere l'avvocato cominciava a mostrare qualche dubbio.

«Sta cercando una via d'uscita» rispose Radovan. «Per noi tutti.»

Nell'appartamento sopra i suoi uffici, Frend rimase all'ascolto per un altro istante prima di riagganciare. Si versò da bere con mani tremanti. Otto dei conti dei Vuksan erano stati completamente prosciugati, i fondi trasferiti su altri conti a Belgrado. Altri cinque erano stati messi sotto sequestro dall'Unità Crimini Finanziari dell'Interpol. Restavano solo quattro conti minori, e Frend si era già mosso per chiuderli e trasferire altrove il denaro, ma era sia troppo poco che troppo tardi.

I Vuksan erano appena stati depauperati.

54

Angel non mostrava la stessa adattabilità di Louis quando si trovava all'estero. Prima di conoscerlo e condividere con lui vita e lavoro considerava pericolosamente esotici perfino certi angoli del New Jersey, e qualunque luogo privo di marciapiedi gli pareva fondamentalmente barbarico. E ora invece si ritrovava sul continente europeo, responsabile di un finto rapimento in un Paese e complice di una catena di omicidi in altri, il tutto senza il beneficio di conoscenze linguistiche che andassero oltre l'inglese americano, una spruzzata di spagnolo e qualche parola di greco, più che altro pesanti insulti imparati dal proprietario di un ristorante sulla Settantaquattresima ovest.

Ma se continuava a sentirsi a disagio lontano da casa, e se doveva ancora trovare un luogo migliore dell'Upper West Side, doveva ammettere che Vienna corrispondeva esattamente a quello che ci si poteva aspettare dalla Vecchia Europa, e da quel punto di vista non lo stava deludendo. Per di più, come nei Paesi Bassi, tutti sembravano parlare un inglese migliore del suo, il che era un po' ingiusto. La colpa, per Angel, era del sistema scolastico americano, anche se a dire il vero lui non lo aveva frequentato più di tanto.

Hendricksen non era nella sua stanza e non rispondeva al telefono, ma Angel non era troppo preoccupato; si fidava dell'olandese, ma non ne conosceva ancora i metodi di lavoro, e sapeva che il pedinamento di Frend aveva già causato una puntata imprevista a Belgrado. Doveva confidare nel fatto che, ovunque fosse, Hendricksen sapesse quello che faceva.

Si diede una rinfrescata, poi andò a cena all'Ilona Stüberl su Bräunerstrasse, seguendo il consiglio del concierge dell'albergo. Era un minuscolo ristorante ungherese con un soffitto bianco con travi a vista e piatti di porcellana alle pareti, e aveva più l'aspetto della locanda di campagna che del ristorante di una grande città. La cameriera lo prese in simpatia, servendogli una porzione di gulasch e pasta che avrebbe potuto sfamare una piccola famiglia e rimproverandolo affettuosamente quando non la finì. Angel avrebbe voluto dirle che era la porzione di cibo più abbondante che avesse affrontato da quando gli avevano diagnosticato il tumore, ma poi decise che non c'era bisogno di spingersi così in là con le confidenze. Si chiedeva come se la stesse cavando Louis, ma non sentì il bisogno di chiamarlo. Nel caso di Louis, niente nuove tendevano sempre a essere buone nuove. Se ci fosse stato un problema, Angel ne sarebbe stato informato a tempo debito.

La cameriera gli servì il caffè, che lui sorseggiò leggendo il romanzo che Graham Greene aveva tratto dal *Terzo uomo*: lo aveva adocchiato nella vetrina di una libreria nei paraggi dell'albergo e aveva deciso che, se proprio doveva leggere un libro ambientato a Vienna, tanto valeva che fosse quello. In realtà non era un romanzo bensì una novella, e come tale era breve. Invecchiando, Angel trovava i libri lunghi meno attraenti che in passato. La conseguenza inevitabile di essere sopravvissuto al cancro era una crescente consapevolezza della propria mortalità, che a sua volta originava l'idea che prima o poi avrebbe cominciato un libro che non sarebbe riuscito a finire. Aveva poco senso cercare di affrontare Proust a quel punto della sua vita, laddove, se si fosse all'improvviso sentito male mentre leggeva *Il terzo uomo*, probabilmente sarebbe riuscito a terminarlo in ambulanza.

Il suo cellulare emise un *bip*. Immaginava che fosse un messaggio di Hendricksen, ma vide invece che proveniva da Louis. 'LB localizzato e sotto tiro' diceva semplicemente. Dunque Luca Bilbija non era stato soltanto individuato, ma anche preso di mira. Se tutto fosse filato liscio presto sarebbe stato eliminato, il che voleva dire gettare una torcia accesa in un formicaio. I Vuksan avrebbero capito senza ombra di dubbio che qualcuno stava facendo sistematicamente fuori i loro uomini; a quel punto la scelta sarebbe stata tra restare nel loro nascondiglio oppure cercarne uno nuovo.

Angel immaginava che sarebbero rimasti: andarsene avrebbe significato esporsi troppo.

Louis era convinto che i Vuksan si trovassero, se non a Vienna, quantomeno nelle immediate vicinanze; questo per poter essere vicini a Frend. Se si fidavano del loro avvocato tanto quanto Harris e le sue spie sembravano credere, significava che Frend doveva avere accesso a fondi, documenti, perfino passaporti. E ora che l'Interpol aveva emesso un avviso rosso contro di loro (Louis ne era stato informato da Ross), per i Vuksan sarebbe stato difficile ricevere trasferimenti elettronici di grosse cifre di denaro, visto specialmente che i loro conti conosciuti erano sotto sorveglianza. Tutto ciò di cui necessitavano sarebbe dovuto arrivare utilizzando i vecchi sistemi, il che significava che prima o poi Frend sarebbe stato costretto a incontrarli di persona o usare un tramite in contatto con loro. E su quel fronte era possibile che Hendricksen avesse già fatto qualche progresso.

Angel finì di bere il caffè e pagò in contanti. Sulla via del ritorno passò davanti al minuscolo Loos American Bar nel passaggio Kärntner, ma il volume della musica era troppo forte e gli avventori in eccesso si erano riversati in strada. Proseguì fino all'albergo e riprovò a chiamare Hendricksen, sia sul cellulare che nella sua stanza.

Ancora una volta non ottenne risposta, e solo a quel punto cominciò a preoccuparsi.

55

Seduti a bordo di una vecchia BMW X3 tra le rovine dell'antica fabbrica, Louis e Most attendevano pazienti di uccidere.

La sera era fredda e serena, e Most teneva il riscaldamento acceso per evitare che i vetri si appannassero e riducessero la visibilità. Dalla fabbrica si poteva quasi scorgere il confine orientale della proprietà dei Novákovi; Most non era stato disposto a spingersi oltre, e avrebbe addirittura preferito fermarsi prima. Aveva parcheggiato in modo da poter tenere d'occhio entrambe le direzioni della strada dietro di loro attraverso le finestre senza vetri dello stabilimento. Un muretto divideva i terreni dei Novákovi dalla strada, con uno spazio su entrambi i lati abbastanza largo da far passare un autocarro. A ciascuno dei due ingressi Most aveva disposto una striscia chiodata che avrebbe forato le gomme di qualunque veicolo in avvicinamento. Davanti a loro una pista di terra battuta attraversava un terreno abbandonato fino a un boschetto. Se la situazione fosse precipitata e fossero stati scoperti, le strisce chiodate avrebbero dato loro il tempo di arrivare agli alberi, abbandonare l'auto e proseguire in direzione sud sulla potente motocicletta che Most vi aveva nascosto sotto un telo; ma Louis sperava che non si dovesse arrivare a tanto. Già di norma il ruolo di passeggero non gli piaceva, ma l'idea di dover montare sul sedile posteriore di una moto lo attirava ancora meno. Non erano molte le cose che lo rendevano ansioso, ma le motociclette erano una di queste, specialmente quando alla guida ci sarebbe stato un uomo che camminava con un bastone e ammetteva di perdere occasionalmente la sensibilità al piede destro.

Louis consultò il suo orologio. A sentire l'informatrice di Most, Luca Bilbija era solito trascorrere dalle due alle quattro ore al casinò. Considerato che aveva un ospite, probabilmente stasera si sarebbe trattenuto per le intere quattro ore, di più se avessero deciso di procurarsi compagnia femminile. Se lo avessero fatto, era improbabile che avrebbero portato le signorine nella casa sicura. Un uomo disposto a spendere per ottenere la protezione della polizia e trovare rifugio in una struttura protetta sarebbe stato restio a correre il rischio di ammettervi estranei, anche se si trattava di ragazze selezionate dai Novákovi.

Questa, almeno, era la speranza di Louis. Se Bilbija avesse deciso di portarsi a casa le ragazze, l'azione sarebbe stata giocoforza rimandata. Né Louis né Most erano disposti a uccidere degli innocenti. Mirko, il giovane che si era presentato come il fratello di Bilbija, li preoccupava meno: avrebbe dovuto scegliere meglio le proprie amicizie. Comunque fossero andate le cose, l'informatrice di Most li avrebbe avvertiti non appena Bilbija si fosse approntato a lasciare il casinò. A quel punto avrebbe dovuto aspettare che la sua auto gli venisse consegnata all'uscita e l'arrivo dei due veicoli di scorta; ma anche così il tempo per agire sarebbe stato molto limitato.

Per distrarsi, Louis e Most ascoltarono un programma radio di jazz ceco, un recital solistico di una giovane pianista di nome Beata Hlavenková, seguito dalle notizie dal mondo della BBC. Dopo due ore scesero, aprirono il bagagliaio e ne estrassero il drone principale, un DJI S1000, più grosso e pesante del Phantom. Il Phantom pesava poco più di un chilo, il che significava che non era adatto per volare con una telecamera, un carico di esplosivo ad alto potenziale e un detonatore. Il DJI poteva farlo, ma era più rumoroso, e così Louis e Most avevano deciso di usare il Phantom per la ricognizione iniziale e il DJI per l'attacco. Con i suoi otto bracci, il DJI sembrava un ragno rosso e nero. Most lo trasportò fino al bordo dello spiazzo, il più lontano possibile dalla fabbrica. Poi rimase a guardare in preda all'ansia mentre Louis sistemava quasi un chilo di C4 dietro la telecamera e vi aggiungeva il detonatore.

«Ha già fatto qualcosa di simile?» gli chiese.

«Far saltare in aria qualcosa? Secondo lei?»
«Intendo con un drone.»
«No. In questo sono un principiante.»
L'informazione non parve migliorare l'umore di Most, che era già pessimo in partenza.
«Dovrebbe lasciarlo fare a me.»
«Non voglio che la morte di Bilbija le resti sulla coscienza.»
«Chi ha parlato di coscienza? Non voglio che faccia precipitare quell'affare sulla mia auto, tutto qui.»
A preoccupare Louis non era tanto quello, quanto il rischio di andare a sbattere contro un cavo o un albero. O meglio, forse la possibilità di saltare in aria lo metteva leggermente in ansia, ma non voleva che Most lo sapesse. Il DJI aveva un'autonomia di volo di quindici minuti, ma non potevano rischiare di farlo avvicinare al casinò prima che Bilbija ripartisse per la casa sicura: per coprire il suono del drone erano necessari i motori dei tre veicoli.
Tornarono a bordo dell'auto e si rimisero in attesa, questa volta in silenzio. Il segnale acustico del telefono di Most sorprese entrambi.
«Si stanno muovendo» riferì Most leggendo il messaggio. «Hanno chiesto che l'Audi venga portata all'uscita, e l'auto della polizia è in arrivo. Cinque minuti, non di più.»
Louis avviò le eliche e il drone si alzò in volo. Entrambi trattennero il fiato. Quasi un chilo di C4 era una notevole quantità di esplosivo, e il detonatore era programmato per attivarsi non appena il drone avesse colpito una superficie dura. Se ne avessero perso il controllo, avrebbe creato un bel cratere.
«Cazzo» imprecò Most nel ricevere un altro messaggio.
«Che succede?»
«Un problema. Una discussione all'uscita.»
«Bilbija?»
«Non è chiaro.»
Non staccò gli occhi dal telefono mentre Louis manteneva il drone sospeso a un metro e mezzo da terra. Ora che si era alzato in volo, preferiva lasciarlo lì. Una cosa era farlo decollare, un'altra riportarlo giù senza scossoni, specialmente con un carico di C4.
«Una rissa» riferì Most. «Bilbija e Mirko hanno bevuto, e uno dei buttafuori è stato preso a pugni.» Si fermò per leggere un ulteriore

messaggio. «La mia informatrice non riesce a vedere tutto quello che succede, ma crede... aspetti, le auto di scorta sono arrivate, l'Audi si sta muovendo.»

Louis mandò il drone in quota, oltre la cima degli alberi sparsi intorno al perimetro del piazzale, poi lo fece virare verso il casinò. Lo schermo di controllo mostrava le immagini inquadrate dalla telecamera a infrarossi ad alta definizione, e il terreno era chiaramente visibile.

«Sono diretti verso il cancello» disse Most. «Trenta secondi.»

Louis aveva aumentato la velocità del drone, e non staccava gli occhi dallo schermo. Quando vi apparve la strada, pilotò il drone lungo il suo tracciato. Più avanti c'era l'ingresso secondario che dava sul vialetto di servizio della casa. Il vialetto era fiancheggiato da sempreverdi, che avrebbero reso quasi impossibile prendere di mira l'auto di Bilbija. Louis avrebbe dovuto colpirla prima, sulla strada principale. Il drone sarebbe dovuto arrivare frontalmente, nella speranza di colpire il parabrezza o il cofano o magari di finire sotto l'auto. In quel modo, qualunque fosse stato il punto d'impatto, il moto stesso dell'Audi avrebbe giocato a loro favore.

«Sono fuori» disse Most, ma subito dopo imprecò di nuovo.

«Mi dica» fece Louis.

«A bordo c'è una sola persona.»

«Chi?»

«La mia informatrice non lo sa. Sta cercando di scoprirlo.»

«La dica di impegnarsi di più.»

Il drone giunse all'incrocio tra la strada principale e il vialetto secondario. Louis lo fece ruotare in direzione sud e lo mantenne in posizione, guardando il conto alla rovescia dell'autonomia di volo. Dieci minuti, nove e cinquantanove, cinquantotto, cinquantasette...

«Uno di loro si è rotto il naso» riferì Most leggendo un nuovo messaggio. «L'altro è stato rimandato a casa perché restando non avrebbe fatto che peggiorare la situazione.»

«Non mi importa se si sono fatti la bua» ribatté Louis. «Voglio solo sapere chi dei due è sull'Audi.»

Most compose una risposta. Stava ancora scrivendo quando la telecamera del drone mostrò il fascio dei fari della prima auto.

«Li vedo» disse Louis.

«Sta ancora cercando di scoprire qualcosa!»

Il drone continuò ad avanzare verso il convoglio, abbassandosi progressivamente. Usando l'altimetro di precisione, a Louis sarebbe bastato passare circa un metro sopra alla prima auto per colpire la seconda. Più distanza ci fosse stata tra i due veicoli, più facile sarebbe stato centrare il bersaglio. Al momento valutò che tra loro ci fossero più o meno venti metri, ma era importante che non diminuissero.

«Most,» disse con calma «devo saperlo adesso.»

Avrebbero avuto una sola possibilità. Se Luca Bilbija non fosse stato a bordo dell'Audi, non sarebbero più riusciti ad arrivarci: avrebbe fatto perdere le sue tracce, e tutte le loro fatiche sarebbero state vanificate.

Il drone si stava rapidamente avvicinando al convoglio. Cinquecento metri, quattrocentocinquanta, quattrocento, trecentocinquanta, trecento, duecentocinquanta... Presto la prima auto avrebbe occupato l'intero campo della telecamera, e i suoi fari avrebbero potuto individuare la minaccia in arrivo.

Duecento metri.

«Missione annullata» disse Most. «Non è Bilbija.»

Louis fece riprendere rapidamente quota al drone. Lo schermo mostrò il passaggio delle tre auto appena sotto, e il drone proseguì a risalire.

«Aspetti!» esclamò Most. «Bilbija è fuori dal casinò. Sta facendo una telefonata, forse per dire a Mirko di tornare a prenderlo. Non vuole essere accompagnato dalle guardie di sicurezza, e loro non intendono farlo a meno che non siano costrette. Si è reso alquanto impopolare.»

«È solo?»

Most compose il messaggio, e subito dopo ricevette la risposta.

«Sì, è solo.»

Louis riportò il drone a bassa quota e lo diresse verso sud lungo la strada.

«Mi confermi la sua posizione» disse.

Most si rese conto delle sue intenzioni.

«Sul serio?» chiese.

«Sul serio.»

Scrisse un altro testo, e la risposta fu istantanea.

«È sul prato, sta fumando una sigaretta e parlando al telefono. A quanto pare non c'è nessun altro nei paraggi.»

Il casinò comparve sullo schermo. Louis fece virare il drone verso ovest. Pochi secondi dopo sorvolò la guardiola, e la telecamera mostrò un uomo che guardava verso l'alto, cercando di capire da dove provenisse il ronzio. Sullo schermo apparvero il prato e la figura di un altro uomo. Il drone era ormai sceso sotto il livello degli alberi, e l'uomo si voltò nella sua direzione. Nei secondi finali, Louis vide il volto di Luca Bilbija.

Poi vi fu un bagliore, e la telecamera cessò di trasmettere. L'istante successivo si udì l'esplosione.

56

Frend informò Radovan al telefono delle brutte notizie sui conti. Era particolarmente lieto che le circostanze gli imponessero di tenersi a distanza dai Vuksan, poiché non erano informazioni che gli sarebbe piaciuto riferire di persona.

«E i banchieri?» chiese Radovan. «Per quale motivo non ci hanno protetti?»

Una simile ingenuità non era degna di Radovan, si disse Frend, ma c'era da tener conto che era sconvolto. Uno dei problemi che sorgevano quando si aveva a che fare con banchieri corrotti, o meglio con banchieri più corrotti del normale, era ovvio: la loro disonestà di fondo. Sotto pressione, avrebbero sempre ceduto. Ma, in una situazione in cui da una parte c'era l'Interpol e dall'altra quella che a prima vista sarebbe potuta sembrare una serie di legittimi trasferimenti di fondi su conti serbi, forse non li si poteva biasimare del tutto. Frend provò a spiegarlo, ma Radovan non era dell'umore giusto per dargli retta. L'avvocato lasciò che si sfogasse prima di dirgli che era riuscito a trasferire parte dei fondi su certi conti sicuri: non il quantitativo che avrebbe voluto, ma sufficiente a soddisfare i loro fabbisogni nei mesi a venire.

«Fabbisogni di che tipo?» chiese Radovan. «Pane e acqua?»

«La situazione non è così grave.»

«Lo pensi davvero, Anton? Perché se è così, ho paura che tu non abbia prestato attenzione. E mio fratello potrebbe essere della stessa opinione, quando gli dirò che i suoi fondi sono stati prosciugati. Cercherà qualcuno a cui dare la colpa, e tu sei più vicino di qualunque banchiere.»

Frend attese. Era bravo ad aspettare. Tutti gli avvocati lo sono, anche solo per il fatto che si fanno pagare un tanto all'ora.

«Hai finito?» domandò quando gli parve che il beato silenzio fosse tornato a regnare.

Radovan esalò un sospiro. «Sì, Anton, ho finito. Perdonami.»

«Non ce n'è bisogno» disse Frend. «Mi rendo conto che sei sotto pressione.»

Per un attimo Radovan fu tentato di metterlo al corrente dell'assassinio di Gavrilo Dražeta. In passato, Frend aveva svolto la funzione non solo di cassa di risonanza e consigliere, ma anche di valvola di sfogo. Era un amico intimo, l'avvocato: Frend di nome e di fatto. Ma Radovan era bravo a giudicare le persone, e sapeva che Anton era già abbastanza spaventato. Sapere che c'era qualche altro vendicatore che si stava avvicinando avrebbe potuto farlo crollare.

«Facci uscire dall'Europa» disse. «Al più presto.»

«E Spiridon?»

«Di Spiridon mi occupo io.»

«Vi costerà molti soldi, più di quanti ne abbiate.» Frend non offrì il suo aiuto economico. Anche se avesse posseduto cifre simili, e non era quello il caso, il loro prelievo avrebbe potuto attirare l'attenzione a posteriori, specialmente se le cose fossero finite male per i Vuksan. In più, era qualcosa che non si faceva: nessun avvocato prestava soldi ai suoi clienti.

«Non ti preoccupare dei soldi» disse Radovan. «I modi per procurarseli ci sono.»

57

Most e Louis si sbarazzarono del Phantom da ricognizione cospargendolo di benzina e dandovi fuoco in un cassonetto dell'immondizia, poi raggiunsero una pensione alle porte di Lidice, appena a nordovest dell'aeroporto Václav Havel. Nel giugno del 1942, come rappresaglia in seguito all'assassinio di Reinhard Heydrich, il governatore del protettorato nazista della Boemia e Moldavia, i tedeschi avevano raso Lidice al suolo e cosparso la terra di sale. Avevano anche giustiziato ogni singolo maschio di età superiore ai quindici anni e spedito donne e bambini nel campo di sterminio di Chelmno, a eccezione dei pochi che erano stati giudicati fisicamente abbastanza accettabili da essere arianizzati. Il villaggio attuale dava sul sito originario, nascosto agli ospiti della pensione da un filare di alberi.

Al suo arrivo, Louis non dovette mostrare i documenti né pagare. Un'anziana donna lo accompagnò in una minuscola, linda stanzetta e se ne andò senza dire una parola. Il primo volo diretto a Vienna partiva alle 08:15 del mattino dopo, e Most aveva preferito che Louis non trascorresse la notte in una saletta dell'aeroporto. Era improbabile che qualcuno potesse tracciare un collegamento tra l'esplosione al casinò e l'americano in partenza, ma nell'eventualità di una simile sventura era meglio che Louis non si facesse trovare in un terminal pieno di telecamere e poliziotti armati.

Louis non andò a letto. Non si tolse neanche le scarpe, limitandosi, per rispetto nei riguardi di chi lo ospitava, a stendere un asciugamano sul lato inferiore del letto per non sporcare il copriletto. La televisione nella stanza non era dotata di collegamento via cavo o satellitare, e trasmetteva soltanto i canali generalisti cechi. Louis accese il suo iPad e provò a usare il collegamento internet della pensione per controllare le notizie locali, ma erano quasi tutte in lingua ceca e nessuna sembrava menzionare un'esplosione davanti a un casinò. Un'ora dopo sentì bussare alla porta e udì Most che lo chiamava. Gli aprì, e il gigante ceco entrò e prese posto sull'unica sedia, infilandosi a malapena tra i braccioli. Aveva incaricato un nipote di ritirare la motocicletta e cancellare ogni traccia della loro presenza alla fabbrica abbandonata, comprese le impronte delle gomme della BMW.

«Non hanno ancora alcun indizio,» riferì «il che significa che non ci ha visti nessuno. Bilbija è morto, anche se ci vorrà del tempo per recuperarne tutti i pezzi. Due membri dello staff del casinò sono rimasti feriti, uno gravemente, ma se la caverà. La polizia sa che è stato un drone perché la guardia al cancello l'ha avvistato. Ne cercheranno i frammenti nella speranza di trovare un numero di serie, ma quello è scomparso da un pezzo. L'esplosivo era marcato, ma era l'unico C4 che avevo trattenuto da quella partita, e non riusciranno a risalire a me. Lo stavo conservando per un'occasione speciale.»

Il C4 conteneva di solito un tracciante chimico che gli dava un odore e permetteva di risalire alla provenienza. Per una curiosa coincidenza, quello usato per uccidere Luca Bilbija sarebbe risultato provenire dalla stessa partita usata per eliminare Nikola Musulin. Capricci del destino.

«E la tua informatrice al casinò?» chiese Louis.

«È una ragazza intelligente. Ha distrutto la tessera sim e il telefono che le avevo procurato. Il suo l'ha tenuto, usandolo per inviare qualche emoticon al suo compagno mentre scambiava messaggi con me, nell'eventualità che qualcuno la vedesse e informasse la polizia o i Novákovi. D'altra parte, quelle ragazze hanno sempre il cellulare in mano, sicché non sarà stata l'unica a usarlo. Non avrà problemi.»

«E lei?»

Most sorrise.

«Io sono a posto. È lei che non lo sarà, quando vedrà la mia parcella.»

***

Dopo qualche riflessione, Louis decise di tornare a Vienna in treno e non in aereo. Il Railjet ad alta velocità avrebbe portato a destinazione lui e i suoi bagagli, legali e illegali, in poco meno di quattro ore, permettendogli di tenere la Rohrbaugh ancora pulita e una Glock che si era fatto procurare da Most. Avrebbe potuto trovare altre armi a Vienna, ma per farlo avrebbe dovuto rivolgersi a contatti di secondo grado, che non conosceva di persona. Transazioni di quel tipo comportavano sempre un certo livello di disvelamento, ed esporsi più del necessario non era mai consigliabile. Prenotò un biglietto in prima classe sul treno delle 08:44, e Most lo accompagnò alla stazione alle 08:30, non prima di aver controllato che non ci fossero tracce di attività a livello di sicurezza, cosa che i cechi erano abituati a distinguere. Si salutarono con una stretta di mano e Louis prese posto in treno, caricando la borsa appesantita dalla Glock e da altre cinquanta cartucce.

Ancora tre, si disse.

58

Seduta in poltrona nella casa sicura dei Vuksan, Zorya piluccava fragole spagnole pescandole direttamente da una scodella di ceramica. Le sue dita erano macchiate di rosso dai frutti, ma Radovan poteva distinguere una traccia scarlatta più scura sotto le unghie. Un'alba indolente penetrava a fatica dalle fessure delle imposte alle finestre, per venire subito inghiottita dalla penombra. La casa odorava di caffè e cibo fritto, e Radovan era quasi giunto al limite della sopportazione. Non ne poteva più di nascondersi. D'altro canto, non voleva nemmeno morire.

Seduto accanto a Torya, Zivco Ilić stava bevendo un bicchiere di latte. Non aveva voluto niente di più forte, e Radovan lo vedeva turbato, come se avesse appena ricevuto una brutta notizia; ma forse era una conseguenza di quello che lui e Zorya avevano fatto all'olandese. Avevano valutato che un sequestro sarebbe stato rischioso ed erano stati costretti a interrogarlo nella sua camera d'albergo. Non appena Frend li aveva informati della presenza di Hendricksen a Vienna, Ilić si era rivolto al mercato nero per ottenere un passe-partout magnetico dell'albergo, una variante di quelli forniti alle donne di servizio e ai concierge. Tali tessere erano molto diffuse, clonate da chiavi rubate o scadute; bastava conoscere le persone giuste, e Zivco Ilić le conosceva.

Inevitabilmente, lui e Zorya dovevano essere stati inquadrati dalle telecamere mentre entravano e uscivano dall'albergo, anche se avevano evitato gli ascensori, ma Zorya si era cambiata per la visita, e il taglio a zero di Ilić era stato mimetizzato con un berretto, una comune parrucca e un paio di occhiali dalla montatura spessa, nonché da un sassolino nella scarpa sinistra per modificare la sua andatura. Era possibile che la polizia austriaca stabilisse un collegamento tra la giovane dell'albergo e quella avvistata nei giardini del palazzo di Schönbrunn il giorno dell'omicidio del turco Nahid Hasanović, ma Vienna era piena di adolescenti, e in ogni caso Zorya non era davvero una di loro. Con gli stracci giusti sarebbe perfino potuta sembrare una *baba* serba puzzolente di sigarette scadenti e chiese abbandonate.

Radovan e suo fratello aspettavano mentre Zorya mangiava e Ilić rimuginava. A quanto pareva, a Zorya infliggere sofferenze stimolava l'appetito. Mangiò l'ultima fragola e si leccò le dita, poi passò la lingua sul sangue umano sotto le unghie. Subito dopo la frutta doveva essere salato.

«A darci la caccia è sicuramente Louis,» disse quando ebbe finito «l'assassino di Andrej Buha. È il suo mestiere, o lo era: uccidere su commissione. È un frocio,» aggiunse usando il termine serbo *peškir* «e ha un *furundžija* di nome Angel, che viaggia insieme a lui.»

Spiridon scosse il capo con tristezza.

«È a questo che siamo ridotti?» disse. «Essere cacciati da una *gejša*?»

«Una *gejša*» precisò Radovan «che ha già fatto fuori tre dei nostri.»

«Due» lo corresse Spiridon.

«Tre. Luca ha appena raggiunto Andrej e Aleksej nell'aldilà.»

La notizia riuscì perfino a riscuotere Zivco Ilić.

«Quando?» chiese Spiridon.

«Davanti a un casinò di Zbraslav. È stato fatto a pezzi da un drone carico di esplosivo.»

«E me lo dici solo adesso?»

«L'ho appena saputo io stesso dai Novákovi.»

«Perché hanno aspettato a informarci?»

«Sospetto che stessero cercando di decidere come affrontare le ripercussioni. Non si sono schierati né con noi né con Belgrado, e preferiscono che i loro casinò siano territorio neutrale. Il fatto che la clientela venga fatta saltare in aria nelle loro proprietà non fa bene agli affari.»

«E siamo certi che il responsabile sia questo Louis?» chiese Ilić.

Sembrava stare ancora peggio di prima, e Radovan non poteva biasimarlo. Oltre a lui e suo fratello, Ilić era rimasto l'ultimo di coloro che avevano partecipato alle uccisioni di De Jaager e delle donne. A meno che non si fossero sbarazzati del nemico che li minacciava, avrebbe finito per raggiungere i suoi compagni nell'angolo d'inferno che occupavano al momento.

«No,» rispose «non possiamo esserne sicuri, ma è la logica a suggerirlo. Belgrado non rischierebbe mai di insultare i Novákovi uccidendo qualcuno in una loro proprietà, e usare i droni non è nello stile dei turchi. Loro preferiscono tagliare la gola.»

Forse Spiridon stava ascoltando il fratello, ma il suo sguardo era fisso su Zorya.

«Aleksej e Luca sono stati imprudenti,» disse «ma noi abbiamo mostrato cautela.»

Sembrava aspettare che Zorya confermasse la sua tesi, ma lei non lo fece. Quello che fece fu tendere la mano sinistra a Ilić, che la prese nella sua destra. Spiridon aggrottò visibilmente la fronte. Considerava Zorya una sua proprietà privata, anche se Radovan dubitava che lei la pensasse allo stesso modo. Si chiese se andasse a letto con Ilić. Era un pensiero inquietante, anche se non sapeva bene se lo fosse perché in quel momento Zorya sembrava giovanissima, o perché in realtà era vecchissima.

«Non abbastanza da evitare che Gavrilo e sua moglie venissero uccisi» osservò.

«Quella è un'altra storia» disse Spiridon.

«Forse sì, ma chiunque li abbia uccisi ora sta arrivando a Vienna, o potrebbe già esserci. E Louis è sempre più vicino. Non possiamo starcene qui ad aspettare che lui o i turchi ci scovino.»

«Chi ti preoccupa di più?» chiese Spiridon.

«Louis. Forse con i turchi potremmo ancora ragionare, ma con lui no di certo.»

«Magari possiamo trovarlo prima che lui trovi noi» disse Ilić.

«Non ne abbiamo più le risorse.»

«E allora?» domandò Spiridon.

Ma a rispondere fu Zorya. Da Hendricksen aveva saputo cose che perfino Zivco Ilić ignorava, cose che l'olandese le aveva rivelato con un filo di voce mentre lei gli esplorava le cavità corporee con le unghie. Sapeva di Parker, detective privato nel Maine, amico e confidente di Louis ma soprattutto padre di una bambina morta di nome Jennifer. Forse c'era un modo di colpire Jennifer tramite Parker, facendola soffrire attraverso suo padre, a patto di mantenere le distanze dal suo spettro.

«Potremmo distogliere la sua attenzione» disse.

«Come?» domandò Radovan.

«Uccidendo uno dei suoi amici.»

59

Quando erano ormai passate le nove del mattino senza che Hendricksen desse notizia di sé, Angel decise di controllare di persona. Alla maniglia della porta era appeso il cartello NON DISTURBARE, ma Angel non vi diede importanza. Lui stesso lo usava sempre negli alberghi. Se aveva bisogno di asciugamani freschi li chiedeva, ed era perfettamente in grado di rifarsi il letto. Solo gli stupidi si rendevano più accessibili del necessario alle attenzioni altrui.

Bussò, ma non ebbe risposta. Controllò la serratura a tessera e vide che era un modello recente. Le vecchie serrature di quella stessa marca potevano essere violate inserendo un microcontrollore nella presa di corrente sul lato inferiore, permettendo la lettura e la trasmissione della chiave a 32 bit. L'azienda era stata costretta a risolvere il problema, incorrendo in spese non indifferenti. Le modifiche sembravano funzionare, ma Angel sapeva per esperienza personale che l'ingegnosità dei produttori di serrature era inferiore soltanto a quella degli scassinatori.

Trovò una donna delle pulizie, le disse di chiamarsi Hendricksen e spiegò che la sua chiave magnetica non funzionava, dimostrandoglielo con quella della sua stanza. Sulle prime lei parve restia ad aprirgli la porta, ma una banconota da venti euro mitigò i suoi dubbi.

La stanza era buia, il letto sfatto. Non appena si fu richiuso la porta alle spalle Angel provò a chiamare Hendricksen, ma di nuovo udì solo silenzio. Una valigia era posata sull'apposito cavalletto di metallo, ma quasi tutto il contenuto era sparso sul pavimento. La porta del bagno era chiusa, e avvicinandosi Angel udì lo sgocciolio di un rubinetto. Nell'aria aleggiava un cattivo odore, come di un gabinetto a cui non fosse stata tirata l'acqua, ma con un sottofondo sanguigno. Angel lo conosceva, quell'odore, per esperienza personale: era il tanfo della sofferenza.

Un vassoio del servizio in camera era posato sul tavolino accanto alla finestra. Su di esso c'erano una caffettiera e i resti di un panino. Angel prese il tovagliolo e lo usò per stringere la maniglia della porta del bagno, e in quel momento gli parve di udire il più tenue dei suoni dall'interno, un lievissimo sfregamento di pelle sulla ceramica.

All'improvviso rimpianse di non avere una pistola.

Si fermò, trasse un respiro e abbassò la maniglia, usando la parete come protezione. La porta si aprì e l'odore aumentò di intensità, ma nessuno si lanciò all'attacco. Angel si arrischiò a guardare.

Hendricksen giaceva nudo nella vasca da bagno, la parte inferiore del corpo immersa in una pozza di sangue quasi coagulato. Aveva gli occhi chiusi, e il nastro isolante gli copriva la bocca e gli circondava la testa. Polsi e caviglie erano stati legati così stretti che le fascette di plastica gli erano penetrate nella carne, interrompendo la circolazione al punto che mani e piedi erano diventati violacei. L'interno della vasca era quasi interamente coperto di sangue, e alcuni spruzzi risalivano la parete e tempestavano il soffitto di stelle scure. Angel vide ferite sul petto, sul ventre, sulle gambe e sulle braccia dell'olandese. Sembravano causate da un taglierino o da un coltello dalla lama sottile e affilata, ma si allargavano al centro, dove qualcosa era penetrato nelle incisioni. Angel non avrebbe saputo spiegare perché, ma gli venne in mente che qualcuno vi avesse infilato le dita.

Posò i polpastrelli sul collo di Hendricksen. Era freddo, e in un primo momento non avvertì pulsazioni. Poi, incredibilmente, sentì il più lieve dei battiti. Le palpebre di Hendricksen diedero un tremito.

«Gesù» disse Angel. «Resista, mi sente? Tenga duro.»

Hendricksen si stava sforzando di parlare. Angel vide un paio di forbicine in un nécessaire e le usò per tagliare il nastro isolante che copriva le labbra dell'olandese. Doveva chiamare soccorso al più presto, ma senza il bavaglio Hendricksen avrebbe potuto respirare meglio, e sembrava voler dire qualcosa.

L'adesivo era potente, e il sangue intorno alle labbra si era già incrostato. Angel lavorò con cautela, reggendo la nuca di Hendricksen con la mano sinistra. I torturatori avevano probabilmente dovuto imbavagliarlo per poter infierire su di lui, staccando il nastro adesivo solo per ottenere le risposte che cercavano. Se l'olandese non fosse stato in grado di parlare, non sarebbe stato di alcuna utilità; ma Angel aveva l'impressione che i suoi aguzzini avessero proseguito a farlo soffrire anche dopo che lui aveva rivelato tutto ciò che sapeva. Che avessero continuato perché provavano piacere a farlo.

«Bambina... morta» disse Hendricksen. «Stata... lei.»

Angel credette di non aver sentito bene.

«La troveremo, ma lei deve restare in vita per descrivercela.»

Hendricksen scosse la testa.

«No» disse. «Morto.»

«Non ancora» ribatté Angel.

Andò al telefono accanto al gabinetto e premette il tasto della reception. L'impiegato rispose all'istante.

«Ho bisogno di un'ambulanza» disse. «Al più presto.»

Nella camera d'albergo, Hendricksen stava morendo.

Stava ancora morendo a bordo dell'ambulanza.

Ma fu all'ospedale che morì.

60

Louis ricevette il messaggio sul cellulare mentre scendeva dal treno alla Stazione Centrale di Vienna.

'Trova altro albergo' diceva. 'Hndksn 187.'

187 era il codice usato dalla polizia per indicare l'omicidio. Louis non richiamò Angel, limitandosi a rispondere con un semplice: 'Okay.' Ma dietro quelle due lettere c'era tutto il peso del dolore e della rabbia. Provava una profonda simpatia per Hendricksen, e non gli capitava molto spesso. Si concesse qualche minuto per trovare una sistemazione diversa da quella di Angel, scegliendo un piccolo hotel di lusso su Führichgasse. La stanza era costosa, ma nella tariffa erano comprese sei bottiglie di vino, e per come si sentiva in quel momento Louis avrebbe potuto scolarne la maggior parte ancora prima di pranzo. Giunse in albergo in taxi, prese possesso della stanza e attese che Angel si facesse vivo.

Dalla finestra poteva vedere l'Albertina. In un'altra esistenza o in un altro momento forse sarebbe andato a vedere i Dürer nella collezione del museo, ma non ora, non con il peso dei morti che gravava su di lui. Dürer lo fece ripensare a De Jaager, che visitava spesso il Rijksmuseum e in generale adorava l'artista tedesco, ma curiosamente non riusciva ad apprezzarne le incisioni, che purtroppo erano le uniche opere ospitate dal museo olandese a eccezione di un singolo disegno. Forse, si disse, avrebbe visitato comunque l'Albertina, sempre che le circostanze glielo avessero permesso, poiché sarebbe stato quello il desiderio di De Jaager.

Passarono due ore, poi tre. Louis non si mosse dal letto, e non era dell'umore giusto per riprendere a leggere Fenimore Cooper. Sulle mensole che arredavano la stanza c'erano dei libri, ma erano quasi tutti in tedesco. L'unico volume in inglese era una raccolta di saggi sull'etica e la morale. Cominciò a leggere, ma presto concluse che i contenuti essenziali li conosceva già, e che il resto non aveva bisogno di scoprirlo. Stappò una delle bottiglie di rosso in omaggio e ne bevve un solo bicchiere. Dalla parete di fronte al letto la fotografia a grandezza naturale di una bambina lo guardava. Era palesemente povera: una migrante o un'anima persa. Era una strana scelta decorativa, si disse, a meno che il suo scopo non fosse proprio quello di far sentire in colpa l'osservatore per essersi potuto permettere una delle stanze più lussuose di tutta Vienna.

Il cellulare squillò, e Louis rispose.

«Che è successo?» chiese.

«Devono essere arrivati dopo le otto di ieri sera,» spiegò Angel «perché Hendricksen aveva firmato la ricevuta del servizio in camera alle sette e tre quarti. L'hanno torturato e lasciato nella vasca da bagno, dandolo per morto, ma in qualche modo ha resistito abbastanza a lungo da dirmi che è stata una bambina a seviziarlo. Ha anche aggiunto che era morta, ma stava soffrendo le pene dell'inferno, sicché chissà cosa intendeva. È morto poco dopo l'arrivo al Vienna General. La polizia sta esaminando le immagini delle telecamere di sicurezza dell'albergo. Ce ne sono nell'ascensore e nell'atrio, più una a ogni ingresso sulla strada, ma non in tutti i corridoi. A meno che gli assassini non siano apparsi e svaniti per magia, in un punto o nell'altro saranno stati inquadrati.»

«Alla polizia cos'hai detto?»

«Che Hendricksen e io eravamo amici e che ci eravamo incontrati per caso in albergo. Ci eravamo dati appuntamento per cena, ma Hendricksen non si era presentato. Non vedendolo nemmeno a colazione mi sono preoccupato, ho convinto una donna delle pulizie ad aprirmi (ho tralasciato i venti euro di mazzetta) e l'ho trovato in fin di vita nella vasca da bagno.»

«E ti hanno creduto?»

«Non del tutto, ma accettano che non sia stato io a ucciderlo, anche se ho la sensazione che una detective sospetti che sappia chi è stato. Può pensare quello che vuole, non farà molta strada.»

«Riuscirai a dare un'occhiata ai filmati delle telecamere?»

«Sono sicuro che mi chiederanno di farlo, nel caso riconosca qualcuno. Ma Louis, quello che gli è stato fatto è strano.»

«In che senso, 'strano'?»

«Quando l'ho trovato era debolissimo, ma mentre aspettavamo l'ambulanza mi ha detto che la bambina ha usato le dita. Ha effettuato il primo taglio con una lama, ma poi gli ha infilato le dita nelle ferite, scavando con le unghie. Una bambina, Louis: com'è possibile che possa fare una cosa simile a un altro essere umano?»

Louis non aveva una risposta, ma era sicuro che, se al mondo c'era qualcuno in grado di trovare una simile creatura, quel qualcuno erano i Vuksan.

«Vuol dire che probabilmente avrà lasciato qualche traccia» disse.

«Ho visto solo sbaffi, nessuna vera impronta. Ma forse hai ragione. A proposito, dove sei?» chiese Angel.

Louis gli diede l'indirizzo dell'albergo.

«Mi hanno raccomandato di non lasciare la città e di informarli se cambio hotel. È meglio che non mi muova, e non vorrei attirare l'attenzione su di te.»

«Se sono stati i Vuksan, significa che sanno di noi. Hendricksen ti ha riferito cos'ha detto?»

«No, ma a giudicare da quello che gli hanno fatto, tenderei a pensare che abbia rivelato tutto ciò che sapeva.»

«Se è così, dobbiamo attivarci su Frend.»

«Ho il suo numero di cellulare e il primo dei video di sua figlia. Glielo invierò nel pomeriggio, insieme a un messaggio in cui gli consiglio di resistere alla tentazione di rivolgersi alla polizia. Non credo che lo farà, vista la clientela che si ritrova, ma non si sa mai.»

«L'hai detto» convenne Louis. «Ma ripensandoci, aspetta fino a domani a inviargli il video. Diamo alla polizia ventiquattro ore di tempo per dimenticarsi di te, perché non posso gestire Frend da solo. Una volta che gli avrai inviato il video, lo lasceremo cuocere nel suo brodo per qualche ora.»

Guardò la bambina sulla parete, e lei ricambiò la sua occhiata. Forse avrebbe dovuto chiedere di cambiare stanza.

«Mi domando come abbiano fatto i Vuksan a trovare Hendricksen» disse.

«Malasorte.»

«Forse ce la siamo portata dietro.»

«A quanto pare ne abbiamo sempre una scorta» disse Angel. «Mi piaceva, Hendricksen.»

«Anche a me.»

«Gliela faremo pagare, vero?»

«Sì» disse Louis. «Dal primo all'ultimo.»

61

Il sistema carcerario francese era per opinione generale un disastro: una collezione di istituzioni sovraffollate e sottofinanziate, con una significativa popolazione musulmana pronta alla radicalizzazione. Baba Diop aveva trascorso del tempo dietro le sbarre nel suo natio Senegal, addirittura nella famigerata prigione di Rebeuss a Dakar, ma anche con i suoi precedenti Fleury-Mérogis, l'istituto di pena più grande d'Europa, era qualcosa di orribile. Certo, se Diop avesse proprio voluto arrampicarsi sugli specchi, quantomeno aveva evitato La Santé. Un suo cugino vi era stato rinchiuso tre anni, uscendone convinto che fosse un luogo maledetto e infestato dai fantasmi, conseguenza del fatto che fino agli anni Settanta avesse ospitato la ghigliottina.

Diop aveva trascorso i giorni successivi al suo arresto alla Gare de Lyon in una serie di salette per interrogatori. Non era stata una bella esperienza, soprattutto perché Baba non aveva potuto fornire le informazioni richieste dai suoi inquisitori, nello specifico i modi e i canali grazie a cui i terroristi islamici penetravano in Europa dal Medio Oriente e dal Nordafrica. Tutto quello che poteva dire ai francesi era che Aleksej Marković lo aveva assoldato per scortare due siriani, di cui non aveva mai scoperto i nomi, da Port-Vendres a Parigi. Aveva svolto simili incarichi per Marković in passato, anche se in quei casi aveva accompagnato carichi umani dal confine serbo.

Per quanto ne sapeva lui, molti di questi individui erano rispettabili borghesi, dottori, uomini d'affari, contabili che cercavano di sfuggire alle guerre e alle persecuzioni in Iraq, in Siria, in Somalia e addirittura in Pakistan comprandosi una nuova esistenza in Europa. A volte si portavano dietro le famiglie, anche se a poterselo permettere erano solo i più ricchi, visto che i serbi facevano pagare cinquantamila dollari a testa per il trasporto illegale di migranti attraverso la Serbia e fino in Francia, e che non facevano sconti quantità. Un altro ramo dell'organizzazione si occupava dei carichi più poveri, trasportati come bestiame sui camion, dove la loro sopravvivenza era legata ai capricci del gelo o del caldo e alla disponibilità di elementi essenziali come cibo, acqua e ossigeno. Baba Diop preferiva non avere a che fare con quel tipo di trasporto. Lo trovava deprimente e incompatibile con la sua fede cristiana.

Nel caso dei due uomini rimasti uccisi alla Gare de Lyon, Diop era all'oscuro dei loro precedenti terroristici. La sua politica era sempre stata quella di fare meno domande possibili. Confidava nel fatto che Marković lo mettesse al corrente di tutti gli aspetti fondamentali di un'operazione, ma il resto preferiva non saperlo. Credeva che Fouad Belkacem, il collega che quel pomeriggio fatidico si trovava con lui alla Gare de Lyon, potesse in passato aver avuto direttamente a che fare con i Vuksan, ma non poteva esserne certo. Lui e Fouad non parlavano molto, aveva spiegato in tono solenne alla polizia. Avevano poco in comune, poiché Fouad era un musulmano, un bevitore, un fumatore e un fornicatore, laddove Baba Diop non era nessuna di queste cose.

E a quanto pareva, Fouad era anche un traditore. Aveva fregato Baba Diop, Aleksej Marković e i due siriani, il che significava, sottolineavano i poliziotti, che Baba non avrebbe dovuto sentirsi obbligato a nascondere informazioni per proteggerlo. Fouad era un loro informatore, e aveva già rivelato un mucchio di cose. La testimonianza di Baba Diop sarebbe servita solo a confermare certi dettagli, ma avrebbe dovuto fare attenzione a non mentire, poiché grazie a Fouad loro avrebbero saputo se stava cercando di ingannarli, e lo avrebbero punito di conseguenza.

Ma Baba Diop non ci credeva. Per diverso tempo, prima del suo arresto per corruzione che aveva causato quei tre anni di involontaria permanenza a Rebeuss, aveva servito nella Gendarmeria Nazionale Senegalese, partecipando a un numero più che sufficiente di interrogatori; e sospettava che qualunque informazione i francesi avessero ottenuto da Fouad Belkacem non avesse soddisfatto la loro curiosità.

E così gli interrogatori erano proseguiti finché, dopo avergli impedito di dormire, averlo privato di cibo e acqua e averlo malmenato quel che bastava, i suoi inquisitori avevano concluso che Diop aveva detto tutto quello che sapeva, e che era giunto il momento che languisse in cella finché il sistema giudiziario non si fosse deciso a processarlo per complicità in atti terroristici. Era stato solo mentre veniva trasportato a Fleury-Mérogis che Diop era venuto al corrente dell'omicidio di Fouad Belkacem. A quel punto già sapeva che avevano sparato a Marković. La polizia era sembrata curiosa di sapere chi poteva essere stato, e Diop era rimasto sorpreso, pensando che fossero stati loro stessi a farlo fuori. Ma ora, a quanto pareva, era morto anche Fouad, e questo per Diop era inquietante, poiché si rendeva conto che, a seconda di chi fosse stato a eliminare il collega, lui avrebbe potuto essere il prossimo.

Tutto questo spiegava come mai Baba si trovasse rinchiuso a Fleury-Mérogis. Dopo essere stato condotto davanti a un giudice istruttore, era stato posto in custodia presso una divisione teoricamente sicura delle *maison d'arrêt des hommes* del penitenziario, dove sarebbe probabilmente rimasto per il prossimo futuro. Una volta processato, quasi sicuramente sarebbe stato rispedito a Fleury-Mérogis, sempre che non gli fosse stata data la possibilità di vedere di persona se La Santé fosse effettivamente maledetto o se la ristrutturazione a cui era stato sottoposto fosse riuscita a rimuovere la fattura. Questo, quantomeno, era il modo in cui Baba Diop immaginava si sarebbe svolto il prossimo decennio della sua esistenza, e l'idea lo intristiva. Lui non era malvagio. Aveva sempre cercato di non far soffrire il prossimo a meno che non fosse assolutamente necessario, ma in molte occasioni, e in almeno quattro Paesi diversi, aveva avuto la sventura di frequentare cattive compagnie.

Diop era tutt'altro che tranquillo all'idea di scontare la sua pena a Fleury-Mérogis. Era al corrente del nutrito contingente musulmano del carcere e della sua reputazione di terreno fertile per il radicalismo. Sia Amedy Coulibaly, il maliano che nel 2015 a Parigi aveva ucciso una poliziotta e quattro ebrei, che Cherif Kouachy, uno dei due fratelli autori della strage che aveva fatto dodici vittime alla sede parigina di *Charlie Hebdo*, avevano subìto profonde trasformazioni nel periodo trascorso lì dentro. Diop, aveva spiegato un altro detenuto mentre venivano fatti salire sulla camionetta del penitenziario, si sarebbe ritrovato in un ambiente nella migliore delle ipotesi maldisposto verso i non musulmani, presidiato da guardie disarmate che preferivano non rischiare la vita e si tenevano alla larga dal cortile durante l'ora d'aria.

A Fleury-Mérogis Baba Diop trascorse le sue ultime trentasei ore di vita. Alle undici del mattino del secondo giorno venne pugnalato alla gola con un pettine affilato mentre veniva scortato nell'ufficio del direttore. Il suo assassino era un giovane franco-algerino di nome Ahmed Beghal, che dichiarò di averlo ucciso per vendicare le morti dei 'martiri' della Gare de Lyon. Beghal, che non aveva precedenti violenti né era sulla lista di detenuti sotto osservazione, non volle dire se avesse agito per ordine di qualcun altro. Si rifiutò anche di rivelare alla polizia o alle guardie carcerarie chi lo avesse informato su Diop, la cui identità era stata tenuta segreta proprio per proteggerlo da simili rappresaglie.

E a Vienna, i Vuksan sentirono che il cappio si stringeva ulteriormente.

62

La definizione ufficiale è 'gestione dell'identità'; quella ufficiosa è 'passaporti in vendita'. È un settore redditizio, con un giro d'affari annuo di circa tre miliardi di dollari, e non dà segno di voler calare nell'èra dell'isolazionismo, della Brexit, dell'evasione fiscale e del terrorismo. Fondamentalmente, se si è ricchi a sufficienza ci sono una quantità di Paesi disposti a fornire un passaporto valido. I più preziosi tra questi consentono di arrivare quasi ovunque senza bisogno di un visto, come ad esempio nei Paesi europei dell'area Schengen. Per questo motivo gli Stati più poveri delle isole caraibiche sono particolarmente ambiti, aiutati in ciò dalla loro natura di paradisi fiscali desiderosi di attrarre investitori esteri. I prezzi, in generale, sono abbastanza ragionevoli: dai cento ai duecentomila dollari per un passaporto di Antigua; centomila per uno della Repubblica Dominicana; centocinquantamila per quelli di Saint Kitts e Nevis o Grenada. I documenti europei sono più cari: un passaporto austriaco può superare i tre milioni, uno cipriota ne costa due, uno maltese un milione. A ciò vanno aggiunte le possibili commissioni da versare agli intermediari, che possono partire dai duecentomila dollari e arrivare ai cinquecentomila.

L'attrattiva di simili documenti è evidente per i rispettabili operatori economici di Paesi con accesso ristretto ai mercati più importanti, ma è ancora più ovvia per quei loschi individui il cui scopo è sfuggire alle attenzioni delle autorità. Sulla carta, gli Stati coinvolti in questo mercato sono (o sarebbero) tenuti a svolgere indagini su ogni richiedente e rifiutare la vendita a chiunque sia sospettato di usare una falsa identità o sia oggetto di un'inchiesta penale.

Ma la realtà è molto più ambigua.

A Simmering, appena oltre il confine meridionale di Vienna, si trova un piccolo, poco frequentato cimitero. È il Friedhof der Namenlosen, o Cimitero dei senza nome, ed è il luogo di estremo riposo di poco più di un centinaio di anime, quasi tutte non identificate. Per secoli, i corpi degli annegati e quelli di cui ci si sbarazzava gettandoli nel Danubio finivano per essere depositati dalle correnti lungo un tratto di riva nei paraggi; ma nel 1939 la costruzione del molo di Albern ne aveva alterato il corso, costringendo i morti del Danubio ad approdare più a valle.

Il vecchio cimitero, che aveva accolto corpi fino al 1900, è ora nascosto dalla foresta e contrassegnato soltanto da un cartello tra gli alberi. Il nuovo cimitero ospita centoquattro fosse, quasi tutte contraddistinte da identici crocifissi e in certi casi da candele o corone di fiori depositate dai visitatori o dai pescatori di Albern, che il giorno di Ognissanti vengono a ricordare i meno fortunati. I morti con un nome, dai Gutman ai Molner, dai Kochinger ai Behnken (*'Aus Hamburg 11/12/1860-15/03/1923'*) riposano quasi tutti sul lato sinistro del cimitero, come a prendere le distanze dai senza nome: gli *unbekannt*, i *namenlos*. Una chiesetta, la cappella della Resurrezione, domina le tombe. Alla sua destra sorgono silos e magazzini industriali, sulla sinistra c'è un terreno incolto invaso dalle erbacce e dagli alberi morti o morenti. Dietro, ma a una certa distanza, scorre il Danubio.

Anton Frend non aveva mai messo piede al Friedhof der Namenlosen. Si teneva sempre alla larga dai cimiteri, e l'ultima volta che si era trovato al cospetto di un sepolcro era stato sette anni prima, quando suo padre era stato seppellito nella tomba di famiglia al Cimitero Centrale di Vienna. Da allora non era mai più andato a visitarlo. Se esisteva una vita eterna, cosa di cui dubitava, i migliori tra i suoi parenti se la stavano godendo in santa pace; se non c'era, erano finiti nel nulla. In entrambi i casi, rendere omaggio a un mucchio di ossa in decomposizione non aveva senso.

Frend non aveva trascorso la notte nell'appartamento sopra lo studio, preferendo rifugiarsi in un alberghetto su Hackengasse.

Di solito non dava retta alle chiacchiere sul sesto senso e sui brutti presentimenti, ma avvicinandosi al suo palazzo dopo aver lasciato Zivco Ilić e la ragazzina aveva adocchiato un'auto parcheggiata nei paraggi dell'ingresso e le sagome di due uomini sui sedili anteriori. Quello al volante era completamente in ombra, e da dove si trovava Frend poteva distinguere solo il volto del passeggero: capelli scuri, barba, carnagione olivastra accentuata da una camicia bianca abbottonata fino al collo. Spiridon Vuksan, si era detto, l'avrebbe definito un turco. L'uomo aveva finito di fumare una sigaretta e l'aveva gettata fuori dal finestrino aperto, mandandola a raggiungere altri tre mozziconi. Frend aveva avvertito l'impulso immediato e quasi irresistibile di fuggire, ma si era controllato a sufficienza da indietreggiare dietro l'angolo e raggiungere la stazione dell'U-Bahn più vicina. Aveva continuato a guardarsi alle spalle nel timore che l'uomo barbuto lo stesse inseguendo, ma era riuscito a raggiungere la metropolitana senza contrattempi.

Appena arrivato in albergo aveva chiamato sua moglie e le aveva raccomandato di nuovo di non tornare a casa né usare le carte di credito e debito finché la crisi non fosse stata superata. Poi, provando l'improvviso desiderio di sentire la voce di sua figlia, aveva composto il suo numero di cellulare, facendo scattare direttamente la segreteria telefonica. Di solito, Pia si limitava a rifiutare la chiamata non appena riconosceva il suo numero. Una o due volte all'anno poteva capitare che rispondesse, parlando a monosillabi, ma non questa volta.

Per finire, Frend aveva chiamato anche Radka. Lei gli aveva chiesto dove si trovava, e lui le aveva spiegato che era in un albergo, ma senza rivelargliene il nome. Radka si era offerta di raggiungerlo, e lui era stato tentato di accettare, anche solo per la compagnia (i suoi appetiti sessuali erano diminuiti in proporzione inversa all'intensificazione del problema Vuksan), ma alla fine aveva concluso che per il momento sarebbe stato meglio restare separati. Le aveva chiesto se avesse notato attività sospette, o se qualcuno le avesse fatto strane domande su di lui, ma lei aveva risposto che non le sembrava. Le aveva consigliato di chiudere il negozio per qualche giorno, o affidarlo alla sua assistente Sophia, ma Radka si era messa a ridere, dicendo che Sophia lo avrebbe fatto fallire nel giro di ventiquattr'ore, e che motivo c'era di essere così preoccupati?

Frend aveva cercato di spiegarglielo, ma senza nominare i Vuksan. Le aveva parlato di una trattativa molto delicata, di qualcuno che forse stava tenendo d'occhio il suo studio e di altri che probabilmente stavano sorvegliando casa sua. Le aveva rivelato di aver convinto sua moglie ad andarsene. Le aveva detto che non voleva che le succedesse qualcosa, ma che qualcuno avrebbe potuto tentare di usarla per far leva su di lui. Al termine della conversazione non era riuscito a convincerla della necessità di stare alla larga dalla boutique, ma se non altro Radka aveva accettato di fare attenzione, qualunque cosa potesse significare.

All'insaputa di Frend, subito dopo anche Radka aveva fatto una telefonata: aveva chiamato Zivco Ilić, informandolo che qualcuno sembrava aver preso di mira Anton Frend.

E ora, alla luce fredda e grigia del mattino, Frend era a Simmering. Si era fatto lasciare dal taxi all'ingresso del complesso di fabbriche e silos, preferendo proseguire a piedi fino al cimitero nella direzione indicata da un cartello per ridurre al massimo la possibilità che qualcuno scoprisse la sua destinazione finale. Aveva chiesto al tassista di aspettarlo, ma questi si era rifiutato quando Frend non aveva saputo dirgli quanto si sarebbe trattenuto. Poteva sempre chiamare un altro taxi, gli aveva detto. In caso contrario, c'era una fermata d'autobus all'ingresso dell'area industriale, sicché di scelte ne aveva. Frend non ne era così sicuro: in un luogo come quello si sarebbero fermati al massimo due autobus all'ora, e chi poteva sapere quanto avrebbe impiegato un taxi ad arrivare? D'altra parte, non aveva potuto fare altro. In circostanze migliori avrebbe usato la sua auto, ma se il suo studio era sotto sorveglianza era possibile che lo fosse anche la sua vettura, parcheggiata in un garage privato nei paraggi.

Durante il tragitto a piedi non incrociò nessuno. Era domenica, e gli edifici industriali erano deserti. Stormi di piccoli uccelli si alzavano in volo dai silos per poi posarvisi di nuovo. Ripeterono l'azione tre volte, ma Frend non vedeva alcun motivo per cui dovessero essere agitati. Forse avvertivano la presenza di qualche predatore, o magari la paura era qualcosa di talmente radicato che erano restii a trattenersi troppo a lungo in un posto. In ogni caso, si disse Frend, la metafora era chiara.

Una breve rampa di scale lo condusse in un sottopassaggio ferroviario, oltre il quale si vedeva il cimitero. In piedi tra le tombe, una donna fumava una sigaretta. A eccezione dei morti, era completamente sola. Mentre Frend si avvicinava alla piccola cappella alzò gli occhi su di lui, ma non lo salutò nemmeno quando lui scese i gradini e la raggiunse tra i *namenlos*.

Era più alta di lui e di una magrezza ascetica, tipica di chi viveva di sole sigarette e caffè. I capelli grigio argento erano tagliati troppo corti per i gusti di Frend, anche se lui stesso era il primo a sapere che i suoi gusti le erano del tutto indifferenti. Portava grossi occhiali con una montatura trasparente che dava loro un aspetto protettivo, al punto che sotto il suo sguardo Frend si sentiva come un campione da laboratorio sottoposto a un'attenzione affilata come un bisturi. Indossava un cappotto beige leggermente svasato ai fianchi e lungo fin sotto le ginocchia, e le sue gambe erano fasciate da due alti stivali di pelle marrone rossiccia, come un miscuglio di sangue e fango. Diceva di essere una lontana discendente della pittrice Angelika Kauffmann, ma poteva anche non essere vero, poiché Hannah Kauffmann era un'esperta creatrice di falsità.

«Hannah» disse Frend. «Sei in ottima forma, come sempre.»

La Kauffmann accantonò il complimento con l'andirivieni di un dito, facendo cadere la colonna di cenere della sigaretta sulla tomba ai suoi piedi.

«Se sei venuto fin qui per uno scambio di complimenti, Anton, hai sprecato un viaggio, perché tu non hai affatto un bell'aspetto. Sicuro di dormire abbastanza?»

«Negli ultimi tempi no, ma tu forse puoi aiutarmi.»

«Posso offrirti qualche pillola. Ne ho in abbondanza.»

«Speravo in qualcosa di più duraturo.»

Indicò le tombe con la mano destra.

«Sei nel posto giusto» disse.

Frend fece un sorriso privo di allegria. Non era stato lui a scegliere quel luogo. Avrebbe preferito incontrare Hannah Kauffmann in un posto più vicino alla città e meno deprimente, ma lei aveva sempre avuto il gusto del drammatico. Forse era una conseguenza della sua passione per la lirica. Era una benefattrice del Teatro dell'Opera di Vienna, a cui donava almeno diecimila euro a stagione. Frend poteva pensare a modi migliori di spendere diecimila euro, non ultimo un dentista. Hannah era una donna attraente, ma la sua dentatura era un disastro: lo smalto era macchiato da decenni di caffeina e nicotina, e alcuni dei molari superiori erano marciti e caduti. Il suo sorriso faceva pensare ai teschi nella cripta di Santo Stefano.

«Stavo giusto per chiederti perché siamo qui, e non in un ambiente più conviviale» disse Frend.

«Non ti piacciono i cimiteri?»

«Non particolarmente, ma questo mi sembra ancora più triste della media.»

«Davvero?» La Kauffmann aggrottò la fronte. Sembrava sinceramente sorpresa. «Non sono d'accordo. Molti di questi morti potranno anche non avere un nome, ma non sono stati dimenticati. Ogni anno ci si ricorda di loro per un giorno. I pescatori posano fiori sulle loro tombe e lanciano nel Danubio una barca piena di corone. È più di quanto si faccia per molti di coloro che hanno parenti ancora in vita o monumenti più lussuosi di una semplice croce. E un giorno saremo anche noi come loro. Quando non sarà rimasto più nessuno a ricordarci, nessuno che possa riconoscere anche di sfuggita il nostro nome, diventeremo anonimi anche noi, checché ne dica la lapide sopra la nostra testa.»

Finì la sigaretta e la spense calpestandola, sminuendo notevolmente, pensò Frend, l'impatto della sua testimonianza.

«Oppure,» riprese «la si potrebbe interpretare come una lezione sulla natura transitoria dell'identità.»

Ah, ora sì che ci siamo, si disse Frend. Ora sì che arriviamo al nocciolo della questione.

La Kauffmann era un avvocato specializzato in diritto bancario e dei mercati finanziari, ma svolgeva una remunerativa attività secondaria come procacciatrice di passaporti, poiché a volte i suoi clienti si trovavano ad aver bisogno di un simile servizio. La voce che girava nei corridoi dell'ordine degli avvocati austriaci era che i suoi contatti nei Caraibi non temessero confronti, anche se era stata costretta a tagliare i ponti con Cipro e Malta in seguito alla loro inclusione da parte dell'OECD, l'Organizzazione per la Cooperazione e lo Sviluppo Economico, nel libro nero dei Paesi sospettati di facilitare l'evasione fiscale attraverso la vendita di passaporti. Nel caso di Malta, inoltre, la morte della giornalista Daphne Caruana Galizia, uccisa nel 2017 da un'autobomba alle porte di Mosta mentre indagava sulla corruzione nel governo del suo Paese e proprio sul commercio di passaporti, aveva attirato sgradite attenzioni a livello internazionale.

«Bisogna essere sempre aperti al cambiamento» disse Frend. «Al momento ho certi clienti che condividono questo punto di vista. Si potrebbe perfino dire che se ne sono appassionati.»

La Kauffmann si accese un'altra sigaretta. I polpastrelli della sua mano destra erano giallastri come i denti. Frend immaginava che il suo corpo fosse una vera e propria coltura di cancri.

«Conosco gli ambienti che frequenti» disse lei. «Per questo ti ho dato appuntamento qui e non al Café Landtmann. Girano voci, Anton.»

«Le voci girano sempre. Altrimenti non saremmo a Vienna.»

«Queste sono voci che arrivano da lontano. Da Podgorica, per esempio.»

Podgorica, capitale del Montenegro: più o meno quattrocentomila dollari per un passaporto. Il Montenegro aveva dichiarato la propria indipendenza dalla Serbia nel 2006, ma era ancora profondamente legato alla vecchia unione. Durante le guerre degli anni Novanta i montenegrini avevano bombardato Dubrovnik per conto dei serbi e consegnato loro i profughi bosniaci da torturare e giustiziare. Un tempo i Vuksan potevano aver avuto degli alleati in Montenegro, ma ora non più.

«E cosa si dice a Podgorica?» chiese Frend.

«Che i tuoi clienti hanno oltrepassato i limiti, e che adesso c'è una taglia su di loro, per non parlare dell'avviso rosso dell'Interpol.»

«È proprio per questo che hanno bisogno di nuove identità e passaporti. Con Belgrado è stato raggiunto un accordo, ma i miei clienti dovranno lasciare l'Europa al più presto. Un ritardo potrebbe essere frainteso per un preludio a nuove ostilità.»

«Alcuni a Belgrado contesterebbero l'esistenza di un simile accordo.»

«Per esempio Simo Stajić?»

«Forse.»

«Stajić è un teppista. È Matija Kiš a parlare a nome di Belgrado.»

«Una città da cui di recente sei uscito vivo per miracolo, se quello che si racconta è vero. Sul serio pensi che Kiš sarebbe intervenuto in tuo aiuto, se non ti fossi rifugiato in Romania?»

«Kiš è un bandito in abiti da politico... o forse il contrario: non si può mai dire, con gli individui senza scrupoli. Ma, qualunque sia la sua vera natura, altri spargimenti di sangue potrebbero danneggiarlo in modo irreparabile.»

«Kiš è un pragmatico» precisò la Kauffmann. «Se si macchia di sangue un abito, ha sempre un cambio pronto. Ma immagino che sarebbe abbastanza furbo da prendere le distanze da qualunque carneficina, lasciando che se ne occupi Stajić.»

Frend non gradiva la piega che aveva preso la conversazione.

«Qualcuno ti ha avvertita di non farti coinvolgere?»

«Se così fosse, pensi che sarei qui? Preferisco evitare di finire carbonizzata. Per il momento, Kiš è probabilmente disposto a dimenticarsi dei tuoi clienti a patto che lascino il continente. Ma in futuro, chi può dirlo?»

«Il futuro è per la Provvidenza, non per noi.»

«Perché anche tu non vedi l'ora che i Vuksan se ne vadano» disse la Kauffmann.

Finalmente li aveva nominati, notò Frend.

«Più di qualunque altra cosa. Finché restano in Europa sono un possibile bersaglio.»

«E non solo di Belgrado.»

«Altre voci?»

«Fatti, in questo caso, nel senso di una scia sempre più lunga di cadaveri. Qualcuno sembra ancora più intenzionato di Stajić a cancellare i Vuksan dalla faccia della terra. Perfino Belgrado è curiosa di sapere chi potrebbe essere. Stajić pensa che siano i musulmani, ma per lui ogni cosa è un complotto musulmano. Kiš non ne è così sicuro. Non è che avresti qualche idea al riguardo?»

«No» disse Frend.

«Non ti credo, ma forse mi conviene non saperlo.»

«Dalla mia conclamata posizione di ignoranza, posso solo immaginarlo. Puoi aiutarmi, Hannah?»

«Ti costerà. I viaggi con bagagli sono sempre costati di più, e la necessità di ottenere nuove identità potrebbe complicare le cose. Spenderesti di meno procurandoti i documenti in Grecia o in Italia.»

«Non ho i contatti giusti. In più, i passaporti dovranno essere immacolati, e offrire la garanzia di un rifugio sicuro. I miei clienti potrebbero essere costretti a risiedere nel Paese in questione in attesa che l'avviso rosso diventi rosa pallido.»

La Kauffmann si stufò della seconda sigaretta e gettò il mozzicone a far compagnia al primo.

«Dovrei avere una prima risposta nel giro di ventiquattro ore» disse.

«E il costo?»

«Dipende. La Giordania è probabilmente da escludere, visto quello che è successo a Parigi. I giordani hanno legami fin troppo stretti con i francesi, e preferiscono non attirare l'attenzione degli estremisti. Non essere così sorpreso, Anton. Ho saputo della Gare de Lyon. In ogni caso, i giordani chiedono un milione a documento, al netto di spese e commissioni. Ho l'impressione che i tuoi clienti siano destinati ai Caraibi. Tenendo conto delle complicazioni, facendo una stima conservativa prevedo una spesa di quasi duecentomila a passaporto, più il mio venti percento.»

«Dollari?»

«Penso che faremo tutto in euro. In contanti. I passaporti sono due, giusto?»

«Più probabilmente tre.»

Frend non era certo che Zivco Ilić avesse i mezzi economici per pagarsi un nuovo passaporto, ma forse i Vuksan sarebbero stati disposti a finanziarlo. Non avrebbero apprezzato l'idea di essere intrappolati in un territorio sconosciuto senza qualcuno di fidato a proteggerli. Zorya, dal canto suo, probabilmente non li avrebbe seguiti. A sentire Radovan, il suo desiderio, inspiegabilmente, era quello di tornare in Serbia.

«Avrò bisogno di un numero preciso» disse la Kauffmann.

«Glielo chiederò, ma per ora diciamo tre» ribatté Frend.

«Fotografie?»

«Sono già pronte. Ho solo bisogno di un indirizzo email.»

La Kauffmann consultò il suo telefono e gli diede un indirizzo sicuro formato da una stringa casuale di cifre e lettere, che sarebbe stato eliminato subito dopo l'arrivo delle immagini. Frend inviò i documenti criptati dal suo cellulare e attese la conferma che fossero giunti a destinazione.

«Fatto» disse la Kauffmann. «Bene, ora devo andare. C'è qualcos'altro?»

«No, credo sia tutto.»

Si strinse la cintura del soprabito e fece scorrere di nuovo lo sguardo sul cimitero.

«Non hai considerato di procurartene uno anche tu?» domandò.

Frend scosse il capo. «Qui ho il mio lavoro, e anche i miei amici.»

«Vedo che non hai nominato la famiglia. Come sta tua moglie?»

«Sta altrove.»

«Per sempre?»

«Probabile.»

«E la tua amante?»

«Sei molto bene informata.»

«Il fatto che non ne fai sfoggio non la rende un segreto. Le vuoi bene?».

«Le sono affezionato, ma niente di più.»

«E tua figlia è sempre in Inghilterra?»

«Sì, ma non ci rivolgiamo la parola.»

La Kauffmann gli posò una mano sul braccio.

«Anche se riuscirai a farli uscire dall'Europa, i Vuksan si lasceranno dietro una scia di detriti, e tu ti ritroverai a sguazzarci. Sono in troppi a sapere dei tuoi legami con loro, e a quel punto potrebbero non credere che tu li abbia spezzati del tutto. I soldi per andartene li hai, per non parlare dei beni immobili da vendere. Tua moglie ha fama di essere una persona civile, e in caso di divorzio si comporterebbe in modo onorevole. A Vienna hai meno obblighi di quanto tu creda, e un'attività non vale una vita.»

«E cosa farei in un angolo sperduto dei Caraibi, a parte bere troppo e sedurre qualche turista di passaggio?»

«Ci sono uomini che la sognano, una vita del genere.»

«Non sono tra questi.»

Gli diede un colpetto sulla manica.

«Ti consiglio di rifletterci. Dove hai parcheggiato?»

«Non sono venuto in macchina. Ho preso un taxi.»

«Per quale motivo?»

«Cautela.»

«Ti offrirei un passaggio, ma...»

«Ma sei un tipo cauto anche tu.»

«Esatto.»

Frend la guardò allontanarsi verso la coupé color argento che aveva parcheggiato accanto a un silo. Non ne riconobbe la marca, ma le automobili non lo avevano mai particolarmente interessato. Mentre la Kauffmann partiva diede un'ultima occhiata al cimitero. Sperava di non tornarci mai più, men che meno di essere sepolto in un luogo così desolato. Pestò i piedi sui gradini per staccare il fango dalle scarpe e poi s'incamminò nella direzione da cui era venuto, lasciando che i morti continuassero a riposare in pace.

63

Louis aspettava Angel sorseggiando un caffè al Kaffee Alt Wien su Bäckerstrasse. Il locale era meno lussuoso dei più celebri caffè ottocenteschi come il Café Central o il Café Schwarzenberg, ma a Louis piaceva proprio per questo. Le pareti erano tappezzate di poster di gruppi musicali che non aveva mai sentito nominare e concerti che non aveva alcuna intenzione di sentire, ma il caffè era molto buono e l'ambiente ancora meglio. Avviò il suo iPad, aprì il *Vienna Times*, il giornale online in lingua inglese, e lesse l'articolo sull'omicidio di Hendricksen. Una portavoce della polizia dichiarava che gli investigatori stavano seguendo diverse piste, il che era probabilmente vero, e che erano già stati compiuti dei progressi, il che era quasi certamente falso.

Quel mattino Angel aveva avuto un'altra scabrosa conversazione con i detective, ma la sua versione sembrava reggere. Gli avevano anche chiesto di dare un'occhiata alle immagini di due individui registrate dalle telecamere di sicurezza dell'albergo, ma si era immediatamente reso conto che l'uomo si era camuffato in modo dozzinale ma efficace. La ragazzina che era con lui, da parte sua, aveva tenuto il cappuccio della felpa sempre alzato, come un'adolescente scontrosa. Come strumento di identificazione, il girato delle telecamere si era rivelato perfettamente inutile.

Ciò malgrado, Louis non gradiva l'idea che la Bundespolizei curiosasse nelle faccende private del suo compagno, poiché i problemi di Angel erano problemi suoi. Se gli austriaci avessero insistito, avrebbe dovuto chiedere un favore a Ross. Il federale non ne sarebbe stato felice, ma visto che Ross non sembrava mai felice la richiesta non avrebbe avuto un impatto troppo negativo sulla qualità della sua vita.

Louis provava una combinazione di aspettativa e frustrazione, due stati intimamente connessi tra loro. A meno che i Vuksan non avessero commesso un errore, rivelando il loro nascondiglio, tutto ormai dipendeva dalle pressioni esercitate su Frend tramite Pia Lackner. Harris poteva anche essere dell'opinione che l'avvocato volesse bene a sua figlia al punto da tradire i Vuksan, ma il bacio di Giuda non era che una delle alternative a sua disposizione. Avrebbe potuto decidere di rivolgersi alla polizia, alla concorrenza o addirittura agli stessi Vuksan, se avesse pensato che le loro sorti erano indissolubilmente legate. E nessuna di quelle soluzioni sarebbe stata utile a Louis.

A tutto ciò si aggiungeva il senso di colpa per la morte di Hendricksen. Non avrebbe dovuto lasciare che operasse da solo a Vienna e a Belgrado, ma le sue conoscenze in entrambe le città ammontavano a zero. Ciò malgrado, avrebbe dovuto sottoporre Frend a una sorveglianza più attenta, tanto elettronica quanto umana. Avrebbe potuto far intervenire Harris e i suoi colleghi di Langley, ma dopo gli eventi della Gare de Lyon Harris era scomparso. Louis non ne era particolarmente sorpreso, visto che aveva ottenuto quasi tutto, se non proprio tutto, quello che voleva. L'operazione poteva non essere andata esattamente secondo i piani, visto che grazie al loro informatore i francesi avevano intercettato e ucciso i due siriani prima che gli americani potessero arrivarci, ma era comunque stato trasmesso un chiaro messaggio. Nei giorni successivi, ad alcuni dei migliori giornali europei erano state strategicamente distribuite diverse notizie provenienti da fonti anonime in cui si descriveva nei dettagli il ruolo della criminalità serba nel traffico di esseri umani, tra cui il genere di individui che poi si rendevano responsabili di attentati contro la popolazione civile del mondo occidentale. Ciò aveva forzato Belgrado a intervenire, chiudendo, anche se solo temporaneamente, le vie di accesso dal Medio Oriente all'Europa attraverso la Serbia.

Ma coinvolgendo Louis nei loro affari, sia Harris che Ross avevano commesso un azzardo. Forse non erano disposti ad ammetterlo, ma a quel punto Louis li aveva in pugno così come loro avevano in pugno lui. Ignorare le sue telefonate non avrebbe cancellato quel dato di fatto.

«Davvero terribile» disse l'uomo che si stava sedendo al tavolo accanto. Indossava un abito scuro sopra una camicia bianca, e un soprabito nero era accuratamente piegato sulla banchetta rivestita di rosso di fronte a lui. La sua carnagione era olivastra, la barba perfettamente regolata. Aveva il genere di viso che sorrideva spesso, e che a Louis suscitò un'immediata antipatia. A volte temeva di essere più simile a Edgar Ross di quanto fosse disposto ad ammettere.

«Chiedo scusa?» disse.

«Non ho potuto fare a meno di notare la notizia sul suo dispositivo. Una vera sventura per il gentiluomo in questione, per non parlare dell'albergo.»

L'uomo si sedette con la schiena rivolta verso il muro, costringendo Louis a ruotare leggermente il busto per osservarlo. Vide che un secondo uomo, più corpulento e meno elegante del primo, ma anch'esso barbuto e mediorientale di aspetto, aveva occupato un tavolo accanto all'uscita e li stava scrupolosamente ignorando.

Arrivò un cameriere, e il vicino di tavolo di Louis ordinò un espresso.

«E il suo amico?» chiese Louis. «Non desidera nulla?»

Il sorriso dell'uomo divenne ancora più ampio.

«Un espresso anche per lui» disse al cameriere; poi unì le mani sul grembo e guardò Louis con finta cordialità. Da parte sua, Louis avvertì la presenza della pistola nascosta sotto la giacca abbottonata, anche se non prevedeva di doverla usare in quel frangente. Per il momento, tra lui e quei due uomini ci sarebbe stata soltanto una conversazione. Qualunque cosa fosse seguita, sarebbe accaduta altrove.

Louis proseguì a guardare l'uomo senza dire nulla. Era molto bravo a restare in silenzio. Il concetto di imbarazzo gli era del tutto estraneo. Con la coda dell'occhio vide che il secondo uomo prendeva il suo espresso senza distogliere lo sguardo dalla porta del locale e dalla strada. Questa è gente con un bel po' di nemici, pensò.

«Mi chiamo Mr Rafi» disse finalmente il primo uomo dopo che il cameriere gli ebbe servito il caffè. Pronunciava ogni sillaba lentamente e con cura, come se stesse leggendo parole sconosciute su un cartoncino.

«Se lo dice lei.»

Se il sorriso si fosse allargato ancora di più, le labbra di Mr Rafi si sarebbero squarciate agli angoli.

«Non mi crede?»

«Non è questo» disse Louis. «È che non mi importa.»

Il sorriso non cedette, ma qualunque residua traccia di calore abbandonò gli occhi di Mr Rafi. Era una persona, rifletté Louis, che attribuiva valore ai cerimoniali della buona educazione, anche solo perché servivano a celare la realtà, allo stesso modo del suo sorriso. Chiunque egli fosse, Mr Rafi sarebbe stato educato anche mentre ti mozzava la lingua o ti infilava uno spillone negli occhi. Avrebbe continuato a sorridere con cordialità mentre venivi innaffiato di benzina all'interno di una gabbia di acciaio, prima di essere bruciato vivo. Forse ti avrebbe perfino chiesto scusa prima di tagliarti la gola mentre una telecamera trasmetteva la tua esecuzione in rete. Mr Rafi era un sociopatico che aveva trovato una bandiera nera di comodo sotto cui agire. Ciò non significava che Louis vedesse un potenziale assassino in ogni arabo; ma sapeva riconoscerne uno quando lo vedeva.

«Dovrebbe importargliene» disse Mr Rafi.

«Per quale motivo?»

«Perché l'ho trovata troppo facilmente. Un uomo che fa il suo mestiere dovrebbe essere più prudente.»

Louis doveva ammettere che aveva ragione. Forse invecchiando stava diventando negligente. D'altra parte stava seminando morti in tutta Europa, sicché non si trattava tanto di non attirare l'attenzione, quanto di badare al grado di attenzione che avrebbe inevitabilmente attirato.

«Forse è lei che è bravo a trovare le persone» disse. «Come certi cani.»

Mr Rafi versò un'abbondante quantità di zucchero nella tazzina e mandò giù il caffè in un singolo sorso prima che potesse anche solo accennare a raffreddarsi.

«Sembra intenzionato a offendere, Mr Louis» disse.

«Be', non vorrei mai che la fatica andasse sprecata. E lasci perdere il 'mister'. Mi fa sembrare un sarto da uomo.»

«Solo Louis, allora. Bene, Solo Louis, a quanto pare abbiamo degli interessi in comune.»

«Spero proprio di no.»

«I Vuksan.»

«Ah» esclamò Louis sollevato. «Temevo si riferisse a qualcosa di importante, o anche solo a qualcosa che conosco. Sfortunatamente, non so chi o cosa siano i Vuksan. Forse mi ha scambiato per un altro.»

«Ha paura che la stia registrando? Non si preoccupi. Se vuole può anche perquisirmi, anche se in pubblico potrebbe essere un po' imbarazzante.»

«Passo la mano, ma grazie dell'offerta.»

«Mi ferisce» disse Mr Rafi. «Credevo che toccare gli uomini le piacesse.»

«Mi piace, ma sono molto schizzinoso, e non gradisco sporcarmi d'unto» ribatté Louis.

In realtà, la conversazione lo stava inquietando. Mr Rafi sembrava avere fin troppa dimestichezza con il suo retroterra, e c'erano soltanto due modi in cui avrebbe potuto ottenerla: pagando profumatamente qualcuno, oppure torturandolo.

«Sappiamo che sta cercando i Vuksan» riprese l'uomo. «Sappiamo che i Vuksan hanno ucciso i suoi amici ad Amsterdam, e che lei a sua volta ha eliminato due dei loro. E abbiamo i nostri motivi per essere interessati a trovarli.»

«Motivi di che genere?»

«Gli avevamo affidato un carico che è andato perduto. Qualcuno deve pagare.»

«Il carico è andato forse perduto nelle vicinanze della Gare de Lyon di Parigi?» chiese Louis.

«Precisamente.»

«Peccato. Vede, noi non abbiamo proprio *niente* in comune. E questa conversazione si sta avvicinando alla sua gradita conclusione.»

Louis chiese il conto con un cenno al cameriere.

«L'avvocato Frend si è dato alla macchia» disse Mr Rafi. «E la prego di non dirmi che non sa di chi sto parlando. Sarebbe davvero tedioso.»

Louis attese tre secondi, poiché il segreto della commedia era tutto nella scelta dei tempi. «Non so di chi stia parlando» disse, e fu lieto di vedere che il sorriso di Mr Rafi era diventato molto teso, come un ponte di corda in procinto di spezzarsi.

«Siamo ansiosi di parlare con i Vuksan» disse questi.

«E io continuo a non sapere chi siano» ribatté Louis. «Ma, anche se una sventura dovesse abbattersi su questi Vuksan, perché non si può mai sapere, per quale motivo è così importante che sia opera vostra? Dipende tutto dalla volontà di Dio, e il risultato finale non cambia.»

Il cameriere portò il conto. Louis fece per sfilarsi di tasca il portafoglio, ma Mr Rafi lo precedette posando dieci euro e rotti sul piattino.

«Per tutt'e tre» disse al cameriere, poi tornò a rivolgersi a Louis. «E questo è il motivo per cui è importante» soggiunse mostrandogli un piccolo rotolo di banconote.

«Risarcimento» disse Louis.

«Se sarà lei a ucciderli, noi non prenderemo niente.»

«E se questi Vuksan vi pagheranno, verrà tutto perdonato?» domandò.

«Lei cosa pensa?» rispose Mr Rafi. Le sue pupille si erano dilatate, e gli occhi erano diventati quasi neri, come se già pregustassero le sofferenze a cui presto avrebbero potuto assistere.

«Penso che in futuro dovrò trovare un altro posto in cui bere il mio caffè mattutino,» disse Louis «almeno finché non vi succederà qualcosa.»

Mr Rafi si sfilò di tasca un biglietto da visita. Conteneva soltanto un numero di telefono scritto in inchiostro blu. Lo fece scivolare verso Louis, che lo ignorò.

«Le consiglio di prenderlo» disse. «Che male può fare, lasciare aperto un canale di comunicazione?»

Louis esitò, poi prese il biglietto con calcolata indifferenza e lo fece scomparire in una tasca.

«Vi auguro una buona giornata» disse.

«*Ma salama*» rispose Mr Rafi.

Il sorriso era tornato alla carica. Louis decise che un gesto di pubblica utilità sarebbe stato cancellarlo per sempre dalla faccia di Mr Rafi, per poi cancellare lo stesso Mr Rafi dalla faccia del pianeta.

Si diresse verso l'uscita, passando davanti al secondo uomo.

Vide che la fronte di questo era attraversata da una cicatrice frastagliata che partiva da sopra l'occhio destro e arrivava fin dietro l'orecchio sinistro. Era come se qualcuno avesse cercato di squarciargli il cranio con un apriscatole. Si fermò davanti a lui.

«Ehi, Harry Potter.»

L'uomo lo guardò.

«Ci sei cascato» disse prima di proseguire. Mentre usciva si toccò la tasca in cui aveva infilato il biglietto di Mr Rafi. Ora aveva una merce di scambio.

Forse Harris e Ross sarebbero stati disposti a fargli un favore.

64

All'ombra dei silos, Frend usò l'app di un servizio di taxi per chiamare un'auto. Scoprì che avrebbe dovuto attendere una ventina di minuti, e all'improvviso si sentì molto esposto. Al diavolo la Kauffmann, con le sue pose cimiteriali e i dubbi che gli aveva instillato riguardo alla sua permanenza a Vienna dopo la partenza dei Vuksan. Un autobus aspettava con il motore acceso alla fermata, e il conducente stava riponendo il cellulare per approntarsi a partire. Frend decise di cancellare il taxi. Non aveva il minimo desiderio di restare lì solo, con l'unica compagnia di uno stormo di uccelli e dei morti. Si sedette alle spalle del conducente e rimase il solo passeggero per l'intero tragitto fino al terminal tranviario di Kaiser-Ebersdorfer Strasse, un percorso che gli offrì soltanto un triste panorama di magazzini, campi e macchine agricole. Quella non era la sua Austria; apparteneva a quelli che consumavano i loro pranzi in piedi.

Si distrasse dal paesaggio leggendo le notizie sul telefono, dove giunse a conoscenza della morte di Hendricksen. L'idea che qualcuno lo stesse sorvegliando e la prospettiva dell'incontro con la Kauffmann lo avevano talmente distratto che la sera prima non si era aggiornato sulle ultime notizie, il che non era da lui. Avrebbe potuto mentire a sé stesso, fingendo di non aver avuto sospetti su come i Vuksan avrebbero reagito alle sue rivelazioni su Hendricksen, ma una simile ipocrisia non sarebbe stata degna di lui. Tuttavia avrebbe preferito che agissero in modo meno cruento e più discreto. Sembravano fare di tutto per rendere ancora più instabile una situazione già abbastanza precaria.

Mentre scendeva dall'autobus e fermava un taxi di passaggio, il cellulare usa e getta che usava per tenersi in contatto con i Vuksan emise un segnale acustico. Il messaggio era breve e semplice: 'Dobbiamo parlare.' È un po' tardi per farlo, si disse Frend. Il momento giusto sarebbe stato prima che Ilić e la ragazzina (perché erano stati loro di sicuro) si mettessero a torturare Hendricksen nel bagno di un albergo, lasciando che venisse scoperto moribondo da una povera cameriera o dal direttore di turno.

Fu salendo a bordo del taxi che comprese le implicazioni di un dettaglio della vicenda: *moribondo*. Era possibile che Hendricksen fosse rimasto in vita abbastanza a lungo da fornire informazioni a chi lo aveva trovato? E ancora più importante: quanto aveva rivelato di ciò che aveva scoperto su Frend a chi lo aveva incaricato di recarsi a Belgrado?

Fu in quel momento che Frend vide che gli era arrivata una e-mail con un allegato video. La aprì e si ritrovò a fissare tre righe di testo:

Abbiamo sua figlia.
Aspetti la nostra chiamata.
Dica una sola parola e lei è morta.

Quando Louis uscì dal Kaffee Alt Wien, Angel lo attendeva sulla soglia del ristorante Oswald & Kalb.

«Nuove amicizie?» chiese l'istante in cui Louis lo raggiunse. Aveva seguito l'incontro con Mr Rafi dalla strada, non vedendo alcun motivo per rivelare la sua presenza. Aveva fiducia nel suo compagno e nella sua capacità di affrontare i problemi, a patto che non richiedessero un eccesso di diplomazia.

«No, a meno che tu non abbia in programma di convertirti,» rispose Louis mentre si incamminavano su Bäckerstrasse «e in ogni caso non credo che ci vogliano. Li hai fotografati, suppongo.»

«Da lontano, ma potremo dare una ripulita alle immagini. Che cosa vogliono?»

«I Vuksan. Vivi.»

«Perché?»

«Per farsi pagare i danni prima di ammazzarli.»

«Te l'hanno detto loro?»

«Non esplicitamente.»

«E naturalmente gradirebbero che non li facessimo fuori prima noi.»

«Lo preferirebbero, sì.»

«Dunque cosa faremo?»

«Quello che faremo» disse Louis «sarà fregarli.»

«Mi sembra un ottimo piano» concordò Angel.

65

Nell'intimità della sua camera d'albergo, Anton Frend guardava a ripetizione il video sul telefono. Sua figlia sembrava terrorizzata e disperata. Come poteva essere altrimenti, visto che si stava appellando proprio a lui, il padre che aveva disconosciuto, l'uomo di cui aveva addirittura ricusato il nome?

«Papà, dicono che se non li aiuti mi faranno del male.»

Papà: da quanto non lo chiamava più così? Da quando era bambina.

«Dicono che mi uccideranno.»

Sua moglie lo aveva diffidato dal proseguire a lavorare per i Vuksan dopo che questi si erano uniti agli Zemun per ritagliarsi un impero criminale nei Paesi Bassi. Mina poteva anche chiudere un occhio sulle attività di suo marito, ma per farlo doveva esserne al corrente, e perfino lei si sentiva occasionalmente in dovere di esprimere i propri dubbi. Ciò malgrado era riuscita a tapparsi il naso e spendere i suoi soldi sporchi per permettersi i viaggi a Venezia e Milano, le borse di lusso e gli abiti firmati, i piccoli ritocchi plastici che la facevano sembrare giovane mentre il loro talamo nuziale si raffreddava sempre più. Frend non capiva perché se ne prendesse il disturbo, se non per assecondare la propria stessa vanità. Avrebbe provato più rispetto per lei se si fosse fatta un amante. Se non altro avrebbe giustificato la spesa.

«Devi rispondere alla email per confermare di aver ricevuto questo messaggio. A quel punto si faranno vivi loro.»

Se sua moglie fosse stata lì in quel momento, gli avrebbe detto di rivolgersi alla polizia. E se lui si fosse rifiutato lo avrebbe fatto lei stessa, e probabilmente avrebbe condannato a morte Pia. Era meglio che Mina fosse altrove. I decenni di lavoro con i Vuksan gli avevano insegnato come agivano gli uomini della loro risma. Non formulavano minacce a vuoto. La questione, naturalmente, era duplice: chi aveva rapito sua figlia, e cosa voleva in cambio. Il primo passo era rispondere a quegli interrogativi, e le risposte a loro volta avrebbero determinato la sua mossa successiva. Frend si era già fatto una vaga idea di cosa c'era sotto, ma era meglio esserne certi.

«Mi hanno mostrato dei filmati, papà. Non è la prima volta che lo fanno. Mi hanno fatto vedere cosa succederebbe se tu avvertissi la polizia. Papà, non permettere che mi facciano quelle cose.»

Il video terminò, e Frend inviò la risposta. Una sola parola: 'Ricevuto.' Due minuti dopo il suo cellulare squillò. Il numero di provenienza era riservato. Frend rispose immediatamente.

«Sì?»

«Anton Frend?» La voce era truccata da un software. Sembrava quasi femminile, ma si capiva che a parlare era un uomo.

«Sono io.»

«Ha visto il video?»

«Sì» disse Frend. «Che cosa volete?»

Era quello che temeva.

«Vogliamo i Vuksan.»

Nel cottage in Cornovaglia, Bob Johnston rispose al telefono. In cucina, Pia Lackner stava giocando a carte con Rosanna. Le due donne se l'intendevano a sufficienza, ma la particolare combinazione di noia e tensione aveva cominciato a fare effetto su Pia. Stava diventando sempre più irascibile, il che non era sorprendente. I giochi da fare, i libri da leggere e le serie televisive da guardare non erano infiniti. Prima o poi, Johnston lo sapeva, la sua pazienza si sarebbe esaurita; e se avesse deciso di andarsene, lui e Rosanna non avrebbero potuto impedirglielo. O meglio, avrebbero potuto, ma sarebbe stato controproducente e avrebbe trasformato l'operazione da un simulacro di rapimento a un sequestro vero e proprio.

La partita a carte si interruppe al primo squillo del telefono. Pia e Rosanna alzarono gli occhi su Johnston, il quale rimase in ascolto, poi disse: «La informerò» e riagganciò.

«Suo padre si è messo in contatto» riferì a Pia. «A questo punto le cose procederanno rapidamente.»

E Pia Lackner scoppiò in lacrime.

66

Il Great Lost Bear era in attività dal 1979, quando Dave Evans, insieme alla moglie e a un cugino, era arrivato a Portland da North Conway, nel New Hampshire, e aveva deciso di aprirvi un bar tutto suo dopo anni di lavoro per gente che faceva una quantità di cose giuste ma alle volte ne faceva ancora di più di sbagliate.

Nel corso dei decenni trascorsi nel Maine Dave aveva visto di tutto, o almeno così credeva fino alla comparsa dei fratelli Fulci. Quel fatidico evento lo aveva costretto a rimettere in discussione la sua visione dell'esistenza, imponendogli di affrontare ogni singola giornata con la consapevolezza di una possibile interazione sociale con Tony e Paulie Fulci. Una simile giornata sarebbe stata esposta al caos e alla distruzione, e al termine di essa Dave sarebbe andato a letto domandandosi se ci fosse davvero un Dio, e in caso affermativo a cosa stesse pensando quando aveva creato i Fulci.

In passato, i fratelli Fulci avevano cercato di determinare quante carceri e prigioni avessero visitato, ma avevano perso il conto quando il totale aveva raggiunto le due cifre. Dave era sorpreso che sapessero contare fino a tanto, ma immaginava che fosse il motivo per cui il Signore aveva scelto di darci dieci dita: per consentire ai Fulci di dividere gli aspetti del loro mondo in Cose Che Arrivavano Fino a Dieci, che erano facilmente calcolabili, e Cose Che Andavano Oltre, che non lo erano. Avevano incontrato difficoltà simili cercando di stabilire quanti psichiatri li avessero presi in cura e quante teste avessero spaccato nel corso degli anni. Per quanto riguardava i farmaci che erano stati loro prescritti, quasi sempre inutilmente, nel corso di una lunga e difficile relazione con la professione medica, il loro numero raggiungeva facilmente le tre cifre, anche se Dave sospettava, pur senza dirlo a nessuno, che fosse un calcolo al ribasso.

I Fulci erano ormai giunti alla mezz'età, e non spaccavano più teste con la frequenza di un tempo. Erano anche molti anni che non vedevano l'interno di una cella, uno sviluppo dovuto in gran parte alla loro associazione con l'investigatore privato Charlie Parker e i suoi colleghi Angel e Louis. I Fulci nutrivano un profondo rispetto per Parker e un grande affetto per Angel, e nei riguardi di Louis un timore reverenziale quasi pari a quello mostrato dal centurione Longino quando il sangue di Cristo in croce lo aveva guarito dalla cecità.

Dave Evans era tutt'altro che un ingenuo, e non si faceva illusioni sulla natura di Parker, Angel e Louis. Voleva bene a tutti e tre, in particolare a Parker, ma si rendeva conto che erano uomini violenti, e che in quel senso non erano i modelli di comportamento ideali per gli influenzabili Fulci. D'altra parte non si poteva negare che avessero un loro codice etico, e che (se era vera anche solo una frazione delle storie che si raccontavano, ufficialmente o meno) avessero messo fine a una gran quantità di efferatezze. Potevano non essere l'incarnazione del Bene, ma erano quello che serviva per sconfiggere il Male. E per far questo, ammetteva Dave, spesso bisognava ricorrere a metodi non proprio legali, o, nel caso dell'utilizzo dei Fulci da parte di Parker, non esattamente consigliabili.

I Fulci, peraltro, non erano privi di qualità, sia personali che professionali. Volevano un gran bene alla madre. Erano tenacemente leali nei riguardi della loro ristretta cerchia di amici. Spaccavano solo le teste di coloro che se lo meritavano. Erano gentili con gli animali. Dopodiché la lista di fattori positivi si esauriva, ma, come amava ripetere Weslie, la moglie di Dave, al mondo c'era molta gente che non poteva rivendicare neanche quelli. Questo era vero, Dave doveva ammetterlo, ma per quanto ne sapesse la maggioranza di quei discutibili soggetti non frequentava il suo amato Great Lost Bear, mentre i Fulci praticamente vi abitavano.

Le opinioni su quale fosse il più squilibrato dei due differivano, poiché le differenze erano talmente irrisorie da rendere questo un interrogativo esoterico al punto che lo stesso Tommaso d'Aquino avrebbe potuto accantonarlo. Chi li conosceva pensava che Tony, il maggiore, fosse diventato con il tempo relativamente meno pazzo di Paulie, e che riuscisse almeno in parte a tenere sotto controllo il fratello. Poiché erano praticamente identici di aspetto, essendo larghi quasi quanto erano alti, si vestivano allo stesso modo, avevano toni di voce somiglianti e opinioni intercambiabili sul mondo, la distinzione era probabilmente irrilevante, specialmente se uno dei due ti stava massacrando di botte, visto che anche i loro cazzotti erano indistinguibili e si abbattevano sulle vittime come blocchi di cemento a forma di pugno.

Al momento, Paulie Fulci era rannicchiato su un banchetto sotto la testa d'orso che faceva da mascotte al locale, intento a risolvere un cruciverba. Quando ne era stato informato, Dave, che stava controllando i conti seduto al banco, aveva rischiato di cadere dallo sgabello; ma poi aveva scoperto che si trattava del cruciverba di un albo a fumetti con un pony in copertina. Ciò malgrado, era comunque un relativo progresso.

Il locale era tranquillo, anche per una piovosa domenica pomeriggio. A Dave piacevano, quei momenti. Erano ideali per il genere di concentrazione richiesta dalla contabilità, ed era per questo che una volta al mese se ne occupava al Bear. Ma con il sopraggiungere della sera avrebbe tolto il disturbo. Il Bear sarebbe andato avanti anche senza di lui, e i cuochi di turno in cucina lo avrebbero soltanto stressato.

In un séparé d'angolo, Charlie Parker stava parlottando con una giovane donna, molto probabilmente una cliente, la quale doveva essere in difficoltà se il detective aveva accettato di incontrarla di domenica. Parker usava spesso il Bear per ricevere i suoi clienti, potenziali o di qualunque altro tipo. Non aveva un suo ufficio, e casa sua era territorio proibito. Ogni tanto, se necessario, usava lo studio legale del suo avvocato, Moxie Castin, ma preferiva un ambiente più informale. Moxie frequentava il bar un paio di volte al mese, di solito in compagnia di Parker. Dave lo trovava l'uomo dall'aspetto meno salubre che avesse mai visto, poiché la sua alimentazione avrebbe spaventato perfino Ronald McDonald, ma in qualche modo continuava a calpestare la terra. Lo stesso Dave aveva cominciato a usufruire dei suoi servizi, poiché le conoscenze di Moxie non temevano confronti e a Portland il proprietario di un bar aveva regolarmente a che fare con la polizia e con la giustizia, che lo gradisse o no.

La giovane donna seduta con Parker stava piangendo. Incrociando lo sguardo del detective, Dave disse a una cameriera di portarle un bicchiere d'acqua e chiederle se desiderava un caffè o una bibita. L'espressione di Parker era piena di trasporto: la sua non era compassione, o non solo, era più una profonda empatia. Era per questo che faceva quel mestiere, per questo che era bravo a farlo, per questo che Dave non avrebbe mai rimpianto di conoscerlo e non lo avrebbe mai giudicato per le sue azioni. Finché il Bear fosse esistito e fosse stato sotto il suo controllo, Charlie Parker sarebbe sempre stato il benvenuto, e insieme a lui Angel e Louis. E va bene, perfino i Fulci, anche se Dave sperava in un po' di riposo in purgatorio per quello che doveva sopportare sulla Terra a causa loro.

A proposito, chissà cosa stava combinando Tony. Di solito i due fratelli erano inseparabili, ma oggi Tony era scomparso da due ore. Potenzialmente era una pessima notizia per la società civile, a seconda di cosa stava facendo. Dave tornò a guardare Parker e la giovane donna. Cupcake Cathy era arrivata con un bicchiere d'acqua, due tazze e il bricco del caffè. La giovane donna era in buone mani: Parker avrebbe fatto del proprio meglio per lei.

Dave riprese a occuparsi dei suoi conti, ma l'assenza di Tony Fulci continuava a inquietarlo. Sperava che non si fosse cacciato nei pasticci, poiché i problemi di Tony derivavano sempre da quelli che lui stesso causava ad altri. Dave non sapeva bene cosa lo avesse portato a sentirsi responsabile delle azioni dei due fratelli, ma ormai era così. Nei suoi momenti di debolezza arrivava perfino a essere in pensiero per loro. Sperava solo che ciò significasse che voleva bene a Paulie e Tony Fulci.

Buon dio, si disse, tutto ma non quello.

67

Tony Fulci non era uno stupido.

Certo, c'era gente a Portland e anche fuori a cui piaceva scherzare sul fatto che fosse scemo come un ciocco di legno, o mezzo ciocco, a seconda di come uno considerava il paragone tra legno e scemenza. Non glielo diceva in faccia, o quantomeno non una seconda volta, ma Tony sapeva che l'opinione circolava e si era segnato le identità dei responsabili. Ma, più delle calunnie sulla sua intelligenza, a infastidirlo erano le prese in giro ai danni di suo fratello. Tony era molto protettivo nei riguardi di Paulie, e aveva promesso alla madre che avrebbe sempre badato a lui. Paulie era disorientato dal mondo che lo circondava, molto più di Tony. Lo trovava spesso troppo chiassoso, troppo veloce. La crudeltà della gente verso i più vulnerabili, che fossero esseri umani o animali, gli causava un eccesso di indignazione che sfociava facilmente nella violenza; eppure in tutta la loro vita né lui né Tony se l'erano mai presa con uomini di stazza inferiore alla loro, a meno che proprio non se la fossero cercata. Il principio che governava le azioni di Paulie era che un uomo dovesse prendere sempre a pugni quelli più forti di lui, mai i più deboli. Forse faceva fatica a esprimere la gamma e la complessità dei propri sentimenti migliori, portando i superficiali e i censori a concludere che ne fosse del tutto privo, ma Tony sapeva che non era così.

Non appena se ne fosse presentata l'occasione, Tony avrebbe scambiato due parole con quelli che sparlavano di suo fratello. Conversazioni simili si svolgevano di norma in qualche vicolo o bagno pubblico, e tendevano a essere a senso unico. Generalmente producevano un cambiamento definitivo nel comportamento altrui, poiché quando Tony Fulci ti diceva qualcosa non c'era bisogno che la ripetesse.

No, Tony Fulci non era uno stupido. Era lento ad apprendere, questo sì. Non assorbiva velocemente le informazioni, ma alla fine ci arrivava. Aveva imparato ad ascoltare con attenzione, poiché altrimenti potevano sfuggirgli dettagli importanti. Poi, rimasto solo, rifletteva su ciò che aveva udito e cercava di giungere alle proprie conclusioni. La notte restava sveglio fino a tardi mentre sua madre e suo fratello dormivano, i gomiti piantati sul tavolo della cucina, le mani a reggere il mento, e fissava il muro in preda a quello che poteva apparire come uno stato ipnotico. Ma il muro della cucina era di mattoni, e Tony aveva imparato a visualizzare una parola o un concetto su ciascun mattone. A quel punto li poteva spostare con il pensiero, anche se spesso, dopo aver suddiviso un argomento in singole, maneggevoli componenti, era sufficiente lasciarli al loro posto. Nel caso di problemi particolarmente complicati si aiutava scrivendo con il gesso sui mattoni, sincerandosi poi di cancellare le parole prima di andare a letto. Mrs Fulci non approvava che si scrivesse sui suoi muri, anche se solo con il gessetto.

Tony temeva di fare la figura dell'ignorante, ed era pertanto restio a rivelare a troppe persone i suoi processi mentali o i propri dubbi. Se non capiva qualcosa cercava di trovare qualcuno che glielo spiegasse, qualcuno che non avrebbe riso delle sue carenze. Per questo lui e suo fratello amavano il Great Lost Bear: Dave Evans, quando non era troppo indaffarato o innervosito dalla loro insistita presenza nel suo bar, era sempre disposto ad ascoltarli e consigliarli. Lo stesso sua moglie, che ai Fulci ricordava un po' la loro madre, ma senza il terrore che suscitava.

Per le questioni più serie, Tony si rivolgeva con discrezione a Mr Parker. Chiamarlo Charlie lo metteva a disagio e non gli pareva giusto, e usare il solo cognome gli sembrava maleducato. Tony rispettava Mr Parker come nessun altro al mondo, Louis compreso, e Louis lo venerava, segretamente e in pubblico. Non aveva mai conosciuto nessuno più pronto di Mr Parker a mettere a repentaglio la propria vita per porre fine alle sofferenze altrui. Per come la vedeva lui, il detective possedeva un'autorità morale sconosciuta perfino al buon Dio. Se chiedevi aiuto a Dio non avevi alcuna garanzia che Lui te l'avrebbe concesso, o anche solo che ti avrebbe ascoltato. Ma se eri una brava persona, ti trovavi in difficoltà e chiedevi aiuto a Mr Parker, lui te lo dava.

Per questo Tony e Paulie gli davano manforte ogni volta che potevano. Avevano combinato una grande quantità di casini nella loro vita, ma Mr Parker rappresentava l'opportunità di pareggiare i conti, riportando la bilancia dalla parte del bene. Tony pensava che anche Angel e Louis si fossero alleati con lui per motivi simili: perché anche loro ne avevano combinate di grosse (specialmente Louis, anche se Tony non aveva intenzione di giudicarlo malgrado ogni tanto gli facesse un po' paura), e schierarsi con il detective era un modo di fare ammenda. Peraltro, Tony sospettava che Louis lo facesse anche perché gli dava una scusa per sparare alla gente senza sentirsi troppo in colpa.

Tutto questo per spiegare, prendendo la questione alla larga, che Tony Fulci non era né intellettualmente né emozionalmente limitato come alcuni potevano pensare. E, come molti di coloro che riflettono lentamente, di solito al termine delle sue elucubrazioni prendeva la decisione giusta. Ora aveva appena passato un'ora e mezza seduto nell'abitacolo del monster truck che condivideva con il fratello, consumando una scatola di pollo fritto Crown e osservando i due uomini a bordo dell'auto parcheggiata davanti al banco dei pegni Coastal Trading & Pawn. Meno di due ore prima, per pura coincidenza, il camioncino dei Fulci si era trovato a cinque auto di distanza da Parker su Forest Avenue, prima che questi arrivasse al parcheggio del Bear. Il quarto veicolo dietro a Parker, quello davanti al camioncino dei Fulci, era una Chevy Avalanche blu con targa di New York e due uomini a bordo. Quando Tony era uscito dal Bear per chiamare sua madre (poiché non gli piaceva costringere gli altri ad ascoltare le sue telefonate, specialmente con mamma) aveva notato che la Chevy era ferma davanti allo Skillful Home Recreation, e che i due uomini non ne erano scesi. Da allora si era spostato due volte, ma sempre in punti da cui si poteva tenere d'occhio il parcheggio del Bear.

Tony non aveva impiegato molto a capire che i due stavano tenendo d'occhio o aspettando che qualcuno uscisse dal Bear, e, considerati i veicoli che erano entrati e usciti dal parcheggio nel periodo in cui Tony lo aveva sorvegliato, era possibile che quel qualcuno fosse proprio Mr Parker. D'altra parte, forse si stava allarmando per niente. Avrebbe potuto avvertire Mr Parker, ma a quel punto cosa sarebbe accaduto? Il detective avrebbe affrontato di petto i due uomini, poiché una certa impulsività faceva parte della sua natura, ma in quelle circostanze sarebbe stato solo, poiché Angel e Louis si trovavano altrove, e se quei due avessero avuto cattive intenzioni si sarebbe ritrovato esposto. La polizia, da parte sua, si sarebbe limitata a rivolgere qualche domanda e allontanare i due uomini, a meno che non avesse avuto una causa probabile per intervenire in modo più deciso. E, anche in quel caso, se i due soggetti avessero avuto cattive intenzioni nei riguardi di Mr Parker, si sarebbero volatilizzati per ricomparire in seguito, oppure avrebbero passato il testimone a qualcun altro.

Era un vero peccato che Angel e Louis non fossero lì, si disse Tony.

In quel preciso istante la Chevy si staccò dal marciapiede e partì in direzione sudest su Forest Avenue, verso l'imbocco dell'I-295. Era dal mattino che pioveva con insistenza, e le strade erano semideserte. Tony attese, e un minuto o due dopo la Chevy riapparve nel suo specchietto, lo superò e si fermò all'incrocio con Ashmont Street. L'autista tenne il motore acceso mentre il suo compagno scendeva dal lato del passeggero. Era più basso e meno robusto di Tony (se era per questo, c'erano parcheggi coperti meno strutturalmente solidi di Tony Fulci), e in teoria non era il genere di persona su cui Tony sarebbe stato incline ad alzare le mani. Ma Tony, che essenzialmente era un brav'uomo, aveva un intuito infallibile riguardo alla malvagità altrui. Dio non marchiava sempre gli uomini peggiori, ma a volte lo faceva, e di sicuro si era preso il tempo di differenziare questo dal resto del gregge, anche solo con l'espediente (perché si poteva dire quello che si voleva del Signore, ma non che fosse privo di senso dell'umorismo) di non dargli alcun tratto distintivo. Dalla cima del cranio liscio alle suole delle anonime scarpe, quell'uomo era un essere incompiuto, un'assenza morale in forma umana.

Tony lo sapeva perché aveva già avuto modo di incontrare esseri simili, spesso in prigione e a volte anche in posizioni di autorità. I più fortunati erano volutamente crudeli, forse per distrarsi dalla prospettiva della loro inevitabile dannazione, o magari per assecondare i propri impulsi più spregevoli non vedendo alcun motivo per non divertirsi visto che la loro perdizione era già assicurata. Ma in altri natura e educazione si erano macchiate entrambe di un grave errore, e il risultato era che le loro creazioni non potevano fare altro che comportarsi come si comportavano, così come un proiettile sparato da una pistola può andare in una sola direzione prima di essere fermato da un impatto o reso innocuo dalle leggi della fisica. Non riconoscevano concetti come malvagità e sadismo, e qualunque tentativo di spiegare i loro opposti avrebbe suscitato solo una totale incomprensione. Potevano infliggere sofferenze come non farlo, e se sognavano non ricordavano nulla delle loro visioni. A riposo non facevano che contemplare un panorama di assenza, e il loro udito percepiva solo un rumore bianco. Erano le scorie del genere umano, i soldati semplici del demonio.

E ora uno di loro stava entrando nel parcheggio del Bear, reggendo un sacchetto di carta marrone con la mano destra e sostenendone il fondo con l'altra. Per tutto quel tempo, lui e il suo complice non avevano fatto altro che attendere il momento propizio: una combinazione di pioggia, strade temporaneamente deserte e un parcheggio semivuoto. Tony scese dal camioncino e si incamminò verso il Bear, ignorando per il momento la Chevy e il suo autista poiché poteva occuparsi solo di un uomo alla volta. Raggiunse il parcheggio in tempo per vedere il manichino umano inginocchiato accanto all'auto di Parker e intento a infilare una mano sotto il parafango anteriore sinistro. Questi alzò gli occhi, vide Tony Fulci che lo sovrastava e reagì rapidamente, ritraendo la mano sinistra da sotto il parafango e facendo scattare la destra verso l'interno del giubbotto. Tony lasciò scivolare il cric dalla manica al palmo della mano, poi lo calò con un singolo, violento fendente sulla testa del manichino. Lo colpì appena dietro l'orecchio destro, e udì il crepitio delle ossa sfondate. Gli occhi del manichino gli si rovesciarono nelle orbite, il suo corpo si afflosciò a terra e il sangue cominciò a fuoriuscire dal canale auricolare.

Tony udì dei passi alle sue spalle e si voltò per affrontare la nuova minaccia. L'autista era sceso dalla Chevy. Nella mano destra impugnava una rivoltella a canna corta. Tony gli lanciò contro il cric, sfiorandogli la testa.

«Maledetto stronzo» disse l'uomo con un accento che Tony non riconobbe, anche perché al momento lo stava già caricando come un rinoceronte vestito di poliestere. Se proprio doveva morire, intendeva far lavorare il suo assassino. Purtroppo, però, l'asfalto era scivoloso di pioggia, e Tony poteva contare sulla stazza ma non certo sulla velocità, a meno di non accumularla sulla distanza. Sarebbe dovuto partire da più lontano, ma se ne rese conto troppo tardi.

Fu proprio in quel momento che una testa d'orso colpì l'autista in piena tempia, seguita subito dopo dall'impatto frontale con il considerevole peso di Tony Fulci e quindi dalla mole di Paulie che lo investiva da destra. La rivoltella sparò, ma in quel momento era puntata verso il cielo, e a quel punto l'autista era già a terra, schiacciato sotto quasi trecento chili di carne italo-americana di prima scelta. Diversi dei suoi organi vitali vennero perforati o collassarono, e questo ancora prima che i pugni gli facessero misericordiosamente perdere i sensi.

Apparvero altre figure, ma Tony riuscì solo a intravederle dietro la nebbia rossa che gli era calata davanti agli occhi. Paulie, dal canto suo, non le vide affatto, concentrato com'era a finire a cazzotti colui che aveva osato puntare una pistola contro suo fratello.

«Figlio di puttana!» sbraitò mentre l'ennesimo osso si spezzava sotto i suoi colpi. «Figlio di *puttana*!»

Quando Dave Evans, Charlie Parker e una manciata di poliziotti che erano andati al Bear dopo la fine del turno riuscirono a trascinare via i due fratelli, rimasero sorpresi nel vedere che l'uomo a terra non era morto, anche se i Fulci ce l'avevano messa tutta. Non lo era nemmeno il suo complice, che giaceva a terra ancora privo di sensi. Sotto il parafango dell'auto di Parker, fissato con una calamita, c'era un ordigno composto da più di due chili di esplosivo plastico, quasi un chilo di chiodi e pallini di piombo e un interruttore a mercurio così sensibile che sarebbe stato attivato l'istante in cui l'auto si fosse mossa dal punto in cui era parcheggiata.

I due feriti gravi avevano con sé due patenti rilasciate dallo Stato di New York e intestate a Borko Zorić e Miroslav Tomić. Erano cittadini naturalizzati statunitensi, originari della Serbia ma residenti nel Queens. Entrambi erano entrati e usciti più volte di prigione, anche se sempre per reati minori, ma la pistola usata dall'autista,

Tomić, sarebbe in seguito stata collegata a quindici omicidi, tra cui quelli di tre donne e due bambine. Era la sua arma fortunata, avrebbe spiegato Tomić agli inquirenti attraverso la mandibola bloccata, e non se l'era mai sentita di sbarazzarsene. Da parte sua, Borko Zorić non avrebbe detto una singola parola né durante gli interrogatori né nel successivo processo, nemmeno per confermare il proprio nome, e sarebbe parso totalmente indifferente al proprio destino.

Ma tutto ciò era ancora di là da venire. Per il momento c'era un bar da evacuare mentre la polizia si occupava della bomba inesplosa, e in seguito una testa d'orso da riattaccare a una parete. I Fulci sarebbero stati intervistati dai media locali e nazionali. La prima pagina del *Portland Press Herald* del giorno dopo, con la foto di Tony e Paulie accanto alla loro orgogliosa genitrice, sarebbe andata ad aggiungersi alla collezione di cimeli del Great Lost Bear. I fratelli Fulci avevano salvato il locale, e così facendo erano diventati parte integrante della sua realtà e della sua storia.

Era stato, si sarebbe detto in seguito Dave Evans, uno dei giorni più sconcertanti della sua esistenza.

Parte quarta

Sono incline all'eresia di Caino...
lascio che mio fratello vada al diavolo a suo modo.

ROBERT LOUIS STEVENSON, *Lo strano caso del dottor Jekyll e Mr. Hyde*

68

Spiridon Vuksan non era sopravvissuto così a lungo solo grazie alla buona sorte. Accettava l'idea che la fortuna svolgesse un ruolo nella vita di un uomo, ma a entrare in gioco erano anche la preparazione, la decisione e in ultima analisi la spietatezza. D'altra parte, Spiridon sapeva anche riconoscere i propri difetti, non ultimo l'orgoglio, anche se era refrattario a considerarlo un peccato, specialmente nel caso del suo rapporto con la terra natia. Soffriva all'idea che individui come Matija Kiš e Simo Stajić gli impedissero di fare ritorno al suo Paese, un Paese per cui lui e suo fratello avevano combattuto, facendolo rinascere dalle macerie della dittatura di Tito. Spiridon era un patriota, e ne aveva le cicatrici a provarlo. Kiš e Stajić erano profittatori che si riempivano la pancia grazie ai sacrifici di uomini più valorosi di loro.

Ma ora c'erano altri ad attaccarlo dall'ombra: un assassino *peškir*, un negro, un *crnac* intenzionato a vendicare la morte di De Jaager pur essendo lui stesso uno dei responsabili dell'eliminazione di Andrej Buha da cui era partito tutto; e per di più americano, come coloro che nel 1999 avevano bombardato i soldati serbi dal cielo solo perché avevano troppa paura per affrontarli a viso aperto.

E oltre a quel Louis c'erano anche i *muslimani*, i turchi, non certo migliori dei *balijas* che Spiridon aveva soppresso nei boschi di Srebrenica e Žepa, discendenti di quegli ottomani che avevano decapitato e impalato i patrioti serbi per essersi ribellati al loro dominio. Se Spiridon fosse fuggito da uomini simili, come avrebbe potuto mantenere la propria dignità? Meglio lasciarsi crescere barba e capelli come un monaco che guardarsi allo specchio e vedere solo un *kukavica*, un codardo.

Ma suo fratello consigliava prudenza: una 'ritirata strategica', la chiamava, in attesa di riprendere le forze e vedere cosa sarebbe emerso dall'asse Kiš-Stajić, poiché anche Radovan, come lo stesso Spiridon, era convinto che quell'alleanza non sarebbe durata. Kiš era politicamente troppo ambizioso, e Stajić troppo imprevedibile. Prima o poi uno avrebbe tradito l'altro, e l'opinione di Radovan era che Stajić sarebbe finito con una pallottola nella nuca. Ogni uccisione crea un vuoto, aveva detto, e con la giusta pianificazione i Vuksan sarebbero stati nella posizione di riempire quello. Dovevano solo aspettare il momento giusto.

Ma Spiridon sapeva che suo fratello mentiva. Una volta che Radovan fosse stato in possesso di un nuovo passaporto, una nuova identità, una casa ai Caraibi e una barca da pesca, gli sarebbe passata la voglia di tornare in Europa. Non era un combattente come lui, e non aveva idea di cosa fosse il disonore. Avrebbe trascorso il resto dei suoi giorni al sole, senza provare la minima vergogna. Spiridon, al contrario, nel profondo era un guerrigliero. E avrebbe seguito le orme dei suoi antenati. Avrebbe riunito i suoi uomini e si sarebbe rifugiato tre le montagne. Si sarebbe impadronito dei villaggi fantasma e delle case abbandonate. Altri si sarebbero uniti a lui, poiché individui come Matija Kiš e Simo Stajić non ispiravano lealtà. Solo coloro che non avevano alcuna comprensione del passato potevano vederli come il futuro, ma Spiridon Vuksan sapeva che non lo erano. Il futuro della Serbia *era* il suo passato. Una volta era stato un impero, e poteva ridiventare una forza imperiale. Le guerre in Croazia e Bosnia erano state combattute sulla base di quella convinzione.

Spiridon si chiese che fine avesse fatto Zorya. Era dal giorno prima che non la vedeva. Avrebbe dovuto informarla del suo piano, poiché ne avrebbe avuto bisogno al proprio fianco. Sapeva che anche lei voleva tornare in patria, che non desiderava trascorrere anni nascosta su un'isola sperduta in attesa che i loro nemici morissero per mano di altri. Era una creatura del freddo e del buio, Zorya. Nelle sue vene scorreva il sangue dell'inverno.

Spiridon sentì aprirsi la porta alle sue spalle. Si voltò sperando che fosse lei, ma vide entrare Radovan. Poco male: doveva parlare anche con lui, sebbene non delle scelte imminenti. Avevano qualcosa di più urgente da discutere.

Si alzò per abbracciarlo, e si scambiarono tre baci.

«Siediti» disse. «Devo chiederti una cosa.»

Radovan prese posto sulla sedia più vicina, leggermente più bassa di quella di suo fratello. Spiridon avrebbe evitato una simile posizione di inferiorità, anche in famiglia, ma Radovan non aveva mai fatto caso a certe cose. Gli andava bene di essere considerato più debole di quanto fosse in realtà, poiché gli concedeva un margine di manovra. A volte, tuttavia, le percezioni altrui si concretizzavano in dati di fatto. Credendoti debole, i tuoi avversari potevano decidere di passare all'azione. Nessuno temeva i deboli, quantomeno non al di là dei danni causati dalla loro stessa irresolutezza. E, all'insaputa di suo fratello, gli eventi più recenti avevano portato Radovan a riflettere sulle implicazioni di tutto ciò.

«Di che si tratta?» chiese.

Spiridon gli prese le mani tra le sue.

«Quanto sei legato ad Anton Frend?» chiese.

«Lo sai» rispose Radovan. «È un collega di vecchia data, ma non solo. Non ci ha mai dato motivo di diffidare di lui. Perché me lo chiedi?»

«Perché dopo che ce ne saremo andati lo prenderanno di mira, sia i turchi che l'americano. È un miracolo che non l'abbiano già fatto.»

«Ma Hendricksen è stato eliminato, giusto?»

«Hendricksen era solo l'avanguardia» disse Spiridon. «La vera minaccia sono quelli che lo seguiranno. A noi per ora non possono arrivare, ma a lui sì.»

«Ne abbiamo ancora bisogno. Ci sta procurando i passaporti e organizzando l'uscita dall'Europa.»

«No, abbiamo solo bisogno della Kauffmann. Sappiamo che è il suo contatto, ce l'ha detto lui stesso.»

«La Kauffmann non accetterà mai di lavorare direttamente per noi» obiettò Radovan. «Siamo troppo pericolosi.»

«O così Frend vuole farci credere.»

«Non sta mentendo. È il suo mondo, sa come funziona. Lavarsene le mani è il sistema austriaco.»

«Sarà anche il loro sistema, ma non è il nostro» ribatté Spiridon.

«E anche se Frend non avesse i giorni contati, credi davvero che l'Interpol e la polizia olandese non saranno in grado di risalire da lui a noi? Se ci era arrivato Hendricksen, ci riusciranno anche loro. E a quel punto Frend parlerà, perché non rischierà la prigione per noi.»

«Anton e io siamo stati molto attenti, Spiridon.»

«Non abbastanza da evitare il sequestro dei nostri conti.»

«I soldi vanno e vengono. Il tipo di relazione che abbiamo con Frend, invece, è insostituibile. Le sue conoscenze sono anche le nostre. Senza di lui non abbiamo nessuno.»

«E io ti ripeto che quelli che ci stanno dando la caccia caleranno su di lui. E, anche se in un primo momento non riusciranno a trovarlo, cosa impedirà a Matija Kiš di allearsi con loro per colpire noi? Gli fornirà Frend su un piatto d'argento, e a quel punto Frend ci tradirà per salvarsi. Finché sarà vivo, noi saremo in pericolo.»

Radovan non sapeva cosa gli desse maggior dispiacere: sentire suo fratello esprimersi in quel modo riguardo a una persona a cui era profondamente affezionato, o sapere che probabilmente aveva ragione. Frend era l'anello debole, ma Radovan non era pronto a sacrificarlo; non ancora. E tutto questo solo perché Spiridon aveva voluto firmare il suo addio ai Paesi Bassi con lo stupro e l'omicidio.

«Fammici dormire sopra» disse. «Ma ora ho una notizia da darti, e ancora una volta non è buona.»

Aveva sconsigliato di prendere di mira l'investigatore privato nel Maine. Era un rischio inutile, ma di nuovo Spiridon non gli aveva dato retta, seguendo i suggerimenti di Zorya. Radovan non sapeva perché Zorya avesse voluto convincere Spiridon a colpire Parker. Cominciava a domandarsi se non fosse rimasto l'unico della loro cerchia a essere sano di mente.

«E sarebbe?» chiese Spiridon.

«L'attentato a Parker è fallito, e la polizia ha arrestato i colpevoli. I nostri amici di Ridgewood sono furiosi.»

«Parleranno, gli arrestati?»

«A quanto ho saputo, sono rimasti gravemente feriti. Per ora non riescono neanche ad aprire bocca.»

Spiridon si guardò le mani e fletté le dita, mettendo perfettamente in chiaro come stava immaginando di utilizzarle.

«Potrebbero morire.»
Radovan si alzò e fece per andarsene.
«La morte non risolve ogni problema» disse.
«Invece sì» ribatté suo fratello.

69

Seduta a un tavolo del Great Lost Bear, la detective Sharon Macy sorseggiava una bibita dietetica. Insieme a lei c'erano due colleghi della Criminal Investigation Division del dipartimento di polizia di Portland, Tony e Paulie Fulci, Charlie Parker e Dave Evans. Gli artificieri della Hazardous Devices Unit erano riusciti a rimuovere l'ordigno, i due feriti erano stati scortati al Maine Medical e il Bear aveva riaperto i battenti. Era stato brevemente discusso se fosse il caso di sequestrare la testa d'orso usata contro uno dei bombaroli e registrarla come prova materiale, ma poi era stato deciso che probabilmente era più semplice lasciarla al suo posto. E così era stata riappesa alla parete, la pelliccia visibilmente danneggiata dall'impatto con l'asfalto o con il cranio di un serbo. Bisognava ammettere, rifletté la Macy, che Paulie Fulci era dotato di un gran bel lancio, poiché quella testa era tutt'altro che leggera.

Erano passati circa due mesi dall'ultima volta che Sharon Macy era stata al Great Lost Bear. Stava cercando di bere meno e seguire un nuovo regime alimentare, il che tradotto significava evitare tutti i bar, molti ristoranti e in generale qualunque altro posto in cui avrebbe potuto divertirsi. Il risultato era pessimo dal punto di vista della vita sociale, per non parlare di quella amorosa. Aveva anche cominciato ad andare a letto prima, visto che quando non potevi bere o uscire la sera non ti restava molto da fare. Era così, rifletteva, che le donne finivano nei conventi.

Pur conservando la carica di detective, la Macy svolgeva anche un ruolo di collegamento tra il dipartimento di Portland e la polizia di Stato, le agenzie federali e l'ufficio del governatore, in particolare per i crimini più gravi. Un attentato dinamitardo nel parcheggio del Great Lost Bear si qualificava già come grave da qualsiasi punto di vista, ma lo diventava ancora di più considerando che l'ordigno era destinato a Charlie Parker. Erano in molti coloro che non avrebbero perso il sonno se qualcuno avesse fatto saltare in aria l'investigatore privato, ma probabilmente perfino loro avrebbero preferito che non succedesse nel parcheggio di uno dei locali più popolari di Portland. Il fatto che Parker non fosse già morto era un miracolo, anche se forse non il genere di miracolo che ispirava fiducia nel giudizio divino.

A complicare ulteriormente le cose c'era il fatto che la Macy e Parker avevano avuto una breve relazione. Alla fine non ce l'avevano fatta, più che altro per colpa delle circostanze e dei fatti della vita, ma erano rimasti in buoni rapporti, e così ora, oltre a essere il punto di contatto tra le varie branche delle forze dell'ordine e dell'amministrazione statale, Sharon fungeva anche da mediatrice non ufficiale tra alcune di quelle stesse agenzie e uno dei più problematici investigatori privati dello Stato, se non dell'intero Paese.

Insieme ai suoi colleghi rivolse qualche altra domanda ai Fulci e a Dave Evans, chiarendo la catena di eventi che andava dal momento in cui Dave aveva adocchiato il primo dei due serbi inquadrato dalla telecamera di sicurezza mentre entrava nel parcheggio a quello del lancio della testa d'orso da parte di Paulie, poi diede loro il permesso di assentarsi. A Parker invece chiese di restare.

«Sicché non hai la minima idea di cosa può avere spinto due sicari serbi a sistemare una bomba sotto il parafango della tua auto?» domandò.

«Che io sappia,» rispose Parker «non ho infastidito nessun serbo.»

Era leggermente più alto e ben piantato della media, con capelli brizzolati e occhi che andavano dall'azzurro al verde, a seconda della luce. A prima vista poteva sembrare uno come tanti; ma guardando meglio i segni della sofferenza sul suo volto diventavano più pronunciati, e si poteva percepire un'energia pronta a scattare, perfino una violenza in agguato. Aveva ucciso, Parker; di alcune morti la polizia era al corrente, ma la Macy era certa che ve ne fossero altre. Lei stessa aveva fatto alcune vittime, e il ricordo la tormentava tuttora. Non sapeva se Parker fosse particolarmente turbato da ciò che aveva fatto in passato. Sospettava che, come nelle parole del *Confiteor*, fosse più angustiato da ciò che non era stato in grado di fare.

Alcuni pensavano che avrebbe dovuto essere dietro le sbarre, tra questi una mezza dozzina di procuratori distrettuali e almeno tre procuratori generali. Il fatto che fosse ancora a piede libero era causa di irritazione in certe sedi, ma Parker aveva dalla sua la buona sorte e qualche influente protettore, sia tra i custodi della legge che al di fuori. E in sé tradiva anche un che di misterioso, quasi di soprannaturale. Perfino il suo dopobarba profumava di incenso.

«Magari ha fatto uno sgarbo a qualcuno che ha assoldato i serbi per farla fuori?» suggerì uno degli altri detective, lasciando trasparire che un simile gesto sarebbe stato del tutto comprensibile e perfino perdonabile. Si chiamava Furnish, e lui e Parker avevano già avuto modo di incrociarsi. Parker non ne aveva grande stima, e in questo era ricambiato di cuore.

«Potrei farvi una lista, ma chi ne ha il tempo?» rispose.

«La questione è seria» disse la Macy. «La bomba era imbottita di chiodi e pallini da caccia, progettata per infliggere il maggior danno possibile.»

Parker la guardò e allargò le braccia, come a dire che non aveva altro da offrire.

«Se poi vengo a sapere che ci stai nascondendo qualcosa...» disse lei.

«È la verità. Non credo di aver mai conosciuto un serbo in vita mia, e nessuno dei casi di cui mi sto occupando potrebbe aver provocato una simile reazione.»

«Magari un vecchio caso?» domandò il terzo detective, Elkin. «Qualcuno che ce l'ha ancora con lei per un'indagine precedente?»

«Quelli sono tutti morti» disse Furnish.

«Chiudi quella cazzo di bocca, Furnish» sbottò la Macy. «Cristo.»

«Proverò a rifletterci» promise Parker ignorandolo.

«Fallo,» disse la Macy «perché chi può escludere che non ci riprovino? E non ci saranno sempre i Fulci pronti a intervenire con un cric e una testa d'orso.»

I tre detective se ne andarono, e Parker rimase solo al tavolo. Attese che si furono allontanati, poi requisì l'ufficio privato di Dave Evans per chiamare Louis.

«Due sicari serbi hanno appena provato a far saltare in aria la mia auto» disse.

«Provato?»

«Tony Fulci ha sfondato il cranio del primo con un cric, e Paulie ha abbattuto l'altro con una testa d'orso. Dopodiché, insieme, l'hanno massacrato di botte.»

«Una testa d'orso?»

«È stata la prima arma su cui è riuscito a mettere le mani. E stiamo parlando di Paulie. Probabilmente era un pezzo che sognava di usarla.»

«I serbi stanno parlando?»

«Visto come li hanno conciati i Fulci, probabilmente per un pezzo non diranno niente, ma non riesco a capire cosa c'entro io.»

«I Vuksan?»

«Forse hanno pensato di usarmi per colpire voi, il che significa che sanno chi siete. Quanto vi manca per portare a termine la faccenda?»

«Ci stiamo avvicinando.»

«Pensi di poter accelerare i tempi? La bomba era imbottita di chiodi e pallini da caccia. Avrebbe potuto fare gravi danni al Bear.»

«Diamine» esclamò Louis.

«'Diamine' è la parola giusta» disse Parker. «Ti rinnovo la mia offerta precedente: se hai bisogno di compagnia, non devi fare altro che chiederlo.»

«Ti ringrazio, ma quando si tratta di trovare qualcuno ho imparato dai migliori. E da te.»

«Spiritoso. Ma Sharon Macy, che ha appena tolto il disturbo, non rideva affatto.»

«Ha ancora una cotta per te?»

«Non ha mai avuto una cotta per me.»

«Sicché usciva con te solo perché pagavi le cene? Ammettilo.»

«E va bene, potrebbe averla avuta per un momento, ma ormai è acqua passata. E non sembrava disposta a credere che a un paio di europei dell'Est fosse venuto il ghiribizzo di far saltare in aria un perfetto sconosciuto, nemmeno in memoria dei vecchi tempi.»

«È stata una mossa stupida da parte dei Vuksan» osservò Louis.

«Solo perché è fallita.»

«Giusto» ammise. «Sfortunatamente, non sempre falliscono. Volevo chiamarti, ma poi gli eventi sono precipitati. Hendricksen è morto.»

In circostanze differenti, e con un interlocutore diverso, Parker avrebbe potuto provare sconcerto per il ritardo e il modo stesso in cui gli veniva comunicata la notizia, ma Louis era fatto così: meno diceva, più soffriva.

«Com'è successo?»

«Nella sua camera d'albergo. Lo hanno torturato, e lui deve aver parlato, perché chi non l'avrebbe fatto in quelle circostanze?»

«Già, chi?» ripeté Parker aggiungendo un altro nome alla lista dei perduti. Non aveva mai conosciuto Hendricksen, e sapeva di lui soltanto attraverso Louis, ma l'olandese si era fatto avanti quando gli era stato chiesto aiuto, guadagnando il rispetto sia di Angel che di Louis. Era sufficiente a rendere la sua perdita qualcosa di personale. «Mi dispiace.»

«Probabilmente è così che i Vuksan sono arrivati a te» disse Louis. «Collegando i vari punti.»

«Facendomi fuori, vi avrebbero costretti a tornare e guadagnato una boccata di ossigeno.»

«Senza lasciare alcuna traccia del loro coinvolgimento, visto che di nemici ne hai in abbondanza.»

Parker si sentiva già più tranquillo. I Vuksan avevano mostrato le loro carte e avevano perso. Anche se avessero fatto fuori mezza Portland, non sarebbero mai riusciti a dissuadere Louis. Al contrario, non avrebbero fatto che incoraggiarlo.

«Dunque a che punto siete?» domandò.

«Abbiamo preso all'amo l'avvocato» rispose Louis. «E stiamo per vedere se la lenza regge.»

«Non risparmiatevi a causa mia.»

«Non lo faremo. Salutami Moxie.»

«Gli farà piacere» disse Parker. «O anche no. E Louis...»

«Sì?»

«Procedi con i piedi di piombo, okay?»

«Lo faccio sempre» disse Louis. «Magari calpestando qualcun altro.»

Parker ripose il cellulare, chiuse gli occhi e trasse un lungo, profondo respiro. Non voleva pensare al rischio che aveva corso. Bastava a farti passare la voglia di uscire di casa. Quando riaprì gli occhi, Sharon Macy lo fronteggiava dalla soglia dell'ufficio.

«Posso chiederti chi hai appena chiamato?» domandò.

«Mia madre» rispose Parker. «Si preoccupa per me.»

«Perfino dall'aldilà? Devi avere un gran bel cellulare. Riprovaci.»

Considerò di dirle di badare ai fatti suoi, ma poi a prevalere fu il buonsenso. Un attentato dinamitardo non era qualcosa che si potesse accantonare senza problemi, e Sharon sarebbe stata tenuta a fornire risposte e rassicurazioni, tanto all'amministrazione comunale quanto ai suoi superiori.

«Quello che è successo oggi non ha a che fare con me» disse. «Doveva servire a distogliere l'attenzione di qualcuno e costringerlo a tornare, ma il tentativo è fallito. Peggio, lo ha solo reso ancora più determinato.»

«Ti stai per caso riferendo a uno dei tuoi amici di New York?»

«Potrebbe essere un dettaglio che non sono pronto a condividere.»

«Ma come sei riservato.»

«Significa che non ci saranno altri problemi, quantomeno non del genere esplosivo.»

Sharon gli rivolse un sorriso. Non era esattamente un sorriso triste, ma la tristezza faceva parte delle sue componenti.

«Ma prima o poi ci saranno problemi di altro tipo, dico bene?»

«Sempre nei guai» rispose Parker. «Se non sbaglio, è il titolo di un libro.»

«I guai ti seguono perché tu li rifocilli» ribatté lei. «A proposito, hai cenato?»

Parker controllò l'ora. Non si era reso conto che si fosse fatto così tardi, ma in realtà non aveva fame. La bomba era riuscita a togliergli l'appetito.

Poi guardò Sharon e ci ripensò.

«Avevi in mente un posto?»

«Magari Boda?»

«Offri tu?»
«Certo,» disse lei «perché no?»

Più tardi, mentre Sharon dormiva accanto a lui, Parker osservava il modo in cui le stelle sfidavano il buio. La mattina dopo lei se ne sarebbe andata. Forse l'avrebbero rifatto, ma non aveva importanza. Era sufficiente stabilire una connessione, toccare ed essere toccati da qualcuno, anche solo per una notte.

Abbastanza per sfidare brevemente il buio.

70

Da dove era seduto, Radovan Vuksan non vedeva stelle, ma soltanto buio. Le tende erano chiuse, e la stanza era immersa nella penombra. La sedia era antica, simile a un trono. Lo faceva sembrare un giudice, un giudice costretto a emettere una sentenza con cui non era del tutto d'accordo e a cui era stata negata l'opzione della clemenza.

Quella notte non aveva dormito bene. Era ormai da un bel po' che non ci riusciva. Lo spargimento di sangue lo aveva logorato, anche a distanza. Gli pareva quasi di aver conosciuto poco altro fin dal lontano 1980, quando Tito giaceva in fin di vita in una stanza d'ospedale di Lubiana invasa dal tanfo della cancrena. La moglie croata di Tito, Jovanka Broz, era rimasta in libertà solo il tempo necessario a dare l'estremo saluto al feretro che entrava nella Casa dei Fiori, per poi finire rinchiusa in una villa in disfacimento a Belgrado. Vi era rimasta incarcerata per decenni senza un passaporto o una carta d'identità, per evitare che qualunque ricordo del defunto marito interferisse con il processo di smantellamento della sua preziosa repubblica jugoslava.

Perché fin da allora Radovan e suo fratello si erano resi conto di ciò che sarebbe seguito. Il loro padre, Sergej, li aveva messi in guardia per anni. Il Paese era un artificio, sei repubbliche legate tra loro dalla ferrea volontà di Tito come un mazzo di gambi pieni di aculei tenuti difficoltosamente insieme dal filo spinato. Alla morte di Tito il mazzo si sarebbe sciolto, e le tensioni conseguenti avrebbero portato a una conflagrazione.

Sergej Vuksan era un alto funzionario dell'UDBA, il servizio segreto jugoslavo, con l'incarico speciale di sorvegliare le attività dei dissidenti in circolazione, in particolare dei croati. Le sue simpatie, accuratamente nascoste, andavano al nazionalismo serbo. Come molti serbi non amava particolarmente Tito, un croato di estrazione cattolica, pur contribuendo a fortificarne la dittatura. Aveva cresciuto i suoi figli aspettandosi che, allo scatenamento dell'inevitabile conflitto, avrebbero fatto il loro dovere per promuovere la causa dell'indipendenza serba. E ciascuno dei due, a suo modo, aveva esaudito il suo desiderio: Spiridon spargendo il sangue di turchi e croati, e Radovan assicurandosi che avesse le risorse per farlo. Il loro susseguente passaggio alla criminalità e al rendiconto personale era un altro paio di maniche, ma la demenza e la morte avevano eliminato la necessità di un simile, imbarazzante confronto con Sergej.

Ora la Serbia era tornata a essere indipendente, anche se ancora emarginata in Europa, ma gli *Udbaši* non se n'erano andati. Al contrario, si erano integrati nelle strutture della nuova repubblica a seconda delle loro appartenenze politiche o nazionali, principalmente per fare i propri interessi. All'interno della Serbia, certi potenti avevano compreso l'utilità di usare i metodi dell'UDBA contro i loro nemici, tra cui ora figuravano i Vuksan. Era proprio questo, rifletté Radovan, che suo fratello non voleva capire: il fatto che al momento stessero combattendo una battaglia non solo contro soggetti ambiziosi come Matija Kiš e Simo Stajić, ma anche contro l'intero apparato statale serbo. Ed era una battaglia che erano destinati a perdere.

E così, seduto sulla sua sedia, Radovan rimase a osservare il lento sopraggiungere dell'alba.

E poco dopo le dieci si mise al telefono.

Stava correndo un rischio, naturalmente, un rischio che suo fratello non avrebbe approvato; ma forse c'erano ancora un debito o due che i Vuksan potevano riscuotere, anche solo per rispetto al loro defunto genitore. Il consolato serbo a Vienna si trovava in Ölzeltgasse. Radovan ne compose il numero e chiese di parlare con l'ufficiale di collegamento con il capomissione dell'Organizzazione per la Sicurezza e la Cooperazione in Europa. Quando venne informato che Ms Ćirić era occupata, chiese di essere richiamato con urgenza e lasciò un numero e un nome, Vrana. Cinque minuti dopo il cellulare suonò.

«Dimmi che non sei davvero a Vienna» esordì Teodora Ćirić.

«Non ti ho mai mentito,» rispose Radovan «e non ho intenzione di cominciare adesso.»

«Che cosa vuoi?»

«Vederci e parlare.»

«C'è una taglia sulla tua testa.»

«Ne sono consapevole. Voglio trovare il modo di non spargere altro sangue, tra cui il mio.»

«Avresti dovuto pensarci prima che tu e tuo fratello apriste un negozio di macelleria sull'Herengracht.»

«Teo, in memoria dei vecchi tempi...»

Vi fu un silenzio, poi: «Burggasse 24. È un negozio di abbigliamento, ma al piano terra c'è un caffè. È il genere di posto in cui non dovremmo attirare l'attenzione. Posso essere lì tra un'ora.»

«Grazie» disse Radovan. «Mi fido di te» soggiunse.

«Il fatto che ti sia sentito in dovere di dirlo suggerisce un dubbio. Ma considerata la tua situazione sono propensa a perdonartelo. Però, Radovan...»

«Sì?»

«Se qualcuno ci vedrà, e se mi verranno chiesti chiarimenti, sarò costretta ad agire. Siamo intesi?»

«Sì.»

«Tra un'ora. Non ritardare.»

In realtà, Radovan giunse in anticipo all'appuntamento. Burggasse 24 era un emporio di abbigliamento vintage su due piani nel settimo distretto, con un caffè informale che occupava due locali sul retro al pianterreno. La giovane, elegante clientela faceva sentire Radovan un intruso, cosa che in effetti era. Prese posto nella sezione principale del caffè, da cui poteva vedere la strada e lo spazio aperto sulla sinistra che circondava Sankt-Ulrichs-Platz. Da qualche parte, là fuori, Teodora Ćirić lo stava osservando. Lui poteva anche essere arrivato in anticipo, ma lei lo aveva di sicuro preceduto.

Radovan ordinò un caffè e una fetta di torta, e mescolando lo zucchero cercò di placare il proprio respiro. Sarebbe bastata una telefonata da parte della Ćirić per far arrivare una coppia di veicoli, magari un furgoncino e un'auto di scorta, e catturarlo. A quel punto lo avrebbero interrogato, per poi probabilmente consegnarlo alle autorità austriache come preludio all'estradizione nei Paesi Bassi, un'offerta sacrificale all'altare di un futuro ingresso della Serbia nell'Europa Unita. O magari i suoi compatrioti avrebbero deciso di occuparsi loro stessi di lui. Dipendeva dall'influenza che Matija Kiš esercitava a quel punto e da quanto Simo Stajić desiderava dar loro una lezione esemplare. Vienna distava sei ore d'auto da Belgrado, tempo più che sufficiente ad approntare uno scantinato e raccogliere gli attrezzi necessari. L'unica consolazione di Radovan era quella di essere entrato nel locale senza ostacoli. Sarebbe stato più facile fermarlo prima che arrivasse sul luogo dell'appuntamento.

Ed eccola, Teodora Ćirić: qualche ruga in più sul volto e una testa di capelli grigi, anche se il loro colore suggeriva che avesse deciso di portare personalmente a termine ciò che la natura aveva cominciato. Tipico della Teodora che Radovan ricordava, una donna poco propensa alle mezze misure. Se avesse ricevuto una diagnosi terminale, si sarebbe versata un bicchiere di Prokupac e poi ficcata una canna di pistola in bocca.

Radovan si alzò per salutarla, e si scambiarono un abbraccio impacciato e uno sfuggente bacio sulla guancia. Lei sfoggiava un profumo costoso e un soprabito che sembrava provenire da uno degli assortimenti più esclusivi del Burggasse 24, o che vi fosse destinato quando avesse cessato di piacerle. Ordinò un tè alla menta e si sedette con la schiena rivolta al muro.

«Sei invecchiato» disse, malgrado avesse quasi dieci anni più di lui.

«È qualcosa di inevitabile.»

«Ma non dovrebbe essere accompagnata dalla saggezza, la vecchiaia?»

«Solo nei più fortunati» rispose Radovan. «In realtà trovo che spesso si tratti di rassegnazione.»

«Eppure tu non sembri né saggio, visto che continui ad agire all'ombra di tuo fratello, né rassegnato, perché se lo fossi non saresti qui.»

«Spero di trovare una terza via.»

«E quale sarebbe?»

«Sopravvivere e lasciar sopravvivere.»

Il tè venne servito. Radovan fece scivolare il piattino di torta verso Teodora, invitandola a fargli compagnia, ma lei declinò l'offerta.

«Diabete» spiegò. «A quanto pare sono la prima nella mia famiglia. Colpa degli eccessi della nuova Europa.»

«Malattie invisibili a parte, la nuova Europa sembra farti bene» disse Radovan. «Hai una bella cera.»

Era vero, anche se Radovan ricordava una Teo più giovane e una relazione intermittente durata quasi quindici anni all'insaputa del marito, prima che lei lo sostituisse con un modello più ricco e attraente e che il cognome Vuksan diventasse sinonimo di eccessi criminali. Radovan era il suo *vrana*, il suo corvo, così soprannominato per i capelli neri e per la sua intelligenza. Teo era una creatura di Sergej Vuksan, la sua pupilla favorita. E adesso era una degli *Udbaši* nascosti, con un titolo e una posizione che le davano accesso ai segreti e libertà di movimento.

Gli concesse un sorriso, come se una vecchia macchina fotografica avesse fatto scattare il flash per catturare un fuggevole momento del passato.

«Sei gentile a dirlo.»

«Come sta tuo marito?»

«Benissimo. Vienna gli piace, anche se si lamenta dei prezzi.»

«Salutamelo.»

«Magari no» disse lei. «Cosa volevi chiedermi, Radovan?»

«Devo sapere se c'è una via d'uscita da questa situazione.»

«Per te o per Spiridon?»

«Per entrambi.»

«Impossibile.»

«Non mi hai nemmeno chiesto cosa potrebbe essere considerato un compromesso accettabile.»

«Perché non c'è possibilità di compromesso, quantomeno per quanto riguarda il ritorno in patria di tuo fratello. È un elemento di instabilità, un agente del caos. Anche se fosse possibile controllarlo, non vedo come si potrebbe nascondere la sua presenza in Serbia all'Interpol. Se venisse fuori che gli abbiamo dato rifugio dopo quello che è successo ad Amsterdam, diventerebbe un'arma contro di noi nei negoziati europei. Ma mi era stato detto che lo avevi persuaso a lasciare l'Europa.»

«Chi te l'ha detto?»

«Il vostro avvocato ha approcciato certe persone.»

Radovan bevve un sorso di caffè per nascondere il disappunto. In qualche modo, Teodora era venuta a sapere che Frend stava cercando di procurargli nuovi passaporti. L'informazione poteva provenire soltanto dalla Kauffmann o da una delle ambasciate a cui si era rivolta, ma Radovan sospettava che fosse stata lei a parlare. Stava tastando il terreno per coprirsi le spalle, cercando un equilibrio tra la propria avidità e la tossicità presente e futura dei Vuksan. Che dio ci salvi, si disse, dall'amoralità degli avvocati.

«Allontanarci dal continente resta l'alternativa preferita» disse.

«Mi sembra di avvertire una certa ambivalenza, o mi sbaglio?»

«Solo dispiacere di essere costretti all'esilio.»

«Per i vostri errori» precisò la Ćirić.

«E le ambizioni altrui» aggiunse Radovan. «Non siamo stati noi a separare la testa di Nikola Musulin dal resto del suo corpo.»

«Stai suggerendo che possa essere stata io?»

«Assolutamente no, ma il suo assassinio è stato autorizzato da Belgrado, e anche tu, Teo, prendi ordini da Belgrado. Le responsabilità collettive non sono terminate con la morte di Josip Broz. Kiš e Stajić non avrebbero mai osato un atto violento così pubblico se non avessero avuto l'approvazione dai piani alti, e se l'attentato non avesse fatto il gioco dello Stato.»

«E in che modo ci avrebbe aiutato nei nostri sforzi per accedere all'Unione?» domandò la Ćirić. «L'ultima volta che ho controllato, l'Europa era ancora contraria alle bombe nei quartieri turistici, indipendentemente dall'identità del bersaglio.»

«Quando una sezione di una parete rocciosa sta per cedere,» ribatté Radovan «si preferisce intervenire con un'esplosione controllata piuttosto che lasciare che crolli spontaneamente o che si diffonda la paura che lo faccia: un piccolo sacrificio per ottenere un beneficio maggiore. Nikola Musulin era un debole. Se Spiridon avesse avuto il permesso di rientrare in Serbia, il vostro timore era che nonostante tutte le rassicurazioni che vi avevamo fornito avrebbe cercato di influenzare Nikola o addirittura di usurparne la posizione. E questo ancora prima che si vendicasse su De Jaager. Se fossi stato un consigliere di Belgrado, avrei consigliato ai nostri vicini europei, magari tramite il nostro rappresentante più influente presso l'Organizzazione per la Sicurezza e la Cooperazione in Europa, vale a dire te, di non prestare attenzione alle voci sulla morte di Nikola Musulin e accettare la spiegazione che a causarne la dipartita fosse stata una fuga di gas.»

«Bravo, *vrana*» esclamò la Ćirić. «Sai, anche tuo padre sapeva raccontare le storie. Era perfino riuscito a convincere Josip Broz di essere un lealista, fin quasi alla fine.»

«Vedo che non mi stai smentendo, però.»

«Perché la verità o falsità di ciò che hai detto non fanno la minima differenza.»

«La fanno per me» disse Radovan. «Richiamate Kiš e Stajić. Lasciarli liberi di agire non vi sarà di alcun aiuto.»

«Per quale motivo?»

«Perché Stajić è un animale, e Kiš ne ha segretamente paura. Lo sapevi che hanno consegnato la testa di Nikola Musulin al nostro avvocato in un ristorante di Belgrado?»

La Ćirić sbiancò in volto, più per la temerarietà del gesto che per il suo orrore.

«No, non lo sapevo» disse.

«Sono imprudenti» riprese Radovan. «Anche se dovessero riuscire a eliminarci, seminerebbero una quantità tale di indizi che anche un bambino sarebbe in grado di trovarli. Ma, se dovessero fallire, fossi in voi non sottovaluterei le nostre abilità: Spiridon si vendicherebbe, e senza il minimo riguardo per le prospettive di un'ammissione della Serbia alla comunità europea.»

La Ćirić finì di bere il suo tè in silenzio, senza che Radovan interrompesse le sue riflessioni.

«Devi garantirci che Spiridon non ci creerà altri fastidi» disse infine.

«Hai la mia parola, ma in cambio ho bisogno di qualcos'altro.»

«Stai già chiedendo molto.»

«Ne ho bisogno ugualmente.»

«Di che si tratta?»

«Alcuni dei nostri conti sono stati bloccati, probabilmente come preludio a un più ampio sequestro di attività e proprietà in patria. Non ce ne possiamo andare senza le risorse economiche necessarie a finanziare il trasferimento, né possiamo vivere di sola aria fresca una volta che saremo a destinazione. Abbiamo bisogno di quei soldi.»

«Non starai cercando di dirmi che non hai altri fondi nascosti? Non sarebbe da te.»

«Ho qualcosa, ma non a sufficienza da soddisfare Spiridon.»

La Ćirić rifletté sulla richiesta.

«Avete causato molti problemi» disse quindi. «Dev'esserci un risarcimento.»

«Quanto?»

«Il cinquanta percento.»

«Inaccettabile.»

«Non sei nelle condizioni di trattare.»

In realtà la percentuale era meno punitiva del previsto, ma prima di accettare Radovan proseguì a recitare la parte dell'insoddisfatto.

«E va bene» concesse alla fine. «Come hai detto, non sono nelle condizioni di discutere.»

«Bene» disse lei. «A questo punto potrete entrambi scomparire, e spero che questa sia l'ultima volta che ci vediamo.»

«Cos'altro avremmo da dirci?»

«Niente.» Cominciò a riabbottonarsi il soprabito, che non si era neanche tolta. «Ma questo risolve solo uno dei vostri problemi. A quanto ho saputo, Kiš e Stajić non sono gli unici a volervi fare la pelle.»

«Tutti i cacciatori finiscono per stancarsi» disse Radovan. «O rinunciano oppure diventano vulnerabili, e le loro prede possono contrattaccare.»

«Ammiro il tuo ottimismo. Vi do un anno, se non di meno.»

«Vorrà dire che tra un anno ti manderò una cartolina per dimostrarti che hai torto.»

«Non vedo l'ora di riceverla, sempre che riesca a partire.»

«E a Simo Stajić quanto tempo dai?» chiese Radovan.

La Ćirić scrollò le spalle. «Come hai detto tu stesso, è un imprudente. Uomini della sua risma vanno troppo forte in macchina, si portano a letto le donne sbagliate, prendono le droghe sbagliate. Hanno sempre i giorni contati. Forse tu stesso sopravvivrai abbastanza a lungo da leggere il suo necrologio. Addio, *vrana*.»

Si abbracciarono e baciarono di nuovo, questa volta con più trasporto. Radovan la guardò allontanarsi con espressione nostalgica.

Pagò in contanti e attraversò la parte principale del negozio fino alla vetrina. Teo salì sul lato destro di una grossa Audi nera con due uomini sul sedile posteriore, poi l'autista partì e percorse Burggasse verso il MuseumsQuartier. Nessun furgone, dunque. Forse, se il loro colloquio fosse andato male, lo avrebbero ficcato nel bagagliaio. Attese comunque qualche minuto prima di uscire, giusto per assicurarsi di essere al sicuro. Curiosò nel reparto maschile della boutique e per festeggiare si regalò una sciarpa. Era nera e dorata, ma il nero era il colore dominante.

Era appropriato, poiché il sangue non aveva ancora finito di scorrere.

71

Di nuovo in prossimità dello Zollamtsbrücke, Zorya guardava scorrere l'acqua del fiume. Gli amici di Spiridon negli Stati Uniti non erano riusciti a uccidere il padre della bambina, e ora lei si ritrovava in una posizione molto pericolosa. Qualcuno stava dando la caccia ai Vuksan in questo mondo, ma Zorya attraversava i confini tra un regno e l'altro, e così facendo era potenzialmente alla mercé degli esseri umani da una parte e di Jennifer Parker dall'altra. Il tempo per i Vuksan stava per scadere, e una volta che se ne fossero andati Zorya pensava di poter finalmente riposare. Non voleva che Jennifer la perseguitasse e disturbasse i suoi sonni. Bisognava giungere a un compromesso.

Attraversò lentamente il ponte finché non vide scomparire Vienna, sostituita da un paesaggio grigio e un vasto lago. Sulla riva c'era una panchina vuota. Una nebbia sovrastava il lago, la nube dei morti che cercavano di immergersi nella distesa d'acqua.

«Non saresti dovuta tornare» disse una voce alle spalle di Zorya. Quando si voltò, vide che Jennifer la stava aspettando.

«*Volevo parlare con te*» rispose. La sua voce era diversa in quel luogo, più fievole. Quella era la terra dei morti, e ciò che dicevano loro aveva la precedenza. Zorya era molto simile a loro, ma continuava a possedere una qualche sembianza di vita.

«Hai cercato di far del male a mio padre. Hai tentato di ucciderlo.»

La voce della bambina era pacata, ma la collera e la minaccia sottese nel suo tono erano inconfondibili.

«Non sono stata io» disse Zorya.

«Bugiarda!»

Jennifer la graffiò con la mano destra. Zorya sentì penetrare le unghie nella guancia, ma toccandosi non trovò alcuna ferita. C'era solo il dolore.

«Fermati!» esclamò. *«Non servirà a niente.»*

Jennifer riabbassò la mano e la guardò incuriosita.

«Quanto sei vecchia?» domandò.

«Non lo so» rispose Zorya, ed era la verità. *«Non sembro e non mi sento vecchia, ma ricordo molte cose.»*

Jennifer si annusò le dita della mano destra.

«Hai un cattivo odore» disse. «Come di decomposizione.»

«Sono stanca, e ho bisogno di dormire.»

«Allora dormi.»

«Non posso, se tu mi dai la caccia.»

«Avresti dovuto pensarci prima di prendere di mira mio padre. Sai cosa penso? Speravi che uccidendolo mi avresti isolata, che con la sua morte il mio legame con il mondo si sarebbe reciso, e che lui e io saremmo diventati come tutti gli altri.»

Indicò la distesa d'acqua e coloro che presto si sarebbero dimenticati di ciò che erano stati. *«Mi sbagliavo?»* domandò Zorya.

Jennifer Parker non rispose, ma fu l'espressione dei suoi occhi a tradirla. Non era vecchia come Zorya, e non aveva ancora imparato a nascondere quello che provava. Zorya ci aveva visto giusto: suo padre era la chiave di tutto.

«Non avresti dovuto provarci» ripeté Jennifer.

«Hai ragione» ammise Zorya. *«Non avrei dovuto piantare il seme dell'idea nelle loro teste. Ma voglio riparare. Posso consegnare i Vuksan a quelli che li stanno cercando.»*

«Li troveranno comunque, con o senza il tuo aiuto.»

«Forse sì, ma io non glielo impedirò, e non avvertirò i Vuksan.»

Jennifer le stava fissando le mani.

«Le tue unghie sono molto più affilate delle mie,» disse «e le tue dita sono molto lunghe.»

Zorya cercò di nasconderle stringendo le dita a pugno, e le sentì penetrare nei palmi. Aumentò la pressione. Il bruciore era il benvenuto: le ricordava che non era ancora uguale in tutto e per tutto a quella bambina.

«Quante persone hai fatto soffrire, con quelle unghie?» insistette Jennifer. «Perché è questo che fai, vero? Le ferisci con le unghie. Forse tanto tempo fa, in un passato così lontano che ne hai quasi dimenticato i dettagli, qualcuno ti ha fatto del male, e ora per vendicarti sei tu a farlo agli altri.»

Zorya tradì uno scatto, come a scacciare il ronzio fastidioso di una mosca.

«*Nessuno mi ha fatto dal male*» ribatté.

«Non ti credo,» disse Jennifer «ma dovrai comunque essere fermata.»

Fu rapidissima, così veloce che Zorya non vide neanche scattare la sua mano. Le passò l'unghia del dito indice di traverso sul mento, e questa volta Zorya sentì la pelle che si squarciava e il sangue che ne fuoriusciva.

«Perché non resti un po' qui?» chiese Jennifer, e i suoi occhi erano diventati completamente neri. «Possiamo giocare a farci male.»

Ma Zorya stava già indietreggiando sul ponte. Vienna riapparve, emergendo come da un sogno di sé stessa, ma il mento di Zorya era rosso di sangue.

72

Angel chiuse la comunicazione con Frend e staccò il piccolo cambiavoce CV-C dal cellulare. Avrebbe potuto usare una semplice app, ma preferiva il CV-C poiché aveva la certezza che funzionasse. Apparteneva a una generazione che faceva affidamento sulla fisicità, e trovava che conservare le informazioni personali più preziose come dati su un dispositivo mobile fosse indice di follia. Personalmente, gli dava già fastidio che qualcuno conoscesse il suo nome.

Louis aveva ascoltato la conversazione grazie a un diffusore. Avevano dovuto dare all'avvocato il tempo di raccogliere le informazioni di cui avevano bisogno, poiché questi aveva sostenuto di non sapere dove si nascondevano i Vuksan. A quanto diceva, aveva preferito restarne all'oscuro per proteggere sé stesso e i suoi cari, e la cosa aveva funzionato anche al contrario, consentendo ai Vuksan di mantenere un grado di separazione. La considerazione principale era proteggersi, aveva spiegato Frend.

«Questa storia può avere un lieto fine per i Vuksan oppure per lei,» gli aveva fatto notare Angel «ma non per entrambi. La scelta è semplice: tiene di più ai suoi clienti o a sua figlia?»

«Sapete già la risposta» aveva ribattuto l'avvocato. «Non fatele del male.»

«È un ordine?»

«No, è la richiesta di un padre. Vi prego, non fatele del male.»

«Non dipende da me. Sua figlia è in Inghilterra, nelle mani dei nostri colleghi, mentre noi siamo molto più vicini a lei. Se si rivolge alla polizia, Pia è morta. Se cerca di fregarci, idem. E lo stesso vale se i Vuksan ci anticipano e ci uccidono. Ci sono molti esiti che possono rivelarsi negativi per sua figlia, ma solo uno positivo.»

«Ho capito.»

«Lo spero, perché la sua morte non sarà repentina. I nostri colleghi procederanno con calma, e registreranno tutto per fornirle una testimonianza permanente.»

«Farò tutto quello che mi chiederete, ve lo prometto.»

A sentir lui, Frend aveva fornito ai Vuksan una lista di isolate e costose proprietà in affitto gestite da agenti immobiliari affetti da cecità selettiva, uno dei cui sintomi era che potevano vedere solo il colore dei soldi. Con le referenze dell'avvocato, i Vuksan non dovevano aver avuto problemi a trovare una sistemazione.

«Dovrò fare qualche telefonata» aveva detto Frend. «Alcuni degli agenti saranno difficili da reperire fuori dall'orario di lavoro. Potrei riuscire a parlarci solo domattina.»

«Ha tempo fino a mezzogiorno di domani.»

«Potrebbe non bastare.»

«Basterà. Ho fiducia nella profondità del suo amore paterno.»

Louis aveva allungato un biglietto sul tavolo davanti a Angel. Vi aveva scritto: 'Bambina/Hendricksen?'

«Chi altro c'è insieme ai Vuksan?» aveva ripreso Angel. «E faccia attenzione a come risponde. Se sbaglia i conti, e così facendo ci causa dei problemi, alla breve vita che resta a sua figlia si aggiungerà un'ora di grandi sofferenze.»

«Un uomo, per quanto ne so.»

«'Per quanto ne so' non è la risposta giusta.»

«Sto cercando di rispondere onestamente.»

«Si impegni di più.»

«Sì, c'è un solo uomo, uno solo.»

«Nome?»

«Zivco.»

«Cognome?»

«Ilić. Ma c'è anche qualcun altro.»

«Ha appena detto che c'era un solo uomo. Non mi dia motivo di dubitare di lei prima ancora di cominciare.»

«Non è un uomo, è una bambina, una ragazza.»

«Nome?»

«Zorya.»

«Cognome?»

«Non lo so. L'ho sempre sentita chiamare solo Zorya. Non sono nemmeno sicuro che sia il suo vero nome. L'ha trovata Spiridon, o è stata lei a trovare lui. Non mi è mai stato del tutto chiaro.»

«Dove?»

«Nella Serbia orientale. Bor, Negotin, uno di quei posti.»

«Che rapporto ha con Spiridon? Sono amanti?»

«È possibile, suppongo. Ma non è il genere di domanda che si possa fare a un uomo.»

«No?»

«Non a un uomo come Spiridon Vuksan.»

«Se lo dice lei. E cos'altro fa per lui, questa Zorya?»

A un tratto era sceso il silenzio, tanto che Angel aveva temuto che fosse caduta la linea.

«Mr Frend? Non mi piace aspettare.»

«Credo che uccida per lui.»

«Ma ha detto che è una bambina.»

«Sembra una bambina, o meglio *lo è*, ma da vicino ci si rende conto che non è così. È difficile spiegarlo senza sembrare ridicoli.»

«Continui così. Sta andando bene, e sta aiutando sua figlia.»

«Lo spero. Spero davvero...» A quel punto Frend aveva perso il filo, ed era parso sull'orlo delle lacrime. «Chiedo scusa, cosa stavamo dicendo?»

«Stava parlando di Zorya.»

«Ah sì, Zorya. È come se qualcuno avesse preso una bambina, l'avesse svuotata della sua essenza e al suo posto avesse messo l'anima di una creatura molto, ma molto più vecchia. Radovan la chiama la strega di Spiridon, e Spiridon la consulta e ne segue i consigli. È affetta da scoliosi. La deformità non si nota a prima vista, ma c'è.»

«Diceva che ha ucciso per Spiridon.»

«Porta un coltello infilato nella manica, ma...»

«Sì?»

«Preferisce usare le mani, o così mi è stato detto. Ha unghie affilatissime.»

Angel era stato sul punto di domandare se fosse stata lei a uccidere Hendricksen, giusto per averne la certezza, ma così facendo avrebbe concesso un piccolo vantaggio all'avvocato. Per il momento, Frend non poteva sapere con certezza in che mani era finita sua figlia. Se Angel gli avesse chiesto di Hendricksen, lo avrebbe capito.

«Sta con Spiridon?»

«Non sempre. Radovan dice che ama la notte.»

«In che senso?»

«Girovaga con il favore del buio. Forse dorme addirittura all'addiaccio. Vorrei potervi dire di più, ma non so altro.»

«Armi da fuoco?»

«Ilić gira armato di pistola. Immagino che lo stesso valga per Radovan e Spiridon.»

«Come fa a sapere che Ilić è armato?»

«È il loro intermediario. Da quando sono arrivati in Austria, i Vuksan non li ho mai visti di persona.»

«Come vi tenete in contatto?»

«Via email.»

«Mi dia l'indirizzo.»

Frend aveva impiegato qualche istante a cercarlo, presumibilmente sul suo cellulare o su una rubrica. Poi aveva recitato un indirizzo criptato di Tutanota, che Angel aveva trascritto.

«Cellulari?»

«I numeri cambiano regolarmente. Radovan ha una lista delle mie sim e mi invia i numeri via email, ma è molto parsimonioso. Al momento siamo in una fase transitoria, non ho ancora ricevuto il nuovo.»

Sembrava una risposta un po' evasiva, ma Angel non aveva insistito. I numeri dei telefoni usa e getta non sarebbero serviti a molto.

«C'è un protocollo?» aveva domandato.

«In che senso?»

«Un sistema. Le email vengono inviate sempre alla stessa ora? Ci sono parole specifiche da usare in caso di problemi?»

«Nel senso di un codice?»

«Più nel senso di un allarme.»

«No.»

«Mi permetta di metterla di nuovo in guardia sulle menzogne.»

«Non sto mentendo. Non ci scambiamo saluti e non ci chiamiamo per nome, ma per il resto comunichiamo normalmente.»

«Quand'è stata l'ultima volta che ha incontrato Ilić?»

«Nel fine settimana. La bambina era con lui.»

«Motivo dell'incontro?»

Un altro silenzio, poi: «Avevano bisogno di contanti.»

Angel aveva guardato Louis, e questi aveva scosso il capo. La menzogna non era sfuggita a nessuno dei due, ma Louis aveva indicato con un cenno di lasciar correre.

«E quando lo rivedrà?» aveva ripreso Angel.

«Quando sarà il momento di consegnare i passaporti.»

«Quali passaporti?»

«I Vuksan hanno avuto l'ordine di lasciare l'Europa.»

«Da parte di chi?»

«Di Belgrado. E io sono stato incaricato di procurargli passaporti sotto nomi falsi.»

«In che modo?»

«Ho una fonte.»

«Come si chiama?»

Frend aveva esitato, ma poi aveva fatto il nome di Hannah Kauffmann.

«E questa Kauffmann sa a chi sono destinati i passaporti?»

«Sì.»

«Quando glieli consegnerà?»

«Nel giro di ventiquattro ore, credo.»

«Quanti?»

«Tre: quelli dei Vuksan e quello di Ilić.»

«Niente per la bambina?»

«Lei non vuole seguirli.»

«E Spiridon come l'ha presa?»

«Immagino non bene, ma cosa ci può fare?»

Accanto a Angel, Louis si era passato la mano di traverso sulla gola, a indicargli di chiudere.

«Tenga sempre vicino questo telefono» aveva detto Angel all'avvocato. «Ci faremo risentire presto.»

«Aspetti! Voglio parlare con mia figlia.»

«Ci parlerà, una volta che i Vuksan saranno morti.»

«Ma come faccio a sapere che è viva? Come faccio a essere sicuro che non le avete torto un capello?»

«Noi non mentiamo» aveva ribattuto Angel. «Non siamo avvocati.»

***

Era stato a quel punto che Angel aveva chiuso la conversazione. Louis lo guardò ammirato.

«Ragazzi, sei proprio un duro» disse. «Sono quasi tentato di consegnarti portafoglio e orologio prima che tu decida di farmi del male.»

«Non l'ho gradito» ribatté Angel. «Non provo alcun piacere a minacciare di morte la figlia di qualcuno, anche se non abbiamo la minima intenzione di ucciderla.»

«È proprio questo a distinguerci da quelli come loro» osservò Louis. «Almeno nel tuo caso. Per quanto mi riguarda, sono ancora restio a schierarmi.»

«Sei già schierato, è solo che non vuoi ammetterlo.» In realtà, Angel ne era meno sicuro di quanto desse a vedere. Amava Louis, ma si poteva amare qualcuno e al tempo stesso avere paura di ciò che sarebbe stato capace di fare? «Per quanto mi riguarda, ho più dimestichezza con le mie emozioni, e le mie emozioni mi dicono che puntare un coltello alla gola di una donna non sta bene, anche solo a livello metaforico.»

«Tu pensi che Anton Frend sia mai stato costretto a veder spargere sangue?»

«Solo tagliandosi mentre si faceva la barba.»

«Precisamente. Sapeva benissimo come operavano i Vuksan, ma per lui restava qualcosa di astratto. È quello che fanno gli individui come lui per continuare a funzionare. Gli hai appena impartito una tardiva lezione sulle conseguenze delle proprie azioni.»

Angel lasciò correre.

«E adesso?» domandò.

«Abbiamo l'indirizzo email,» rispose Louis «ma non credo che lo usino scambiandosi semplici messaggi come ha detto Frend. Non creerei mai un simile canale di comunicazione senza stabilire un protocollo, e credo neanche i Vuksan. Da qualche parte c'è una trappola.»

«Pensi davvero che Frend metterebbe a repentaglio la vita di sua figlia evitando di dircelo?»

«Frend è astuto. Magari non quanto crede di essere, il che lo pone nella stessa categoria del novantanove percento del genere umano, ma comunque più della media. Sa che sua figlia è nelle nostre mani, ma ha solo la nostra parola che se farà quello che gli chiediamo la lasceremo andare. Ci ha dato una quantità di informazioni, alcune delle quali potrebbero anche essere veritiere, ma ne tratterrà altre per poterle usare a suo vantaggio in caso di necessità. È quello che farei io, se fossi nella sua posizione.»

«Ma tu non hai figli» obiettò Angel. «Non puoi sapere cosa sarebbe disposto a fare un padre per salvare sua figlia.»

«Forse hai ragione, ma di uomini come Anton Frend ne ho conosciuti molti, e non deludono mai. Una volta che diventano corrotti, la corruzione guasta tutti i loro rapporti. Frend non sacrificherà ogni cosa per Pia. Sacrificherà molto, ma non tutto. E, come ho detto, è un tipo sveglio. In questo preciso istante starà studiando la cosa da tutte le angolazioni possibili.»

«Ovverossia?»

«Prima soluzione: rivolgersi alla polizia o a un servizio privato. È più probabile quest'ultimo, viste le sue frequentazioni, ma in entrambi i casi ci causerebbe dei problemi. Seconda soluzione: fare esattamente quello che gli diciamo, ma non è nella sua natura. Terza: dire tutto ai Vuksan e usarli per ribaltare la situazione, ma sarebbe molto rischioso.»

«Per quale motivo?»

«Perché i Vuksan lo vedrebbero come un inconveniente, e probabilmente se ne sbarazzerebbero. Dovrebbe usare i passaporti come merce di scambio, offrendo loro un passaggio sicuro in cambio di un aiuto per riportare a casa sua figlia sana e salva, ma è più probabile che loro decidano di strappargli eli con la tortura.»

L'espressione di Louis mutò all'improvviso, segno che aveva appena individuato una quarta alternativa.

«Oppure...?» chiese Angel.

«Oppure mi sbaglio riguardo alla seconda soluzione. Perché non fare quello che gli diciamo? Finché i Vuksan sono vivi, Frend è in pericolo. Anche se riesce a procurargli nuove identità, verrà dato per scontato che conosca i nomi sui passaporti e la loro destinazione finale. Non potrà mai dormire sonni tranquilli, perché lui e i suoi familiari saranno sempre nel mirino. Meglio lasciarci eliminare i Vuksan e mettere fine all'intera sporca faccenda. Ma nel caso dovessimo fallire, o magari cercare di fregarlo...»

«Una trappola.»

«Sì, ma non l'email, perché a quel punto si scopre con i Vuksan. C'è qualcos'altro che ci sfugge.»

«Sai cos'avrei fatto io, nella sua posizione?» disse Angel.

«Coraggio, stupiscimi.»

«Per pararmi il didietro, avrei comunicato quello che so dei Vuksan e dei loro programmi a qualcun altro.»

E Louis pensò, non per la prima volta nella loro relazione: diamine, probabilmente ha ragione.

73

Frend ricevette la chiamata di Hannah Kauffmann mentre stava facendo ritorno al suo albergo. Si sforzò di non pensare a Pia e concentrarsi sulle parole della collega.

«Avrai i passaporti domattina,» disse lei «ma temo di aver sottovalutato i costi.»

«Non è da te.»

«La futura patria dei tuoi clienti è un pacifico Paese dei Caraibi di basso profilo internazionale, e gradirebbe restare tale. Sfortunatamente, l'industria nazionale dello zucchero ha bisogno di nuovi investimenti. La via d'uscita per voi passa attraverso queste due esigenze contrastanti, ma il fattore di rischio esige un versamento straordinario a un nuovo Fondo per l'Istruzione Sostenibile.»

«E chi saranno i beneficiari di tale istruzione?» chiese Frend. «O è una domanda troppo indiscreta?»

«I figli di colui che emetterà i passaporti. È convinto che gli studi in Svizzera possano giovare alla sua progenie. Per non parlare dello sci.»

«Quanto?»

«Un quarto di milione di euro a passaporto. Se ti può consolare, la cifra è comprensiva del mio onorario.»

Come girerebbe il mondo senza l'avidità?, si chiese Frend. Non si riuscirebbe a concludere nulla, o niente di importante.

«Nessun problema» disse.

«Sicuro? In caso di ritardo nei pagamenti potrebbero esserci ripercussioni.»

«È una minaccia, Hannah?»

«Dico solo che la cosa esulerebbe dal mio controllo, Anton. Io sono solo l'intermediaria. È un sistema delicato da cui dipende un numero ristretto di individui molto potenti, alcuni dei quali nello stesso settore dei tuoi clienti. Qualunque complicazione fa aumentare i costi per tutte le parti coinvolte, oltre ad attirare il genere di attenzioni che possono portare a temporanee restrizioni del flusso di documenti. C'è una ragione per cui ti sei rivolto a me e non a uno degli studi più...»

«Scrupolosi?» suggerì Frend.

«Preferisco il termine 'consolidati'.»

«Ci credo. Dove ci vediamo?»

«C'è bisogno di chiederlo?»

«Fammi indovinare. Tra i senza nome?»

«Esatto. Domani mattina alle sei. Cerca di essere puntuale.»

La Kauffmann terminò la chiamata e Frend inviò immediatamente un'email a Radovan Vuksan, chiedendogli di telefonargli al numero più recente della lista. Il cellulare suonò pochi minuti dopo.

«Domattina presto ritiro i documenti» disse Frend.

«Dove?» chiese Radovan.

«Fuori città. Ma il prezzo è aumentato.»

«Quanto?»

«Un milione di euro per i tre passaporti, compresa la commissione dell'intermediaria.»

Gli fu facile mentire, come sempre, ma era vero che presto avrebbe avuto bisogno di fondi supplementari. Aveva ragione la Kauffmann: la sua permanenza a Vienna stava per giungere al termine. Presto si sarebbe probabilmente ritrovato a chiederle lo stesso servizio per sé stesso, e avrebbe dovuto scegliere un rifugio in cui trascorrere il resto dei suoi giorni.

«Sarà Zivco a portare il denaro» disse Radovan. «E vorrei anche che fosse presente alla consegna.»

Era una complicazione che Frend avrebbe preferito evitare. La presenza di Ilić avrebbe potuto rovinare tutto. Il programma originale era farsi consegnare i contanti, accantonare la sua cresta e dare il resto alla Kauffmann. Non avrebbe certo potuto farlo con Ilić che lo teneva d'occhio come un falco.

«Per quale motivo?» domandò.

«Sarai anche un ottimo avvocato, Anton,» rispose Radovan «ma la tua esperienza di guardia di sicurezza è limitata. Non è stato facile raccogliere quei soldi, come ben sai, e se andassero perduti o venissero rubati sarebbero impossibili da rimpiazzare. In più, Zivco potrà svolgere il lavoro pesante. Non so se hai mai visto un milione di euro in biglietti da cinquanta, ma pesano quasi venti chili.»

Frend non poteva più tirarsi indietro. Sarebbe stato costretto a richiamare la Kauffmann e avvertirla che avrebbe ricevuto più soldi di quelli pattuiti, e che la parte in eccesso era sua. Con un po' di fortuna, Hannah gli avrebbe fatto pagare una semplice commissione, o magari gli avrebbe fatto uno sconto e avrebbe accettato il denaro come pagamento per un altro passaporto.

«Significa che hai convinto tuo fratello a partire?» domandò.

«Il futuro di Spiridon non è in Europa» rispose Radovan.

«Facile a dirsi.»

«Presto lo capirà.»

Frend prese un drink dal minibar, dopodiché si rimise al telefono. Come sempre fu costretto a lasciare un messaggio, ma mise in chiaro che se si volevano evitare ripercussioni sarebbe stato consigliabile non farlo aspettare troppo. Il cellulare suonò mentre si stava versando un secondo drink.

«Non sono sicura di aver gradito il suo tono» disse Teodora Ćirić.

All'insaputa dei Vuksan, il canale di comunicazione tra il loro avvocato e l'ufficiale di collegamento per la Serbia era aperto da anni, ma finora i benefici per Frend erano stati minimi (a meno che non si tenesse conto del fatto che aveva sempre evitato la galera, il che, bisognava ammetterlo, era un vantaggio innegabile). Nel 2006 la Ćirić gli aveva presentato le prove documentali di certe attività che le autorità austriache non avrebbero visto di buon occhio, tutte collegate ai Vuksan. In cambio del suo silenzio, Frend non aveva dovuto fare altro che aggiornarla periodicamente sulle azioni e sui programmi dei Vuksan. Erano piccoli tradimenti, e non danneggiavano i suoi clienti; questo, almeno, era ciò che lui si diceva. Ma con il tempo si erano accumulati fino a causare probabilmente l'uccisione di Nikola Musulin e l'apertura della stagione di caccia contro i Vuksan.

«Non mi importa se il mio tono le ha fatto venire l'orticaria» ribatté Frend. «Sono ventiquattro ore che cerco di mettermi in contatto con lei. Le sue azioni hanno messo a repentaglio la mia incolumità. Non mi aveva mai detto che intendevate confiscare i fondi dei Vuksan.»

«E se anche gliel'avessi detto, cos'avrebbe fatto? Probabilmente avrebbe cercato di trasferirli, il che avrebbe vanificato lo scopo dell'azione.»

«Credevo volessimo entrambi la stessa cosa, vale a dire una soluzione pacifica della crisi attuale. Ma per arrivarci ci vogliono i soldi.»

«Potremmo anche volere entrambi una soluzione,» disse la Ćirić «ma più che pacifica io la preferirei definitiva.»

«E cosa mi dice di Belgrado? Ne sono uscito vivo per miracolo.»

«Chi crede abbia avvertito il suo autista? Non faccia il finto ingenuo, Anton. L'ho protetta come ho sempre fatto.»

Frend non ne era così sicuro. Teodora Ćirić pensava prima di tutto a sé stessa, e tutti gli altri sopravvivevano con le briciole che lasciava. Frend sospettava che la sua razione fosse particolarmente esigua, ma il buonsenso gli imponeva di tenere a freno la lingua.

«Le chiedo scusa» disse.

«Scuse accettate» rispose lei. «Bene, cosa voleva dirmi?»

«I passaporti sono in arrivo. I Vuksan lasceranno l'Europa.»

«Lo so. Mi sono vista con Radovan.»

«Che *cosa*?»

«È stato lui a proporre un colloquio, e io ho accettato.»

Frend riprese il controllo.

«Che cosa voleva?»

«Soldi. Libero accesso ai loro beni.»

Era lo stesso motivo per cui l'aveva chiamata lui stesso. Doveva assicurarsi che i fondi fossero disponibili. A seconda di come avesse deciso di affrontare il rapimento di Pia, forse non sarebbe stato necessario usarli, ma un uomo saggio si preparava a qualunque eventualità.

«E...?»

«L'accesso è stato agevolato.»

Sentì allentarsi la tensione.
«Bene» disse.
«Nient'altro?»
Con quel tassello del puzzle tornato al suo posto il quadro generale gli divenne improvvisamente più chiaro, e con esso il miglior piano d'azione, quantomeno per sé e per sua figlia.
«Ho un'altra domanda.»
«L'ascolto.»
«Chi altro sa dei nostri rapporti?»
«Parla come se fossimo amanti» disse la Ćirić.
Che dio mi protegga, si disse Frend, se mai dovessi essere così disperato.
«Del nostro accordo, allora.»
«Ne siamo al corrente solo io e lei, anche se qualcuno a Belgrado potrebbe avere i suoi sospetti.»
«Quando sarà tutto finito...»
«Mi sta chiedendo di distruggere i documenti relativi alle sue passate trasgressioni, giusto? Non le piace l'idea di vivere con questa spada sulla testa.»
«Preferirei che me li consegnasse» disse Frend.
«Si può fare. Senza più i Vuksan, che utilità possiamo avere uno per l'altra?»
«Precisamente.»
«A quanto pare non resta altro da aggiungere» disse la Ćirić. «Ma ho anch'io una domanda da farle.»
Frend attese.
«Una volta che i Vuksan se ne saranno andati, Anton, che utilità potrà avere lei per chiunque?»

74

Come Frend, anche Louis fu costretto a usare modi più bruschi per riaprire un dialogo. Poco dopo le due del pomeriggio richiamò Harris e lasciò un messaggio più energico e specifico dei precedenti. Aveva anche pensato di far intervenire Ross, ma temeva che questi non avrebbe accolto con incondizionato entusiasmo la conversazione che ne sarebbe risultata. E in ogni caso, anche se si fosse lasciato coinvolgere, non avrebbe potuto fare altro che mettersi in contatto con Harris, e quando era possibile Louis preferiva non usare intermediari. Harris lo richiamò dopo aver lasciato passare un rispettabile intervallo.

«Guarda un po' chi si risente» esordì, e il suo tono di voce tradiva una sospetta eco metallica che faceva ben poco per fugare i dubbi di Louis riguardo alle spie, che fossero o meno in pensione. «Il Mietitore in persona. Sta seminando una bella scia di cadaveri.»

«Non so a cosa si riferisca.»

«Questa è una linea sicura.»

«Non so cosa significa. Sono solo un patriota desideroso di fornire informazioni che potrebbero essere preziose per il suo Paese.»

«Mi sembra di avvertire una grave sfiducia nei miei riguardi.»

«Anche nel caso della fiducia, non so cosa sia.»

«A questo ci credo» disse Harris.

«Ho notato una certa negligenza nel richiamarmi.»

«Non siamo il suo servizio di lavanderia. Le abbiamo fatto un paio di favori, tra cui scagionarla con i francesi. Siamo pari.»

«Nemmeno lontanamente. Ma per rifarmi ho in programma di evadere le tasse.»

«Spero che la sua frase sia stata registrata. Diceva di avere qualcosa che potrebbe tornarci utile?»

«Un numero di cellulare.»

«Appartenente a chi?»

«Si fa chiamare Rafi. Dice di volere un indennizzo dai Vuksan per i fatti di Parigi, ma è più probabile che sia un indennizzo di sangue, oltre che di denaro.»

«Me lo descriva» disse Harris.

«Posso fare di meglio» ribatté Louis. «Posso mandarle una foto.»

«E, da buon patriota, ci sta offrendo questa informazione spinto solo dal senso del dovere, esatto?»

«Certo, e già che ci siamo potrei darle i codici di accesso dei miei conti in Bitcoin, e magari vuole portarsi a letto mia sorella?»

«Non credo che lei abbia una sorella, e se l'avesse non vorrei mai conoscerla. Qual è il suo prezzo»?

«Rafi gira accompagnato. Ho una foto anche del suo secondo. Non li voglio tra i piedi. Devo avere libero accesso ai Vuksan.»

«I Vuksan non ci interessano più. Sono alla frutta.»

«Ma continuano a interessare me» disse Louis. «E Rafi è un tipo sospetto. Sarebbe un peccato se facesse esplodere un mercatino di Natale e venisse fuori che lei aveva la possibilità di fermarlo e non l'ha fatto.»

«E come farebbe a venir fuori?»

«Vuole che le faccia ascoltare la registrazione della telefonata fino a questo punto?»

Harris rise.

«Dovrebbe davvero consultare la voce 'fiducia' sul dizionario» disse. «Potrebbe trasformarle la vita. D'accordo, ma, anche se riuscissimo a trovare questo Rafi, avremmo bisogno di tempo per mettere insieme una squadra a Vienna.»

Louis non aveva mai detto da dove stava chiamando.

«Se siete riusciti a localizzare così rapidamente questa chiamata,» disse «sarete anche in grado di trovare Rafi.»

«Non si tratta solo di trovarlo, ma anche di rimuoverlo dalla scena. Lui e quelli che sono con lui, perché scommetto che non si è portato dietro un solo uomo.»

«Noleggiate un furgone più grande.»

«Inoltre,» proseguì Harris come se Louis non avesse aperto bocca «ovunque sia quel cellulare può star certo che Rafi, o in qualunque modo si chiami in realtà, non si troverà nei paraggi.»

«Ma resta pur sempre il punto di contatto» obiettò Louis. «Lo potrete localizzare, e prima o poi qualcuno lo userà per chiamare Rafi. E intercettando il telefono avrete accesso anche alle email. Volendo, potrete addirittura usare il microfono per sentirli quando fanno i loro bisogni.»

«Okay,» tagliò corto Harris «mi dia il numero e mi mandi le foto. Vedrò cosa si può fare.»

«I Vuksan stanno per volatilizzarsi» ribatté Louis. «I passaporti puliti sono in arrivo. Potrei avere solo un giorno di tempo, al massimo due.»

«Gesù, li vuole proprio morti.»

«Non so a cosa si riferisca.»

«Sa, non so se sono poi così lieto di averla conosciuta.»

«La gente me lo ripete spesso.»

«Ne sono sicuro» disse Harris. «Probabilmente appena prima che lei la faccia fuori.»

75

Bob Johnston aveva inviato un altro video, nel quale Pia Lackner guardava l'obiettivo reggendo una copia del *Guardian* di quel giorno, la data chiaramente visibile. Gli occhi di Pia erano rossi e gonfi di pianto: o Rosanna era un'abile truccatrice, oppure la tensione stava cominciando a farsi sentire. Qualunque ne fosse la causa, il suo aspetto dava autenticità alle immagini. Angel si era già sbarazzato della tessera sim usata nella conversazione precedente con Frend, e ne aveva inserita una nuova per inoltrargli il video accompagnato da un messaggio: 'Cinque minuti.' Cinque minuti e cinque secondi più tardi chiamò l'avvocato dall'affollato ingresso del Kunsthistorisches Museum, dove il suo cellulare si sarebbe mescolato a tutti gli altri.

«Visto?» esordì, la sua voce truccata di nuovo dal dispositivo. «Sua figlia è sana e salva.»

«Non è né l'una né l'altra cosa» ribatté Frend. «Cosa le state facendo?»

«Forse le stiamo raccontando storie sulle compagnie frequentate da suo padre. Lei è una grande delusione per Pia, ma probabilmente lo sapeva già.»

«Sto facendo del mio meglio per riparare.»

«Sono certo che le sarà di conforto, sempre che resti in vita.»

L'avvocato trasse un respiro profondo, ma per il resto la sua voce non sembrava tradire la minima tensione. Angel era quasi tentato di ammirarne l'equilibrio, anche se gli faceva sospettare che avesse ragione Louis, e che qualcosa nel profondo di Frend si fosse corrotto fin quasi all'estinzione.

«I passaporti sono pronti» disse l'avvocato. «La consegna avverrà domattina.»

«Dove?»

«A Simmering, al Cimitero dei senza nome.»

«A che ora?»

«Alle sei.»

«I Vuksan saranno presenti?»

«No, ci saremo solo io e Zivco Ilić. I soldi li porterà Ilić.»

«Quanto?»

«Un milione di euro.»

«È un bel po' di denaro, per due o tre passaporti.»

«Tre» precisò Frend. «È stato applicato un supplemento per la consegna accelerata e il problematico status giuridico dei beneficiari.» Per non parlare della sua parte, che però Frend si guardò bene dal nominare.

«Un modo elegante di riferirsi a un trio di assassini.»

«E un rapitore che parole preferirebbe usare?»

«Molto arguto» concesse Angel. «Chiederò ai miei colleghi di consultare sua figlia e vedere cosa risponde.»

«Ritiro la domanda» disse Frend.

«Lo immaginavo. Come arriverà al cimitero?»

«Noleggerò un'auto dal mio albergo. Ilić lo incontrerò sul posto.»

«Per quale motivo alloggia in albergo, quando ha una casa e un appartamento in città?»

«Perché i suoi complici mi stavano pedinando.»

Angel improvvisò. «I miei complici non li avrebbe notati. Mi dia il nome dell'hotel e mi descriva i suoi pedinatori.»

La descrizione di Frend non era dettagliata, ma non ce n'era bisogno. Angel riconobbe immediatamente Mr Rafi e il suo gorilla, e ne fu tutt'altro che sorpreso.

«Mi preoccupano» confessò Frend.

«Fa bene a preoccuparsi, ma ce ne occuperemo noi. Lo consideri un gesto di buona volontà, o una prova della nostra serietà. Come preferisce.»

«A essere sinceri,» disse «non preferisco né l'una né l'altra cosa.»

«A essere sinceri,» ribatté Angel «non me ne frega niente.»

Angel e Louis si incontrarono a cena al China Kitchen n. 27 su

Linke Wienzeile, in quella che passava per essere la Chinatown viennese. Ne avevano entrambi abbastanza del cibo austriaco, e avevano sentito il richiamo della cucina del Sichuan. Era così piccante da farti sudare, il che per Angel era sempre un buon segno. Oltre a loro c'era solo un'altra coppia di occidentali, due turisti scandinavi che continuavano a fotografare i loro piatti conversando in una lingua che sembrava danese. Gli altri tavoli erano interamente occupati da chiassose famiglie cinesi, il che significava che Angel e Louis potevano parlare senza temere di essere ascoltati dalla polizia austriaca, a meno che le forze dell'ordine viennesi non avessero un nutrito contingente di anziani cinesi o danesi ossessionati da Instagram a cui attingere. In ogni caso, Angel pensava che per il momento le autorità avessero perso interesse nei suoi riguardi. Forse alcuni tra i detective avevano nutrito qualche dubbio su qualche risvolto della sua versione, ma non a sufficienza da pedinarlo per tutta Vienna.

Ordinarono pancetta di maiale a doppia cottura e spaghetti Dandan piccanti, bevendo birra e poi tè verde. La teiera era appena arrivata al tavolo quando Louis ricevette una chiamata da un numero con un prefisso della Virginia e uscì dal locale per rispondere.

«Pensiamo che il numero di Rafi appartenga a un cellulare usa e getta» esordì Harris.

«Ma davvero?» ribatté Louis. «Se questo è il livello di specializzazione che ottengo in cambio delle mie tasse, forse dovrei trasferirmi in Corea del Nord.»

«Crediamo anche che sia stato predisposto solo per mettersi in contatto con lei. Negli ultimi cinque giorni è stato usato una volta sola, a Salisburgo, e una seconda per una chiamata senza risposta.»

«Una prova.»

«Molto probabilmente.»

O Rafi era sicuro che Louis si sarebbe fatto sentire, oppure quel cellulare era solo uno tra tanti, disposti in fila su un tavolo, collegati a prese multiple e controllati periodicamente da uomini barbuti e annoiati. Alcune delle chiamate in arrivo su quegli apparecchi, se non tutte, non avrebbero avuto risposta: sarebbero state un semplice segnale per far partire un'altra telefonata, molto probabilmente da una località del tutto diversa.

«Sicché io chiamo Rafi al numero che mi ha dato e voi rintracciate la telefonata di risposta?» domandò Louis.

«È così che funziona» confermò Harris. «Questa gente cerca di essere furba a livello di comunicazioni, ma ha una pecca fatale: sono tutti attaccatissimi ai loro cellulari. Se non lo fossero, molti di loro starebbero ancora respirando l'aria che Dio manda in terra invece di ritrovarsi all'inferno a domandarsi dove sono finite tutte le vergini. Ma dovrà prepararsi una storia, qualcosa che non metta Rafi sul chi vive.»

«Chi è in realtà?» chiese Louis. «Se si chiamasse davvero Rafi, la sua mancanza di inventiva sarebbe una vera delusione.»

«Si chiama Majid Ali al-Shihri. È un saudita, ma finora non figurava sul nostro Libro Nero dei Cattivi. Il bellone con cui gira è Mohsin al-Adahi. È yemenita, ma è stato in carcere sia in Kuwait che in Giordania. Su di lui sappiamo qualcosa di più, anche se non è che una rotella dell'ingranaggio. Per quanto riguarda al-Shihri, potrebbe essere un novellino, ma io lo vedo più come un veterano molto guardingo. Qualunque sia il dispositivo che adopera, non è uno smartphone, il che limita le informazioni che potremo ottenere quando è in uso.»

«Non è un novellino» disse Louis. «Ha già ucciso, e gli è piaciuto. Ha una luce morta negli occhi, come se fosse illuminato dall'interno dai gas di palude.»

«Be', a questo punto ha sporto la sua bella testa illuminata oltre il parapetto. Pur con tutte le precauzioni, mettendosi direttamente in contatto con lei ha corso un rischio. La nostra ipotesi è che fosse responsabile della consegna parigina dei due uomini rimasti uccisi alla Gare de Lyon, e che la colpa sia ricaduta su di lui. Se non otterrà un indennizzo dai Vuksan, e come ha detto lei sarà un indennizzo tanto di sangue quanto di denaro, finiranno per tagliargli la gola o costringerlo a indossare un giubbotto esplosivo e farsi esplodere nel centro commerciale più vicino.»

«Ma voi preferireste averlo vivo e dietro le sbarre.»

«Vivo sarebbe l'ideale,» disse Harris «ma andrebbe bene anche morto.»

«Se falliste, potrebbero rifarsi su di me.»

«Potrebbero farlo comunque, ma dovremmo riuscire a convincerli che a causare la fine di Rafi sia stata la cattiva sorte o il volere di Allah. Purtroppo il margine di manovra sarà scarso. Non appena la richiamerà lo localizzeremo, ma probabilmente si sbarazzerà immediatamente della sim per cancellare le sue tracce. Sarà lei a dover trovare il modo di attirare allo scoperto sia lui che i suoi uomini.»

«Potrei usare Frend come esca» disse Louis. «So dove alloggia.»

«C'è il rischio che ci arrivino prima che riusciamo a intercettarli.»

«Gli darò qualcosa, ma non tutto. Quando lo chiamo?»

«Noi siamo pronti.»

«Mi dia dieci minuti. Prima voglio bere il mio tè verde.»

76

Anton Frend ricevette la telefonata di sua moglie mentre sorseggiava un whisky nella sua camera d'albergo. Erano due giorni che Mina non aveva notizie di Pia, e cominciava a essere in pensiero. Di solito si sentivano quotidianamente, a volte anche più di una volta al giorno. Nei momenti in cui era più irritata con lui, sempre più frequenti a mano a mano che il loro matrimonio moriva della sua lenta morte, si assicurava di fargli ascoltare l'inizio di quelle conversazioni, giusto per rammentargli che lei aveva ancora un rapporto con sua figlia e lui non più. Per questo ora Frend provò un brivido di piacere all'idea di essere al corrente di informazioni che a lei erano negate, pur rendendosi conto che non poteva rischiare che Mina coinvolgesse la polizia. Riuscì a convincerla a non farlo, assicurandole che se Pia non si fosse fatta viva entro la fine della successiva giornata lavorativa avrebbe usato le sue conoscenze in Inghilterra per cercare di scoprire qualcosa. A quel punto, ne era sicuro, Zivco Ilić avrebbe già condotto i rapitori dai Vuksan, e sua figlia sarebbe stata liberata.

Ne era sicuro per diversi motivi. Il primo era che credeva di conoscere l'identità di almeno uno di coloro che erano dietro al sequestro: era l'uomo chiamato Louis, colui che secondo i Vuksan intendeva vendicare gli omicidi di Amsterdam. Se Frend non si sbagliava, e doveva ammettere che era un azzardo calcolato, Louis era dotato di qualcosa di simile a una coscienza, e per questo sarebbe stato restio ad aggiungervi il fardello della morte di una giovane innocente. In realtà, i timori di Frend per la sopravvivenza di sua figlia erano stati leggermente alleviati anche dalla scelta del giornale nel video. Il *Guardian* poteva anche incarnare molti di quei valori progressisti che lui disprezzava, ma non sarebbe stato certo la prima scelta di individui intenzionati a torturare e uccidere, anche se limitato alla funzione di oggetto di scena. Se Pia fosse stata inquadrata mentre reggeva in mano uno dei più salaci tabloid britannici, allora sì che Frend si sarebbe sentito meno rassicurato.

Aumentò il volume del televisore per coprire le voci di una coppia che bisticciava nella stanza accanto, poi versò nel bicchiere un'altra bottiglietta di whisky del minibar. Sapeva che stava bevendo più di quanto avrebbe dovuto, ma certe volte la vita non ti lasciava altra scelta. Frend stava anche provando un certo dispiacere al pensiero di quello che presto sarebbe accaduto a Radovan Vuksan, anche se non sufficiente a metterlo in guardia. Aveva sempre apprezzato la sua compagnia, e la loro amicizia gli era stata di beneficio sotto molti aspetti, personali come finanziari. Ma la complicità di Radovan negli omicidi di Amsterdam lo aveva reso tossico, e aveva contaminato anche Frend in qualità di suo legale. La sua morte, con tutto il dispiacere che poteva causare, era il necessario equivalente dell'amputazione di un arto necrotizzato per evitare il diffondersi dell'infezione. Se solo Radovan fosse stato abbastanza spietato da fare la stessa cosa con suo fratello... A ruoli invertiti, Spiridon non avrebbe mai permesso all'amore fraterno di ostacolare la propria sopravvivenza.

Frend levò il bicchiere e si rivolse alla sua immagine allo specchio.

«*Zum Überleben*» disse.

Alla sopravvivenza.

77

Dopo aver bevuto l'ultimo sorso del suo tè verde, Louis compose il numero datogli da Mr Rafi. Ascoltando il segnale di libero, ripensò alla serie di eventi che lo avevano condotto alla situazione attuale: lui, un uomo che aveva trascorso gran parte della propria vita adulta a evitare le attenzioni delle autorità di questo o quel Paese e che ora si esponeva al più alto livello di sorveglianza possibile. La colpa era in gran parte di Charlie Parker. Era una fortuna per tutti che Louis gli volesse bene.

Come previsto non ottenne risposta, e dopo quattro segnali di libero la linea venne chiusa senza che scattasse alcun servizio di segreteria. Ma, qualche secondo dopo, una chiamata da un numero riservato fece vibrare il cellulare. Louis premette il tasto verde e la voce di Rafi disse: «Non ero sicuro che si sarebbe fatto sentire, ma sono lieto che sia così.»

Probabilmente era sincero, rifletté Louis, anche se i suoi motivi erano di tipo puramente omicida. La sua sopravvivenza era in pericolo, ed era costretto a correre rischi che altrimenti avrebbe preferito evitare. Aprendo un canale di comunicazione si esponeva al tradimento, ma confidava nella minaccia di rappresaglia per tenere Louis sotto controllo. Ma Louis sapeva che Rafi era ormai merce avariata, che al primo, ulteriore passo falso sarebbe stato eliminato.

«Ho dovuto fare due calcoli» ribatté.

«Su cosa?»

«Su quante probabilità avrei di eliminare i Vuksan e uscirne pulito e quante ne avreste voi.»

«E cosa ha concluso?»

«Che non ha importanza chi li uccide, basta che qualcuno lo faccia. Se voi falliste e veniste abbattuti dai Vuksan o dagli austriaci, il mondo ne guadagnerebbe comunque, e io potrò sempre riprovarci alla prima occasione. Se riusciste a farli fuori e verreste eliminati solo in seguito dagli austriaci, il mondo ne uscirebbe ancora meglio. Sarebbe una soluzione vantaggiosa sia per il mondo che per il sottoscritto. Solo un idiota non permetterebbe a un altro idiota di sbrigare le sue faccende sporche.»

«La sua è una visione ammirevolmente concreta. Allora, cosa può dirmi?»

«Frend, l'avvocato, alloggia in un albergo in città. L'avete spaventato sorvegliando il suo studio. Avreste dovuto dare meno nell'occhio.»

«In quale albergo, e sotto quale nome?»

«Il nome non lo so, posso solo dirle quello dell'hotel. Immagino sia il genere di posto che va fiero della propria riservatezza. Frend ci andava a scopare con l'amante, perché bastava un biglietto da cinquanta euro per evitare che alla reception chiedessero i documenti.»

«Non possiamo controllare ogni singola stanza» obiettò ragionevolmente Rafi.

«Non ne avrete bisogno. Domattina alle cinque Frend lascerà l'albergo per recarsi a un appuntamento di affari.» Louis aveva deciso di non rivelare a Mr Rafi che l'incontro avrebbe coinvolto il passaggio di mano di un milione di euro, e che era stato organizzato a beneficio dei Vuksan. «Potrete prelevarlo quando esce. A quel punto, sceglierete voi come convincerlo a rivelarvi il nascondiglio dei Vuksan.»

«E lei come fa a sapere di questo appuntamento?»

«Ce l'ha detto Frend.»

«Per quale motivo?» chiese Rafi.

«Perché» rispose Louis «i miei colleghi hanno in ostaggio sua figlia.»

Conclusa la chiamata, Louis si rimise il cellulare in tasca e fece ritorno al tavolo del ristorante. Mentre pagava il conto ricevette un messaggio proveniente da un numero della Virginia: 'Trovato.'

78

Il dispositivo che aveva ricevuto la telefonata di Louis venne localizzato in un appartamento in affitto sopra un negozio di riparazioni elettroniche su Jurekgasse, nel distretto di Rudolfsheim-Fünfhaus. Anche la chiamata di Mr Rafi proveniva dallo stesso quartiere, per la precisione da un ristorante turco su Preysinggasse, al di là del dedalo di binari ferroviari in entrata e in uscita dall'adiacente Westbahnhof. Nel giro di un'ora entrambe le località vennero messe sotto sorveglianza, e venne richiesto l'accesso alle immagini delle telecamere di sicurezza nei dintorni. L'appartamento in affitto su Jurekgasse risultò occupato da tre uomini e una donna, apparentemente imparentati, nessuno dei quali corrispondeva, come previsto, alle caratteristiche fisiche di Mr Rafi. Il ristorante turco non aveva un impianto video di sicurezza né era inquadrato da telecamere vicine, il che era quasi sicuramente il motivo per cui Mr Rafi lo aveva scelto come luogo da cui chiamare Louis.

Ma l'esca era stata montata, e a quel punto non restava che aspettare. Avvertire Frend del possibile pericolo era fuori questione, poiché l'avvocato era già abbastanza preoccupato. Se l'operazione fosse filata liscia, non si sarebbe accorto di nulla. Nell'eventualità che Mr Rafi decidesse di prelevarlo dall'albergo durante la notte, due coppie di agenti vennero messe di guardia all'esterno e una terza, presentandosi come marito e moglie, richiese una delle due stanze al terzo piano 'per ragioni sentimentali', da dove avrebbe potuto tenere d'occhio la porta di quella di Frend. Come ulteriore precauzione, un minuscolo sensore di movimento, alto poco più di un paio di centimetri e largo meno di uno, venne sistemato accanto a una presa di corrente tra la camera dell'avvocato e il tratto di corridoio che portava alle scale e all'ascensore. Se si fosse attivato, la coppia di agenti nella stanza sarebbe stata allertata.

Prima di andare a letto, Louis ottenne da Harris l'assoluta garanzia che una volta che gli obiettivi dell'azione fossero stati arrestati o neutralizzati gli agenti non avrebbero interferito con i suoi piani per i Vuksan, e che avrebbero lasciato Frend libero di recarsi all'appuntamento. Quella notte Angel rimase con Louis. Regolarono la sveglia per le tre e mezza ma non chiusero quasi occhio, restando distesi a fissare il buio incipiente.

79

In circostanze più propizie (se ad esempio si fosse trovato in una città più familiare, e se la testa sul ceppo non fosse stata la sua), Mr Rafi si sarebbe forse esposto di meno; ma aveva bisogno dell'avvocato, e come Louis aveva immaginato faceva affidamento sul fatto che la paura di una rappresaglia avrebbe prevalso su qualunque tentazione di fare il doppio gioco. In questo, ovviamente, Mr Rafi stava commettendo un enorme errore di valutazione.

La squadra americana era giunta a Vienna a bordo di un jet Gulfstream partito da un aeroporto regionale della Polonia orientale, dove la CIA aveva mantenuto una base per le consegne straordinarie di prigionieri fin dall'inizio della guerra al terrorismo. Questo significava che i suoi membri erano tutt'altro che inesperti. Si trovavano già in posizione quando, alle tre di notte, due auto si fermarono in vista dell'uscita principale e di quella di servizio dell'albergo, dopo che la prima aveva compiuto tre giri completi dell'isolato. A bordo di ciascuna auto c'erano due uomini, ma nessuno di essi era Mr Rafi.

La coppia di agenti in albergo aveva riposato a turno, ma il sensore di movimento era stato attivato soltanto da un terzetto di ubriachi di ritorno nelle loro stanze. Quando Frend uscì dalla sua alle 04:50, prese l'ascensore insieme alla metà femminile della coppia, che gli sorrise senza essere ricambiata, e venne osservato dalla metà maschile, che si aggirava per l'atrio con un caffè in mano mentre l'avvocato raggiungeva l'ascensore del parcheggio.

All'insaputa della squadra di Harris, un terzo uomo in divisa da autista di limousine stava consultando il suo telefono seduto in una poltrona dell'atrio, dove si era accomodato poco prima delle quattro. Quando Frend apparve alzò gli occhi, ripose il telefono in tasca e si alzò. Fece per seguire l'avvocato, ma l'uomo con il caffè lo intercettò, rischiando di rovesciargli addosso la bevanda calda. Gli chiese scusa in tedesco, e proprio allora la donna si portò alle sue spalle e gli affondò la canna di una pistola nella schiena mentre l'uomo davanti a lui estraeva la sua.

Nel frattempo, l'ignaro Frend stava scendendo nel parcheggio sotterraneo. Impiegò poco meno di cinque minuti per raggiungere la sua auto a noleggio, caricarvi valigetta e soprabito e uscire dal garage. A quel punto i quattro uomini in attesa nelle due auto erano stati già debellati, uno in modo definitivo, avendo fatto l'errore di allungare istintivamente la mano verso la pistola al suo fianco mentre la vettura veniva circondata. Il proiettile mortale proveniva da una Beretta con silenziatore e caricatore da diciassette colpi resistente alla sabbia, ricordo di quando era stata utilizzata nei deserti dell'Afghanistan e dell'Iraq.

L'increscioso incidente era avvenuto davanti all'albergo, e uscendo dal retro Frend non si rese conto di nulla. Ma quando si allontanò dal garage vide due figure distese a terra accanto a una berlina Nissan e circondate da sei uomini armati e mascherati, mentre altre due vetture bloccavano una corsia stradale. Gli parve di riconoscere la bandiera austriaca sulla manica di una figura in divisa d'assalto con un fucile da combattimento in posizione. Per un istante rallentò sorpreso, ma poi ripartì e fece del suo meglio per ignorare la scena. Poteva essere qualcosa che lo riguardava, ma era anche possibile che non lo fosse. Dopotutto, erano tempi difficili. Ciò malgrado, non fu del tutto sorpreso quando pochi secondi dopo il suo cellulare suonò e la voce distorta ma ormai familiare disse: «Visto? Le avevo detto che ci avremmo pensato noi.»

Frend alzò gli occhi sullo specchietto retrovisore. Dietro di lui c'erano alcune auto, ma non sapeva se l'avessero seguito dall'albergo. Udì delle sirene in lontananza.

«Chi erano?» domandò.

«Gli uomini a terra? Dovremo aspettare per saperlo, ma se dovessi indovinare direi che potrebbero indicarle La Mecca senza bisogno di una bussola» rispose la voce.

Mentre ascoltava, Frend riesaminò la situazione. Quella a cui aveva assistito doveva essere stata almeno in parte un'azione dell'Einsatzkommando Cobra, l'unità tattica della polizia austriaca. Le autorità austriache non permettevano alle agenzie straniere di svolgere operazioni nelle strade della capitale, il che significava che in quel caso l'avevano condotta loro stesse o vi avevano collaborato. Da parte sua, Frend era più convinto che mai che sua figlia non fosse davvero in pericolo; ma come conciliare il coinvolgimento anche parziale delle forze dell'ordine austriache con la caccia che quel Louis stava dando ai Vuksan? Qualunque fosse la risposta, ora più che mai i Vuksan avrebbero dovuto essere arrestati, o ancora meglio eliminati. In caso di arresto avrebbero potuto implicarlo, anche se forse, collaborando, lui sarebbe riuscito a garantirsi una certa clemenza. Se fossero morti, tuttavia, non avrebbero potuto dire niente, e in caso di domande scomode a posteriori lui avrebbe sempre potuto bluffare.

Ma, anche se non ce l'avesse fatta, c'era comunque la Kauffmann. La sera prima le aveva inviato un messaggio, informandola di averci ripensato e di aver deciso che la soluzione migliore sarebbe stata quella di rifarsi una vita altrove, e chiedendole di procurargli un passaporto entro le successive ventiquattro ore. Lei gli aveva risposto solo '150.000 €', e lui aveva accettato. In realtà non si era aspettato niente di meno dopo averle detto dei duecentocinquantamila euro in più che avrebbe trovato nel sacco consegnato da Zivco Ilić. Avrebbe addirittura potuto chiedergli di più, visto che erano i Vuksan a pagare, ma probabilmente gli stava facendo lo sconto perché era un collega.

Le cose sarebbero andate così: al cimitero Ilić avrebbe consegnato il denaro alla Kauffmann in cambio dei passaporti. A quel punto se ne sarebbe andato, conducendo Louis e i suoi ai Vuksan. Frend non nutriva alcun dubbio sul fatto che Louis avrebbe ucciso sia i fratelli che Ilić, garantendo la liberazione di Pia. Dopodiché Frend sarebbe giunto in possesso di un passaporto nuovo di zecca sotto falso nome e si sarebbe rifatto una vita all'estero. Con un pizzico di fortuna, non avrebbe più dovuto rivolgere la parola a un serbo per il resto dei suoi giorni. Potevano andare tutti all'inferno: i Vuksan, Ilić, Zorya la strega bambina, Kiš, Stajić.

E quella stronza della Ćirić. Sì, che andasse al diavolo anche lei.

***

Quando Frend arrivò al Friedhof der Namenlosen, la Kauffmann era già lì, e come al solito stava fumando. Era davvero incorreggibile: era un miracolo che fosse ancora viva. I suoi polmoni dovevano essere poco più di due sacchi di catrame.

Lei lo guardò scendere i gradini che portavano dalla cappella al camposanto e aggrottò la fronte.

«Viaggi leggero, per uno che dovrebbe avere con sé un milione di euro» osservò.

«Li sta portando un loro uomo. A parer loro, una simile cifra in contanti non dovrebbe mai essere affidata a un avvocato. Qualcuno potrebbe cercare di rubarla.»

«Tu, probabilmente. Fosse per me, non ti affiderei neanche la moneta che ho in tasca.»

«La cosa è reciproca» disse Frend.

«D'altro canto, io non sto cercando di truffare i miei clienti.»

«I miei clienti sono assassini. Perdonami se l'idea di privarli di fondi in eccesso non mi addolora più di tanto.»

«Forse dovresti mostrare più cautela. Specialmente con gli assassini.»

«Il momento della cautela è passato, non credi? E non dimentichiamoci che a questo punto sei coinvolta anche tu. Cosa mi dici del mio passaporto?»

«È in attesa di essere compilato. Sarà fatto non appena il denaro passerà di mano.»

La Kauffmann aspirò una boccata e consultò il suo orologio.

«E dov'è questo vostro lacchè?» domandò.

«Mancano ancora dieci minuti» rispose Frend. «Arriverà. I Vuksan vogliono i passaporti. Posso?»

La Kauffmann si sfilò una piccola busta marroncina dalla tasca interna del soprabito e gliela porse, e Frend controllò i documenti. Sembrava tutto in ordine. Non era un esperto, ma in questo caso si fidava di lei. Poteva anche essere impregnata di doppiezza, ma il denaro ne garantiva l'onestà.

Le restituì la busta.

«Hai notato che il cancello della cappella è aperto?» disse.

Lei spostò lo sguardo dietro di lui e vide che era vero.

«Strano» rispose. «C'è dentro qualcuno?»

«Passando non ho visto nessuno.»

«Forse qualche teppistello. Lo segnalerò quando ce ne saremo andati, per ogni evenienza.»

«Giusto. Sarebbe un peccato se venisse profanata.»

«Non ti facevo un tipo religioso.»

«Non lo sono» disse Frend. «Ma apprezzo i luoghi d'epoca.»

«Perfino questo?»

«Non mi piacerebbe passarci il mio eterno riposo, ma questo non significa che voglia vederlo dissacrato.»

La Kauffmann lo guardò perplessa.

«Sei uno strano individuo, Anton. Di tanto in tanto viene a galla una qualità ammirevole, ma non appena intravede la realtà in cui vivi si rituffa nel profondo.»

«E tu?» chiese Frend. «Che cosa resta nel tuo, di profondo?»

«L'amore per la musica» rispose lei. «È quello che spaccio per la mia anima.»

Udirono dei passi alle loro spalle e si voltarono all'unisono. Zivco Ilić era in cima ai gradini, la cappella alle sue spalle. Con la mano destra reggeva una grande sacca di tela nera. La posò a terra e si stiracchiò.

«Se la porto lì, qualcuno dovrà ritrasportarla quassù, e di certo non sarò io» disse.

«Questo è l'uomo di cui ti ho parlato» spiegò Frend alla Kauffmann.

«Sì, lo riconosco» ribatté lei a bassa voce mentre salivano i gradini. «La foto sul nuovo passaporto lo imbellisce.»

Malgrado le circostanze, Frend riuscì perfino a sorridere.

«Avete i documenti?» chiese Ilić quando gli furono vicini.

«Sì» rispose la Kauffmann.

«Che nome mi hanno dato?»

«Thomas Rusin.»

Lo ripeté ad alta voce. «Mi piace» concluse.

«Ha poca importanza,» ribatté lei «a meno che non intenda spendere un'altra montagna di denaro per cambiarlo di nuovo.»

«Me li mostri» disse lui.

La Kauffmann si sfilò di nuovo di tasca la busta, ne fece scivolare fuori i passaporti e li aprì per mostrargli le pagine con le foto e i nomi, ma non glieli diede. Quando ebbe finito, Ilić fece un passo indietro dalla sacca e la invitò a esaminarne il contenuto. Lei si accovacciò e aprì la cerniera, rivelando solo un mucchio di copie usate del *Der Standard*. Rialzò gli occhi su di lui.

«E questo che significa?» chiese.

E Zivco Ilić le sparò in faccia.

80

Dal lato del passeggero di un furgone parcheggiato a un isolato e mezzo dall'albergo, Majid Ali al-Shihri, noto anche come Mr Rafi, aveva visto fallire il tentativo di catturare l'avvocato Frend. Accanto a lui c'era lo sfregiato, Mohsin al-Adahi, con un berretto a coprire la parte peggiore della sua cicatrice. Passarono altre auto della polizia, seguite da un'ambulanza a sirene e luci spente. Chiunque avrebbe raccolto o era rimasto ferito solo lievemente oppure era già morto.

Mr Rafi diede una lieve pacca sulla spalla ad al-Adahi.

«È ora di andare» disse.

Louis li aveva traditi. Non poteva esserci altra spiegazione per ciò che era accaduto. E come conseguenza, Mr Rafi era ormai un morto vivente. Aveva perduto due uomini a Parigi, e adesso altri lì a Vienna. I suoi superiori lo avrebbero giudicato disperatamente sfortunato, fatalmente inefficiente o addirittura un traditore della jihad. Nessuna di quelle tre categorie conduceva a una lunga vita. Con un pizzico di fortuna, forse gli avrebbero permesso di rivelare la perfidia di Louis prima di giustiziarlo, e lui sarebbe andato in paradiso sapendo di aver condannato l'americano.

Al-Adahi si voltò verso di lui come se volesse fargli una domanda, e Mr Rafi avvertì un'improvvisa sensazione di freddo alla gola, seguita da un dolore bruciante. Levò la mano destra mentre un fiotto di sangue arterioso rosso acceso gli oscurava la vista attraverso il parabrezza. Riconobbe a malapena i suoni della portiera del guidatore che si apriva e si richiudeva, di Mohsin al-Adahi che si allontanava e del coltello che colpiva l'asfalto con una nota quasi musicale.

Poi sopraggiunse il buio. Mr Rafi vi si oppose con tutte le sue forze, ma alla fine, come è giusto che sia, l'oscurità ebbe la meglio.

81

Frend abbassò lo sguardo sul corpo della Kauffmann. Aveva gli occhi chiusi, ma le fattezze del volto erano distorte in una smorfia, come se fosse vissuta abbastanza a lungo da avvertire il dolore causato dal proiettile. La pallottola le aveva lasciato un piccolo foro sul dorso del naso, ma c'era pochissimo sangue.

«Mi aiuti a trasportarla nella cappella» disse Zivco Ilić. Afferrò il corpo per la gamba sinistra, ma Frend non si mosse. Doveva essere lo shock, si disse, ma in quel momento stava anche pensando al proprio futuro, poiché non sembrava più averne uno. Aveva bisogno del nuovo passaporto, ma il passaporto se n'era andato insieme alla Kauffmann.

«Perché l'ha fatto?» chiese quando recuperò l'uso della voce. «Perché non pagarla com'era nei patti?»

Ma Ilić era troppo occupato a trascinare il corpo nella penombra della cappella per rispondere. Rendendosi conto che l'unico modo di peggiorare le cose sarebbe stato permettere che qualcuno trovasse il cadavere, Frend lo afferrò maldestramente per le braccia. Perse subito la presa, facendo sbattere la testa contro il pavimento, ma a quel punto il corpo non era già più visibile dal cimitero. Ilić lo scaricò lungo il muro della cappella, raccolse la busta dei passaporti, se la mise in tasca e gettò la sacca sopra il cadavere. Infine uscì chiudendosi dietro le porte e il cancello di metallo.

«E i soldi dove sono?» chiese Frend.

«Non ha capito?» ribatté Ilić. «Non ci sono! Radovan aveva detto che in qualche modo li avrebbe trovati, ma i conti non sono mai stati sbloccati. Ormai ha poca importanza. Abbiamo i passaporti, e quando troveranno il corpo saremo già lontani.»

«Voi sì, ma io?»

«Riuscirà a cavarsela con la sua parlantina. È tutto quello che sapete fare voi avvocati, parlare. E poi, cos'ha fatto di così grave? Ha semplicemente trasferito del denaro, tutto qui. Il vostro sistema bancario ricicla i milioni dei russi senza che la giustizia batta ciglio: cosa crede che le faranno? Una tiratina d'orecchie di cui si accorgerà a malapena.»

«E la Kauffmann?» chiese Frend tallonando Ilić, che nel frattempo si era incamminato a passo svelto verso il parcheggio.

«In che senso?» ribatté questi. «È morta.»

«Ma non lavorava nel vuoto pneumatico. E se avesse detto al suo contatto all'ambasciata per chi erano quei passaporti? E se mi avesse indicato come intermediario?»

Ilić accantonò il problema con l'andirivieni di una mano. «Se l'ha fatto, nessuno fiaterà. Pensa che vorranno essere implicati? Si preoccupa troppo.»

Estrasse di tasca le chiavi dell'auto e tolse l'antifurto, ma quando fece per aprire la portiera Frend lo afferrò per un braccio.

«Ma non capisce? La Kauffmann era protetta. Era considerata preziosa. Uccidendola, mi avete condannato.»

Ilić ruotò su sé stesso. Il pugno che sferrò non era violento, e colpì Frend solo di striscio, ma questi era già sbilanciato e cadde male. Sentì cedere il polso sinistro e si lasciò sfuggire un grido. Ilić gli mostrò la pistola.

«Vuole raggiungerla?» disse. «Perché posso ficcarle una pallottola in quella cazzo di testa e risolvere tutti i suoi problemi. È questo che vuole?»

Frend non rispose. In tutta la sua vita adulta non era mai stato così vicino alle lacrime. Ilić e i Vuksan avevano i loro documenti. Potevano scomparire, ma lui no. L'omicidio della Kauffmann avrebbe destato l'attenzione, e non solo delle autorità. E qualcuno sarebbe risalito a lui, ne era certo. Sarebbe diventato un uomo segnato.

Si rimise in piedi, reggendosi il polso dolorante nella mano destra. In quel momento vide che la collera svaniva dal volto di Ilić, lasciando posto a quella che sulle prime gli parve compassione;

ma poi si rese conto che, qualunque emozione il serbo stesse provando, era rivolta soltanto a sé stesso.

«Lei non è l'unico a essere condannato» disse Ilić. «Lo siamo tutti, fin dal primo momento in cui ci siamo messi con i Vuksan. Crede davvero che questi ci potranno salvare?» soggiunse mostrando la busta dei passaporti. «Non ci riusciranno. Potranno solo rimandare l'inevitabile. Sa cosa dovrebbe fare? Dovrebbe tornare in quel cimitero, scavarsi la sua fossa a mani nude, stendersi dentro e coprirsi di nuovo con la terra. Le parole non la salveranno. I documenti non la salveranno. I soldi non la salveranno. Siamo entrambi maledetti. L'unica differenza tra noi è che io mi ci sono rassegnato e lei no.»

«Ma allora perché non si arrende e la fa finita?» domandò Frend.

Ilić impiegò qualche istante a rispondere.

«Perché sono uno stupido,» disse alla fine «e la terra non ha fretta di accogliere un altro stupido.»

Salì al volante dell'auto e partì senza più degnare Anton Frend di un'occhiata. Sconfortato, l'avvocato raggiunse la sua vettura, e pochi minuti dopo abbandonò la schiera dei senza nome.

Per il momento.

Gli stormi di uccelli si posarono brevemente sui silos che dominavano le tombe e poi ripresero il volo, componendo forme nel cielo come sogni provenienti dalla mente di Dio. Solo uno non si unì a loro. Era più grosso e tozzo degli altri, e aveva quattro zampe al posto di due. Le eliche si attivarono e il drone prese lentamente quota, seguendo con la telecamera prima la partenza di Zivco Ilić e poi quella di Anton Frend. Restò in volo fino all'esaurimento della batteria, poi ricadde sul tetto del silo, unendosi ai corpi di due piccioni nel loro piccolo cimitero perduto.

82

Radovan terminò la chiamata.

«Zivco ha i passaporti» annunciò a suo fratello.

Spiridon era seduto come al solito davanti alla finestra, da dove poteva guardare gli alberi e l'erba verde. Forse, concentrandosi solo sulla vegetazione, sarebbe riuscito a convincersi che quella che vedeva era la Pianura Pannonica della sua giovinezza.

«Bene, tu e Zivco potrete partire» disse.

«E tu?»

«Il passaporto lo accetto, poiché potrebbe tornare utile, ma non lo userò per fuggire. Te l'ho detto, torno a casa.»

Radovan si massaggiò gli occhi, sconcertato dalla profondità dell'ostinazione di suo fratello. Aveva promesso alla Ćirić che avrebbe convinto Spiridon a partire in cambio dello sblocco dei fondi per pagare i passaporti, ma lei non aveva onorato l'impegno. Forse non era stata una sua decisione, rifletté Radovan. Lo sperava, quantomeno: Teodora Ćirić eseguiva gli ordini di Belgrado, e a Belgrado erano determinati a far finire lui e suo fratello in una trappola mortale.

Ma loro avevano avuto la meglio, perché ora Zivco aveva i passaporti.

«Se lo farai, ti uccideranno» disse.

«Ma prima si pentiranno di aver mai udito il mio nome.»

«Ma perché? È finita, Spiridon. Se ce ne andiamo, si dimenticheranno di noi. Presto Kiš e Stajić diventeranno un problema ancora più pressante, e tutti si scorderanno che siamo ancora vivi. Non varrà più la pena di ucciderci.»

Spiridon divenne rosso in volto. Si alzò dalla poltrona e fronteggiò il fratello.

«Ma io voglio che ne valga la pena!» sbraitò, e Radovan pensò a quanto fosse strano sentirgli alzare la voce in quel modo. In quell'istante si rese conto che sarebbe stato impossibile ragionarci. «Voglio che si ricordino di me! Per quale altro motivo dovrei aver combattuto per tutti quegli anni? Ho fatto la guerra per riportare in vita il mio Paese. Ho combattuto i croati e i turchi, e a guerra finita ho mandato soldi da Amsterdam per ricostruire case, chiese e scuole. Non voglio essere dimenticato. Non finirò i miei giorni nascondendomi e facendomi dare del codardo da *pičke* come Kiš e Stajić. Che ci provino, ad ammazzarmi: gli farò vedere come un vero uomo affronta il mondo, come un vero uomo muore. Tu fuggi pure. Non sei mai stato un combattente. Va', hai la mia benedizione. Ma io non verrò.»

«Spiridon,» insistette Radovan «se farai una cosa simile, metterai a repentaglio le vite di tutti quelli che ci conoscono, che ci chiamano 'cugini', 'amici', 'compagni'. Metterai a repentaglio la *mia* vita. I nostri nemici si vendicheranno su tutti coloro che ci circondano.»

Spiridon gli posò le mani sulle spalle.

«Non ho altra scelta» disse senza più un'ombra di rabbia. «Non posso essere altro da come Dio mi ha fatto.»

«Non è stato Dio a farti in questo modo» obiettò Radovan. «È tutta opera tua.»

«Qualche merito ce l'ha anche il demonio.»

«In tal caso, sarà orgoglioso di te.» Radovan si staccò da suo fratello. «Dov'è Zorya?» chiese.

«Non lo so» rispose Spiridon. «Ma le ho comunicato le mie intenzioni, e anche lei desidera tornare in patria. Forse con lei al mio fianco sarò un bersaglio più difficile.»

Radovan raggiunse la scrivania in cui conservava le sue carte e girò la chiave di un cassetto.

«Ho tenuto un gruzzolo di riserva. Euro, dollari, dinari. Non è molto, ma potrebbe tornare utile.»

«Prenderò i dinari» disse Spiridon. «Tieni pure il resto.»

«In realtà,» ribatté Radovan «terrò tutto io.»

Il primo colpo risuonò nella stanza malgrado il silenziatore, centrando Spiridon in pieno petto. Vedendolo ancora in piedi, aggrappato allo schienale della poltrona, Radovan gli sparò di nuovo, e questa volta Spiridon crollò a terra, trascinandosi dietro la poltrona. Respirava ancora, pur esalando bollicine di sangue. Radovan si inginocchiò accanto a lui e gli prese la mano destra nella sua. La strinse forte, e sentì che suo fratello rispondeva. Restarono così, in silenzio, finché la presa di Spiridon sulla mano del fratello e sul mondo non si allentò per sempre.

83

Zivco Ilić parcheggiò davanti alla casa, scese dall'auto e raggiunse la porta. Due muretti separavano la villetta da quelle adiacenti. Erano entrambe in affitto su Airbnb, ma da quando i Vuksan avevano occupato quella centrale solo una delle due era stata utilizzata da qualcuno. Ilić entrò in casa, chiuse la porta dietro di sé e salì al primo piano. La porta era solo socchiusa, ma prima di entrare bussò come sempre.

«Entra» disse la voce di Radovan. Ilić fece un passo nella stanza e vide il corpo sul pavimento. Radovan sedeva alla scrivania, impugnando una pistola nella mano destra. Ilić notò che non la stava puntando contro di lui, ma sapeva che la situazione poteva mutare in un attimo.

«Che è successo?» domandò.

«Un disaccordo» rispose Radovan. «Un conflitto di interessi. Hai i documenti?»

«Sì.»

«Anche il tuo?»

«Sì. Mi hanno dato il nome Rusin, Thomas Rusin.»

«E che effetto ti fa?»

Zivco Ilić aveva avuto un rapporto molto rudimentale e passeggero con il sistema educativo. Leggeva poco e aveva una conoscenza parecchio superficiale della Storia, della geografia e delle scienze, ma possedeva un certo acume matematico.

In quel momento stava cercando di calcolare le sue probabilità di sopravvivenza, e decise che forse una risposta corretta a quella domanda avrebbe potuto aumentarle in modo considerevole.

«Penso che mi piacerebbe avere l'opportunità di esplorare la mia nuova identità» disse.

Nell'udire il profondo sospiro di Radovan, temette di non aver dato la risposta giusta. In quel momento, la pistola nella fondina gli sembrava vicinissima e al tempo stesso lontanissima dalla sua mano; ma poi Radovan gettò una busta ai suoi piedi.

«Ci sono solo duemila dollari, ma per il momento ti dovranno bastare» disse. «Dovrò trovare il modo di liquidare altri beni senza correre rischi. Quando ci riuscirò, mi prenderò cura di te. Controlla regolarmente l'indirizzo email. Mi farò vivo.»

«Dove andrai, Radovan?»

«Non lo so. Non nei Caraibi. Magari in Estremo Oriente. E tu?»

«Da qualche parte in Europa. Dicono che il Portogallo costi poco, ma non conosco la lingua, e a questo punto non la imparerò più.» Raccolse la busta dei contanti. «Zorya mi ha detto che morirò presto, sicché non ha importanza.»

«Non darle retta» replicò Radovan. «Potrà anche sembrare una bambina, ma è donna fin nel midollo. Sono tutte manipolatrici.»

Ilić fece un sorriso triste. «Non mi ha detto niente che già non sapessi.»

Estrasse di tasca i passaporti, sfilò il suo e porse gli altri due a Radovan.

«Ho visto il tuo nome di sfuggita,» disse «ma l'ho già dimenticato.»

Si strinsero la mano, e Radovan raggiunse la porta.

«Cosa faccio con Spiridon?» chiese Ilić.

«Spiridon se n'è andato» rispose Radovan. «Quello è solo un corpo.»

Ilić spostò il peso da un piede all'altro in preda al disagio. Aveva poche qualità positive, ma se non altro conservava la sua fede.

«Lo avvolgerò in un lenzuolo, se non ti dispiace» disse. «Non me la sentirei di lasciarlo qui così.»

Radovan annuì. «Non ci siamo mai piaciuti molto, noi due, vero?»

«No.»

«Per quello che può contare, ho imparato ad apprezzarti.»

Ilić non ricambiò il complimento. Mentire non sarebbe servito più a nulla.

«Addio, Radovan» disse, e andò a occuparsi del corpo.

Ilić prese un lenzuolo bianco pulito dall'armadio a muro della camera da letto, lo stese sul pavimento e vi fece rotolare sopra il corpo di Spiridon fino ad avvolgervelo come in un sudario. A quel punto il cotone non era più bianco ma rosso, e all'altezza della testa Ilić poteva distinguere i contorni del volto di Spiridon. Vide che aveva la bocca aperta, e non si sarebbe stupito se un'improvvisa inalazione avesse risucchiato il tessuto tra le labbra, rivelando che Spiridon, o forse il suo fantasma, era tornato a questo mondo. Ilić proveniva da Majdanpek, e per tutta la sua infanzia aveva vissuto nel terrore degli spettri. Per lui erano reali come sua madre e suo padre.

Odiava Radovan per quello che aveva fatto, ma odiava anche sé stesso per non aver vendicato Spiridon, pur sapendo che Radovan gli avrebbe sparato prima che fosse riuscito a mettere mano alla sua arma. Chi poteva prevedere che Radovan sarebbe stato capace di uccidere suo fratello? Forse per tutti quegli anni Zivco Ilić aveva temuto il Vuksan sbagliato.

Andò nella camera di Radovan e la passò al setaccio, poi entrò nel bagno. Ispezionò il lavandino e vi trovò tre frammenti di unghie tagliate. Li raccolse e tornò accanto al cadavere. Conosceva vagamente le pratiche di autopsia grazie alle serie televisive; sapeva che il corpo di Spiridon sarebbe stato pulito a fondo ed esaminato, e che il suo stomaco sarebbe stato svuotato. Usando la lama del coltello a serramanico ridusse i frammenti delle unghie a pezzetti ancora più minuscoli. Con l'aiuto di un cotton fioc ne infilò alcuni in gola a Spiridon, altri a fondo nelle orecchie e nelle narici. L'ultimo lo fece penetrare sotto il prepuzio. Poi pregò che almeno uno non venisse scoperto e finisse nella tomba insieme al suo capo. In tal modo, Radovan si sarebbe presto unito alle schiere dei morti.

A un tratto avvertì una presenza alle sue spalle, e per un attimo pensò che Radovan fosse tornato. Reagì con una frazione di secondo di ritardo, poiché quando ruotò su sé stesso si ritrovò davanti la bocca da fuoco di una pistola.

«So chi sei» disse.

«E io so chi sei tu» rispose Louis sfilandogli la pistola dalla fondina. «Chi c'è sotto il lenzuolo?»

«Spiridon.»

«L'hai ucciso tu?»

«Suo fratello.»

«Non ci si può più fidare di nessuno. Chi altro c'è?»

«Nessuno. Solo io.»

Arrivò un secondo uomo, più tozzo e maturo dell'altro. Aveva l'aspetto del meticcio, senza una traccia di purezza nel suo sangue. Doveva essere Angel, il compagno di Louis. La vicinanza forzata ai due *peškiri* riempì Ilić di disgusto.

«Controlla le altre stanze» disse Louis, e Angel lo oltrepassò. Tornò poco dopo, annunciando che la casa era vuota.

«Dov'è Radovan?» chiese Louis.

«Se n'è andato» rispose Ilić. Non sapeva come avesse fatto a evitarli. Come diceva il vecchio proverbio: non misurare la coda del lupo finché non è morto.

«Andato dove?»

«Vaffanculo» rispose Ilić, perché un demonio non cava gli occhi di un altro. Per quanto volesse punire Radovan, non avrebbe dato a quest'uomo la soddisfazione di ucciderlo.

«E la bambina?»

Il fatto che sapessero di Zorya non lo sorprendeva. Immagini di lei, per quanto parziali o confuse, erano state diffuse dai media dopo le morti del turco Hasanović e dell'olandese Hendricksen.

«Andata anche lei» rispose, e avvertì la tristezza nella propria voce. Non la biasimava, ma se ne sentiva ugualmente abbandonato.

«E anche nel suo caso, immagino che tu non sappia dove» disse Louis.

«No.»

«Allora a cosa mi servi?» domandò.

«A niente,» rispose Ilić «a meno che non vogliate sapere come sono morti i vostri amici olandesi.»

«Non particolarmente» disse Louis, e poi premette il grilletto.

Angel e Louis lasciarono la casa poco dopo. L'avevano perquisita in cerca di altre informazioni su Radovan Vuksan e Zorya, ma tutto ciò che avevano trovato era il nuovo passaporto di Ilić. Se non altro ora sapevano sotto quale nazionalità Radovan stava viaggiando, a meno che la Kauffmann non gli avesse procurato documenti di Paesi diversi: ma quell'ipotesi sembrava improbabile.

Prima di andare versarono sui corpi il contenuto dell'intero mobile bar. Erano più che altro bottiglie di whisky da due soldi ad alta gradazione alcolica, e il liquore prese facilmente fuoco. Nel momento in cui le prime tracce di fumo cominciarono a fuoriuscire dalle fessure delle finestre, Angel e Louis erano già lontani, e quando le fiamme inghiottirono la casa avevano già raggiunto l'aeroporto.

Quando l'incendio venne finalmente domato, avevano lasciato l'Austria per sempre.

84

Pia Lackner guardò Rosanna Bellingham chiudere la porta del cottage e infilare la chiave sotto lo zerbino per il padrone di casa. Bob Johnston attendeva al volante della Galaxy con il motore già acceso. Sarebbero stati di ritorno a Londra prima del buio.

La sera prima Angel aveva chiamato Rosanna e si era fatto passare la Lackner.

«È finita» le aveva detto. «Quantomeno la sua parte.»

«E mio padre?»

«Vivo e ancora a piede libero.»

Malgrado l'odio che nutriva per lui, Pia aveva provato una sensazione di sollievo, anche se poteva essere dovuta più che altro a motivi di coscienza.

«E per il resto?»

«Uno ci è sfuggito.»

«E gli altri?»

Il silenzio di Angel era stato sufficientemente esplicito. La Lackner aveva preferito non approfondire, di nuovo per il bene della propria coscienza.

Alla partenza da Londra, sebbene di malavoglia, aveva consegnato il suo Samsung per evitare il rischio che venisse rintracciato. Ora le era stato restituito, insieme alla sua precedente esistenza. Stava seguendo Rosanna verso la Galaxy quando sentì suonare il cellulare e vide il volto di suo padre sullo schermo.

Si fermò sui suoi passi, e Rosanna si voltò a guardarla.

«È lui» disse Pia.

«Può rispondere, se vuole. La decisione è sua.»

Accettò la chiamata.

«Pia?» esordì Frend. «Stai bene?»

«Sì» rispose lei. «Grazie» soggiunse, pur non sapendo perché. Le vecchie abitudini della buona creanza, probabilmente.

«Ne sono felice, ma per niente sorpreso. Eri d'accordo con loro?»

«Sì» disse Pia.

«Perché?» chiese suo padre. Sembrava genuinamente confuso.

Pia Lackner attese qualche istante prima di rispondere.

«Perché sono la figlia di mio padre» disse infine.

E premette il tasto rosso sul suono della sua risata.

85

Per qualche tempo non vi furono novità, e la caccia entrò in un periodo di stasi.

Radovan Vuksan aveva usato il nuovo passaporto per recarsi in Malesia, e lì era scomparso. Girava voce che per un certo periodo un uomo che rispondeva alla sua descrizione avesse occupato un appartamento a Malacca non lontano dalla Chiesa di San Paolo, ma ora che l'informazione giunse a New York l'individuo in questione aveva già lasciato il Paese sotto nuovo nome.

Ma Louis aveva pazienza, nonché favori da riscuotere. Erano in troppi a cercare Radovan Vuksan. Non sarebbe mai riuscito a scomparire del tutto. E con il suo gesto finale Zivco Ilić lo aveva condannato a morte, poiché il corpo carbonizzato di Spiridon era stato riportato in Serbia e sepolto nella tomba di famiglia, i frammenti cheratinosi delle unghie di Radovan ormai parte inseparabile dei resti fraterni.

Radovan sarebbe stato destato in piena notte dalla voce di Spiridon che lo chiamava e dal fetore di carne bruciata.

L'addetto alle pulizie arrivò al Cimitero dei senza nome per controllare lo stato delle tombe e portare via la spazzatura. Il ritrovamento del cadavere di una donna nella cappella, poche settimane prima, aveva attirato il genere sbagliato di visitatori (telecamere, giornalisti, curiosi) in quel luogo a cui lui badava con tanta devozione, ma si poteva sempre fare affidamento sulla capacità di dimenticare dei vivi. Solo i morti ricordano, si disse.

Imboccando il sentiero che portava al cimitero notò una forma tra le foglie e gli alberi caduti nel terreno abbandonato alla sua destra. Sembrava un fagotto di indumenti, ma l'addetto aveva trascorso troppo tempo in compagnia dei morti per non riconoscerlo per quello che era in realtà.

Scese lentamente verso il corpo. Gli erano state mozzate le mani e tagliata la testa, ed era scalzo. Ciò che restava era vestito con un abito dall'aspetto costoso e una camicia che un tempo era stata bianca su cui risaltava una cravatta di seta rossa ancora annodata e tenuta in posizione da un vistoso fermacravatte d'oro. L'addetto si fece il segno della croce prima di estrarre di malavoglia il cellulare dalla tuta. Quei terribili giornalisti sarebbero tornati, e il suo regno sarebbe stato di nuovo temporaneamente privato della propria pace, ma cos'altro poteva fare? Bisognava fare di tutto per identificare quel poveretto, se non altro per i suoi cari, ma anche in caso di fallimento gli sarebbe stato trovato un posto con una croce a segnarlo. Di questo poteva star certo, come del fatto che la compagnia non gli sarebbe mancata.

In fondo, non era forse vero che alla fine tutti erano destinati a unirsi alle schiere dei senza nome?

86

L'appartamento con due camere da letto faceva parte di un nuovo complesso edilizio a Woodstock, il più vecchio sobborgo di Città del Capo. Costava novemila rand al mese, e si trovava a poca distanza dall'Old Biscuit Mill, con i suoi negozi e ristoranti e il suo mercato rionale. Ai tempi dell'apartheid, il Group Areas Act, la legge sulla segregazione residenziale, aveva tralasciato quella zona di Città del Capo, che di conseguenza era più diversificata dal punto di vista razziale e culturale della maggior parte delle periferie cittadine, anche se gli aumenti dei prezzi e la gentrificazione sembravano ora destinati a ottenere quello in cui i segregazionisti avevano fallito.

Nell'appartamento risiedeva un uomo d'affari, un tipo in superficie cordiale ma in generale riservato. Si chiamava Oscar Frey, ed era in possesso di un passaporto sudafricano ottenuto di recente, ma i più avvezzi a riconoscere gli accenti sospettavano che potesse provenire dall'Europa Orientale. Frey abitava a Woodstock da circa tre mesi, e aveva una società di consulenze che offriva aiuto finanziario e logistico alle piccole imprese desiderose di accedere ai mercati europei, pur rivendicando una certa dimestichezza anche con quelli dell'America Latina e dei Caraibi. Lavorava da solo nel suo appartamento e in un piccolo ufficio in Albert Road, e per questo poteva accettare un numero limitato di clienti. Le richieste di ottenere i suoi servizi venivano spesso, se non sempre, accolte con un messaggio di scuse. Era già impegnato al limite delle sue risorse, spiegava, e non avrebbe mai voluto fornire un servizio meno che eccellente.

I suoi clienti provenivano tutti dall'Europa Orientale.

Alcuni erano montenegrini.

Ma per la maggior parte erano serbi.

I serbi si erano insinuati nella società sudafricana nei primi anni del nuovo secolo, attirati dal basso costo della vita, dal clima, dalla corruzione endemica, dalla facilità con cui avrebbero potuto sottrarsi alle attenzioni delle autorità internazionali e dalle difficoltà che avrebbero incontrato le procedure di estradizione nell'eventualità che fossero stati oggetto di un simile scrutinio. Di questo flusso migratorio facevano parte criminali di guerra, ladri, trafficanti di droga e mafiosi. Avevano formato una complessa rete di sostegno e aperto attività legali e illegali, rendendo Città del Capo un punto di transito per la cocaina in arrivo dall'America del Sud e in viaggio per l'Europa. Di tanto in tanto si ammazzavano tra loro a Città del Capo e nel Gauteng, ma nella maggior parte dei casi sia i serbi che i montenegrini erano ligi alle regole. Era meglio per gli affari.

In una prima fase, le divisioni seguite alla morte di Nikola Musulin a Belgrado e alla susseguente ascesa al potere di Matija Kiš e Simo Stajić avevano creato qualche problema tra i serbi del Sudafrica. C'erano state un paio di sparatorie, con un morto a Johannesburg, ma l'importanza del Paese per il traffico di cocaina aveva presto portato a una tregua. E nessuno, men che meno i serbi che si stavano godendo una gradevole, profittevole vita in Sudafrica, desiderava mandare tutto all'aria.

L'arrivo di Oscar Frey a Città del Capo aveva brevemente rischiato di riaccendere le ostilità, finché un messaggio proveniente da piazza Nikola Pašić a Belgrado, dove aveva sede l'Assemblea Nazionale della Repubblica di Serbia, aveva decretato che Frey avrebbe potuto proseguire a vivere e lavorare senza impedimenti, a patto che non si muovesse dal Sudafrica. Per festeggiare, Frey aveva dato una cena in una proprietà vinicola a Constantia, dove gli invitati avevano fatto le ore piccole mangiando, bevendo e scambiandosi racconti di guerra e impero.

Era stata, avrebbero dichiarato tutti in seguito, una serata memorabile.

Oscar Frey entrò nel suo appartamento e posò la scatola dei vini e la spesa fatta da Woolworths in Adderley Street. Andò in bagno, si lavò le mani e cominciò a riporre le cibarie. Avrebbe voluto stappare una bottiglia di Chenin Blanc, ma in macchina si erano scaldate. Aspettare non l'avrebbe certo ucciso, e nel frattempo aveva da fare. Si tolse la camicia, restando in canottiera e calzoncini, e accese l'aria condizionata.

Fu allora che una mano gli tappò la bocca e un'altra gli torse dolorosamente il braccio destro dietro la schiena. Prima ancora che gli venisse in mente di lottare, si ritrovò ridotto all'impotenza: se avesse cercato di liberarsi, sarebbe soltanto riuscito a slogarsi il braccio. La mano sulla sua bocca era guantata, ma vedendo il lembo di pelle che ne sbucava Frey capì che l'invasore era un nero. In casa teneva una rivoltella, ma la portava con sé solo se usciva in macchina di sera. Era al corrente di ciò che si diceva sulla pericolosità di certe zone di Città del Capo, ma finora il peggio che gli era capitato erano stati uno o due mendicanti particolarmente ostinati. Non gli era mai venuto in mente di poter essere vittima di un crimine a casa propria e in pieno giorno.

«Giù» gli sibilò una voce maschile nell'orecchio sinistro.

La voce era insolitamente calma. Frey si abbassò, motivato dalla pressione al braccio destro. Quando le sue ginocchia toccarono la moquette la mano che gli torceva il braccio lasciò la presa e l'altra si staccò dalla sua bocca. Frey pensò di chiamare aiuto, ma la voce lo ammonì di non farlo. Aveva un tono imperativo, e non tradiva il minimo accento sudafricano. Sembrava americana.

L'aggressore si portò davanti a lui, sfilando una pistola da sotto la cintura. Frey lo riconobbe all'istante. Dopotutto, lo aveva visto entrare in una villetta nei sobborghi di Vienna, al cui interno giaceva un corpo non ancora freddo, e darvi fuoco.

«Oscar Frey» disse Louis. «L'ha scelto lei, il nome?»

«Era un mio vecchio istitutore» rispose Radovan. «Fu lui a insegnarmi il tedesco. Perché è venuto?»

«Secondo lei?»

«Spiridon è morto, e con lui tutti quelli che hanno ucciso i suoi amici.»

«Ma lei è ancora vivo.»

«In tutta la mia vita ho ucciso una sola persona, mio fratello. Le ho risparmiato il disturbo. Non ha motivo di avercela con me.»

«Lei crede?» ribatté Louis. «Era presente mentre De Jaager e le due donne morivano. E ha permesso alla bambina di torturare Hendricksen.»

«Non avrei potuto impedirlo.»

«Avrebbe potuto provarci.»

«Ero contrario all'intera faccenda fin dall'inizio.»

«Non sono sicuro che conti.»

Radovan fissò la pistola di Louis.

«Posso pagare» disse.

«Non ho bisogno di soldi, ma di informazioni sì.»

Nei suoi occhi si accese una luce di speranza.

«Che genere di informazioni?»

«Voglio sapere della bambina.»

«Si chiama Zorya.»

«Questo lo so già. Dov'è?»

«È tornata in Serbia.»

«Dove, in Serbia? Ha parenti o amici?» chiese Louis.

«Non ha nessuno. Se li ha mai avuti, sono morti da tempo.»

«La domanda vale ancora: dove, in Serbia?»

Radovan esitò.

«Lei è un uomo d'onore?»

«Di sicuro più di lei.»

«Anche se lo fosse, perché dovrei dirglielo? In che modo mi aiuterebbe?»

«Se mi dice dove posso trovare la bambina, non le sparerò» rispose Louis. «Le do la mia parola.»

«E per quale motivo dovrei crederle?»

«Perché se non me lo dice le sparo. I suoi margini di trattativa sono limitati.»

Radovan annuì.

«Chieda di lei a Bor o a Negotin. Parli con i valacchi. Sapranno dove si nasconde.»

«Bene.» Louis si infilò la pistola sotto la cintura ed estrasse di tasca una garrota di filo di ferro con manici di legno.

«No! Aveva promesso...»

«Dovrebbe fare più attenzione a quello che le si dice.»

Fu rapidissimo. Con un calcio atterrò Radovan, e l'istante successivo gli avvolse la garrota attorno al collo. Radovan riuscì a infilarvi sotto la punta delle dita della mano sinistra, ma il filo di ferro gliele mozzò via prima di premere sulla gola, lacerando la pelle e recidendo i tessuti. Radovan avvertì la pressione del ginocchio di Louis sulla schiena, sentì la pelle che cedeva, la carne che soccombeva.

Il sangue cominciò a scorrere e fiottare.

E la vita cessò.

Angel attendeva Louis a un tavolo del Test Kitchen, da dove si poteva quasi vedere l'ormai inutile ufficio di Oscar Frey. Il Test Kitchen figurava in tutte le liste dei migliori ristoranti del mondo, e già che erano in città Angel e Louis avevano deciso di provarlo. Avevano prenotato con settimane di anticipo, non appena avevano avuto conferma della vera identità di Oscar Frey. Quando arrivò, Louis indossava una giacca e una camicia di ricambio. Aveva dovuto sbarazzarsi degli indumenti precedenti, bruciandoli nel bidone di una discarica. Poco male: la giacca era vecchia di tre stagioni, e non gli aveva mai donato come avrebbe dovuto.

Una bottiglia di Brut Charles Fox Cipher era immersa in un secchiello del ghiaccio accanto al tavolo. Un cameriere si materializzò per riempire il bicchiere di Louis.

«Allora?» chiese Angel.

Louis assaggiò il vino.

«Ha raggiunto suo fratello.»

«Ottimo» disse Angel. «Non c'è niente di più importante della famiglia.»

87

Quando Angel e Louis atterrarono a Belgrado, era ormai tarda primavera. In qualità di unico passeggero di colore sul volo, e pur essendo di gran lunga il più elegante a bordo, Louis dovette sopportare un'accurata perquisizione dei suoi bagagli. Il loro autista li attendeva nel salone degli arrivi. Si chiamava Željko ed era stato raccomandato dai contatti serbi di Most, il che era quanto di più prossimo a una garanzia si potesse ottenere in un mondo pieno di incertezze. Era un tipo serio, parlava un perfetto inglese e guidava una Lexus ibrida nera.

Per la prima notte avevano prenotato una suite al Townhouse 27 Hotel in centro, e quella sera cenarono da Ambar in compagnia di Željko. Ordinarono piatti balcanici, bevvero vino serbo e parlarono dei valacchi.

La mattina dopo di buon'ora partirono per il distretto di Bor, che confinava a est con il Danubio e la Romania. Al monastero di Bukovo, dove si ripararono dalla nebbia gelata, un monaco li rifocillò con il vino prodotto dalla comunità religiosa e disse che sì, aveva sentito raccontare di una creatura che aveva assunto l'aspetto di una bambina, ma che quelle terre abbondavano di leggende simili. Alcuni dicevano che fosse una *rusalki*, entità femminili che restavano eternamente giovani e che erano formate dalle anime delle ragazze annegate. Certi romeni di sua conoscenza sostenevano che fosse lo spirito in pena di una strega.

«Ma *lei* cosa pensa?» chiese Louis, e attese che Željko traducesse. Il monaco non rispose subito.

«Pensa» disse infine Željko «che sia il motivo per cui il cancello del monastero è chiuso a chiave.»

Il monaco diede loro il nome di Johain, un abitante del villaggio di Kobišnica, e si offrì di telefonargli per avvertirlo del loro arrivo. Johain diede loro appuntamento davanti ai due monumenti ai caduti del villaggio, dove i cani del luogo, incuriositi, accorsero a fiutare i nuovi arrivati. Johain parlava un inglese quasi allo stesso livello di quello di Željko, e ammise che solo l'intervento del monaco lo aveva convinto ad accettare di incontrarli.

Il villaggio aveva pochi negozi, e nelle sue strade non si vedevano né auto né pedoni. Come molte altre comunità simili, era stato decimato dall'emigrazione. Ma era anche un insediamento valacco, e da due secoli viveva in un costante stato di faida con il vicino villaggio di Bukovče.

«Perché siete valacchi?» domandò Louis.

«No,» rispose Johain «perché un bel giorno qualcuno decise di non voler più vivere a Bukovče.»

Il che, rifletté Louis, sembrava un ottimo motivo per andarsene.

«Il monaco ha detto che state cercando una certa bambina» soggiunse Johain.

«Esatto.»

«Per quale motivo?»

«Perché ha ucciso un nostro amico.»

«Ditemi come.»

Louis lo fece, tralasciando solo il proprio coinvolgimento nelle morti successive. «Girava voce che fosse una valacca» concluse.

«Non lo è» disse Johain.

«Allora cos'è?»

«Forse è una *strigoi*, venuta da sottoterra. Bor è piena di miniere, scavate dai francesi per estrarre rame e oro. Ma si sono spinti troppo a fondo, e hanno svegliato la *strigoi* dal suo sonno. Se è tornata, lo ha fatto per riprendere a dormire.»

«Dove?»

«In un luogo buio dove nessuno la può disturbare, probabilmente vicino a dove è stata svegliata.»

«E se andassimo a Bor e chiedessimo di lei?»

«Potete chiedere, ma nessuno vi direbbe nulla, anche se lo sapessero.»

«Per quale motivo?»

«Per non farsi udire da lei.»

Louis guardò Željko, e questi si strinse nelle spalle. «Sono solo un autista» disse.

«Cosa farete se la troverete?» chiese Johain.

«La uccideremo» rispose Louis.

«Ucciderla è impossibile.»

«Cazzo, che bella notizia» commentò Angel.

«Ma potete distruggerla» soggiunse Johain.

Passarono la notte in albergo a Negotin, in attesa che Johain li chiamasse. Lo fece poco dopo le sette del mattino, mentre il cielo si rischiarava. Domandò se avessero portato dei buoni scarponcini, e loro risposero di sì. Quando passarono a prenderlo a Kobišnica, videro che aveva preparato una mappa disegnata a mano.

«Credo di sapere dov'è» disse salendo a bordo, poi si rivolse a Željko e gli spiegò la strada in serbo.

«Non aveva detto che la gente temeva di farsi sentire?» chiese Angel.

«Hanno parlato sottovoce.»

«Odio questo posto» decretò.

«In più, se fallirete, sono convinti che se la prenderà con voi e non con loro» riprese Johain. «Se invece ce la farete, gli avrete reso un servizio.»

«E lei?»

«Oh, se la prenderebbe anche con me. Per questo verrò con voi: per assicurarmi che non falliate.»

Angel supponeva che quel ragionamento avesse una sua logica, ma cercare di capire qual era avrebbe potuto procurargli l'emicrania, e così non ci provò.

«Devo fare un'osservazione» disse Johain. «State accettando senza problemi tutte queste stranezze.»

Angel e Louis si scambiarono un'occhiata e pensarono a Parker.

«Amico mio,» ribatté Angel «lasciamo perdere.»

Raggiunsero la gola di Lazar, a poco meno di dieci chilometri da Bor. La gola di Lazar, spiegò Johain, era l'abisso più profondo e inospitale del Paese: era lunga quasi cinque chilometri, scavata dal fiume Lazar tra pareti di calcare risalenti al Giurassico. Il punto più profondo si trovava quasi quattrocento metri più in basso, quello più stretto misurava poco più di tre metri e mezzo di larghezza; il fondo era disseminato di massi e pinnacoli di roccia, e le ripide pareti erano perennemente bagnate da cascate, sfregiate dalle frane e crivellate di grotte e caverne.

«Lei dorme lì» disse Johain indicando le ombre della gola, che i raggi del sole sembravano quasi timorosi di esplorare.

«L'ho già detto, che odio questo posto?» chiese Angel.

«Sì» rispose Johain.

«Ho anche accennato al fatto che sono reduce da un cancro?»

«Se preferisce può aspettare in macchina.»

Angel si rivolse a Željko. «Lei cosa fa?»

«Preferirei anch'io aspettare in macchina,» rispose questi «ma lui» soggiunse indicando Louis «mi ha detto che non mi pagavate per grattarmi il culo tutto il giorno. Chiedo scusa, ma sono le sue precise parole. E poi c'è bisogno di qualcuno che trasporti il martello.»

«Il martello?» ripeté Angel.

«Il martello» confermò Johain.

«E a cosa ci serve un martello?» chiese Angel. «Ripensandoci, non voglio saperlo.»

Fece scorrere lo sguardo dalla Lexus alla gola.

«E io che credevo che il New Jersey fosse una terra selvaggia» disse. «E va bene, vengo anch'io.»

Penetrarono nella gola. Era già una giornata fredda, ma scendendo il gelo si faceva ancora più intenso. Fecero del loro meglio per mantenersi il più possibile al sole, ma le zone di luce erano rade. Angel avanzava più lentamente degli altri, ma non di molto: i massi sul percorso li costringevano a frequenti deviazioni, e in certi momenti dovettero addirittura scalare le frane che bloccavano il cammino. Non appena avevano superato l'ostacolo, sentivano il sudore raffreddarsi all'istante sulla pelle. Angel soffriva in silenzio. Era dall'intervento chirurgico che non metteva alla prova il suo corpo a quei livelli, e a quanto pareva stava reggendo. Era proprio per questo che aveva sopportato le sofferenze dell'operazione e la tortura della chemio: per provare dolore e sapere di poterlo sconfiggere.

Finalmente arrivarono a una piccola cascata che alimentava un torrentello. Sulla destra della cascata c'erano tre aperture nella roccia, una più ampia delle altre. A prima vista la parete sembrava invalicabile, ma da una certa angolazione si distinguevano alcune depressioni che potevano fungere da appigli per le mani e per i piedi.

«È lì» disse Johain.

«Ne è sicuro?» chiese Louis.

«Vi avrei portati fin qui, se non lo fossi?»

«Spero proprio di no.»

Angel si sedette su un masso. «Non riuscirò mai ad arrivarci.»

«Io posso farcela» disse Željko.

«Anch'io, penso» confermò Louis. Si rivolse a Johain. «E lei?»

«Resto qui con Angel.»

«Paura?»

«Molta.»

La scalata fu più facile del previsto, ma quando arrivarono alla caverna più grande si accorsero che si restringeva nettamente subito dopo l'imbocco. Furono costretti ad abbassarsi avanzando con le torce elettriche accese finché Louis non si convinse che se avessero voluto penetrare oltre avrebbero dovuto strisciare, cosa che non aveva alcuna voglia di fare. Non soffriva particolarmente di claustrofobia, ma nutriva un istinto primordiale che si ribellava all'idea di qualunque costrizione.

Ma poi, proprio quando sembrava che sarebbero stati costretti a strisciare, la grotta tornò ad allargarsi, e si ritrovarono in un piccolo spazio in cui riuscivano quasi a stare in piedi. In un'alcova giacevano i resti essiccati di un piccolo essere umano, come uno scheletro avvolto nella carta vecchia. Il corpo era rannicchiato in posizione fetale, le mani giunte sotto la testa come a fungere da cuscino.

«È lei?» chiese Željko.

Il mento appuntito e il cranio leggermente arrotondato suggerivano che i resti appartenevano a una donna. Louis si concentrò sulla spina dorsale. La scoliosi di cui aveva parlato Frend era evidente.

«È lei» confermò. «Mi passi il sacco.»

Željko estrasse un sacco di maglia dallo zaino e lo tenne aperto mentre Louis vi infilava il corpo. Quando lo fece, la pelle del cadavere si squarciò e le ossa si separarono. A quel punto Željko fece strada, e tornarono sui loro passi fino a riemergere nella gola. Louis chiuse con un laccio la parte superiore del sacco e lo lanciò ai piedi della cascata, dove Angel e Johain li aspettavano. Li raggiunsero, ridiscendendo senza incidenti la parete di roccia, e insieme a loro circondarono il sacco, al cui interno le ossa tendevano il tessuto e la curva del cranio spiccava al centro.

«Il martello» disse Louis.

Željko glielo porse e Louis cominciò a spaccare le ossa, colpendole ripetutamente fino a ridurle a frammenti. Poi fu il turno di Angel e infine di Željko, finché i resti non divennero poco più di un mucchio di schegge e polvere. Johain non si offrì di partecipare. Quando ebbero finito, Louis riaprì il sacco e ne versò il contenuto nel torrentello. Poi si volse verso Johain.

«Sicuro che basti?»

«Non lo sentite?» disse questi. «Se n'è andata.»

Zorya aprì gli occhi. Davanti a lei c'era Jennifer Parker. Alle spalle di Jennifer, i morti si immergevano nelle acque stagnanti.

«Avevi ragione» disse Zorya. «Volevo farli soffrire come loro avevano fatto con me. Uomini, donne, senza distinzione.» La sua voce le parve più chiara che in precedenza. Ora apparteneva a quel luogo. «Mi farai del male anche tu?»

«Siamo al di là di tutto questo» rispose Jennifer.

«Davvero?»

«Non servirebbe a niente. E ti capisco. Vedi, anch'io voglio punire. È stato un uomo a dilaniarmi. Mi ha strappato la pelle del volto e mi ha ficcato un punteruolo negli occhi.»

«Mi dispiace» commentò Zorya.

«Lo so» disse Jennifer. «Ma cerco vendetta per quello che mi è stato fatto.»

Zorya spostò lo sguardo alle spalle di Jennifer, dove i morti andavano a perdersi.

«Devo andare con loro?» domandò.

«No, se non vuoi.»

«Cos'altro posso fare?»

«Puoi essere come me» rispose Jennifer mentre mondi interi ardevano nei suoi occhi. «Puoi aspettare.»

Ringraziamenti

Ho avuto la fortuna, durante le ricerche per questo libro, di incontrare il collega scrittore Robert Pimm (www.robertpimm.com) a Vienna. È stato Robert, insieme alla sua compagna Gözde Eren, a suggerirmi di visitare il Friedhof der Namenlosen, il Cimitero dei senza nome, che ha poi dato a questo romanzo sia il titolo sia una delle sue scene più importanti. Sono profondamente grato per la loro gentilezza, ospitalità e assistenza. *Only in Vienna* di Duncan J.D. Smith (Brandstätter 2005), un altro consiglio di Robert, si è dimostrata una guida utile e informativa sugli angoli più dimenticati di Vienna. Un grazie anche allo staff della Literaturhaus Wien e specialmente alla sua curatrice, la dottoressa Anne Zauner, per la calorosa accoglienza riservata a uno sconosciuto.

Nonostante i cattivi di questo romanzo siano serbi, durante la mia permanenza in quel Paese non ho ricevuto altro che un'incondizionata disponibilità e un'immensa gentilezza. Vorrei soprattutto ringraziare il mio autista, Željko Rajkovic, che nei momenti cruciali mi ha anche fatto da interprete; www.exclusiveserbia.com nella sua interezza, compreso il direttore generale Zora Zupanc; e il personale del Townhouse 27 Hotel di Belgrado per aver pensato a tutto, dagli autisti ai servizi di calzoleria. A Negotin ho avuto la fortuna di conoscere la fantastica Emila Petrović, autrice, antropologa e curatrice dell'ottimo Krajina Museum, che è stata la disponibilità personificata. A sua volta, Emila mi ha presentato Ivan Gudojević, il quale, nel corso di un gelido pomeriggio a Kobišnica, mi ha pazientemente rivelato alcune cose della storia e della cultura dei valacchi.

Ho trascorso molto tempo a documentarmi sul conflitto nei Balcani, ma sono state due opere narrative a lasciare maggiormente il segno: *As If I Am Not There* (o *S: A Novel About the Balkans*) di Slavenka Drakulić (Hachette 2013) e *The Hotel Tito* di Ivana Bodrožić (Seven Stories Press 2018, ed. italiana *Hotel Tito*, Sellerio 2019). Alcune delle informazioni sul mercato dei passaporti e sull'industria della 'gestione dell'identità' provengono dagli articoli di John Arlidge, tra i quali 'Citizenship for Sale' (*The Sunday Times*, 24 marzo 2019) e 'Business Executives Are Buying Second Nationalities. Here's Why' (*Robb Report*, 5 agosto 2019). Hannah Kauffmann, devo aggiungere, non ha alcuna relazione con qualunque avvocato vivo o morto, viennese o non viennese. 'The Mystery of Vlach Magic in the Rural Areas of 21st Century Serbia' di Andjelija Ivkov-Džigurski, Vedrana Babić, Aleksandra Dragin, Kristina Kosić e Ivana Blešić (*Eastern European Countryside*, gennaio 2012) ha fornito una breve, affascinante introduzione a numerosi aspetti della cultura e delle credenze valacche.

Atria/Emily Bestler Books continua a dare casa ai miei lavori, e dopo più di due decenni la nostra collaborazione è ancora un piacere. Abbracci e gratitudine alla mia pazientissima editor americana, Emily Bestler, e a tutti coloro che lavorano con lei, tra cui Lara Jones, David Brown, Gena Lanzi, Milena Brown e James Iacobelli. Sono in debito con tutti presso il mio editore britannico, Hodder & Stoughton, tra cui la mia editor Sue Fletcher, Swati Gamble, Carolyn Mays, Rebecca Mundy, Myrto Kalavrezou, Alice Morley, Catherine Worsley, Dominic Smith, Alasdair Oliver e l'intera forza vendita. Il mio agente Darley Anderson e la sua squadra sono sempre una garanzia. Con l'aiuto dei miei editori internazionali, a cui sono immensamente affezionato, hanno portato i miei libri ai lettori di tutto il mondo.

Nel corso di molti anni, Dominick Montalto ha fatto del suo meglio in qualità di copy editor per risparmiarmi le figuracce, e così Sarah Wright. Qualunque errore rimasto è dovuto esclusivamente al fatto che le mie debolezze non conoscono confini. Sarei perduto senza Ellen Clair Lamb, che si occupa per conto mio di innumerevoli questioni autoriali; mio figlio Cameron Ridyard, che ha progettato e gestisce il sito web; suo fratello Alistair, che è fonte di perenne divertimento; e Jennie, che mi mantiene sano di mente, quantomeno nella maggior parte dei casi. Jennie, Clair e Cliona O'Neill hanno contribuito alla rilettura di questo manoscritto per facilitare il processo di copy editing.

Per finire, grazie a te, lettore, per il tuo continuo sostegno ai miei libri, e grazie ai librai e ai bibliotecari che li accolgono sui loro scaffali. Che possiate navigare a lungo.

John Connolly, 2021

Dal catalogo Timecrime

Timecrime

Ossessione di Nora Roberts
Il silenzio uccide di Dean Koontz
Colpo mortale di Vince Flynn
In buona fede di Scott Pratt
Doppia verità di David Baldacci
Il giustiziere della notte di Brian Garfield
Una strada oscura di Linda Castillo
Charlie Parker indaga tre volte – La trilogia di John Connolly
Tre omicidi per Kate Burkholder – La trilogia di Linda Castillo
Lo straniero di Stephen Leather
Il penalista di Francesco Gradozzi
Nessuna scelta di Tom Wood
Testimone silenzioso di Rebecca Forster
Ventitré di Linwood Barclay
La notte uccide di Dean Koontz
Codice Lumière di Sergio Fanucci
Il bugiardo di Nora Roberts
Oltre ogni sospetto di Joe Sharkey
Promessa di sangue di Mark Pryor
L'impostore di George Harrar
Ingiustizia totale di Scott Pratt
Un tempo per soffrire di John Connolly
Dopo Anna di Lisa Scottoline
Connect di Julian Gough
Una ragionevole paura di Scott Pratt
L'inganno uccide di Dean Koontz
La fuga di David Baldacci
Tutto ciò che muore di John Connolly
Il ciclo delle stagioni di John Connolly
Gente che uccide di John Connolly
I tre demoni di John Connolly
Un'anima che brucia di John Connolly
La rabbia degli angeli di John Connolly
Il lupo in inverno di John Connolly
La canzone delle ombre di John Connolly
Un gioco di fantasmi di John Connolly
Potere assoluto di Vince Flynn
L'ultimo nazista di Andrew Turpin
Il lungo cammino verso la verità di David Baldacci
Scontro finale di Tom Wood
Abisso di Dean Koontz
Il lato oscuro di Lisa Unger
Lo Specialista di Shi Heng Wu
Target di David Baldacci
Il passato di Grace di Emily Elgar
La donna nel bosco di John Connolly
Il buio uccide di Dean Koontz
Oltre ogni ragionevole vendetta di Francesco Gradozzi
Regola nr. 1: Non morire di Volker Klüpfel e Michael Kobr

Terra di nessuno di David Baldacci
Palude di John Connolly
Uccidi per me di Tom Wood
Indagine su un omicidio – Delitti in paradiso vol. 1 di Robert Thorogood
L'assassinio di Polly Carter – Delitti in paradiso vol. 2 di Robert Thorogood
A casa prima di sera di Riley Sager
Qualcuno conosce la verità di Lisa Scottoline
La follia uccide di Dean Koontz
Il Demone di Frank Goldammer
I segreti del Sun Down Motel di Simone St. James
Il libro di ossa di John Connolly
L'attimo prima della verità di David Baldacci
Il pezzo mancante di Tim Weaver
L'uomo della verità – Harris Stuyvesant & Bennett Grey vol. 1 di Laurie R. King
Chiuditi dentro di Riley Sager
Il dittatore inglese di Derek Raymond
Un uomo tranquillo di Tom Wood
Mille diavoli di Frank Goldammer
La morte bussa due volte – Delitti in paradiso vol. 3 di Robert Thorogood
Omicidio ai Caraibi – Delitti in paradiso vol. 4 di Robert Thorogood
You Don't Know Me – Voi non mi conoscete di Imran Mahmood
La colpa di David Baldacci
La lista degli ospiti di Lucy Foley
Il mistero di Whitstable Pearl di Julie Wassmer
The Old Man – Il vecchio di Thomas Perry
Sporco Sud di John Connolly
Ragazze infrante di Simone St. James
Alla luce del giorno di David Baldacci
Morte sospetta – Le indagini di David Raker vol. 1 di Tim Weaver
Tracce di morte – Le indagini di David Raker vol. 2 di Tim Weaver
Svanito – Le indagini di David Raker vol. 3 di Tim Weaver
Nessun ritorno – Le indagini di David Raker vol. 4 di Tim Weaver
Oscure verità – Le indagini di David Raker vol. 5 di Tim Weaver
Triplice omicidio – Le indagini di David Raker vol. 6 di Tim Weaver
Cuore infranto – Le indagini di David Raker vol. 7 di Tim Weaver
Chi sono? – Le indagini di David Raker vol. 8 di Tim Weaver
La verità su David Raker – Le indagini di David Raker vol. 9 di Tim Weaver
Un villaggio scomparso – Le indagini di David Raker vol. 10 di Tim Weaver
Scomparsi nel nulla – Le indagini di David Raker vol. 11 di Tim Weaver
Natura selvaggia di Kyle Perry
Nessun luogo è sicuro di Mark Edwards
Le indagini del Marlow Murder Club di Robert Thorogood
L'appartamento a Parigi di Lucy Foley
La donna del treno di Lisa Unger
La pietra che scotta di Donald E. Westlake
L'angelo delle ossa di John Connolly
La gabbia delle scimmie di Victor Gischler
Survive the Night – Sopravvivi alla notte di Riley Sager
Il mistero di Montmartre – Harris Stuyvesant & Bennett Grey vol. 2 di Laurie R. King
I Know What I Saw – So cosa ho visto di Imran Mahmood
Guarda più da vicino di David Ellis
Tutto ciò che è mio lo porto con me di William Landay
La morte bussa a Marlow di Robert Thorogood
The Nameless Ones – I senza nome di John Connolly

Finito di stampare nel gennaio 2024 presso
Elcograf S.p.a., Cles (TN)
Printed in Italy